嗩吶煙塵

三部曲之三——苦難餘生

沈寧——著

爲沈寧著「母親的故事」所作之序

陸鏗

一九四六年至四八年，我在南京《中央日報》做副總編輯兼採訪主任，與沈寧的外祖父陶希聖先生同事，也認識了沈寧的父親沈蘇儒先生。

當時陶希聖先生是國民黨中宣部副部長兼《中央日報》總主筆，與社長馬星野先生，代表黨國對報紙的領導。陶公提出「先中央，後日報」的經營方針。我們一批年輕人則提出「先日報，後中央」以對，並得到馬老師的支持，因而創造了《中央日報》最光輝的紀錄，銷路和盈利為開報以來從未曾有之興旺。對陶公的看法，我在自傳書中寫過，也直接對沈寧講了，他仍要我寫這篇序。

蘇儒也是我的恩師趙敏恆先生親自培養的新聞記者，當年並由總編輯趙敏恆派做上海《新聞報》駐南京特派員，所以我們在南京跑新聞經常碰面，成了朋友。我們一起出席上海記者招待會，蔣總統與蘇儒握手的照片在《新聞報》上刊出過。我們還一起上廬山採訪馬歇爾。

大陸政權易手後，我與蘇儒雖都滯留內地，但我在共產黨監獄度過廿二年，自然無法與蘇儒聯絡。後來獲知他一家也多災多難，乃至最後琴薰中年含恨逝世。從我和千百萬中國知識分子的經歷，不難想像陶希聖先生的女兒女婿在共產黨天下會過怎樣的日子。

八〇年代中期，我選舊金山定居，蘇儒到加州來過兩次。當時沈寧也在舊金山工作和生活，開車帶蘇儒到我家來過幾次。青年好友，闊別經年，異國相會，痛飲暢談，不亦樂乎。當時沈寧總是坐在一邊，不多言語。或許是遵循家規吧，長輩們相坐聊天，小輩人很少插嘴。

過了幾年，我在北美《世界日報》上讀到連載長篇小說「陶盛樓記」（即聯經後來出版的《嗩吶煙塵》），作者就是沈寧。

那文章我很喜愛，只要到美國，必讀不漏。沒想到當年默默坐在一邊聽我們談天的兒童，居然寫出長篇小說來。而且文筆精采生動，對民國史料頗有研究，近百年的民俗也寫得細密，每讀其有關書法烹調等文字，尤其是對於他的母親琴薰智慧過人的寫實，總不免拍案叫絕。下一輩人，特別經大陸幾十年黨化教育，能有如此文化修養，又如此勤奮，實在不易，我很為他高興，決定將他的著作推薦給馬悅然（Göran Malmqvist）教授指正，並鼓勵他向諾貝爾進軍。

於是我給沈寧幾次打電話，稱讚他的文章，他總是很客氣，陸伯伯長陸伯伯短的請教不已。又過一年，上下兩冊厚厚一套《嗩吶煙塵》寄到我的桌上，聯經書做得非常精緻，附有許多歷史照片，倍覺珍貴。才剛剛讀罷，又接沈寧來信，說是續寫他母親後半生經歷的另一部長篇已經完成，名叫「母親的故事」，也將由聯經出版，請我寫篇序。

聽說蘇儒一直很反對沈寧寫這套書，怕他會過度情緒化，寫作不慎。也難怪，沈寧的黃金少年和青春歲月，都在毛澤東極權統治下的大陸社會度過，鮮有幸福，苦不堪言，他懷有怨氣也可以理解，甚至應該，所謂無情並非真豪傑。可是沈寧對我講：他寫這本書，並不想發洩個人憤恨，只想忠實地寫出母親來。描寫他一家人的生活，完全不必再添什麼，真實本身已經夠色彩，足以讓讀者感受到中國人民的苦難。他用意雖不錯，但是否做到，還要讀者們來評判。

近些年中國有一些怪現象，寫大陸幾十年社會狀況的作品，特別寫文革浩劫的文字，不吃香，常遭嘲笑。這是一種變態心理的反映。對於那麼一個史無前例的時代，對於中華民族所深受的沉重苦難，留下真實的紀錄，正是對歷史負責任。所以我很支持沈寧寫作並出版這本書。

一九九八年我把一本自傳送給沈寧，在扉頁上寫了三句話：「尊大人和我是老友。我發現你們這一代比我們那一代強。希望我們先啟的教訓，能成為你們成功的借鑑。」我真心希望，沈寧這一代的年輕人，超過前一代，這樣文化才能發展，社會才能更新，歷史才能進步。

二〇〇三年一月十五日於舊金山　大聲　陸鏗

目次

六十九

五月二十八日一早，爸爸媽媽剛出門，就驚呆了。

天矇矇亮，太陽還沒有升起，朝霞在東方照耀。霞飛路上，街邊簷下，到處是穿土黃粗布軍裝的士兵，和衣躺在石板地上，懷裡抱著長槍。他們勞累極了，渾身結了一層晨露，仍然熟睡，很多人大張著口呼吸。遠處十字路口，站著三個兵，端著長槍，踱著步，作警戒。

共軍昨夜開進上海市區，未發一槍一彈，悄然無聲。爸爸媽媽沒有聽到任何動靜，直到清晨要出門上街，才看到這許多大兵露天睡在馬路上。

兩人發呆，站在那裡，看腳下熟睡的士兵。左邊兩個年紀稍長，腮邊毛茸茸長滿鬍子，臉上的皺紋和緊抿的嘴，顯示他們長年戰爭經歷的磨練。右邊兩個完全是孩子，最多不過十六七歲，風餐露宿的軍旅生活仍未能傷害他們粉嫩柔潤的圓臉，一個在夢中咂巴著嘴，另一個則在夢裡微笑。他們或許夢見了遠方某地鄉間的父母吧。

媽媽伸個手指立在唇邊，示意爸爸不要吵醒腳下的士兵，然後輕輕關門。眼前這些共軍士兵，一夜進城，閭閻不驚，露宿街頭，秋毫無犯，真是仁義之師。爸爸很感動，覺得自己決定留在上海，歡迎共產黨，沒有做錯。

突然間，前前後後，滿街呼叫，此起彼伏，南腔北調，粗壯強悍，聽不清叫些什麼。街邊上的士兵們，都應聲站起，整理衣裝長槍，排成隊列，轉過身，邁開步，齊齊開拔，腳下一片黃塵，走掉了。不過十幾分鐘，街上已經恢復以往的空曠平靜，牆腳散落一些爛泥碎紙片，滿地的塵土上，印著一個個躺臥的身形。

走出里弄，可以看到，這裡那裡，三五成群的上海人，站著發愣。望著漸行漸遠的士兵隊列的背影，媽媽忽然站住腳，說：「我不想再走了。」

「你不去狄思威路拿東西了嗎？」

「還去嗎？你說，狄思威路會不會也駐滿了兵？」

「不曉得，我想會吧。共軍進駐上海，總不會只這點人馬。」

「那麼，我想我們最好不要去了。」

「你想要拿的東西呢？不拿了？」

「不拿了。」

「如果回家沒事，我去一趟報館。共軍昨夜進了上海，報館今天會趕新聞。我們過幾天再帶寧寧一起出來吃中飯，好吧？」

媽媽不說話，默默從爸爸臂彎裡抽出左手，急忙轉身走回家去。她的眼裡忽然充滿了淚，不想讓爸爸看到。

爸爸朝前走遠了，媽媽又站住，轉過身，望著爸爸的背影。過了五天，爸爸帶媽媽和我到徐家滙一個飯館吃中飯。店裡沒有多少人，剛坐下，店小二走來，客氣地問：「先生點菜嗎？」

爸爸隨口說：「乾菜燜肉，白米飯。」

店小二笑笑說：「先生曉得我們招牌菜。那麼太太點什麼？」

「火腿冬瓜湯。」媽媽說。

店小二問：「小少爺要不要特別點菜？」

媽媽說：「不要，跟我們一道吃。」

「是，謝謝儂。」店小二說著，走開了。

「這幾天看你心滿意足的樣子，報館還好嗎？」媽媽說。

「還好，一切如舊。總經理還是總經理，總編輯還是總編輯。你也看得見，五天了，上海什麼都沒變，這裡的飯菜也還是老樣子。我看，用不著擔心。」

菜上來了，桌上一紅配一綠，很好看。

「我還是一天到晚提心吊膽。」

爸爸添飯搛肉，說：「你提心吊膽什麼？」

「不知道我們在上海能不能活下去？」

「我前些時也是一樣，不曉得在共產黨天下日子怎麼過法。現在共軍到上海幾天了，我反倒安了心。我告訴你，一個多月前，共軍剛剛發動渡江的時候，發布了一份城市解放後的政策，報館的人叫它約法八章。其中有一條明文規定，原國民黨統治區所有機關單位全體員工，凡保護公物財產，迎接共產黨者，均可安心繼續工作，毋需驚惶自擾。這幾天報館裡人仔細觀察，覺得他們確實在執行這些政策，我們大家都會很安定。」

「詹文滸、趙敏恆看了這些，所以都留下來。」

「對，因為有這條政策，報館從上到下，絕大多數都留下來，迎接共產黨。」爸爸說著，放下筷子，從口袋裡取出一份剪報，遞給媽媽說，「我隨身帶了這份約法八章，你可以看看。」

媽媽往我嘴裡餵一大口飯，然後接過爸爸遞過的文件看。

爸爸繼續說：「上海這樣大城市，會照章辦事。共產黨這政策得民心，真能做到的話，國家能建設好，我們應當誠心誠意給共產黨做事。」

媽媽看了一會兒，放下剪報，說：「我的情況不一樣，不曉得他們會怎樣對待我？話當然是這樣說，可心裡總是很不安。」

「你沒有參加過國民黨，也沒有做過反共的事情。這幾年，你一直在家做少奶奶，連舊人員都算不上，有什麼可怕。」

「我爸爸是國民黨，只怕他們容不得我。」

「他們能容得下我，就能容得下你。如果他們容不下你，也就容不下我。我永遠跟你在一起，我會努力保護你，保護這個家，我會盡一切可能，你放心。」

「要我一點擔心都沒有，不可能，我見識過他們怎樣對待異己。其實我自己受多少罪都無所謂，只要你能順心，寧寧能長大。」

「算了，誰也料不到將來會怎麼樣。我想，這個約法八章，白紙黑字印出來，總會算數吧，我可以工作，我們一家就能夠生活，說不定我以後還可以參加革命。」

媽媽不再說話。今天上午，她剛收到泰來大舅從香港寄來的一封信，述說全家人對媽媽的想念和擔憂，勸媽媽趕緊找機會到香港去。大舅告訴媽媽，他正在組裝印刷廠，開工之後，就有收入，家裡生活就會寬裕起來。媽媽和我們回去住一陣子不會有問題，爸爸可以有時間在香港找到合適的工作。她本來想跟爸爸討論這件事，眼下上海還可以放人外出，很多人這兩天離開上海去香港。看見爸爸現在模樣，媽媽什麼也沒說，根本沒有把那封信拿出來給他看。

爸爸說：「吃好了嗎？我去上班了。」

「會晚回家嗎？」媽媽說，「反正我等你。」

爸爸回到報館，剛趕上總經理召集所有員工開會。大餐廳已經坐滿人，編輯部和採訪部的人大都坐在桌邊，仍舊抽菸喝茶。管理處和印刷廠的人多半都靠牆站著。聽見門口有人喊：「靜靜啦，總經理來了。」

人群轉頭往門口看，報館總編輯趙敏恆先走進來，中等個子今天顯得更低些，豐滿圓潤的臉有些蒼白，西裝領帶也好像有些不整，這是趙總編輯從來沒有過的。他後面，總經理詹文滸側著身子，引導幾個穿軍服的人走進來。

這幾個軍人沒有戴軍帽，大都已中年，腰裡束皮帶，沒有帶槍。個個挺胸昂首，甩著兩臂走。他們一進門，就不再理會總經理和總編輯，自管走到眾人面前，一字排開。每個人都把自己威武的目光，依次掃過報館人臉，特別停留在桌邊坐的那些西裝革履的記者編輯們臉上。

「各位，各位，」詹總經理趕上來，陪在他們身邊，搖搖手，說：「這幾位是上海軍事管制委員會派來的同志，歡迎他們講話。」

報館的人坐的仍然坐，站的仍然站，沒人說話，沒人鼓掌，大家都等著。

一個臉胖胖的軍人上前一步，臉上露出笑容，慢慢說：「上海軍管會接到上級指示，今天同時進駐上海各大報紙電台和所有新聞單位，實施接管。我們幾個同志，負責接管《新聞報》。我先介紹一下，這位是馮代表，這位是嚴代表，這位是金代表。我呢？姓趙，跟你們趙總編輯同族，不過我沒有趙總編輯那麼大的能耐。」

趙代表聲音又尖又細，像個女人，說到這裡，停一下，笑了笑，看趙敏恆一眼，繼續說：「一九三三年我們黨在福建建設政府，趙先生一篇消息，宣稱有幾萬國軍進剿，鬧得當地人心惶惶，致使我黨政府瓦解，很厲害呀。」

坐在身後的陳丙義，探身向前，貼著爸爸耳朵說：「完了，趙總完了。」

爸爸不解其意，回頭要問，聽見前面講話的軍人換了一個，就忍住問題，看陳丙義一眼。陳丙義專跑要聞，對政治作業相當了解，說話應該不會錯。

講話的是嚴代表，身材高大，臉色鐵青，無一絲笑意。他講話聲音很大，全是命令式：「我是《新聞報》軍管小組組長，現在宣布，從即刻起，《新聞報》一切事務由軍管小組負責。報紙今天開始停止出版，報館封閉，所有人員立刻遣散。」

餐廳裡一陣嗡嗡聲響起，沒有一個人預料會這樣。五十天前，共產黨剛剛宣布約法八章，說是只要歡迎共產黨，舊單位照常經營，舊人員照常工作，怎麼共軍剛進入上海第五天，便封報館，遣散人員？

詹總經理很尷尬地說：「各位，各位，既然軍管會這樣決定，大家只有照做。報紙暫停一下，整頓內部……」

嚴組長依然臉如鐵板，打斷詹總經理，說：「不是暫停，是封閉。」

詹總經理更顯尷尬，嚥口唾沫，又說：「報館當然不能聽任各位忍饑挨餓，我們會發遣散費用……」

「上級沒有說要發遣散費，多發一個月薪水，自謀出路。」嚴組長把手一揮，下令道，「現在散會，所有人立刻離開報館。」

這下子，人都亂了，不及細想，蜂擁而出，各自打點東西，四散奪命。做報館編輯記者的人，辦公室裡除了成堆的紙筆，哪裡有很多個人東西，不過兩袖清風。爸爸在自己的辦公桌前枯坐一陣，站起來，提了塞香菸茶杯等物的公文包，走到編輯部門口，回頭看最後一眼，再走出門。聽見身後哐噹一聲關門，爸爸的熱淚奪眶而出。

爸爸提著公文包，在街上無目的地漫走，頭腦裡昏昏沉沉，迷糊一團。待他清醒過來，發現並沒有回到家，而是站立在百老匯大廈的門前，《新聞報》的編輯記者們，經常下午在此飲茶休息，談天說地。爸爸每次從南京回上海，也要來這裡參加。

這是今生最後一次來這裡了，《新聞報》人圍聚這裡的歡聲笑語，將永遠成為一個歷史的回憶。爸爸傷感之餘，信步走進店去，走到平時他們聚集的一角，人去桌空，冷冷清清。

爸爸坐下，侍應生送來一份杯盞，擺上一碟花生米，提來一瓶紅葡萄酒。爸爸自己倒了一杯，舉起要喝，可雙手抖得厲害，紅酒潑出酒杯，在他手背上流淌，好像鮮血淋漓。他放下杯，淚順頰下，滴落盞中。

共產黨接管報館，本在意料之中，可沒有想到是這樣作法。早些時候，他跟媽媽商量過，就算情況到了最後，他們總還可以找個地方，做小學教員，維持生活，養大孩子。現在看起來，在共產黨掌管的天下，即使小學教員，或許也難做成。既然共產黨把他當作反共分子一樣對待，就不會再允許他們去做小學教員。

外公是國民黨要員，可他和媽媽都沒有參加國民黨，而且他們沒跟隨國民黨離開大陸。難道共產黨不能理解他們的思想嗎？他們沒有參加共產黨，可也沒有反對共產黨。到《新聞報》，爸爸發過上千條新聞報導，從來沒用過共匪或匪軍這樣的字樣，只用共產黨或者共軍。他們真誠相信共產黨解救中國，真誠相信共產黨統一戰線承諾，所以他們留在上海，歡迎共產黨，準備與共產黨合作，建設新中國，共產黨為什麼要把他們看做是反共分子呢？

報館封閉，人員遣散，怎麼生活呢？爸爸不知道報館同事們會怎樣，報館裡的人從來沒有談論過，誰也沒有想到過會有這樣的局面發生。現在怎麼辦？沒有工作，生活馬上沒有著落，寧寧不到兩歲，媽媽懷著孕，一個小的正待出生。怎麼辦？

天黑了，爸爸有些醉意，步履蹣跚，走出百老匯大廈。涼風一吹，方醒些許。他不願坐車，貪圖涼風，走路回家。街上剛掃過地，灑過水，溼淋淋的路面，倒映街燈霓虹，或黃或紅，參差流轉，好像爸爸此刻心緒，五顏六色，喜怒哀樂，混沌一片。這是爸爸平生第一次醉酒，悲憤絕望，傷心至極，可恨眼已無淚，只有暗飲心血。爸爸此刻才明白，他錯了。走不多遠，胸口上湧，爸爸趴倒路邊樹叢裡，嘔吐一番，方覺清爽起來，繼續趕路。

午夜已過，爸爸回到家。媽媽站在屋子當中，罵：「你到哪兒去了？急死人。幾次跑去打電話，報館裡人早都走完了……」

爸爸不理會，斜著身子，跑到廚房去漱口。

媽媽看見，嚇了一跳，跟進廚房，問：「你喝醉了？」

爸爸滿臉淌水，沙啞喉嚨，說：「我們準備一下，離開上海……」

媽媽猛烈震動一下，問：「怎麼回事？」

爸爸擦乾臉，說：「他們今天把報館封了，把人都遣散了。」

「怎麼會這樣？你下定決心要走嗎？」

「我們到舟山去。」爸爸說，「舟山島眼下還在國軍手裡，我聽說，漁船常有來往，很多上海人走這條水路出走。」

媽媽不再說話，靠著門邊，眼裡有淚，流不下來。她曾經向爸爸提出幾次，要離開上海，爸爸都不同意，直到今天。

爸爸接著說：「我今天就去找，看有沒有船，可以帶我們三個出海。」

媽媽摸著自己的肚子，說：「四個。」

「對，四個。」爸爸答應，又說：「我馬上寫信，把其儒叫到上海來，安排一下家務，然後我們就走。」

「東西反正帶不成，都留給其儒一家好了。我們也不必帶很多錢，只要路上夠用就好，其餘的全部留給你父母。」

「你現在開始整理東西，天一亮，我就出去找船。」

七十

濛濛細雨的黃昏，街燈之下，爸爸提個皮箱，拎個網籃，媽媽抱著我，背個背包，前後相隨，順著牆根，在小弄堂裡繞來繞去，急匆匆走路，誰也不說話，身後拖著兩條長長的身影。

下午，媽媽最後一次查看皮箱裡帶的東西。皮箱幾天前已經收拾好，不過是爸爸媽媽隨身換洗的兩身衣服、內衣褲、洗漱用具等等。網籃裡，主要都是我的東西，衣服毛毯，還有一個絨布玩具，我每晚睡覺要抱，兩本我最喜歡看的圖畫書。背包裡則是一些文件通信照片，幾張報紙。

爸爸抱著我，坐在窗前，看媽媽擺弄這些東西，忽然說：「確實要走了。」

媽媽沒說話，停下手，抬起頭，望著爸爸說：「這次是你提出要走的。」

「他們封閉《新聞報》，當時正在氣頭上。」

「現在氣已經消了，又不要走了？」

「我只是擔心，漁船漂海很危險吧。天這麼熱，寧寧受得了嗎？再說海上也許有浪裡白條那樣的江洋大盜，殺人越貨。」

「我們什麼也沒有，搶什麼？」

「海上風浪大，一條小漁船，你懷著孕，不知能不能能吃得消。」

「可是你想想，留在上海就能活下去了嗎？」

「至少不會葬身魚腹吧！」

「如果同樣都是死，怎麼死都一樣。」

「我們真沒一條活路了嗎？非冒這個險不可嗎？留在上海並不一定會死。伯伯和鼎來哥不是都勸我們再等一等，說過些時候，情況或許會改變。」

「等到多久？我們坐吃山空，還要養活父母親和其儒一家四口。」

爸爸不說話了，抱著我轉身去望窗外街上。

媽媽繼續說：「就算在上海能活下去，整天看人眼色，低三下四，苟延殘喘，那日子你過得了嗎？沒有自由的生活，跟死有什麼兩樣。當年我寧願讓亂槍打死，也要衝出上海去，總比讓日汪拘禁好受些。」

爸爸靜了一會兒，又問：「到了舟山，以後怎麼辦？」

「到了舟山島，我要國軍給父親發個電報，他們不會不發。父親收到電報，就會安排人到舟山來接我們。母親當年能把父親和我們三個從日汪眼皮底下救出去，這次她也不會不救我們出去。我已經寫了信去，泰來會在香港給我們安排好，我可以在他印刷廠裡做秘書。你要願意，也可以在他廠裡先做，找到別的工作再走。」

「沒有祖國，沒有家鄉，到處流浪，讓人看不起，做二等公民，活著好受嗎？而且從此以後，或許終身不能再回到中國了。」

「你在上海讓人看得起了麼？你現在不是二等公民嗎？我不管那麼許多，不管怎樣，我得把寧寧撫養大。我不能讓他跟著我們，一道死在上海。總而言之，你是擔心你的父母。」

「只怕以後國外通訊中止，匯不進錢，他們無以為生。」

「我們所有的錢都留給他們了。」

「如果不能匯進錢來，留下的那些錢能維持多久？」

「你留在上海，沒有工作，沒有收入，就能養活父母了嗎？你要怎樣？你只顧你做天下第一大孝子，想不想我和寧寧娘兒倆。」

「你又老話重提，鬥氣吵嘴，勾引傷心。」

媽媽突然發作起來，把皮箱裡的東西都拉出來，摔在床上地下，然後坐在床頭，兩手遮著臉大哭，眼淚從手指縫裡滲出來。

爸爸急忙走過去，說：「我並沒有說不要走，是我提出要走，我出去安排好了船呀，我不過多一些擔心就是了。」

媽媽抽抽搐搐說，氣不連續，話不成句：「你心裡只想你的父母。你想過我嗎？我的父母弟兄呢？我怎麼就可以離開他們呢？」

爸爸嘆口氣，沒說話，抱著我，站在媽媽面前。

「你想過寧寧嗎？他以後日子長得很，留在上海，誰知以後會受多少罪。他不到兩歲，你忍心讓他一輩子倒楣？還有肚子裡的一個，還沒出生就開始倒楣。」

「琴薰，理智一點。我們討論過很久了，什麼都想過了，都說明白了。要不，我們也不會從香港回到上海來。」

「那時候我們不曉得共產黨會怎樣，現在曉得些了吧，我們會有好日子過嗎？我自己受多少罪都沒無所謂，我就是不忍心寧寧跟著我們受罪。他才在這個世界上過了一年好日子，以後要過幾十年苦日子。肚裡的一個，連一天好日子也不會有。想起孩子們來，心裡就痛，我覺得對不起孩子們，我們害了他們。」

爸爸還是沒有說話，轉頭看著我，好像都是因為我，惹得他們鬧氣。

媽媽哭得更傷心了，抽搐著說：「你是孝子，你要伺候你的父母。我呢？我不能做孝女，我不要伺候我的父母？這一別，不知要多久，我才能又見到他們。」

「不論說什麼，你總是要扯到我的父母、你的父母身上。」

媽媽忽然擦乾眼淚，說：「那好吧，我一個人帶寧寧走，反正我不能讓他在這裡受罪。你留在上海，好就好，不好再出去找我們。」

「那像什麼話。一家人，要走一道走，要留一道留。」

媽媽伸手從爸爸懷裡抱過我去，堅決地說：「我要帶寧寧走。」

「我並沒有說不走，我們一道走。何必哭哭啼啼，吵吵鬧鬧。唉，我又得把皮箱收拾一遍。每天這樣翻騰一次，真累死了。」爸爸說著，重新在大床上收拾皮箱。

到了黃昏，我們離開家，向海灘上走。爸爸跟一個漁民講好，今晚出海，偷渡到舟山群島。媽媽抱著我，跟著爸爸走路。天色漆黑，彎彎曲曲，大街小巷，不知走了多遠，終於到了海邊一個小屋門口。

爸爸輕輕敲敲，門開了，看不到開門人，小屋裡只有很暗的一盞油燈。我們進了屋，身後的人把門關緊。這時才看清，屋裡站了不少人。

漁民說：「沈先生，你們到了，我們人就齊了。這裡的人，都是同船往舟山去的。我本來弗做這種生意，弗過看到各位誠心出走，就弗顧性命，幫各位一個忙。我這條路走過十幾趟，都成功。當然要有一次弗成功，今天弗會在這裡跟各位講話了。」

他話講得輕鬆，屋裡的人聽了，都鬆了口氣，你看看我，我看看你。

「弗過，以前都成功，弗一定這次也成功。這種事情沒有一定。今天天陰，夜裡沒有月亮，我們有天時之助。共軍巡邏，一夜弗過幾次，探照燈也弗大亮，很容易躲過，這算是地利。弗過共軍巡邏沒有鐘點，大概啥辰光想起啥辰光出來看看，弗好預測，只能在海邊看。一次巡邏過去就出發，趕在下一次巡邏之前到舟山。」

屋裡的人又開始倒抽冷氣，你看看我，我看看你。

「各位自然曉得，我們是偷渡，在船上要盡量弗出聲響，弗要緊張，弗要亂動亂搖。只要坐好，一切聽我指揮，保管成功。就算真碰上麻煩，我也有辦法對付，大家千萬弗要亂。共軍巡邏艇弗理會普通漁民，弗會惹出事體來。如果大家亂了，讓巡邏艇發現船上有人偷渡，我和各位一道完蛋。所以我請大家互相關照，做到人和這一條。我講過，行李弗可以帶太多，一人一小件。哪位帶得多了，可以留在我這裡，我明朝保證送回府上去。」

屋裡的人各自左右看看，都曉得這次出海，只為逃命，並不敢多帶東西，沒有人需要留東西在這漁民屋裡。

漁民舉著油燈，照著屋裡的人，說：「我早講過，弗管各位在上海做什麼，有多少貴重衣服，此次出海，穿得越破爛越好。我現在看呢，各位確實用了心，沒有穿特別的好衣服，可有幾位還是穿著太講究，我這裡有些漁民的爛衣服，請換一換。」

說著，漁民放下油燈，從屋角抱出一堆破衣爛褲，臭烘烘。要出海的都是上層人，從來沒見過這樣破的衣服，有的捂鼻子，有的皺眉頭，有的往後躲身子。

「這些衣服太破太髒，可是穿了出海，萬一碰到共軍，探照燈晃一晃，看出各位都是漁民，我們還有一條活路。」

黑暗中有個人嘟囔一聲：「當然活命要緊，管它什麼衣服，只好穿。」馬上，十幾條手臂伸出來，在破衣堆裡扒，連一些本來衣服已經很破的人，也要揀些更爛的穿上。只聽此起彼伏，陣陣粗粗的喘氣，夾雜幾聲女人們壓抑的嗚咽。

漁民一件一件收起換下來的好衣服，說：「各位的這些好衣服，留個姓名，我改日送回府上去。」

有人說：「算了，都留給你好了。只要活著出去了，幾件衣服值什麼。」

「那麼好，我們都齊備了，出發。」漁民發出命令，又補充，「這裡一出去，就請弗要再講話出聲，跟緊我走路就是。」

漁民說完，吹滅了油燈，屋裡馬上漆黑一片，眾人有點亂。漁民噓了一聲，等了片刻，眾人恢復平靜，才打開門，讓人們走出去。

整個晚上，我一直睡著，很安靜。雖然滿屋人，可都憋著氣，漁民說話聲也都極低，一點沒吵我。但出門那一刻，大概屋裡突然變黑，眾人猛然騷動一下，把我驚醒，開始吭唧，聲音並不大，此刻此地，把所有的人都嚇壞了。

漁民走到媽媽身邊，說：「沈太太，我們講好了的，儂帶小囡，一定要保證他安靜。弗論出了什麼事，儂要負責任。路上如果遇上巡邏艇，公子哭起來，一船人性命都會送掉。」

媽媽低頭看著我，眼淚流下來，落在我臉上，說：「我曉得。」

黑暗裡，有人說：「不要讓她帶小囡。小囡哪能不哭。」

有人應：「真鬧起來，就把他丟到海裡去，保住一船人性命要緊。」

周圍的人七嘴八舌，雖然聲音很低，句句打到媽媽心頭上，砰砰作響。

漁民突然站住腳，對眾人說：「大家不要多講話，走路。」

有個人又說一句：「他出了聲，再把他丟到海裡去也來不及，巡邏艇已經聽到，我們已經沒命了。」

漁民又停住腳，回頭對人群說：「哪位還要發議論，哪位如果還不放心我，就請現在止步回府，有事無事自有我來對付……」

他好像還要說什麼，又突然打住，二話不說，拔腳就走。身後的人七七八八，趕緊跟上，默默無話，到了海灘上。我倒好像又安靜下來，一路無聲。漁民把一條漁船從灘上推下水，拉住纜繩，讓人一個個上船。媽媽抱著我，跟著眾人，上船坐穩。我大概覺得有趣，一聲沒吭，睜著眼看媽媽的臉。

「好了，我們靜靜坐好，等過共軍一次巡邏，就出發。」漁民對船上的人說著，自己蹲在海灘上向海面張望。

時間一分鐘一分鐘過去，每一秒鐘都那麼漫長。船上人的心都提到嗓子眼，用手捂住嘴，不讓喘息聲漏出來。頭上沒有月亮，沒有星光，身邊沒有房屋，沒有樹木，船上的人，好像置身於茫茫荒野，四周極靜，卻隱藏著危機和陷阱，許多野獸凶殘的目光，正在到處搜尋著他們。漁民果然有經驗，忽然小聲說：「來了。」

船上的人才看到，遠遠朦朧的海面上，隱隱約約顯現出幾點閃爍的光亮，便是共軍巡邏艇。不知他們在多遠的海面巡邏，聽不清機船的馬達聲，只能依稀看到巡邏艇上發出的探照燈光，迷迷濛濛，在海面上掃射。巡邏艇好像走得很慢，半天才過去，看不到了。漁民跳起身，把手裡的纜繩纏起來，走到船邊。

媽媽在船裡突然站起來，說：「我要下船。」

爸爸趕緊也站起來，扶住媽媽，問：「琴薰，你怎麼了？」

漁民說：「沈太太，沒有問題的。這次巡邏過去，總要四個鐘點以後才會再過來，我們早已到了舟山。」

媽媽堅持說：「我要下船。」

有人小聲說：「趕緊開船吧，不要耽擱了。」

有人應：「她不去正好，沒有小囡鬧，大家安全，快讓她下去。」

漁民很生氣，提高喉嚨，對船裡的人說：「住嘴。」

這一聲吼，把人嚇死了。所有眼睛都一齊不由自主轉過去，張望海面，生怕漁民的吼聲被共軍巡邏艇聽到，轉過來打炮。

爸爸扶著媽媽，媽媽抱著我，一起小心邁出船邊，站到海灘上。

漁民站在灘上，說：「沈先生，沈太太，那麼我們走了。回來以後，二位任何時候要出海，儘管來找我，一定拚命相助。」

爸爸朝他擺擺手，什麼話也沒說。漁民一縱身，跳進漁船。船立刻漂蕩起來，幾櫓一搖，船已離開海灘數丈之遠。不一會兒，小船便消失在黑漆漆的海天之間，什麼都看不見了。

媽媽站著不動，緊緊摟著我，把臉貼在我臉上，淚順著兩人的臉流。

「琴薰，你不舒服嗎？」

「從北平逃難，在濟南的時候，遇見日軍空襲，躲在車站裡，范生哭，周圍人怕日本飛機聽見，逼姆媽把范生掐死。那種凶殘，現在想起，我還會發抖。那時我抱著范生，跑出車站。我怕的不是共軍巡邏艇，不是浪裡白條，而是身邊這些人。他們發起狠來，我只有抱著寧寧，跳進海裡去。」

爸爸聽了，緊緊地抱住媽媽，不說話，眼淚也流下來。過了一會兒，爸爸輕輕說：「我們回家吧。」

那天是一九四九年七月六日，媽媽二十八歲生日。

七十一

「泰來來信了，印刷廠已經開工，生意很好。他做廠長，生活優裕，自己有部小汽車。他還寄了一張結婚照片，想不到，我的弟弟結婚了。」媽媽挺著大肚子，在屋裡走來走去，興高采烈地對爸爸說。

臨時雇來幫忙的小保母，在廚房裡收拾鍋碗，叮鈴咣噹的響。

爸爸接過信看著，說：「你還跟香港通信嗎？」

「當然，那是我的家。我能收到信，可見上海政府許可跟香港通信。我們如果上次真的出海成功，匯錢回來給你父母，還是可能。」

爸爸看媽媽一眼，說：「最後決定不走的，是你，不是我。」

「我沒有怨你，收到泰來信，我很高興，你不要找我吵架，我也要寄一張我大肚子的照片給他。」

爸爸把信還給媽媽，忽然說：「不要再給香港寫信了。」

媽媽拿著信紙，大吃一驚，問：「什麼？」

「不要再同你海外的家人聯繫了。」

「為什麼？」

「繼續跟他們聯繫，我擔心，早晚會給我們惹上麻煩。」爸爸回頭看了一眼廚房，小保母在廚房裡忙。爸爸便挪過身子，也坐到沙發上，挨著媽媽，輕聲說：「我曉得你很想念你的父母兄弟，可是既然現在已經如此，我們不必徒然增加煩惱。以後有機會，我們一定去看他們就是了。」

媽媽摟著我，一個手抹眼睛。

「十月一號，毛澤東在北平宣布成立中華人民共和國，共產黨掌握了中國政權。我們現在要想，怎麼在這個新政權裡求生存，把兩個孩子養大成人。」

媽媽抱著我，不再說話，聽爸爸說話。

「這幾個月，我們都經歷了刻骨銘心的苦難。可光受苦沒有用，得想辦法，我想得腦子都痛，到底給我悟出一點道理來，這苦也算沒有白吃，對以後有好處。」

媽媽仍然不說話，靜靜聽著。

「我想，在共產黨政權下，任何人只能有兩種立場可以選擇：革命或反革命。擁護共產黨就是革命，反對共產黨就是反革命。像我們以前那樣，自由主義，不問政治，不擁護也不反對政府的態度，在共產黨手下行不通。不論早晚，每個中國人都必須在兩種選擇中決定自己的立場。反革命，很明白，一定被消滅，我們不會做這個選擇，所以我們只有選擇革命。那就要盡一切努力投靠共產黨，爭取讓共產黨接受，擠進革命的行列裡去。那樣我們在共產黨社會裡，才有生存的機會，才能活下去。」

媽媽等爸爸說完，過了一陣，才問：「給香港寫個信也不行嗎？」

「我們要向共產黨表明，我們跟國民黨家庭一刀兩斷，才能爭取得到他們的信任，對不對？如果讓他們覺得，我們跟國民黨家庭藕斷絲連，他們會信任我們嗎？」

媽媽眼淚又落下來，說：「革命就是要割斷父女姊弟親情嗎？」

爸爸好久沒說話，抓著媽媽的一隻手。他並不曉得什麼是革命的真義，尤其不懂共產黨怎樣解釋革命的概念。如果他懂得，他也許早就參加革命了，或者早就遠遠離開中國了。

好半天，媽媽才小聲說：「你在密勒氏做下去，老老實實，一家大小有飯吃就好了。我現在什麼都不想，只求保住這個家，把孩子們養大。」

四個月前，媽媽在海灘上突然改變主意，抱著我下船不出海去。回到家，爸爸馬上到處找工作。《新聞報》是鐵定關死了，上海差不多的報紙雜誌，都關閉了。九月中旬，爸爸經人介紹到《密勒氏評論報》做翻譯。這個報紙得到出版許可，把當天共產黨報紙上的消息翻成英文，給留在上海的外國人讀。

爸爸說：「你以為共產黨會讓這個報紙一直辦下去嗎？」

「你聽到什麼消息了？」

「沒有。」爸爸說，「但是我想，密勒氏長不了。上海外國人越來越少，沒人看的時候，報紙只有停。再說這個報也早晚要選擇，革命還是反革命，所以還是逃不出共產黨的控制。」

「你要怎樣？」

爸爸嚥口唾沫，清清嗓子，說：「我決定到華東新聞學院去學習。」

媽媽有些吃驚，還沒來得及問，廚房裡小保母走出來，用圍裙擦著手，說：「沈先生，沈太太，我做完了，要睏覺了。」

爸爸站起身，說：「自然，自然，我來，我來。」說著走過去，彎腰從我們大床底下抽出一塊單人床板，跟小保母兩人抬著，側身走進洗手間，把床板平放在浴缸上面。家裡只有一間屋，小保母只好睡在洗手間的浴缸上面。

小保母從壁櫃裡取出鋪蓋，在浴缸鋪板上鋪好，對爸爸說：「明朝會。」

爸爸一手提著一小筐牙膏、牙刷、毛巾、肥皂，一手提著一個木馬桶，走出洗手間，回頭連聲說：「明朝會，明朝會。」

小阿姨關住洗手間的門，插緊插銷。

媽媽一直坐著，摟著我，我躺在媽媽腿上睡著了。爸爸轉身到大床上取過一條小毯子，回來蓋到我身上。媽媽裹好我身上的毛毯，順手在我身上拍了兩下。

爸爸也在我身上拍兩下，笑了說：「他睡得很甜，小孩子不曉得愁。」

「老二出生以後，我們要找個勤快些的保母才好。」

爸爸對媽媽搖搖手，走到屋角，打開無線電，轉到一個廣播電台，正在播放音樂節目，悠揚輕快。爸爸調好音量，走回媽媽身邊，坐在沙發上，說：「聽說有很多農村小姑娘從蘇北鄉下來，到上海謀生，找一個，應該會勤快些。」

「上海姑娘總是不肯出力做事。反正當初說定是臨時兩三個月。」

「而且保母也要能跟我們同甘共苦，一條心才好。這種時刻，要是把我們在家裡講的話都講出去，麻煩就大了。」

「哦，對了，你剛說要去上學，什麼新聞學院？」

爸爸從口袋裡掏出一張紙，遞給媽媽看，說：「我前幾天接到這張通知，華東新聞學院發來的，要我去報到，參加學習，還說每月會發少量生活津貼，畢業以後分發工作，職業有保障。」

媽媽看過通知，說：「上學是好事，你老早想上新聞學院。」

「這是一間革命大學，號稱學院，是共產黨開辦訓練工作人員用的，並非中大或者西南聯大那樣的正規大學。」

「為什麼忽然要你去上這間學院？二哥幫的忙嗎？」

「二哥幫忙也有可能，不過我想是《新聞報》軍管小組推舉。我這幾天問了問，《新聞報》好幾個同事都接到這個通知。」

「這種學院，學什麼？你說是訓練幹部？你要做幹部了？」

「我打聽到，共產黨各級機關在很多地方辦這樣的學校，有的叫大學，有的叫黨校。招生對象，一部分是青年人，對他們進行共產理論教育，也考察他們的個人品質和家庭成分，決定將來在各種黨務機關裡錄用。另一部分學員，就是我們這些以前在國民黨機關工作過的知識分子，對我們進行思想改造，同時給我們機會，向共產黨交代自己個人過去歷史，作自我批判，向他們表示忠誠。同時，也讓他們對我們的經歷、階級出身、黨派關係、社會關係等等進行審查，決定對我們信任到什麼程度，怎樣使用我們。」

媽媽盯著爸爸，半天說不出話。她沒聽說過思想改造這個詞，不曉得怎麼個改造法？她有點驚慌，如果爸爸的思想改了，跟她思想不一樣了，會拋棄她嗎？她怎麼辦呢？她感到恐懼。她不怕跟著爸爸吃苦受累，可是她怕失去爸爸。她愛爸爸，為了爸爸，她放棄了出國機會，又離別父母兄弟，回到上海。如果有一天，爸爸忽然不要她了，她怎麼活呢？一剎那間，媽媽腦子裡想了很多，身上覺得冷，瑟瑟發抖。

「你怎麼了？不舒服嗎？你在發抖。」

「你將來不會離開我吧？」

「你說些什麼呀！我怎麼會離開你？」

「你改造了思想，做了共產黨幹部，就看不起我了。」

爸爸笑了，撫摸著媽媽的頭髮，說：「我怎麼會做共產黨幹部呢？人家信任我嗎？我怎麼會離開你？別說傻話，不管怎麼樣，我絕不會離開你。你為我做出那麼多犧牲，難道我不知道？我怎麼會離開你？」

媽媽聽爸爸這樣說，心裡覺得更加委屈，身子趴前，把臉埋在爸爸的懷裡，無聲飲泣。在這樣的年月，人世上還有比這些話更親切的嗎？爸爸這幾句話，就像春天的陽光，照耀在媽媽寒冷的心田上，溫暖她全身每一條脈管。

爸爸撫摸著媽媽的背，輕聲說：「我以後把學校教材帶回家來，你也看看，我們一起改造思想，一同進步，好麼？」

媽媽的頭在爸爸懷裡點點，然後坐直起來，一手擦乾眼淚。

爸爸繼續說：「上這種革命學校都是短期的，聽說大概十個月時間。交代點個人歷史用得了多少時間，我才三十歲，能有多少歷史要交代？學生一律要住校，學院在上海長治路二八八號，回家也不遠。」

「老二快要出生，不到兩個月了，說不定哪天就生了。」

「要生孩子，我想可以請假回家。」

媽媽看著自己的肚子，眼睛又有些發紅的樣子。

爸爸有意岔開話題，把臉貼到媽媽肚子上，笑著說：「我來聽聽他會不會唱歌，會唱歌就是女孩，悶聲不響就是男孩。如果是個女孩就好了，沈家到我已經三代全是男孩子。中國人都盼生兒子，可兒子生多了，像我們沈家，就盼生女兒。」

媽媽不理會他這一大篇話，問：「你很樂意去上這個學院，是不是？」

爸爸愣了一下，答說：「我樂意，這是個參加革命的機會，我們既然留在上海，就要參加革命。」

「你這麼說，密勒氏不做了？好好一份工。」

「如果共產黨能接受我參加革命，還做什麼密勒氏。」

「如果學完了，人家不願意接受你呢？」

爸爸呆了，他一直只想光明的一面，卻忘記想不幸的可能。他想了一會，說：「我要爭取讓他們接受，一定讓他們接受，不惜任何代價。」

「我從此不可以跟泰來通信，也算是一個代價。」

爸爸又沉默了片刻，才說：「薰，你以為我鐵石心腸，願意你們骨肉分離嗎？將心比心，我多麼愛我的父母，我就曉得你多麼愛你的父母。我們在南京一年多，日子過得多麼好，我難道不願意永遠那樣過下去？我已經開始取得成功，將來前途美好，我們也一定有機會出國去。可是國民黨打敗了，共產黨打勝了，那不是我能改變的。現在我們沒有辦法，只能這樣過日子，也只能想這樣求生存的辦法。」

媽媽把頭靠在爸爸肩上，說：「不說了，蘇，不說了。」

「我也是為孩子，現在只能留在上海，把老二生出來。」

「我懂，我懂。」媽媽抽泣著說，眼淚把爸爸的肩膀都浸溼了。

「我們不能讓孩子們從剛懂事起，背上反革命家庭的重壓。那樣他們永遠無法在中國生活，再不會有一點前途了。」

媽媽哭著說：「我不給泰來寫回信就是了。」

就這樣，媽媽心裡流著血，中斷了與香港家人的聯繫。同時爸爸參加了華東新聞學院的思想改造，住校上課。

或許因為心情的關係，媽媽提早一個月就生產了。爸爸趕到蒲石路的醫院時，媽媽已經進了產房。護士把媽媽從產房送回病房，媽媽眼裡含著淚，懷裡抱著新出生的嬰兒，我的弟弟。弟弟綁在緊緊的包裹裡，一動不能動，眼也沒睜開，拚命大哭，雖然聲音不過像小貓一樣細微，可是他哭得上氣不接下氣。

「又是一個男孩。」爸爸嘆口氣說完，又笑了。

「這孩子脾氣比寧寧大，寧寧生出生的時候很安靜。」

爸爸抱過弟弟，搖晃著，說：「據說母親懷孕時期的物質和精神生活狀況，對胎兒身心的形成，會有影響，可能這話有道理。他的脾氣，可能是對我們在這樣時刻，讓他來到人世表示抗議。父親前些時從嘉興來信說，如果生男，便起名熙，祈求他在兵荒馬亂之中出生，最終能有平安祥和的一生。」

弟弟出生以後才幾天，爸爸便找到一個新的小保母。她叫周麗芳，從蘇北鄉下逃荒到上海來討飯吃，孤身一人，所以把我們家當作她自己家，一心努力做事。因為她只有十六歲，媽媽讓我叫她大姊，不叫她阿姨。鄉下窮人家裡長大的女孩，手腳勤快，從不偷懶。她不識字，家裡地下落一片紙，她也撿起，交給媽媽。給她家裡寫信寄錢，要媽媽代筆，家裡來信，也要媽媽代讀，事無巨細，對媽媽從不隱瞞。媽媽很放心，也很滿意，每天做完工，教她認幾個字。

弟弟特別喜歡麗芳大姊，他脾氣不好，常常無緣無故，啞著喉嚨大哭，別人都哄不住，麗芳大姊抱起來，搖一搖，拍一拍，走一走，弟弟就會停住哭，舉著兩手摸大姊的臉，格格笑。

麗芳大姊靠得住，媽媽覺得輕鬆許多。星期六晚上，爸爸回家，媽媽提出星期天出去走走，爸爸同意了，提前給媽媽過生日，到南京路給媽媽買件生日禮物。

媽媽很興奮，特意描了眉，撲了粉，抹了口紅，容光煥發，鮮豔美麗。她還精心穿上一件綠色帶小黃花的旗袍，翻著大捲的頭髮披在肩上，腿上裹著長統絲襪，腳上蹬著黑亮的小皮鞋，手裡拿著一個黃色的小手提包。

麗芳大姊抱著弟弟，站在門邊，睜大眼睛，看著媽媽，用蘇北上海話說：「呀，沈太太，儂實在霞其漂亮。」

媽媽笑笑說：「已經老了，二十九歲了，哪裡還會漂亮。」

麗芳大姊說：「漂亮不漂亮要看人，不看年紀。阿拉鄉下人，從小就不漂亮。城裡的小姐太太，五十歲了，還是漂亮。」

爸爸在一邊插話：「這就是樸素的階級感情。我們在新聞學院學到，毛澤東主席講，世界上一切事情，都只按階級劃分。比如愛或者恨，都以階級為標準。窮人不會愛富人，富人也不會愛窮人。麗芳剛講的，鄉下人就是不喜歡城裡的小姐太太。」

麗芳大姊說：「沈先生，弗是格，阿拉鄉下窮人，最覺得城裡的小姐太太們漂亮，臉白白，皮肉細細，衣服又好看。鄉下人命苦，過不上好日子。誰碰上好運氣，能進城，愜意死了。」

媽媽笑了，對麗芳大姊點點頭。

爸爸不管別人，繼續講解剛學來的革命道理：「新聞學院教員們講，同階級的人有同階級的愛和恨，不同階級不會有共同的愛和恨。」

「那麼，我跟你算同一個階級嗎？」

「這個？」爸爸回答不出。他只學了幾句理論，半懂不懂，沒細想過。

「古今中外，都講門當戶對，是不錯。可富人窮人之間相愛的故事不是沒有，中國古戲就有很多，莎士比亞也寫了不少有名的劇。」

「我們不要鬥嘴皮了，趕緊走吧。」

「說我磨辰光，你自己還不換衣服，什麼時候才出門？」

「我就這樣，換什麼衣服。」爸爸拍拍自己身上的衣服，一件藍布衣，四個大口袋，不像學生裝，也不像軍隊制服。一條藍布褲，一雙黑皮鞋。衣服褲子滿是摺皺，好像在地上滾了好幾天，沒洗過。

「這樣怎麼可以出門蕩南京路，讓人笑死了。」

「笑什麼？又不是沒窮過。中大時候，我一年四季一件長衫。」

「你穿舊長衫，也比這好得多。再說你現在不是窮大學生，而且是在上海。」

「上海怎麼樣？新聞學院的教員，每天都是一樣的藍制服，或者土黃軍裝，都是這樣。只有他們穿的平底布鞋，我穿不慣。」

「所以你也要這樣穿戴？」

「當然，共產黨把這些當作標準，判斷誰是資產階級，誰是無產階級。班裡有個女學員，也是舊人員，穿旗袍，說坐地板太髒，不肯坐，教員聽到，批評一頓，說是資產階級作風。」

「現在又不是在新聞學院，我們出去蕩馬路。你陪我，能不能換一換？走在霞飛路上，讓人家笑話。」

「霞飛路現在叫做淮海路了，不要再亂叫，別人聽到要猜疑。」

「叫錯一個路名有什麼可猜疑的。別打岔，快去換衣服。」

爸爸站著，看著媽媽，想了半天，終於說：「好吧，既然是陪你過生日嘛，只好聽你的。不過這很危險啊，如果在馬路上被哪個教員看到，回學校可能要挨批評。就算被一起上課的舊人員看到，回到班上一匯報，也會惹麻煩。」

「蘇儒，你以前瀟灑豁達，清高得很，現在怎麼這樣謹小慎微，還把別人都想得那麼壞。我不相信，中國人都那樣，總要坑害別人。」

爸爸換上西裝，打上領帶，然後挽住媽媽的手臂，往門外走。

媽媽回過頭來對麗芳大姊說：「我們走了，麗芳。寧寧，弟弟，再會。」

爸爸走出門，對媽媽說：「雍正皇帝有一次賜川陝總督死。川陝總督得勢的時候，有個文人寫詩捧過他，這下也牆倒眾人推。雍正皇帝下命在京大小官員，凡科制出身者，都寫歌詩罵那個文人。好了，滿朝文武，從大學士尚書，到給事中員外，統統寫詩罵這人，落井下石，生怕寫晚了寫少了自己遭殃。雍正皇帝把這些詩文收集起來，印刷發行，你曉得多少人寫了罵那人的詩詞？大大小小，三百八十五名官員。可怕不可怕？有人存心用別人的鮮血染紅自己的頂戴花翎，有人要搬掉自己的擋腳石，更多人這樣，是為保全自我，莫為已甚。」

媽媽轉臉看著爸爸，關切地問：「你在華新，沒有什麼麻煩吧？」

「沒有，我時時刻刻，小心謹慎。我學習努力，竭盡可能，表現願意靠攏共產黨，一心參加革命。同學們還推舉我編寫了一個活報劇，叫做《這一年》，歌頌我們在華新的思想改造生活。

聽說我們這一期還有兩個月，九月就結業了。」

「那就好了，你說過的，結了業，就會有個工作了。」

「學習完了，表示我接受了共產黨的教育，靠攏了革命，可以為他們做事了。」爸爸忽然轉了話題，說：「我前兩天抽空，專門去看望了一下趙敏恆先生。早聽說他搬出崑山路的家，在離百老匯大廈不遠的一處公寓住，在蘇州河邊。」

「你說詹文滸總經理讓共產黨逮捕了？他也留下來迎接共產黨的，怎麼回事？他那樣地位的人，總不至於做國民黨的臥底特工吧？」

「誰曉得，我是看不出來。不過趙老總還是在復旦大學新聞系教書，住在教員宿舍，過去是日本空軍官舍，兩層小樓。看上去，趙老總身體和精神都還不壞。他告訴我，他也到蘇州華東革命大學去過兩三個月，就像華東新聞學院一樣。」

「那麼說，他也算通過了共產黨的政治考查。」

「趙老總那樣的人，性格，地位，名望，職業精神，恐怕都不會容忍向共產黨俯首聽命。他房間裡公開擺一架無線電短波收音機，他每天聽外國新聞廣播，了解國際時事。照共產黨的話，那叫偷聽敵台，是死罪，你說可怕不可怕？」

「你這人就是膽小，不許我跟泰來通信。我不回信，他們一定也怕了，不知我是死是活。現在不曉得他們在香港，還是到了台灣？再想聯絡也難了。」

「也許趙老總教新聞，有這個需要，上邊允許。復旦大學校長陳望道，是個老共產黨。我們這樣小小老百姓，不可以沾一點點外國的邊，否則跳到黃河洗不清。」

「我們不談這些了，陪我過生日。」

「對，想好沒有，要一件什麼生日禮物？」

「買什麼禮物？我們現在也沒有那些閒錢，等你有了工作以後再說吧。你陪我到南京路去走走，我就很滿意。」

「給你買生日禮物的錢，我還是存出來了，一定給你買一件。」

「你哪裡存下錢來？我不曉得？」

「給你過生日呀？早算好了的，不能讓你曉得。」

媽媽偎依著爸爸的臂膀，不說話，心裡充滿感動。

兩個月後，新聞學院研究班結業。爸爸的同學，一部分分配到上海房地產管理部門工作，一部分分配到大西北地區，開展新聞工作。可是不管什麼工作，都沒有爸爸的份。他回到家，坐在牆角，默默流淚。媽媽掏出手絹，替他擦去，然後再擦自己眼角邊的淚珠。

「我還能怎樣呢？一年多以來，我一心一意努力，積極改造思想。可怎麼努力都沒有用，還是得不到信任，連一份養家餬口的工作都不給我。」

「別說喪氣話，蘇。」

「都是我這個人的命不好。」

媽媽看了爸爸一眼，低下頭。天氣越來越暗，窗玻璃上雨水橫流，都是悽慘。媽媽心裡的淚比窗上雨水更洶湧。媽媽忽然說：「你不要怕，總會有辦法，我明天出去找工作。」

七十二

第二天早上，媽媽刷了牙，洗了臉，燙好頭髮，臉上撲了粉，描了眉，塗了口紅，穿上西裝衣裙，外套呢大衣，領口掖圍巾，出了門。

寒風刺骨，如刀如劍。媽媽裹緊圍巾，不停地在馬路上走。過去相熟的朋友，有的早離開上海，有的搬了家，有的死了，有的失蹤，有的跟爸爸媽媽一樣走投無路，幫不了任何忙。

媽媽為自己的生命傷心，為自己身世帶給爸爸的傷害而痛苦。有的時候，她希望離去，讓爸爸再找一個革命女性結婚，他馬上就會得到光明的前途。可媽媽沒有這個勇氣，她有兩個兒子，一個三歲，一個一歲。沒有母親，兩個兒子怎樣生活？古今中外，有過多少繼母虐待孩子的故事。媽媽想到我們兩個挨打受餓，就恐懼得發抖。媽媽捨不得把我們丟在慘無人道的世界上，受苦受難。

又冷又餓，心裡惦念我們，媽媽萬般無奈，只好又空著兩手，走回家。到弄堂口，望到自家小樓的窗口，見我趴在窗前，向外張望，媽媽站住腳，低下頭，又忍不住流出眼淚。

「是沈太太吧？這麼冷的天，立在外面啥事體。」

媽媽聽到有人叫她，趕緊擦掉淚，抬起頭。是鄰居一個中年婦女，胖胖的臉，很和氣，粗布短衣，頭髮也剪得很短。媽媽記得進進出出見過面，不過只點點頭，甚至沒有問過一聲好。媽媽不曉得她住在弄堂左手邊還是右手邊，更不曉得她叫什麼名字，只知弄堂裡大家都叫她錢媽媽。

錢媽媽說：「沈太太，天這樣冷，獨自一人，立在此地落眼淚，會生病的。有啥困難？我們里弄可以幫幫你。」

「家裡大大小小要吃飯，先生沒有事做，難死了。」媽媽好像委屈的孩子，遇到一個人可以訴說，眼淚又落下來。

錢媽媽說：「要尋工作？沈太太這樣大學畢業，文化高的人，弗難弗難。」

媽媽從香港回到上海，不敢再住虹口狄思威路的花園洋房，在這裡陝西南路租一間小屋，整日龜縮，跟鄰居們都無來往，不敢把自己的身世說給任何人。卻不料里弄裡的人，了解她的情況，令她吃驚。可此刻媽媽傷心，想找工作，沒有閒心多想別的，抽泣著說：「我在外面轉了蠻多天，走投無路。」

「現在上海百廢待興，很多機關都缺人。那邊里弄的賈先生，上個星期才在中國人民保險公司尋到事體。他講那裡職員不夠，眼下還在招聘。後面一條弄堂的吳先生前幾天講，人民教育出版社正在招考小學教科書編輯。我還聽說，上海有家大陸廣播電台，正在招考編輯和廣播員。沈太太北平話講得這樣好，一定考得取。」

媽媽很感激地說：「謝謝，謝謝，我從來沒聽說過這樣的消息。」

「里弄裡要開會，我走了。以後聽到啥地方招人，我就通知你。沈太太有空辰光，也來里弄裡廂開開會，我們實在需要沈太太這樣有文化的人幫忙。」

「是，是。」媽媽說，「兩個小囡還太小，以後一定爭取參加里弄工作。」

兩個人點點頭，分了手。沒走幾步，錢媽媽又在背後叫住媽媽，走回來，臉有些紅，結結巴巴說：「實在對弗住，有些言話不應該講，也還是講講比較好。照過去言話，沈太太這樣打扮，也算儉樸，又得體又好看。不過現在弗一樣了，那些機關裡廂管事體的人，全是北方來的鄉下人，一輩子窮慣了，只會穿粗布衣衫，看見沈太太這樣，只怕他們認定是資產階級，就弗會錄取。沈太太若是真心想尋工作，明朝出門最好換件衣裳，頭髮不要燙，臉上不要撲粉擦口紅。」

媽媽聽了，很不好意思。她從來沒有想過這些，聽也沒聽過。她甚至不曉得，現在上海婦女穿什麼樣的衣服。

錢媽媽聽媽媽這樣問，笑了笑，抬手指，告訴媽媽：「那邊三條馬路過去，有家服裝店，儂走進去，只講一聲要買列寧裝就好了，他們曉得是啥東西。現在上海，外面做事的婦女，都是穿那種衣服，一模一樣。」

媽媽打量著面前的錢媽媽，問：「是不是跟你穿的這件差不多？」

錢媽媽兩手把衣服拍拍，說：「是呀，我也是那地方買來穿的。」

媽媽千恩萬謝，問：「錢媽媽幫我這麼多忙，日後一定要謝你。」

「以後你來里弄工作，就會常常見面了。」錢媽媽說完，轉身走掉。

媽媽站著，想了想，轉身走出弄堂，到錢媽媽所指的那家服裝店去。

列寧裝是一種軍裝樣的制服，有灰和藍兩種顏色，其實灰的不灰，藍的不藍。棉布材料，短上衣，四五個鈕扣一直扣到下巴前，左胸前有一個口袋，下襟也縫上兩個方形大口袋。身後沒有卡腰，上下直筒，背後看去分不出男女。前面看，男裝衣領尖，女裝衣領圓。布料粗糙，拿手摸，覺出摩擦，難以想像怎樣穿上身。做工簡陋，針腳不直，袖口線頭露出一寸長，用手一拉線頭，這條袖子或許就會掉下來。上衣三個口袋，都有些歪斜。照以前，這種衣服媽媽看也不會看一眼，現在她非買一身穿不可，否則她不要想找到一份工作。媽媽手上沒有現金，解下領子裡的圍巾，說：「這條圍巾值四倍你那身衣裳的錢。」

店老闆說：「這樣圍巾，現在沒人要。戴那樣圍巾出門，當資本家？」

媽媽脫下身上呢大衣，放在櫃台上，說：「圍巾沒有人要戴，這件大衣，總會有人要穿，這件來換，可以嗎？」那件呢大衣是是爸爸作南京特派記者的時候，給媽媽買的生日禮物，英國進口毛料，精工細作，價格昂貴。公平交易的話，這一件呢大衣，夠換幾百套列寧裝。

店主人拿著大衣抖抖，翻過來，掉過去，看了又看，不忍放手，最後終於答應跟媽媽換一身列寧服。媽媽抱著那身粗製濫造的列寧裝走出店門，聽見店老闆在後面嘟囔：「這件大衣，好是實在好，可是現在沒有人敢穿，賣不出去的。穿在身上，只有惹麻煩，當資本家捉起來槍斃。」

媽媽聽了，魂不附體，頭也不敢再回，飛跑回家。

第二天一早，媽媽穿起那身列寧裝，站到鏡子前一看，自己嚇了一跳，不認識鏡子裡的人。轉兩個身，前後看看，媽媽閉上眼，不忍再看，眼圈紅起來。

麗芳大姊抱著弟弟過來，也奇怪，說：「沈太太穿啥衣服，像個鄉下人。」

媽媽轉過身，高興地問：「像鄉下人了嗎？那就好了。」

爸爸聽見了，掀起房中間掛的布帘，走出來看，說：「新聞學院的女幹部，都穿這種衣服，叫做列寧裝。」

媽媽用手蒙住臉，搖著頭，晃著肩，大聲說：「我要出去找工作，只好穿這種衣服。不許你們看，都轉過去，不許看。」

這麼搖了幾次頭，媽媽脖頸皮膚磨得痛，對鏡子一照，脖子磨出一條紅線，火辣辣的生疼。沒辦法，媽媽只好又拿出一條紗圍巾，掖在衣領裡面，保護脖頸。想了想，又把圍巾摘下，脖頸馬上又痛起來。怎麼辦？媽媽看看窗外，心想反正天冷，戴條圍巾也平常，便又把圍巾掖好，免得脖子挨磨。

媽媽問：「人家說，現在臉上不可以擦胭脂，我的臉是不是蒼白得嚇人？」

爸爸說：「白是有些白，可是還好。你的眉毛彎彎，滿漂亮。」

媽媽往門外跑，說：「不要聽，不要聽，我走了。」

爸爸在後面叫：「出去找工作，不提個什麼包嗎？」

媽媽回進屋，問：「什麼包？穿這身衣服，我那些皮包都不配。」

爸爸笑了，說：「隨便什麼包，麗芳平時買小菜的袋子也可以。」

麗芳大姊說：「買小菜都提菜籃子，不過我有個布袋子，可以拿去用。」

爸爸說：「你很早不在外面做事了，職業婦女手裡都提個袋子。」

麗芳大姊找出自己的布袋子，遞給媽媽。兩塊粗灰布縫在一起，裝個提手，大概兩千年以前的人就用這樣的布袋子。

媽媽提了布袋，說：「我走了，中午如果不回來，你們先吃飯。」

爸爸說：「不要跑太多地方，慢慢來。」

媽媽不理，自管走上馬路，一直走到附近霞飛路上的郵局。今天她特別注意，出入郵局的人，果然很大一部分，都穿著跟自己身上差不多的衣服，一般顏色，一般式樣。也還有少數人，穿著色彩豔麗款式高貴的衣服，顯得刺眼，周圍的列寧裝們，都用憎恨的眼光，看著他們。媽媽以前沒有注意過這些，現在看到，渾身發抖，暗自慶幸昨天聽錢媽媽指教，換了裝束。

在郵局櫃台上，她問清了中國人民保險公司，人民教育出版社和大陸廣播電台的地址。或許因為她穿的是列寧裝，櫃台裡的小姐對她很客氣，把她叫做同志。媽媽道謝臨別時，那小姐還讚揚一句說：「你穿的衣服很漂亮。」

媽媽下意識地用手摸摸衣領裡的圍巾，說：「天氣太冷，所以才戴的。」

那小姐笑著說：「那條圍巾，才是錦上添花，你哪裡買的？」

「家裡箱子底翻出來的，誰曉得什麼時間買的，還是人家送的。」媽媽不敢說那條紗圍巾是五年前結婚的時候，爸爸陪她到南京路永安公司去買的。

走出郵局，媽媽不禁又低下頭，看看身上那套灰不灰藍不藍男不男女不女的列寧裝，覺得好像還過得去，並不十分醜惡。那件呢大衣換得值，至少在郵局裡，這身制服幫了忙。不穿這身衣服，櫃台後面小姐大概不肯幫忙。媽媽這樣想著，增加了一點自信力。

中國人民保險公司在外灘一座大樓裡，大概以前是哪家外國保險公司，共產黨接管以後改叫人民保險公司。共產黨一切機關的名字，都有人民二字在前面。媽媽鼓足勇氣，推門走進去，大廳裡富麗堂皇，水磨石地面，玻璃窗掛著絨布窗簾。

迎面桌後接待小姐也穿列寧裝，抬起頭客氣地問：「請問，你找人嗎？」

媽媽臉紅起來，說：「我聽說貴公司招收職員，我想來應徵。」

小姐說：「哦，是的。請你在那邊茶几上取一張報名表，填寫好了以後交來，我們會通知你參加筆試的時間。筆試通過了，再通知你口試時間。口試通過了，報上級審查批准，你就可以來上班了。」

「謝謝。」媽媽說完，照小姐指示走過去。

旁邊一張玻璃茶几上，散亂推放著許多紙張表格。媽媽彎腰拿起一份，想想，又拿了一份，然後對接待小姐點點頭，說：「我拿回家去填好，明天來交表。」

小姐點點頭，笑一笑，說：「可以，明朝會。」

媽媽把那兩張報名表放進布袋子，心想還是爸爸有經驗，讓她拿了個布袋，否則她怎麼拿這兩張報名表回家呢。

人民教育出版社完全不同，在樓房後面夾道之間的一排木板平房裡，就像臨時搭的工棚一樣。媽媽按著地址，在馬路上繞了好半天才找到。媽媽走過幾次，沒有看到掛的牌子。走進門，一個人都看不見。前面沒有接待小姐，沒有沙發茶几。四周牆壁上光禿禿，只掛了一張毛澤東畫像。窗邊擺了四五張桌子，桌上堆些紙張，桌子後面各有一把木椅子。牆角地板有兩處壞了，露出黑黑的洞。

媽媽站著，不知該進該退，正要轉身出門，一個也穿列寧裝的男人，從門外匆匆走進來，差點迎面碰上。他急忙停步，問：「你找人嗎？」

媽媽臉紅紅的，低著頭，說：「我想來應徵小學教科書編輯。」

那人上下打量媽媽一下，哦了一聲，沒說別的話。

媽媽在保險公司多長了一點常識，現學現賣，說：「我想先領一份報名表，回去填好了再交來。」

那人走到一個桌邊，放下手裡拿的紙張，頭也不抬，對媽媽說：「我們沒有報名表。回去自己寫一份簡歷，說明希望做的工作，交來就可以了。然後參加筆試，安排談話，跟領導見見面。」

「明天來了，簡歷交給誰，門口沒有人。」

「沒關係，這幾個辦公室，都是出版社，見到誰，交給誰都行。辦公室很小，大家互相都認識。」

「是，明朝會。」媽媽說著，退出了門。

最後媽媽坐電車，找到大陸廣播電台。一座小洋樓，頂上立一根天線杆，上面纏了許多電線。大門口台階上站了一個兵，大概只有十七八歲，穿著土黃制服，左胸前佩戴一塊方型白布番號牌，頭戴軍帽，手扶長槍。

媽媽看見兵，有點怕，但是已經到了他面前，硬著頭皮，說：「我來這裡報名考編輯和廣播員。」

那兵把手朝門裡一指，說：「到傳達室去問。」

媽媽戰戰兢兢走上台階，走過那兵士身邊，進了大門。走廊一邊半截櫃台上立著一面大玻璃牆，高到天花板，像銀行取款台。玻璃牆上一扇小窗打開著，裡面一個中年婦女看見媽媽走進門，站起身，走到窗邊，大聲問：「找誰？」東北人口音。

媽媽站住腳，小聲問：「我聽說大陸廣播電台招……」

女人打斷媽媽的話，不耐煩地問：「會說北京話嗎？」

「會。在北平念過小學和中學……」

女人又打斷媽媽的話，這次口氣更重，說：「北京，不是北平。」

媽媽嚇了一跳，連忙說：「對不起，對不起，是北京，北京。」

那女人從小窗裡丟出一張表格紙，說：「填好交來。」話音一落，啪一聲小窗關緊，那女人轉過身，走回桌邊，不再理會媽媽。

媽媽不敢再多問，忙把那報名表也塞進手裡的布袋子，轉身走出樓門，走過大兵身邊，走下台階。回家路上想想，媽媽最覺舒服的是那家保險公司，裡面人大概都是過去洋行留下來，還算客氣，一切有規有矩。其次是那家教育出版社，雖然破破爛爛，到底做教育一行。裡面人雖然冷淡，可起碼應該知書達禮，不知有幾個是大學畢業。媽媽最不喜歡的，是這家廣播電台，如果去那裡上班，每天經過站崗的士兵，還經過那個更年期的傳達室老女人，真夠受。

第二天媽媽沒有去三個地方交報名表，她在家裡，花了整整三天時間，琢磨寫法。她的家庭背景太複雜，寫得不妥當，把人家嚇壞了，連筆試也沒資格參加。爸爸念過新聞學院研究班，陪著媽媽坐了三天，幫她改寫自傳簡歷，斟字酌句。

第五天頭上，媽媽又跑去這三個地方，分別交上報名表或者簡歷。

七十三

之後兩個多月，媽媽前前後後跑了許多趟，分別參加三個機關的筆試，教育出版社還有一次複試。廣播電台筆試之後，通知到錄音間做兩次語音錄音測驗，一次先看稿，準備以後再念，一次不預先看稿，當時就念。

三處機關的筆試、複試和語音測驗，媽媽都順利通過了。三個月後，三個機關都安排了口試或者談話。爸爸很高興，認為媽媽很有希望拿到起碼一份工作。媽媽心裡雖然很緊張，可也抱著不小的希望，一家人快快樂樂過了個春節。

春節過後，媽媽繼續隔幾天去一個機關，或口試或面談。四月初，保險公司第一個寄來通知，媽媽落選，沒有說明原因。又過兩個星期，教育出版社也寄來通知，說明媽媽文化知識和編寫能力都很出色，可是因為編寫小學教科書的嚴肅性質，他們必須找政治上更合適的人，所以媽媽落選。媽媽的心漸漸涼了，覺得沒有希望。

直到四月底，廣播電台才寄來一張通知，要媽媽再去口試面談一次。那之後，媽媽又去電台錄音面試了好幾次，每次都是見不同的人。幾個電台正副台長和各部主任，都跟媽媽談了話，有的不止一次。幹這個工作，媽媽實在是百年不遇的人才。大學畢業，能寫能念，中外歷史文化知識豐富。更重要的，媽媽在北京生活過六年，上小學中學，學過京戲崑曲，聲音清楚響亮，一口北京話標準得不能更標準。而且媽媽能聽懂好幾種方言：上海話、湖北話、山西話、四川話、廣東話。電台的領導和記者編輯各地人都有，南腔北調，廣播員能迅速聽得清，聽得懂，又能迅速流利地用標準北京話說出來，確實不容易，那些已經在職的播音員也都很羡慕媽媽。能找到一個像媽媽那樣的播音人才，實在是天賜。門口站崗的兵認識了媽媽，見面開始點頭打招呼，說句問好的話。傳達室的老女人認為媽媽會被錄用，開始對她和顏悅色。

五月下旬最後一次談話以後，電台三個台長一起告訴媽媽：經過多輪選拔，電台已經把媽媽列入最後選擇的兩人名單，報市委審批。電台希望兩人都能通過審查，立刻開始工作。

媽媽回到家，興奮異常，換下列寧裝，親自到廚房，打雞蛋切馬鈴薯，做了一份馬鈴薯沙拉。飯桌上，媽媽仔仔細細講廣播電台的人和事，我聽不懂，吃完沙拉吃飯。

媽媽說：「聽他們口氣，好像很有把握。」

爸爸說：「本來，在上海要找講北平話講得好的，不容易。」

「他們一直不提付多少錢薪水，三個地方都沒提過，不曉得薪水會多少，夠不夠我們一家用，我也不敢問。」

「共產黨軍隊本來是供給制，現在政府機關也都一樣做法，一切分配供給，個人只有少量津貼，跟我上新聞學院一樣。」

「那麼一點點津貼，怎麼夠養家？我有兩個兒子。」

「所謂供給制，只要你在職，你一家人全部所需，都由政府供給。就是說全家大小每年四季衣服，一年三百天吃飯，都由政府發。沒有房子住，也由政府給你分配，當然會很小，夠睡覺就是。只要你一進入政府人員編制，全家至少衣食不愁，雖不富裕，也不致餓死。寧寧弟弟長大，上幼兒園、小學、中學、大學都由政府管。」

媽媽搖頭不相信，天下哪有這等好事。可如果這是真的，那就太好了。媽媽日日夜夜，盼望接到電台的錄用通知，每個星期，到電台門房去問一次

幾個月過去，毫無音信，媽媽每次去，電台的人總說：再等等吧。九月了，秋風已起，天似漸涼，小雨迷濛，媽媽又到電台去。這次，媽媽走到電台門房，裡面那個婦女，不再笑嘻嘻，而是板著臉，走過來，看也不看媽媽一眼，從玻璃窗裡丟出一張紙，便關了窗，轉身走開。

媽媽拿起那張紙頭，打開看，上面寫著：經上級審查，陶琴薰不得錄用。媽媽手拿著這張紙，愣在那裡，一動也不動。

門房裡女人回臉看看，冷冰冰地說：「別在這兒站著了，走吧。」

媽媽慢慢轉過身，兩眼僵直，木然走出門去。下台階的時候，那站崗的兵跟媽媽說再見，媽媽也沒有聽見，沒有反應。

雨絲漸密，天色暗淡，時方下午，卻似黃昏。秋風勁挺，捲著滿地乾枯落葉，在街邊牆腳旋轉。馬路上行人很少，店鋪也紛紛掩門，天地間灰濛濛，空蕩蕩，只有媽媽一個人，手裡捏著那張上級決定，在路上蹣跚行走，肩膀上拖著那條圍巾，長長地在風中飄舞，時而呼啦啦作響。她得不到這個工作，就意味著她的全家將沒有食物衣衫，她的兒子們將上不了幼兒園和小學。這幾個月，爸爸也一直到處跑，也沒有什麼結果。怎麼辦？一家人好像沒有別的出路，只有等死。

媽媽胡思亂想，心裡悲傷，走了許久，漫無目的。天漸漸黑了，秋風蕭瑟，秋雨飄零，路邊樹上，枯葉飛落，墜在牆邊，等待著滲入泥土的命運。忽然間，遠處傳來嬰兒的啼哭聲，媽媽猛地一震，眼睛睜開，驚恐地凝視著面前的黑暗。

她忽然叫了一聲，趕快轉過身，急匆匆趕回家。爸爸和麗芳大姊早急壞了，看見媽媽的模樣，誰也沒有講一句話。弟弟早睡了，爸爸抱著我，坐在沙發上。

媽媽脫去外衣，坐到桌邊，深吸一口氣，說：「沒有成功，上級不批准。」

麗芳大姊在廚房熱了飯菜，端來擺到桌上。

爸爸說：「沒關係，你不必急，我們現在有辦法了。」

媽媽沒有聽爸爸說話，拿起筷子，問：「寧寧吃夠了嗎？」

爸爸對著廚房說：「麗芳，你把奶粉拿出來給她看看。」

媽媽聽了一愣，抬起頭來，問：「什麼奶粉？哪裡來的？」

爸爸抱著我站起來，笑呵呵地說：「你猜吧，永遠猜不到。」

麗芳大姊從廚房裡拿出一個大鐵皮筒，上面包了花花綠綠的紙，印著中文英文兩種字，遞到媽媽手裡。

媽媽放下筷子，接過奶粉筒看看，轉臉問爸爸：「香港寄來的？」

「對，香港寄來的。」

媽媽眼睛睜得老大，呼吸急促起來，問：「誰寄的？」

「朱立明。記得嗎？他去香港前來看我們，那時你還懷孕，他說到了香港，要買些奶粉寄回來給熙吃。大概費了些事，現在才寄來了。」

媽媽坐回椅中，放下那筒奶粉，問：「給弟弟吃過了嗎？奶粉？」

麗芳大姊端茶出來，說：「你沒回來，我弄了些。他喜歡，吃了一瓶。」

媽媽臉上露出些笑容來，從爸爸手裡抱過我，親親我額頭，摸摸我頭髮。爸爸說：「麗芳，你放下，我來倒。你吃過飯再喝茶，還是現在就倒？」

「我不想吃飯，喝點茶算了。出去的出去，回來的回來。」

「你說什麼？誰回來了？」

「許相萍和黃詠琪都回來了。」

「真的嗎？梁彤武和張初岷也都回來了嗎？」

「兩家子人都回來了，早幾天相萍從北京寫信來說的。」

「她們怎麼會忽然回國來了呢？彤武不是在泰來廠裡做事嗎？」

「相萍說因為在香港聽了曾昭掄教授一場演說，他們決定回來。」

「俞大絪教授的先生？他也回國了嗎？他在英國做教授呀。」

「他接受周恩來的邀請，從倫敦歸國。路過香港的時候，給香港西南聯大校友會發表演講，號召西南聯大校友們回國，幫助建設新中國。聽完曾教授講話，許相萍夫婦、黃詠琪夫婦，當場填報名表，回國參加工作。他們到了北京，都算海外歸國華僑待遇。相萍、詠琪做中學教員，彤武在外貿部，初岷在商業部。」

「你看，我們當初從香港回來，還是不錯吧。就算那時我們沒回來，這次你見相萍和詠琪她們回來，還不是也要回來？連曾教授那麼有名望的教授都不遠萬里，趕回國來，可見共產黨深得民心，他們會把國家建設好。」

「你知道要多少年中國才能建設好，我們現在這樣坐吃山空，能等多少年？而且我們想參加建設，也沒有機會。」

「我剛才要告訴你，被你打斷，告訴你，我有工作了。」

「快說，怎麼回事？」

「我在印尼採訪那次，結識了董寅初先生，他當時是雅加達中華總會總幹事。現在他回國了，在上海主持一家僑資私營的建源公司，經營進出口業務，需要人做英文書信工作，我剛聽說，今天去找他求職，就錄用了，明天開始上班。事情不多，待遇不低，我們一家生活可以有著落。」

媽媽聽了，看著爸爸，說不出話。難怪忽然之間，爸爸今天情緒那麼好，覺得到處天空晴朗，共產黨又成好人了。

爸爸說：「我在那裡先做著，同時再看別的機會。」

麗芳大姊早把桌上碗碟都收進廚房，洗刷起來。

媽媽站起來，把我靠到肩上，哄我睡，問：「什麼機會？」

「我剛才又給二哥寫了個信，求他幫忙舉薦，爭取到國家機關去工作。建源公司到底是私營，不能長做下去。我總覺得，在共產黨天下，必須做國家幹部，才算參加革命，生活才會有確實保障，心裡才能踏實。」

媽媽不講話，看我睡著了，繞過布帘，走到床邊，把我放到床上，蓋了棉被，拉拉枕頭，又拍拍我，才走回桌邊，輕聲問：「二哥會幫忙嗎？」

「二哥不會不幫，他是中央政府最高法院院長，應該有辦法。」

「你有工作就好了，寧寧、弟弟兩個有飯吃，別的我也不想。」

爸爸走到窗邊，望著窗外，忽然說：「什麼時候我們也搬到北京就好了。我對北國久已嚮往，長城烽煙，塞外飛雪，真想親眼看看。而且北京是中央政府所在地，我想會比較能按照中央政策辦事，不會像地方上胡作非為。」

「真能去北京，可以跟相萍、詠琪聚聚，也不會覺得那麼孤單。」媽媽靜默一陣，又說，「眼下到處鎮壓反革命，馬路上時不時衝過一部紅色堡壘，我覺得很緊張。他們抓了不少人吧？只怕他們有一天把我當反革命分子鎮壓了。」

「怎麼會？你從來沒有做過任何反革命的事。」

「我是國民黨大戰犯的女兒，還能不鎮壓嗎？」

爸爸從衣服口袋裡掏出一張紙條，說：「不會的，我可以擔保，你看看這個，如果你是反革命，他們就不會給我發這張通知。」

媽媽從爸爸手裡接過那紙條看看，大吃一驚。紙條上寫著：

茲定於本月二十二日下午七時假迪化南路一七六號召開全區基層肅清反革命委員會代表籌備會議討論編組和研究該次代表大會的目的要求事宜希接通知後準備意見屆時出席是荷

此致

沈蘇儒代表

媽媽有些不相信地問：「他們怎麼忽然會請你去做這個代表？」

「不管怎麼樣，這說明鎮壓反革命，不會碰到我們家。我後天去開會，再聽聽他們的政策。我跟你講，現在看來，共產黨並沒有要整肅知識分子的意思，你放心好了，用不著怕。」

「真能這樣子，我當然沒有什麼可擔心。這麼說起來，告訴你，前些日子有一次，我在電車上看見鄧葆光。」

「誰？鄧葆光，給我們分狄思威路房子的那個人？」

「就是他，中統少將。他留在上海，會不會是潛伏特務。」

爸爸也有些緊張，急問：「你跟他講話了嗎？」

「沒有，當時我嚇得要命，只想趕緊在人群後面藏起來，不要讓他看見，哪裡還敢去跟他講話。」

爸爸鬆了一口氣，點點頭，說：「這樣就好，這樣就好。」

「回來以後我想，他是反革命，我看見了，是不是該當場把他捉住？可是他待我們一直很好，還跟我們沾點親戚，我怎麼下得去手呢？」

「算了，事情都過去了，就算現在要去捉他，也捉不住了。」

「你說我該不該給派出所寫個檢舉信，告訴他們鄧葆光在上海？我怕在車上有別人也認識他，發現我不檢舉，那就糟了。可是這樣去檢舉鄧先生，實在不近人情，我從來沒做過這樣的事。」

「可是我們有什麼辦法呢？這種情況，我們也顧不得許多人情了，只有想方設法保護我們自己吧？」

媽媽想了想，說：「前些天民主婦聯的人跟我講，我有需要可以去找她們，還會替我登記申請職業。以前以為電台工作可以得到，用不著她們。現在這樣，明天我去找她們一下，請她們幫忙找個工作，順便把鄧葆光的事對她們講講，看她們態度，她們不當回事，就算了。」

「其實我覺得，你到里弄裡去做做事，也很好，離家近，沒有上下班鐘點，可以照顧兩個孩子。沒有薪水，也無所謂，現在我的薪水夠用。出去參加點工作，多些社會活動，心情開闊一些，也算給將來找個正式工作打點基礎。」

「我做什麼都行，只要能保住我們這個家。」

七十四

媽媽早上一起來就不高興，洗過臉以後，燙了半天頭髮，卻沒有出門。爸爸已經上班走了，麗芳大姊出去買小菜。媽媽沒有送我去幼兒園，也沒有到里弄裡去，留在家裡，跟我和弟弟玩。

我們用小繩子穿在兩個硬紙圓餅乾筒上，一個掛在我的脖子上，一個掛在媽媽的脖子上，兩個人排隊走步，手裡拿竹筷當鼓槌，在餅乾筒上打鼓。弟弟坐在沙發上當觀眾，手舞足蹈，伊伊呀呀給我們叫好。可是今天媽媽沒有邊走步邊唱歌，一上午都很少說話。

吃過中飯不久，爸爸突然回家來，滿臉是笑，一個手背在身後走進門。弟弟張著手，搖搖擺擺朝爸爸跑過去，麗芳大姊趕過去追。

媽媽扶我坐在沙發背上，問爸爸：「怎麼現在回來？」

爸爸走到媽媽面前，把藏在背後的手朝前一伸，顯出一束鮮花，說：「Happy birthday。」

媽媽鬆開扶我的手，接過鮮花，張開兩臂。爸爸把媽媽抱在懷裡，兩人熱烈親吻。弟弟站在他們兩人腿邊，一邊拉他們的褲腿，一邊大聲叫，他們也不理會。媽媽閉起的眼睛裡，淌出眼淚來。

今天是媽媽三十歲生日。

爸爸放開媽媽，抱起弟弟，親親他的臉蛋。

媽媽擦掉眼淚，聞著鮮花，笑著說：「我去弄點水，插在玻璃瓶裡。」

麗芳大姊早端個花瓶，盛了水，走出廚房。媽媽接過花瓶，放在桌子當中，把爸爸買的鮮花插進去，兩個手扯扯花朵葉子，讓花束展開，搭配得更好看，說：「房間裡一插鮮花，馬上就不一樣了。」

爸爸說：「快穿好衣服，我們出去吃飯。」

媽媽假裝生氣說：「剛吃過飯，又吃飯。」

「你們吃了，我可沒吃，我跑出去給你買花去了。」

媽媽臉上紅紅，心裡高興，轉身走進洗手間。

「快走吧。我還有更好的禮物給你呢。」爸爸放下弟弟，對麗芳大姊說，「我跟姆媽出去一下。」

麗芳大姊說：「你們只管去好了，我帶他們兩個到小公園去白相。」

爸爸突然又對媽媽說：「今天我們出去慶祝你的生日，不是去求職，不必穿列寧裝，我在洋行上班，也還要穿西裝，換一件。」

媽媽剛換好列寧裝走出來，聽爸爸說，笑了一下，又返身回去，換上一件她以前常穿的淡藍印花旗袍，站在鏡前撲些粉，描描眉，抹抹口紅，頭髮今早才燙過。

爸爸媽媽挽著手臂走出門，沿著淮海路一路往東，到冠生園。已經過了午飯時間，店裡沒有多少人。爸爸找到靠窗的一個小桌，拉開椅子，請媽媽坐下。兩個人點了兩客雞蛋糕，爸爸要一杯咖啡，媽媽要一杯可可。侍應生走開，爸爸又叫他回來，要了兩杯紅葡萄酒。

侍應生離開後，爸爸在桌上握著媽媽的手，說：「祝你生日快樂。」

媽媽紅著臉，笑著說：「你講過了。」

「我還要送給你一份生日禮物。」爸爸向前探著身子，瞇著眼睛，喜氣洋洋說，「我真要參加革命了，我們家從此可以不再擔驚受怕。」

媽媽睜大眼睛，望著爸爸，不知說什麼好。

爸爸說：「今天我到公司上班，接到這封信，你看看。」

媽媽接過爸爸隔桌遞來的信，上寫：「蘇儒先生：關於你的工作，已決定到《上海新聞》編輯部去，請你即向仲華社長接洽。希望你到工作崗位後，始終積極地全心全意做好工作。」

爸爸說：「寫信來的惲逸群，是上海《解放日報》的社長，《解放日報》是共產黨上海市委的機關報。」

媽媽又看看那張信紙，問：「《解放日報》社長怎麼會管到你頭上？」

「惲逸群在共產黨上海市委主管宣傳，當然上海所有的報紙電台都歸他管，分配我到《上海新聞》當然也由他決定。」

「他怎麼忽然想到找你？」

「我猜想，肯定有二哥託人的關係，不過我還沒有查證。」

「你已經去過了嗎？我是說，《上海新聞》報社？」

「剛去過了，就在愛多亞路《字林西報》以前的地方，前面是編輯部，後面是印刷廠。《上海新聞》是共產黨接管上海《字林西報》和《大陸報》兩家報紙以後合併的英文報紙，最上面是政務院國際新聞局管，具體領導是上海市委。」

「原來你到報館跑了半天，所以沒吃中飯，還說是給我買花。」

「去過報館之後，我也確實繞了路，專門買花給你，所以沒有吃中飯。」

侍應生端個托盤，把兩小杯紅葡萄酒，一盤兩客雞蛋糕，一杯咖啡，一杯熱可可，兩副刀叉調羹和餐巾，放到桌上，招呼一聲：「慢慢吃。」

爸爸看著面前的點心，搓搓手，說：「我真肚皮餓了。」

媽媽拿叉子指指桌面，說：「兩客蛋糕都是你的。」

爸爸舉起酒杯，對媽媽說：「大人了，也不要插蠟燭、唱生日快樂了，我們碰一杯，祝你生日快樂。」

媽媽舉起杯，跟爸爸碰了一碰，小飲一口，放下杯子，說：「三十歲，人都老了，還一事無成，有什麼可慶祝。」

爸爸切著蛋糕，說：「我們有一個家，有兩個健康聰明的兒子，相親相愛，怎麼叫一事無成？」

「三十歲，博士都該拿到了。雪萊三十歲已經死了，寫出那麼多偉大的詩作，世界聞名，永垂青史。」

爸爸又好一塊蛋糕，沒有送進嘴裡，手又放下，說：「薰，今天你過生日，怎麼說這樣的話？人生之於社會歷史，不過如潮流中之點滴。面對歷史，有時候好像是人在自己作出選擇，實際上不是，是歷史對人作出選擇。我們跟雪萊生活在不同的國度，不同的社會，不同的文化，不同的時代，我們不能拿雪萊作我們生活的榜樣和標準。中國正在經歷巨變，是變好還是變壞，現在誰也不知道。沒有人能預知歷史，也沒有人能操縱歷史。在這個巨變中，我們家受了許多苦，可我們還是生存下來了，你過生日，我們還可以到冠生園來吃點心。相比於數十、上百萬人更悲慘的命運，我們可以算是很僥倖的了。薰，今天你三十歲，好好過，享受歷史給予我們的恩賜。再過三十年，你六十歲，我們還到冠生園來慶祝，那時我們回過頭想想今天的多愁善感，也許會覺得可笑。再過三十年，你九十歲的生日，我們再來……」

聽爸爸講這一大篇話，媽媽撫摸著桌上爸爸的一隻手，心裡平靜下來。最後聽爸爸說到她九十歲生日，忍不住格格笑起來，說：「別說了，九十歲老太婆，彎腰駝背，牙都落光，還能到冠生園來麼？」

爸爸終於把叉子上那塊蛋糕送進嘴裡去，嚼了兩口，說：「沈家陶家人，都長壽，活九十歲很平常。那時候讓我算算，二〇一一年七月六日，我們老頭老太太一道來，對那些小青年們講，你們曉得六十年前冠生園是什麼樣子嗎？」

媽媽哈哈大笑起來，跟爸爸在一起，不發愁的時候，真有意思。

爸爸又切一塊蛋糕，放在口裡吃，看著媽媽笑。

媽媽笑過一陣，穩定下來，喝了口酒，問：「這麼大了，還瞎鬧。說正經的，你覺得《上海新聞》怎麼樣？」

爸爸嚼著蛋糕，回答：「我在《上海新聞》做編輯，不做記者。社長金仲華你在重慶見過，我去美國新聞處工作，是二哥介紹給他的。金仲華是上海市的副市長，所以根本不管《上海新聞》的事，都是編輯部主任陳麟瑞主持，陳先生是我在暨南大學時候的老師。編輯裡還有應陽和曹昆幾個，是我們中大英文系前後班的同學。熟人們一道做事，相互了解。我想去那裡，心理上可能會放鬆些。」

「你已經答應他們了？」

「當然，他們說我可以馬上去上班。《上海新聞》是共產黨領導的報紙，在那裡做編輯，就等於他們接受我，信任我了，我就算參加革命，作國家幹部了。」

「那麼建源公司不做了？」

「不做了，我吃過飯回公司去跟他們辭職。」

「《上海新聞》薪水比建源公司怎樣？」

「不如建源，他們告訴我，考慮到我的工作經驗和能力，他們給我的薪水，在報社算是高的，每月二百個折實單位。」

「什麼叫折實單位，不發錢嗎？」

「上海現在通貨膨脹，錢幣不穩定，黨政機關實行這種薪水作法。一個折實單位包括一定數量的糧食、菜油、柴煤和棉布等基本生活必需品。每月發薪水的時候，按這些物品當時的價格折算成錢數，發給職工。就是說，每月這些錢發下來，一定能買到這些數目的東西，保證職工家屬生活。每月折實單位多，表示領到的錢多。」

「這麼複雜，聽得糊裡糊塗，不過我現在生活要求不高。」

「現在大家都一樣，誰也不能追求個人物質生活。我們能吃飽穿暖，孩子們健康，發育良好，就可以滿足，隨大流過日子。」

媽媽看著爸爸，心裡難過，說：「我們總算有了光明出路，應該慶祝。來，慶祝你成功。」

兩個人都舉起酒杯碰碰，相對笑一下，都喝了一口。

爸爸放下酒杯，嘆了口氣，說：「反正別人能活，我們也能活。」

「參加了革命，滿足了心願，我們生活有了保障，還嘆什麼氣？你剛才那麼興致勃勃，報告我這個喜訊。」

「對，對，不說了，不說了。」爸爸答應著，用自己的叉子插一塊蛋糕，舉起伸過，要媽媽張口，送進媽媽嘴裡。「今天是你的生日，快快活活才好。」

媽媽吃完那口，說：「你重新做報館，又要夜裡上班了。」

「對了，我做要聞編輯，下午上班，午夜要看完大樣以後才能下班。我們現在只一間屋，不大方便，我有些擔心。」

「擔什麼心。只要你覺得這樣好，我們自然幫你。晚上我和孩子們不等你，先睡。早上起來，我送寧寧去幼兒園，麗芳帶弟弟出去找地方玩玩，讓你睡覺。孩子們中午回家，你也起來了，一起吃過中飯，你去上班，這樣也正好湊我的時間。」

爸爸剛喝一口酒，聽媽媽這句話，忙問：「你說什麼？湊你什麼時間？」

媽媽說漏了嘴，只好清清嗓子說：「我也有機會出去工作。」

爸爸沒說話，望著媽媽，又喝一口酒，耐心等待。

媽媽不好意思，說：「不過有些怕，一直猶豫，還沒答應下來。」

爸爸有點急，問：「什麼事？你從來沒有跟我講過。」

「我怕又是雷聲大雨點小，一事無成，白讓你操心。」

「什麼事嘛，你到現在還是沒有說出來。」

「上海市政工會想聘我作業餘中學專任國文教員。」

爸爸叫出聲來，隔著桌子，抱住媽媽雙肩，說：「喝酒，我們要再喝一杯。」

「別瞎叫，喝了一杯，臉也紅起來了，不許再多喝。」

「那麼我們碰咖啡，來，乾杯，恭喜，恭喜。」

媽媽跟爸爸碰著咖啡杯，說：「我從來沒教過書，這些年也沒有做事。現在出去工作，有些膽怯。學生都是工人階級，說錯話不得了。好不容易找到一份工作，教不好，丟掉了，怎麼辦？

心裡矛盾，又興奮，又緊張，不曉得怎樣給人家回話。」

「除了做新聞，我最嚮往的工作，就是教書。現在可好，我做新聞，你教書，我的理想都全了。你有能力，有文化，工作努力，怎麼會教不好。」

「那麼你說我應該答應他們？」

「當然，當然，馬上答應他們，別讓他們聘了別人。」

「不會，他們昨天還來問過。里弄裡有個人聽說上海市政工會要開辦工人業餘中學，急著聘兩名專任教員。我覺得是個機會，找民主婦聯那個副部長，幫我開了介紹信，把我的材料寄給市政工會文教部。上星期市政工會通知我可以去上班，我反倒又覺得有點慌，不知道該不該答應他們，所以還一直沒有去。」

爸爸眉開眼笑，盤算起來：「這樣我們都是下午晚上上班，晚飯不能一起吃，可是上午都在家，可以一道吃中飯。我們有兩個人收入，經濟也不會那麼緊張。看，幸虧我們把樓下汽車房改的那個房間租下來，把父母從嘉興接來，我們現在都出去上班，也不必擔心孩子們。」

媽媽皺皺眉頭，看爸爸一眼，沒有說話，把一塊蛋糕塞進嘴裡嚼著。

七十五

北往火車慢慢走遠，不見了蹤影。其他送行的人都已散去，昏黃的站台燈下，只有媽媽領著我的手，站在那裡，默默流淚。麗芳大姊抱著弟弟，站在後面。弟弟早趴在麗芳大姊的肩上睡著了。

「薰，我走了，家裡老的小的，都託付你一個人，辛苦你了。」爸爸登車以前對媽媽說的最後幾句話，反反覆覆在媽媽耳邊響。

媽媽怎麼也想不到，爸爸到《上海新聞》報才工作了兩年多，他們的生活才平靜了兩年多，爸爸便忽然跟隨整個報館，被調到北京去了，他們的生活又被攪亂，他們的家也分離了。

這是一個歷史重複，或是血統遺傳。二十年前，媽媽隨著外婆，在這個站台上送外公北上。當時外公獨自到北京大學做教授，外婆帶著媽媽和舅舅們留在上海。東北發生九一八事件，北平危急，外婆才帶了媽媽和舅舅趕去北平與外公會合。二十年後的今天，媽媽又在這個站台上，送爸爸獨自北上，到北京工作，她帶著兩個兒子留在上海。又要多久，又要有什麼樣的事件發生，才會驅趕他們娘兒幾個到北京去找爸爸呢？上海的冬天，雖不下雪，仍很冷。黃昏時分，寒風漸凜。我們穿著棉襖棉褲，戴著棉帽和棉手套。如果不是送爸爸，這種天氣，媽媽絕對不會允許我們出門，在露天裡站立這麼許久。

麗芳大姊輕聲說：「沈太太，我們走吧，小囡冷了。」

這話喚醒了媽媽，她轉過身，摸摸麗芳大姊懷抱的弟弟。

麗芳大姊說：「弟弟沒事，我抱著，夠暖。」

媽媽說：「我們走。」

四個人默默無言走出火車站，雇了一輛黃包車。黃包車冬天都有棉篷擋風雨，前面有條棉帘遮住，坐在裡面，像坐在一間小屋，挺舒服，很安全。媽媽抱著我，麗芳大姊抱著弟弟，擠著坐，暖暖和和，搖搖晃晃，我很快就睡著了。

「沈太太，我曉得不該問，可沈先生為什麼要去北京呢？」麗芳大姊忽然問。她心好，想找些話安慰安慰媽媽。

媽媽嘆口氣，說：「北京的中央政府要做國際宣傳，懂外文的人不夠用，要他去幫忙。」

「難怪，像沈先生這樣的人才不容易得。」

媽媽苦笑了一下，沒有說話。

「那麼上海報館不做了？做了兩年多，做得滿好，是不是？」

「那間《上海新聞》已經停掉了，所以沈先生才走。」

「真是的，沈先生辭掉建源公司去做報館的時候，我就想不來。報紙那東西，可有可無，說不定哪天就停了，不像吃飯住房子，天天不能少。上海人，還是做生意好，吃的喝的，住的用的，人人缺不得，總要一直做下去。沈先生在建源公司做得好，薪水拿得多，辭掉可惜。現在你看，報館關掉，丟下一家人，自己到北京。沈先生平時油瓶倒了也不會扶，一個人在北京怎麼吃飯喝茶呢？」

媽媽嘆口氣，說：「那倒不用擔心，機關裡有食堂，只是不會洗衣服。」

「沈先生何必要去北京，報館關了，再跟建源公司講講，回去做，人家不會不要沈先生的吧？」

「報館關掉的原因，就是把報館這些人和機器一起都搬到北京去。」

麗芳大姊這才明白，說：「哦，沈先生的報館不是做不下去才關掉的。」

「上海的外國僑民差不多走光了，沒有多少人還要看英文報紙，不搬去北京，早晚也要關門。」

「報館那麼多人，一起都派到北京去了嗎？」

「對，全部搬到北京去。報社印刷廠工人跟機器，搬到北京辦個外文印刷廠。沈先生這樣的編輯，搬去北京，有的到新華社對外新聞部，沈先生去參加籌辦一個叫做外文出版社的機關。」

「那地方一定好，所以派沈先生去。」

「據沈先生講，外文出版社是由政務院新聞總署國際新聞局轉過來，還在籌辦之中，沈先生到外文出版社一個叫做《人民中國》的雜誌去做編輯。」

「都是做外國文的書嗎？沈先生真了不起，中國話講得那麼好，字寫得那麼好，外國文也講得好，還會寫。中國字已經難寫得不得了，外國字當然更難寫。」

媽媽笑了，說：「其實，最難寫的是中國字，外國字才不難寫。」

麗芳大姊見媽媽心情放鬆了些，很高興，接著問：「沈太太怎麼不去呢？北京會講外國話的人不夠，沈太太也會講外國話呀。」

媽媽嘆口氣，說：「我跟沈先生情況不一樣，我家庭出身不好。」

「沈太太書香門第，讀過書，怎麼出身不好？」

「你那是舊社會的說法，現在讀過書的人，都算出身不好。你們窮苦鄉下人才出身最好，叫做卑賤者最聰明。」

「瞎七搭八，沈先生沈太太這樣人才聰明。」

「麗芳，以後講話要小心。」媽媽指指前面的棉帘，表示不要讓拉車的人聽到，轉臉對著麗芳大姊的耳朵，說：「這句話不是平常人講的，是毛主席講的。」

「不管誰，他說不讀書的人才聰明，就不對。」

媽媽笑了，用手捂住麗芳大姊的嘴，貼著她耳朵說：「你講話小聲點，讓人聽見不得了。記住，以後不可以亂講話，會殺頭的。」

「我不講了。」麗芳大姊答應，又問，「沈太太為什麼不跟去北京呢？」

「他們報館講，編輯們自己先去，開始工作。那裡現在沒有地方安排，家屬以後再說。我也並不願意離開上海，我在業餘中學教書，可以像個平常人一樣工作，不必太自卑。這對我，太珍貴，太不容易，願意對我好的人實在不多。」

麗芳大姊跟著媽媽嘆口氣，沒說話，她曉得媽媽說這句話有多麼沉重。

媽媽繼續：「換個新地方，特別到北京那樣的政治中心，誰曉得又會怎樣。」

「沈先生好像很快活，在家裡整天哼歌子。」

「他是一百個願意，他以為去了北京，外文出版社是中央機關，更證明他得到共產黨接受，參加了革命。」

說著話，到了家。媽媽睜著眼，躺了一夜，想爸爸，到第二天早上才睡著一小會。起床一看，已經中午了。麗芳大姊老早背著弟弟，買了小菜回家，在廚房裡做飯。我沒有去幼兒園，照舊坐在沙發背上，邊看街景邊玩小東西。

媽媽爬起來，刷牙洗臉，說：「怎麼不叫我一聲？睡過頭了。」

麗芳大姊答：「忙什麼，睡夠了才好出去做事，擺桌子吃中飯了。」

媽媽關好洗手間的門，一邊換衣服，一邊說：「寧寧，爸爸不在，你就是家裡最大的男人，要學會幫忙啦。」

我跳下沙發背，站在屋中間說：「我會。」

麗芳大姊端個大碗走來，說：「開飯，粉蒸肉，寧寧最喜歡吃的。」

媽媽走進廚房去幫忙添米飯，一手一碗端出來。四個人坐好，開始吃飯。

麗芳大姊說：「外面菜場越來越小了，沒多少小菜可以買。」

「冬天本來青菜少，沈先生又不在，隨便吃一點就可以。沈先生頓頓要吃米飯小菜，在北京就不容易。我喜歡吃麵食，兩個饅頭一根鹹菜就夠了。」

「我可不會做麵食。」

「以後我教你，我們在北京的時候，廚子是東北人，會做麵食。」

吃過了飯，麗芳大姊收去碗筷，帶我和弟弟在大床上玩積木。媽媽在飯桌子上備課，到四點鐘，她穿起大衣，到市工會的業餘中學去教課。

中學在一間工廠後面的一排小平房裡，房子很單薄，冬天很冷。媽媽總是頭一個到校，給教室裡生取暖的煤球爐。不想今天校長已經在辦公室裡，小煤球爐也燃得旺旺的了。

校長只是兼職，在市工會還有別的工作，不常來學校。媽媽走過校長辦公室門前，正奇怪，聽見校長叫：「陶教員，請你等一等。」

媽媽站住腳，隔窗看著校長，問：「校長，您叫我？」

「有時間嗎？有話跟你講。」

「只兩分鐘了，學生們怕已經來了，在等我。」

「那麼上過課以後，你到我這裡來一趟。」

「好吧，再會。」媽媽說著，走到教室，心裡七上八下，琢磨不出校長要跟自己講些什麼。她能感覺到，不是什麼好事情。

「陶教員好。」一陣高高低低的問候聲，驚醒了媽媽，學生們今天好像約好了一樣，一起走進教室來。二十幾個學生，是上海各廠的男女青年工人，臉紅通通的，顯得很興奮。他們剛下工，還穿著工服，鋼廠的帆布衣，紗廠的棉布衣，機械廠的油污衣，幾個學生手裡還拿著燒餅在啃。

媽媽不好意思地說：「今天還沒有生爐子。」

「沒關係，小事一樁。陶教員，你坐著，我們來點爐子。」幾個女學生說著，圍過去，七手八腳生爐子。

媽媽有點奇怪，問：「今天有什麼事嗎？」

一個年紀略長些的學生，站在學生群裡，講：「陶教員是個好教員，教我們兩年，大家學到很多，很感激。我們聽說，沈先生昨天離開上海，到北京去了，陶教員心裡一定很難過，大家想了想……」

媽媽眼圈微微紅起來，問：「你們怎麼曉得沈先生去北京了呢？」

「陶教員昨晚請假，沒有來教課，不是到火車站去送行嗎？」

「不要演講了，快把錦旗拿出來，給陶教員吧。」

七嘴八舌說著，幾雙手一起伸過來，遞給媽媽一個小布卷。媽媽接過一看，是面三角形的紅色小旗，上面黃線手繡幾個字：我們工人的好教員陶老師。學生們都拍著手，笑著，望著媽媽。

校長聽到了動靜，也跑來，在門口張望。

媽媽兩手拿著錦旗，眼淚湧出。她通過辛勤的勞動，得到了學生們的尊敬和愛戴。媽媽用手背抹眼睛，微笑著說：「謝謝，謝謝。」

學生們又說：「我們說好，這個禮拜天，陪陶教員到西湖去散散心。」

媽媽忙擺手說：「那怎麼可以。」

「請陶教員不要推讓，接受學生們的一點心意。」

「跟大家去玩一趟，我當然很願意，只是……」

「陶教員不用自己去車站，我開廠裡的車去接你。」

「陶教員把兩個兒子都帶來，一起去。」

眾人都歡呼起來：「對，對，陶教員一家都去。」

媽媽眼含著淚，走上講台，說：「謝謝大家好意，我們上課吧。」

學生們於是都坐到桌後，打開筆記本。門外，校長也悄悄離去。

「我們禮拜天要去杭州西湖，中國人都曉得，上有天堂，下有蘇杭。西湖跟天堂一樣美，去一次西湖可能是很多中國人的終身夢想。可是西湖對上海人並不那麼稀奇，離得近，隨時可以去轉轉。有人已經去過太多次，不要再去了，對不對？」

有些學生笑。有些學生搖頭。有些同學點頭。

「我三歲從湖北搬到上海，來來去去好幾趟，前前後後，在上海也住了些年，可西湖只去過三次。所以到現在，去一次杭州西湖，對我來說，還是一個夢想。」

學生們相互對視，滿意地笑，他們請媽媽去西湖，是個好主意。

媽媽問：「你們常去西湖，誰能說全，有名的西湖十景有些什麼？」

一個學生答：「平湖秋月，三潭印月，蘇堤春曉，花港觀魚。」

另一學生補充：「柳浪聞鶯，斷橋殘雪。」

再沒有人說話了，數一數，只說出了六景。

媽媽說：「還有曲院風荷，南屏晚鐘，雷峰夕照，雙峰插雲。西湖十景一說，出於宋代畫家們的山水畫名。北宋有個畫家叫宋迪，畫山水聞名，最好的畫有平沙落雁，遠浦歸帆，江天暮雪，漁村夕照，瀟湘夜雨等等，合稱瀟湘八景。這樣一來，山水畫家到處去選八景作畫，這裡八景，那裡八景。西湖美景太多，八景不夠，所以畫出十景，流傳至今。其實，十景能說盡西湖之美嗎？還是不能，對不對？」

「陶教員歷史知識真多，隨便講什麼，都能講一篇。」

「我也並不懂許多。」媽媽說，「不過我的父親原來是北京大學的歷史教授，家裡到處是史書，隨便聽一點，看一點，年紀小，記性好。西湖這些故事，也是我隨父親第一次去西湖的時候，聽他講的。父親曾想到杭州去做法官……」

「陶教員的父親在哪裡？請他來講講歷史，可以麼？」

「陶教員講的這些，三句裡你只懂一句，請陶教員的父親來講歷史，你聽天書一樣，怎麼辦呢？」

同學們哄堂大笑起來。

幸虧這場笑鬧，給媽媽時間掩蓋自己的心情。她轉過身，拿起板擦黑板。從上課到現在，還沒有寫過字，黑板上乾乾淨淨，媽媽還是擦了一陣。同學們看見，都猜到原因，不再講話。媽媽擦過黑板，在黑板上寫了些字，然後轉過身，說：「這就是西湖十景的名稱，做這麼多年上海人，這些是應該認得的吧。你們不必抄，我回家刻蠟板印出來，明天發你們一人一張。」

學生們很高興，說：「禮拜天去西湖，就能夠認得那裡石碑上的字了。」

「別光顧高興，我要留功課的，每個字要寫一行。」

「陶教員哪天不留功課呀，當然寫過字才認得。」

這一天的課，好像過得特別快，一轉眼就下課了，學生們沒聽夠，不肯走。媽媽又跟學生們聊了一陣，才拿著學生給的錦旗，走進校長辦公室。

校長放下手裡的工作，笑了笑，說：「陶教員今天很高興。」

「學生們送我一面錦旗，說我是工人的好教員，這是最高獎賞。」

校長聽了，嘆了口氣，說：「陶教員，請坐。」

媽媽聽到校長嘆氣聲，收起笑容，慢慢坐下來，心裡打鼓，小聲問：「校長，有什麼不對嗎？」

「陶教員，最近一段時間辛苦你了。我和副校長、教務長，一天到晚在外面開會，很少到學校來，都是你一個人支撐學校。」

「那是應該的。」媽媽說，她真希望能永遠這樣下去。

「陶教員是很好的教員，我很敬重陶教員，你曉得。」

「校長信任我，我曉得，很感激。我會努力工作，報答校長。」

校長又嘆口氣，說：「我是個大老粗，沒文化，一直在工會裡做事，沒辦過教育。上級派下來任務，不可以不做。我們工人確實也應該多學些文化，所以做校長。幸虧有人推薦陶教員，被我請到。」

「謝謝校長。學校是校長領導，事情是大家做出來。您這樣說，我擔不起。校長信得過我，我不會忘恩負義。」

校長搖搖頭，說：「我聽說，沈先生調到北京中央工作去了。」

「但是我願意留在上海，一輩子在學校盡心盡力。」

「你還是考慮一下，有機會一起去北京比較更好。」

「謝謝校長關心，我根本沒有要離開上海的打算。我喜歡在這個學校裡教書，學生們剛剛送給我一件錦旗，我怎麼可以離開他們。」

「不是你要離開他們，是他們要離開你了。上海市總工會今天通知，上海市委決定，把我們這所業餘中學關閉了。」

媽媽大張著口，驚得一時說不出話來。

校長嘆口氣，解釋說：「現在全國都在搞三反五反運動，我們幾個人天天到市裡開會，就是為這個。我們這樣一間業餘中學，剛辦起來一年多，有什麼可反？所以我們在學校裡什麼活動都沒有進行。市工會批評了幾次，要求我們學校也揪出三反五反分子來，我在市裡跟他們爭。最後他們打報告給上海市委，下文件，說我們不積極搞運動，乾脆關閉。」

媽媽眼淚快流出來，低下頭。她不懂得共產黨組織裡面怎樣處置事情，說不出什麼來，只替自己的學生難過，低聲說：「學生們好像還不曉得。」

「明天各廠工會發通知，他們就曉得了。」

「真蠻可惜，這些學生都很好學，很用功。」

「我曉得，可沒有用，上頭的人只管政治運動，不管下面的實際情況。」

媽媽低頭不語，她命真苦，剛碰上一個信任她的領導，做一份她做得好的工作，才兩年，就完結了。

靜了一會兒，校長站起身，說：「只好這樣，明天陶教員不必再來了。」

媽媽點點頭，悄悄站起，握著那面小錦旗，轉身走出去。她第二天沒有再到業餘中學去，禮拜天也沒有去杭州西湖。業餘中學的學生曾集體到市工會去請願，要求恢復上課。工會領導拿出上海市委的紅頭文件，工人只得無可奈何散去。

不過媽媽沒有失業，她現在是上海工會圈裡有名的好教員。業餘中學剛關閉，上海市房地管理局馬上把她請去，創辦工人夜校。不到半年，從無到有，媽媽一口氣為房地局職工開辦起七所夜校，成績顯著，眾口稱讚，媽媽的自信力又開始恢復。

七十六

正這時，大爹突然病重。嘉興方言，把爺爺叫做大爹，把奶奶叫做親媽，我們從小在家裡這樣稱呼爺爺奶奶，至今改不過口來。

大爹從搬來上海，跟親媽一起住在樓下汽車間改成的房間裡，很少出門走動，從沒有上過樓。他本來身體瘦弱，一條腿瘸了，走路拄一條手杖。他總是縮在屋裡，戴副圓圓的眼鏡，不管光線明暗，只是看書。

媽媽很少去樓下大爹親媽的屋子，有什麼事，都是麗芳大姊和同住的舅婆婆上下樓跑。舅婆婆是爸爸的舅母，鄉下人以為孩子寄在別人家名下，可以保佑成長，所以爸爸出生後便寄到舅公公名下，爸爸從小把舅公公叫做寄爹，把舅婆婆叫做寄娘。舅公公病故後，親媽便請舅婆婆住到我家，成了一家人。

大爹很長時間一直覺得呼吸不順暢，誰也沒在意，沒有看過醫生。他除了看書，只有一個樂趣：抽菸。他不喜歡上海馬路上買的紙香菸，他用慣鄉間用的水煙袋。這天早上，大爹醒來以後，剛說兩句話，急喘幾下，便再也出不來氣，急得用雙手捶打自己胸口，親媽和舅婆婆嚇壞了，忙上樓叫媽媽。

媽媽下樓來，看見大爹躺在床上，一點不動彈，沒有了呼吸，滿臉憋得通紅，布滿斑斑塊塊的紫色，馬上大喊：「送醫院，送醫院。」

大爹馬上住了醫院，躺在病床上，蓋著白單子，一動不動，半昏半醒，鼻孔裡插了輸氧管，胳臂上吊了滴液瓶。

醫生檢查以後，對媽媽說：「老先生得了很重的肺氣腫，已經很久，現在沒辦法醫治了，只能盡盡人事。這麼大年紀的人，動手術不安全，加上他心臟也不好，情況不大好。」

親媽靜靜地坐在病床邊看守，舅婆婆跑回家去拿早飯。媽媽坐在病房走廊的長椅上，給爸爸寫信，報告大爹的病情。麗芳大姊送我去幼兒園以後，抱著弟弟也到醫院來轉轉。

快中午，媽媽的信也寫好。親媽、舅婆婆和媽媽三個人，坐在走廊椅上吃中飯。聽到病房裡大爹哼了一聲，三個人都驚跳起來，放下手裡的碗筷，衝進病房。

大爹好像緩解過來。雖然鼻子裡插著氧氣管，還好像肺裡氣仍不夠用，使勁鼓著胸口，大起大落地呼吸。聽見親媽和媽媽跑進門，大爹問：「是惠子嗎？」

「是，儂講得出聲了。」

大爹擺擺手，要親媽幫忙從病床前的小桌上拿起眼鏡，給他戴上，這才看得清人臉。大爹問：「給寶官寫信了嗎？」寶官是爸爸的小名。

媽媽答：「我剛寫好，出去的時候寄，航空信到北京要兩天。」

大爹喘著氣說：「寶官剛剛到北京去做事，不好請假。其儒也剛到西安，做報館。你信裡，對他們兄弟講，千萬不要回來，不必回來，回來也沒有用，我自己會好起來。要他們用心做事，不要擔心我。」

「是，我會補上去。」

「我現在好得多，可以回家去了。」

「不可以，醫生講過，你要住幾天。」

「老都老了，這樣喘不上氣，也非一日兩日，怎麼現在倒要住醫院。不要緊，不要緊，回家，回家。」

親媽看著他，不說話。

大爹又說：「住醫院貴得要命的，將來搬去北京，還要一大筆錢。」

親媽說：「錢是小事，身體要緊。」

媽媽看看手錶，說：「我要上班了。我去問問，如果需要，我請幾天假。」

大爹說：「哪裡要請假，你有份工作，不容易，用心做才好，不要因為家裡事體耽誤。家裡人多，夠了。」

媽媽走了。她除了自己輪流在七間學校教課以外，還要編寫教材，安排課程，輔導助理教員，組織考核，審查成績。每天下午上班，總要到深夜十一二點才能回家。今天因為惦記大爹住院，媽媽十點多鐘便從夜校直接趕到醫院。到病房裡一看，空床一張，被單換過，大爹不在。媽媽以為換了病房，找到醫生才曉得，大爹堅持要回家，醫院只好下午就放他出院。

媽媽聽了，一肚子氣，趕回家去，到大爹屋裡，大聲說：「你這樣大年紀，還像小孩子不懂事。生病就要住醫院，怎麼可以不聽醫生的話，自作主張。如果蘇儒在這裡，你要怎樣就怎樣，好歹我也不管，有他作主。現在蘇儒遠在萬里之外，你要我寫信，不叫他回來。那麼你的病好得了好不了，我就要管。你這樣子，我能放心得下嗎？不聽醫囑，萬一有個閃失，我怎麼對蘇儒交代，我怎麼對得起蘇儒……」

舅婆婆扶住媽媽，讓她坐下。媽媽數落著，自己覺得委屈，先哭起來。

大爹躺在床上，親媽坐在床邊，望著媽媽，聽她的氣話，不吭聲。

舅婆婆端來一碗湯，對媽媽說：「好了，人回也回來了，不講了。你先吃了這碗湯，去睡吧。」

媽媽站起來，接過湯碗，默默走出門，上了樓。

第二天一早，媽媽跑到醫院，跟醫生講好，每天派個護士，到家裡給大爹檢查，一旦需要，馬上再回去住院。過幾天，大爹打聽出來，醫院每天派護士來家，還是要收錢，就悄悄瞞著媽媽，辭退了護士。每天夜裡媽媽回到家，大爹親媽就照過去幾天護士檢查的結果，編一堆話，告訴媽媽。

過了月餘，一天夜裡，媽媽從夜校回到家。大爹直挺挺躺在床上，床單蒙在頭上。親媽和舅婆婆都穿著一身白色衣服，靜靜坐在桌邊。桌子上擺了大爹一張照片，照片前放一個小香爐，裡面點兩根香，清煙縹緲。媽媽看了，一句話沒說出來，一屁股坐倒在門邊地板上。

大爹死了。

夜裡兩點鐘，媽媽穩住情緒，跑到醫院，請值班醫生來家，檢查過大爹的遺體，寫了死亡報告。搞妥之後，媽媽就在親媽屋裡，坐在插香的桌邊，給爸爸急急寫了一封短信，報告消息。親媽說：「告訴寶官，我們自己辦喪事，去找六哥來幫個忙。寶官不必回來，又要耽誤工作，又要花錢。」

凌晨四點半，媽媽出門，先到郵電局去寄了信，又在櫃台前給爸爸發了一封電報。然後一路小跑，趕到徐家匯文林村。

上海人很早起來，上街買小菜。徐家匯是居民區，晨霧之中，馬路上已經有很多人，各個弄堂裡，所有灶間後門都大開了，家家女人都在後門口點火生小煤球爐，或者蹲在陰溝邊刷洗馬桶。

媽媽趕到六伯伯家的灶間後門，剛喊出一聲：六哥！便憋不住，哇一聲吐出一口血來，忙用手捂住嘴，趕到水池邊，伏下身子，把口裡的血吐在水池裡。

爸爸的六哥，我叫六伯伯，就是爸爸媽媽結婚時請來幫忙理帳的那人，在上海的銀行裡做會計。他聽見後門邊媽媽叫聲，和六伯母一道，忙從前屋趕後來，看見媽媽趴在水池邊吐血，驚叫起來，忙上前來，一個拍背，一個送毛巾，一邊連聲問：「啥事體？啥事體？」

媽媽還沒開口，先哭起來，說：「父親昨晚過世了。蘇儒不在，我一個人實在做不來。母親說，請六哥幫忙主持喪事，不要蘇儒回來。」

六伯母遞給媽媽一杯水，說：「我們當然要幫忙，還用講嗎，快漱漱口。」

六伯伯問：「八叔病了許久嗎？蘇弟從去了北京，沒有回來看過嗎？」

媽媽邊漱口，邊說：「一個月前住過一次醫院，兩個老人堅持不許叫蘇儒回來。說他剛去北京，怕耽誤工作，也不許叫其儒回來。」

六伯母扶媽媽坐到方凳上，說：「八叔去世，蘇弟曉得了嗎？」

「剛才來你這裡路上，剛發了電報，也發了信去。」

「喪事準備怎樣辦法？八嬸有沒有交代過？」

「老人們交代，遺體火化，骨灰送嘉興，埋進祖墳。」

大爹的喪事按老人的意願辦了，爸爸沒有回上海來。他在北京外文出版社，上班接到媽媽的報喪電報，獨自坐在辦公室裡落眼淚。編輯部主任進來看見，問明緣故，安慰幾句。中午飯，大家都在食堂，編輯部主任向眾人宣布爸爸家裡的不幸，然後表揚爸爸堅守崗位，父親病重去世也不請假。同事們讚揚爸爸大公無私，爸爸心裡刀絞一樣疼。午飯以後，爸爸請了半天假，回家去痛哭。

大爹火化以後，媽媽陪親媽，送骨灰回嘉興。臨行前，媽媽接到通知，夜校教員要增加，升她任教務主任。她還沒有看到那些新招的教員，她只好等回到上海，再做招收新教員的事了。

七十七

媽媽一回上海，馬上趕到夜校，了解學校增加教員的情況。在她請假辦喪事的這些天，上海市總工會直接給媽媽的夜校派來了十八名新教員。教員們一個人都沒見到，根本沒人來上班，只有一堆資料卷宗堆在媽媽的辦公桌上，就算報到了。

居然這樣不負責任！媽媽已經很生氣，趕緊坐下，查看這些新教員的背景：十個家庭婦女，小學文化水平。六個大約初中文化，過去做過小商販。一個曾在陝西南路擺過香菸攤子，從來沒上過學，在家念過些子曰之類。這十八個教員，在市工會受過三個月教師短期培訓，甚至沒有與媽媽見過面，市工會自作主張聘定了派下來。

顧不得吃午飯，媽媽跑到市房地局工會找領導。她辛辛苦苦經營了一年多，才辦起這幾間夜校，她要努力保持學校質量。媽媽沒有別的要求，只希望在這些新教員開始教書以前，能夠親自篩選一下，哪怕少要幾個教員，不能收一群廢物。

局工會管業餘教育的老王，聽完媽媽的述說，看媽媽滴眼淚，搖搖頭說：「難怪你不能理解，陶主任，你不是黨員。市工會是我們的上級單位，這些人上級派來了，我們只能接受。服從上級，是我們共產黨人的原則，不能講條件。」

「如果上級的決定錯了呢？也服從嗎？」

「陶主任，你沒有接觸過共產黨，不懂得我們黨的原則。上級怎麼會作錯誤決定？不會的！共產黨不是打敗了國民黨，建立了國家嗎？黨絕對不會做錯事。」

媽媽聽見這些話，只有驚奇，無話可說。

「陶主任，你這樣來找我談話，我很高興。積極靠攏黨組織，隨時爭取黨組織幫助，是進步的表現。我參加革命以前，也是什麼都不懂，也是黨內老同志手把手教的。我們黨的事業要發展，夜校還要不斷擴大，以後你要做校長，可能還要做教育委員，不懂得黨的原則，怎麼行，你以後還要積極爭取入黨。」

媽媽聽了，心裡很害怕，想不透面前的老王知不知道她的家庭出身。陶希聖的女兒，可以加入共產黨麼？可是媽媽不敢問，怕老王原來不曉得，一問反而讓他知道了。對媽媽來說，這是心裡最沉重的一個包袱，最怕讓人知道。

老王猜不到媽媽的心思，和顏悅色問：「陶主任，還有問題嗎？」

「學校不像工廠，工廠做壞的產品，可以重做。學校的產品是人，不能出廢品。耽誤了學生，不是小事，所以教員的資格水平特別要緊……」

「這道理我懂，我想上級也懂。既然上級派這些教員來，就是說上級認為他們合格。就算有個別不合格的，出了問題，上級也會再作處理。」

「等出了問題再來改正，不就晚了嗎？」

「陶主任是正經科班大學畢業，在陶主任看，文化高資格高的人本來不很多。我們現在一切剛開始，不能過高要求。我們黨裡，不要說念過大學，念過中學的都很少，可我們不是照樣統領百萬大軍，打敗了國民黨，不是照樣管理國家大事？」

媽媽再不敢開口申辯，她斷定老王故意警告她，所以一再提起國民黨來。

老王見媽媽不說話，以為被說通了，便安慰媽媽道：「你現在是教務主任，要負起責任來領導。有了問題，隨時來找我，組織上能幫你做的，一定盡力而為。」

媽媽回到夜校，把一切準備好。晚上新教員們到了，先開個會，打瞌睡的，織毛線的，吃瓜子的，納鞋底的，摳指甲的，沒一個聽媽媽講話。媽媽講了幾句，也沒心思再講，趕緊把分班上課的日程表發下去，每人一張。教員們拿到這張表，都醒過來了，眼睛睜得溜圓，你看我的，我比你的，嘰嘰喳喳，亂成一團。

「她怎麼比我少教一節課？」

「你比我工資高。」

「我為什麼要跑最遠的學校？」

「路遠點有什麼，坐在電車上還不是一樣睡覺。」
「我的班學生比你多，要多改作業，你願意換嗎？」
「不公平，她教的課都容易，我教的課都太難。」
「你拿到一瓶墨水，我就沒有，你還抱怨。」
「陶主任，她不讓我用她的墨水，我沒有，墨水一人一瓶才行。」
「粉筆也要一人一盒，跟別人合用，被人偷了，沒得用怎麼辦。」
「還有公文紙、鋼筆、文具，學校都要發。」

媽媽坐著，兩手捧著頭，默不作聲。等所有新教員吵夠了，嚷得洩了氣，紛紛走掉，媽媽才嘆口氣，坐直身子。她用不著去聽新教員們講課，就能猜出這些教員會怎樣表現。媽媽又嘆口氣，取出一張紙，寫信：蘇，你們社什麼時候讓家屬北上團圓呢？

過了半年，媽媽帶了我們，北上跟爸爸會合。踏上北京前門火車站的月台，媽媽熱淚盈眶，剎那間，無數往事湧上心頭。

車站依舊，前門箭樓依舊，東交民巷依舊，長安大街依舊。天安門仍然高聳，大紅城牆上多了兩條大標語，城樓上立了一排紅旗，正中大門的上方掛了一幅巨大的毛澤東畫像。南池子依舊，北京飯店依舊，東單牌樓依舊，協和醫院依舊。熟景熟物，久別重逢，媽媽張望著，嘴裡嘟囔著，眼淚灑了一路。

外文出版社宿舍所在的馬家廟胡同，媽媽以前沒有來過。到豬市大街，左手轉進去，先看見協和醫院後門，高高大大，白牆威武，綠色琉璃瓦飛簷屋頂更是奇特。順協和醫院北側牆角一轉，就是馬家廟胡同。一條窄巷，快走到底，右手一個小門洞，黑油油的門，外面停一輛洋車，嶄新賊亮，大銅鈴明晃晃。

爸爸指著說：「那院裡住的是評劇名角新鳳霞，那洋車是她的包月。」

再往前走幾步，左手一轉，就看見甲十二號了。門樓挺高，木門老舊斑駁，依稀可辨以前的紅色油漆。進了門，順一條殘破的石板路，走到一座灰色磚砌的小洋樓前。爸爸說，這是二十年代有錢人蓋的西式洋樓。

爸爸媽媽和我們兄弟倆，住閣樓上東頭一間大屋。親媽和舅婆婆住樓下方形大客廳隔成的那個小間。麗芳大姊住在半地下室的一間裡，她跟我們一道搬來北京。

安頓好以後，我們出去吃飯。親媽舅婆婆累了，在家睡覺。麗芳大姊也不去，收拾她的屋子。爸爸抱著弟弟，媽媽領著我，高高興興出門，上海人叫蕩馬路，北京人叫逛大街。走不久，就上了王府井大街，轉身便進了東安市場。

東安市場好像一個大房頂蓋著的大集市，小商店林立，挨門接窗，五花八門，斑駁陸離，看得人眼花撩亂。東安市場又好像一個大迷宮，岔道紛亂，九轉十八宮，不知走往何處，說是走回頭路，卻又步入新途，看到新商店，免不了又買許多東西。

爸爸頗為得意地說：「我搬到北京以後，半年裡來過好幾次，已經熟了，不會迷路。我的一些同事，至今還找不到地方。」

媽媽卻更像回到自己家一樣，對東安市場的地形走道瞭如指掌。她能夠先說要找哪家哪家店，然後領著我們七轉八彎，就找到了。爸爸眼睛睜得老大，望著媽媽，再不作嚮導，只跟著媽媽走。

媽媽笑著說：「我在北京上小學的時候，經常跟著外公，來東安市場轉悠。外公在北京上大學的時候，就喜歡到這裡來，喝茶下棋買舊書。我上中學的時候，也常常跟同學騎腳踏車來玩。」

閒轉一會，媽媽帶我們走進一家很小的小吃店，門口沒有醒目的大字招牌。

媽媽說：「這是外公最喜歡的一家小吃店，我小時候常來。很好的北京小吃，寧寧和弟弟一定喜歡。爸爸也會喜歡，甜食，糯米的。」

爸爸笑了，說：「那就好，我還不曉得，北京也有糯米小吃。」

店小二過來，彎著腰，從肩上扯下抹布，在小桌上抹個圈，陪著笑問：「您幾位今兒個來點兒什麼？」

這句地道的土北京話，一串兒音，爸爸和我們兄弟兩個，大睜六隻眼睛，張著嘴，望著他，發傻。

媽媽完全一副老北京的樣子，點了一份艾窩窩，一份驢打滾，一份麻團，一份切糕，一張油餅，又點了一碗甜豆漿，一碗鹹豆漿。

店小二說：「您瞧瞧是晚巴晌兒幾點了，您幾位這是吃早點哪？」

媽媽笑了，用京片子說：「咱家這幾口子，倆鐘頭前剛下火車，從上海來，我帶他們嘗嘗咱這兒的小吃。」

店小二馬上喜笑顏開，點著頭說：「是啦，您哪，您準是常上這兒來的主兒。甭看門臉兒不大，咱這兒小吃，全北京城都數得著，只有您這樣兒的主兒，才奔咱這兒來呢。這幾位爺兒們以後常來，沒錯兒。」

正這麼耍著貧嘴，旁邊老闆娘聽見了，大老遠叫：「小金子，咱送這幾位爺兒們一碗杏仁兒豆腐嘗嘗。」

「得啦，您哪。」店小二應著老闆娘，對媽媽說，「我們老闆娘最和氣，這杏仁兒豆腐才出鍋，保您吃完了咂巴一晚上的嘴。」

媽媽看爸爸一眼，笑了，說：「那就謝謝你們老闆娘了。」

店小二說：「您這兒稍候，一會兒就得。」然後彎著腰走了。

媽媽笑笑，用上海話把剛才那一段對話解釋給我們聽。爸爸來了半年，好歹能聽懂幾句。我和弟弟只會上海話，一句也不懂。翻譯完了，媽媽笑著說：「北京人不像上海人那樣勢利眼，可北京人也會做生意。你看他嘴上利落不利落？晚上會有新出鍋的杏仁兒豆腐？說得跟真的似的，讓你心裡覺著舒服。」

「京油子，衛嘴子，保定府的狗腿子，那還用說，上海人比得了嗎？」

沒一會兒，小吃端上來。店小二揮著搌布，變戲法一樣，一碟一碟擺上桌。粉白的艾窩窩，金黃的驢打滾，焦脆的麻團，五色的切糕，饞得我們直流口水。媽媽用上海話說：「這些東西，不能狼吞虎嚥，要慢慢吃，才能吃出味道來。」

店小二聽了，說：「您這位太太了不得，上海話說得跟北京話一樣溜，好聽，跟唱歌兒似的。」

媽媽笑了，用北京話說：「我也算是在上海長大。」

「難怪，得，慢吃，有事招呼一聲。」店小二說完，彎著腰，退走了。

這一頓晚飯，我們兄弟兩人吃飽了還沒夠。

爸爸也說好吃，吃完以後，說：「要是再有一碗大米飯，就更好。」

「你們這些人真沒辦法，父親也一樣，不管什麼飯，吃過以後就想一碗大米粥。北京城裡不容易找的，就是大米。」

離開東安市場，我們沐著朦朦月色，乘著習習秋風，慢慢走回家。洗過臉腳，我躺在床上，睡不著，說：「爸爸，北京真好。」

「已經太晚了，快閉住眼，睡了。」

「爸爸，北京的月亮，跟上海的一樣大嗎？」

媽媽側身躺在弟弟身旁，拍著他，笑了，說：「我三歲從湖北搬到上海，頭一夜也問母親：上海月亮跟陶盛樓的一樣大嗎？」

「可見他是你的兒子，有其母必有其子。」

「我們不要再講話了，讓他們睡吧。」

我半睡半醒，說：「姆媽，唱舒伯特嗎？我要睡了。」

「在上海每天晚上姆媽唱，現在爸爸在跟前，爸爸唱。」

「爸爸不唱，爸爸會吹口琴，給你們吹一段口琴吧。」

我還沒說話，媽媽倒先同意了，搶著說：「好吧，吹口琴，可好聽了。」

爸爸跑到屋子一角，從桌子抽屜裡取出一個紙盒打開，拿出一個亮閃閃的口琴，放在嘴邊，把頭一甩，吹出一串滑音來，清脆流利，很好聽。他走回床邊坐下，說：「我在北京，一個人的時候，覺得孤獨，就買了把口琴，晚上常坐在窗口吹。這琴是好牌子，石人望。」

我又醒過來，興奮地說：「爸爸，你教我吹，真好聽。」

「好，我吹一段，你好好睡覺，明天我教你吹。」

我點點頭，轉過身去，閉上眼睛，豎起耳朵。

爸爸半躺在我身邊，兩手捧著口琴，輕輕吹起來。他先吹舒伯特的〈搖籃曲〉，媽媽常常唱的，吹完了，爸爸沒停，又吹一曲，我也聽出來，是〈藍色多瑙河〉。在上海的日月，媽媽經常抱著我，一遍一遍聽唱片。

弟弟早睡著了，媽媽從床邊起來，給弟弟拉拉被子，然後繞過床頭，推爸爸挪了一挪，擠在爸爸身邊，跟爸爸並肩躺下來。爸爸嘴裡的琴聲不斷，改用一手拿琴，另一手放下來，摟住媽媽的肩頭。

媽媽側過來，把頭靠在爸爸的胸膛上。她又回到了北京，她度過歡樂少年的地方。經過五年的驚慌、恐懼和困苦的生活，她的家總算保持住了。一場場的政治運動，都還沒有碰到他們。爸爸的工作一步一步，幾乎是按照他的理想在實現。一家大小的衣食住行看來有了保障，兩個兒子都可以養大了，她再不需要整日擔憂了吧。也許，確實如爸爸說過的那樣，共產黨政權並不那麼可怕，她可以在這個政權下生存，也許也可以活得不錯。現在全家團聚一起，以後的日子也許會更好起來，前途彷彿在遙遠的天邊重新閃爍出一絲明麗的彩色。

窗外，夜色沉沉，月影稀疏。弟弟在旁邊熟睡，我也進入夢鄉。爸爸在我的身邊躺著，繼續輕輕吹奏口琴。媽媽兩手摟著爸爸，依在爸爸的懷裡，不聲不響，在北京的一間小閣樓上，結束了美麗的重逢之夜。

七十八

過了幾天，我和弟弟要上幼兒園了。爸爸早已聯繫好，媽媽帶著我們兩個，從協和醫院前頭走過去，到東單三條幼兒園報到。幼兒園在一條死胡同頂頭，門洞很小，進去是個四合院，旁邊的房間作教室，中間有個小天井，作遊戲場。幼兒園裡老師同學都說北京話，我和弟弟一句也聽不懂，不肯留下來。

媽媽只好跟老師說：「他們幾天前才到，有點不習慣，明天再開始吧。」老師同意了。媽媽帶我們回到街上，問：「要不要跟我逛逛北京城呢？」我喊叫要，弟弟嚷著要找麗芳大姊。我們把弟弟送回家，媽媽順便又換衣服，穿上一件鮮綠帶些小白碎花的旗袍，換了一雙黑皮鞋，又梳了一陣頭髮，臉上化了妝，領我出門。我們走到東單牌樓坐上電車，順長安街一路往西，過了西單牌樓下車，在一條斜斜的街上往南走到一條小巷口。

「看清楚這條路，這是學院胡同。」媽媽說完，領我走進去，在一所大宅門口站住。媽媽指著大門，說：「我十歲前後，在這個院子裡住了好幾年，在那個邊偏院裡。這大門進去，走右手二門，是我們家。小院有三間正房，我們住。隔著庭院，對面還有三間，作客廳飯廳和書房。這裡外面看不見，小院裡種著四棵花樹，一棵丁香，一棵梨樹，一棵桃樹，一棵夾竹。我們當年搬來也是秋天，小院裡葉綠果紅。那是一九三一年，我剛剛過了十歲，真快，二十多年了。」

我聽媽媽說話，並不看那院子，而一直望著媽媽。媽媽今天特別激動，說話中間停頓了好幾次。媽媽又說：「能記住這個地方嗎？」

我剛到北京兩天，哪裡記得住，可是我說：「我記得住。」

媽媽高興了，又帶著我坐有軌電車，叮叮噹噹到西直門下車，走到南草廠街轉進去，到一個胡同口，媽媽指著說：「這是大乘巷。」

我們停在門牌一號前，媽媽指著那門口，對我說：「這個一號，房子很大，一副官宅氣派。我上中學的時候，跟外公外婆住這房子裡。裡面有前後三進，我和泰來舅住後面一進，有個小院子，非常清靜。冬天時候，我們在小院裡潑水，過一夜結了冰，第二天可以溜冰。」

我不曉得什麼叫溜冰，想問，可看見媽媽那副神情，那麼專注，沉湎在回憶裡，曉得問也白問，所以閉住嘴沒有問。

媽媽繼續自言自語：「我有一輛腳踏車，常跟泰來大舅，還有好朋友姜碩賢、陳洞他們，騎車到頤和園香山去玩。不曉得泰來大舅他們現在在哪兒？好想他們哪。」

聽媽媽的聲音，好像要哭了。我抬起頭，拉拉她衣服。她才醒悟過來，快快走出大乘巷。我不喜歡這地方，到這裡媽媽會哭。

媽媽領我一路走，一路說話。她告訴我，小時候在北京，有好多好玩的，摘柳葉吹哨，抓吊絲鬼，捉蜻蜓，摘桑葚兒，逮蛐蛐，黏知了，養蠶，看蟈里虎子爬，玩跳皮筋，踢毽子，跳房子，拍洋畫，彈球兒。大街上有磨刀磨剪的、鋸鍋鋸碗的、修鞋釘掌的、搖煤球的、捏麵人的，還有演皮影戲的、耍猴的、練把式賣膏藥的、擺攤變戲法、說相聲的、唱單弦的。媽媽說，她小時候在北京，可快樂了。

我走累了，不要走了。媽媽停下來一看，才發現走到新街口了，趕緊帶我上一輛電車，在平安里轉彎，到了沙灘。媽媽帶我下車，指著一座紅樓說：「那是北京大學，你的外公和伯公兄弟兩個，都在這裡念過書。外公後來也在這裡教書。我念過西南聯大，也算上了北京大學，可不是在這裡。抗戰時候，北大搬到雲南昆明去了。」

街對面有個小吃店，媽媽帶我進去，買了一盤刨冰，坐在窗口，讓我吃。她自己透過窗子，望著對面北大紅樓，沉思好半天，又說：「我上中學那時候，說長大要出國留學，外公可高興了，帶我到上海商業銀行開了戶頭，存了三千塊錢。他說，到我二十四歲大學畢業的時候，能取出一萬塊錢，送我到外國去留學用。我立志北京大學畢業以後，去外國留學，然後再回國，到北京大學做教授。」

我吃完刨冰，繼續聽媽媽講她的過去，大部分都聽不懂。我記不得外公什麼模樣，媽媽告訴我，外公喜歡抱我，可我記不得。媽媽所講的這些，一定非常重要，十幾歲時的事情，現在還記得那麼清楚。

離開北大紅樓，我們又坐電車，媽媽一路指給我看她小時候去過的地方：北海公園後門、地安門、東四牌樓，就又回到家了。走進馬家廟的時候，媽媽對我說：「寧寧，你是老大，這些故事，這些地方，只說給你聽聽，讓你認識，自己記住就好了，不能講給別人曉得。」

我抬頭看看媽媽，問：「這是我們兩個人的秘密嗎？」

「對，只有我們兩個人曉得，連爸爸也不可以講，好嗎？」

「好吧，誰都不告訴。」我答應。我真高興，我是媽媽最信任的人。

媽媽在門口信箱裡拿信，站在那裡一封一封地看信封。

我忽然問：「姆媽，外公在哪兒？他會來看我們嗎？」

媽媽猛地停住弄信的手，低下頭來，看著我，好半天，沒有回答。

我又問：「外公住得很遠嗎？不能來嗎？我們可以去看他嗎？」

「當然，有一天，外公會來看你，我們也可以去看外公。」媽媽回答，說完又重新翻弄她手裡的信，不再理我。

過了一年那天下午放了學，我和弟弟都在親媽屋裡，聽親媽講《三國演義》，周瑜脫了黃蓋的褲子，打他屁股。

爸爸忽然歡天喜地跑回家，衝進親媽舅婆婆住的房間，大叫：「是個妹妹，是個妹妹，琴薰生了個小妹妹。」

親媽合掌朝天拜一拜，說：「真的？老天降福，沈家到底生了個女兒。」

舅婆婆手裡正洗著一只鍋子，也歡喜地說：「好不好去看看呢？」

「當然，琴薰已經出了產房，回病房了。」爸爸說著，急忙喝了口水，又說，「我回來報告一聲，拿些東西，馬上還要回醫院去。」

親媽左轉右轉，急忙說：「等一等，我換件衣服，一道去。」

爸爸低頭問我和弟弟：「你們兩個去不去看看姆媽和小妹妹？」

「不去。」我回答，不高興，親媽要去醫院，不能講完《三國演義》，不知黃蓋的屁股打破了沒有。

弟弟看我一眼，說：「哥哥不去，我也不去。」

爸爸說：「那麼你們兩個在家裡等，我們去了，要半天才回來。」

親媽換好了衣服，跟著爸爸出門，說：「好了，我們走。」

舅婆婆在後面提醒：「儂弗是講，要帶些啥物什給琴薰嗎？」

親媽說：「現在來不及去買了，我身上有一百塊錢，送她買營養。」

爸爸問：「你哪裡來的一百塊錢？」

「我的私房錢，專門留給媳婦生女兒的，你不要管。」

三個人一邊說笑，走到協和醫院去看媽媽和新出生的妹妹。

過了三天，媽媽回家來了。從協和醫院到馬家廟，兩腿走路，一根棒冰都吃不完，就走到了。媽媽還要坐三輪車，全身穿著厚衣服，頭上包了頭巾，還用大毛毯，從頭到腳，蓋在車子上，臉都不露，像包在一個大包裹裡。三輪車一直推到小樓門口，爸爸扶著媽媽下車，馬上進門，才摘掉頭巾，慢慢上樓。

我們站在親媽房門邊，看見爸爸扶著媽媽從面前走過，邁上樓梯。媽媽只對我們笑了笑，沒有說話。麗芳大姊抱著一個包裹，跟在後面。看見我和弟弟，走過來，彎下腰，把手裡的包裹伸到我們面前，說：「看一看，你們的小妹妹。」

包裹頂頭有個孔，妹妹的臉在那裡露著，一個巴掌那麼大，滿臉皺紋，閉著眼睛，噘著嘴唇，難看得要命。

樓上爸爸叫我：「寧寧啊，姆媽喊你上來。」

「有什麼好看，像隻小貓。」我說了一聲，跑開上樓去了。

親媽、舅婆婆、麗芳大姊聽了，都哈哈大笑起來。

媽媽月子剛坐完，許相萍阿姨和梁彤武叔叔就來看望她了。下午下班以後，兩個人一起坐電車到東單馬家廟。許阿姨很瘦小，細聲細氣，一進屋門就從床上媽媽手裡抱過妹妹，一臉笑，滿屋轉。

梁叔叔很高大，氣壯聲洪，伸手遞過提來的一大包奶粉罐子，哈哈大笑，說：「蘇儒，我先還想，跟你換一換，現在你一定不肯。」

爸爸兩手接著梁叔叔遞來的袋子，不解地問：「換什麼？」

「我家四個女兒，你家兩個兒子。我想，如果你們再生一個兒子的話，跟你們換一個。」

許阿姨斜梁叔叔一眼，對爸爸說：「別聽他瞎說，他捨不得。」

媽媽哈哈笑著，說：「不光他捨不得，誰都捨不得。」

梁叔叔跟在許阿姨身後，追著看妹妹，問：「寶貝千金叫什麼名字？」

爸爸在桌邊一筒一筒從袋子裡拿出奶粉罐子，回答說：「燕。」

「那麼你們是希望她長大唱歌跳舞了？」

麗芳大姊端茶壺茶杯上樓進屋，擺在桌上。

爸爸趕緊挪開奶粉罐子，說：「請坐吧，喝茶，就在這裡吃晚飯。」

許阿姨說：「不麻煩了，琴薰剛生產完，挺累的。」

媽媽說：「跟我們還客氣，都是現成的。月子坐完了，還要我呆在床上，真把人憋死了。你們來了，我正好有理由下樓去不可了。」

許阿姨說：「蘇儒打電話的時候說，小丫頭又小又難看。簡直瞎說八道，又白又胖，漂漂亮亮。」

爸爸說：「那是一個月母奶餵好了，在醫院裡，實在又小又醜。」

媽媽說：「不要聽他亂說，他根本不曉得孩子怎樣帶大。」

許阿姨抱著妹妹，坐到桌邊，問媽媽：「那麼是不是就要上班了？」

媽媽走到桌邊，站著看妹妹，說：「是呀，產假過了，要上班了。」

「我們也是忙得要死，到處都忙，奶怎麼餵法呢？」

「全總有個哺乳室，生了孩子的女職工，到點可以去那裡餵奶。我早上餵好一頓去上班。九點鐘，麗芳抱到全總哺乳室，我十點鐘去餵。下午三點餵過一頓以後，麗芳抱回來，我下班回家再餵。」

「你們有個幫手，還是方便。」

梁叔叔喝過幾口茶，問爸爸：「兩個大的呢？都上幼兒園？」

「寧寧去八面槽小學，很近，上學放學，母親走一走，接送一下。弟弟由我每天帶去機關上托兒所。老二脾氣犟，早上不肯去。打一頓，哭著去了。第二天還是不肯去，又挨打。」

媽媽說：「一個孩子拉扯大，不容易。相萍，孩子給我吧，你喝茶。」

許阿姨把妹妹還給媽媽，端起茶杯喝一口，問：「琴薰，工作怎樣？」

「還好，我這樣的人，能有份固定工作，又是全國總工會這樣的國家機關，不嫌棄我的家庭出身，收留了我，實在不容易。我也沒有別的可說，只有拚命努力，也算報答人家吧。」

「那沒問題，琴薰不論做什麼，總會努力，做得出色。」

爸爸接話說：「琴薰在上海教市工會業餘中學教得好，學生送她一面錦旗。後來給上海房地局工會辦夜校，也辦得好，學校一直擴大，招了新教員，她做教導主任。」

這些事許阿姨都曉得，可梁叔叔不知道，便問：「怎麼不做下去？」

媽媽抿抿嘴唇，說：「唉，搬到北京來了呀，來找你們一塊好玩呀，一家人總不能上海北京的分開吧。」

爸爸說：「剛開始她還擔心，從來沒做過教員，怕不會教，後來不是教得很好。到全總工作，慢慢學會了以後，也會做得好。」

媽媽說：「不過我已經看出來，全總這樣的機關，政治學習好，政治表現好，話講得好聽，服從領導，比別的都更要緊。那方面我沒辦法，我的政治不會好。」

梁叔叔說：「也不光你們全總，所有機關單位都一樣，外貿部何嘗不是，張初岷說，商業部同樣。我們只有改變自己，適應現實情況。」

樓下麗芳大姊喊：「沈先生、沈太太，開飯啦。」

爸爸陪許阿姨和梁叔叔，一起走下窄窄陡陡的木樓梯，穿過親媽住的房間，到外面大陽台上。夏日天長，七點鐘了還蠻亮。麗芳大姊在陽台上擺了一張方桌，梁叔叔、許阿姨、爸爸、媽媽四人分坐。我和弟弟，跟著親媽、舅婆婆，在她們屋裡吃。

爸爸邊倒酒邊說：「我們先來喝一點酒。我家都是舅母出去買菜做飯，所以只有浙江菜，不曉得山西飯菜怎樣做法。」

許阿姨說：「我們等琴薰一起來了再吃吧。」

爸爸說：「她就來了，我們先喝。專門買了瓶汾酒，喝了不要想家才好。」

梁叔叔大笑起來，說：「你看你，蘇儒，智者千慮，必有一失。山西人還缺汾酒嗎？我家的汾酒，都是家父從山西運來的。你在北京買汾酒給我喝，豈非班門弄斧。」

爸爸也笑了，說：「倒沒想到，該給你喝紹興花雕才對。令尊大人可好？」

「老先生一輩子從事教育，現在剛剛在太原創辦了一所山西師範學院，準備多培養些教師，他一直相信教育救國。」

「令尊在重慶跟周總理過往甚密，想來日後一定前途無量。」

媽媽走過來，還沒到桌邊，就大喊起來：「蘇儒，你怎麼待客？只顧講話，不吃飯，菜都冷了呀！」

爸爸指指許阿姨、梁叔叔兩個，說：「問問他們，人家要等你嘛。」

「等我做什麼，快吃，快吃。」媽媽說著，卻並不到桌邊，先轉進親媽屋裡，看我們吃飯，說：「寧寧，吃飯把飯碗端起來，不能那麼趴著。弟弟，閉起嘴嚼，怎麼可以張著嘴，巴唧巴唧，多難聽。來，你們兩個，跟我出去添點菜。」

我和弟弟跟著媽媽走出來，手裡捧著飯碗，站到桌邊。

許阿姨問媽媽：「妹妹睡了？小姑娘乖得很嘛，能讓你安安靜靜吃飯。」

「吃飽奶，當然大睡。」媽媽笑著坐下，拿起筷子，給弟弟碗裡添了一塊魚，給我碗裡添了一塊肉，又給每人碗裡添兩筷子卷心菜，讓我們走了。

梁叔叔說：「你兩個兒子都很聰明懂事，令人羨慕。」

爸爸說：「聰明倒是聰明，懂事卻不懂事。我這個寧寧，感情型，動不動就衝動，不肯服貼。弟弟呢？脾氣犟，頂起嘴來，凶得很。」

媽媽說：「要不是我這兩個兒子，我活不到今天。前幾年苦日子多，只是兩個兒子給我快樂。真不能想像，離開他們，我怎麼活。我這輩子，是為他們才活著。」

麗芳大姊走來，問：「沈先生、沈太太，菜都冷了，要不要拿去熱熱？」

梁叔叔搖搖手說：「不要不要。我們趕緊吃，不要麻煩。」

媽媽忽然問：「相萍，你記得陳璉嗎？跟我同宿舍，我跟你講過吧？」

「講過，你是說陳布雷的女兒，在西南聯大的時候沒見過。」

「前些時看報紙上說，袁永熙作了清華大學黨委書記。袁永熙是陳璉的丈夫，可見陳璉也是在北京了。」

「這我知道，陳璉是在北京，在共青團中央少年兒童部做部長。我們中學有時發下來團中央的文件，有她的名字在上面。」

爸爸說：「下個月有個同學結婚，你們建議一下，我們應該送點什麼禮？」

媽媽說：「是豐子愷老先生的公子，我跟蘇儒結婚的時候，豐老先生專門畫了一幅畫，題了字，寫了我和蘇儒的名字，送給我們。掛在我們房間裡，你們都看到的。他這位公子在廣州教書，女友在北京工作，所以要在北京結婚，邀我們去參加婚禮。」

梁叔叔搖搖頭說：「送禮這事最費心思，我是最不會。」

媽媽說：「想了許久，想起一個老式說法，送禮最好是送福氣。蘇儒和我有一條很好的綠色緞被面，上面繡紅色的喜鵲登梅，我們用過。送給他們，祝願他們能與我們一樣生兒育女，你們說怎麼樣？」

許阿姨兩手一拍，說：「很好，很好。」

七十九

過了幾個月，有天晚上，媽媽下班回到家，急急忙忙喊叫：「寧寧，換那件制服外衣，我們去看公公。麗芳，趕緊給弟弟換件乾淨衣服。」

「去看公公啦，去看公公啦。」我大喊大叫，心想公公就是外公，並不知道他是外公的哥哥，是我的伯公。

媽媽招呼完我們，自己跑進洗臉間，洗了臉，撲了粉，畫了眉，塗了口紅。然後進自己屋裡，在衣櫃裡挑衣服。

我看媽媽那樣精心打扮，曉得事情嚴重，不敢再多說話，老老實實在棉襖外面，罩上媽媽說的那件藍色制服外衣。那是兩星期以前才買的，是我頭一件真正外頭商店買的制服。長到九歲，我一直穿家裡人手做的衣服和鞋子，親媽、麗芳阿姨，和媽媽，只要有空就給我們做衣服。買回來的衣服，顏色鮮，發著亮，我上學死活不肯穿，怕同學笑我。現在我怕不穿，媽媽不帶我去看公公，所以乖乖穿上。

麗芳阿姨幫忙，給弟弟棉襖棉褲外面套了乾淨罩衣，都是媽媽用我的舊衣服改做的。自從我去年上了小學，知道北京沒人把家裡保母叫大姊的，就跟爸爸媽媽商量，把麗芳大姊改稱麗芳阿姨了。反正她年紀也大起來，夠當我們的阿姨了。

爸爸回到家的時候，我們都已經打扮好了。媽媽穿一件藍色旗袍，外面套一件黑色棉大衣。她捲了頭髮，吹了風，又包了一塊絨頭巾。爸爸把公文包放下，大衣都沒脫，只擦了把熱水臉，喝了口熱茶，轉身便跟我們一起走出門去。

時間還不太晚，可是冬日天短，已經很黑了。風還挺大，吹得人臉疼。我們一家四口，沿著協和醫院大牆，在小巷裡走。媽媽牽著我的手。爸爸背著弟弟。媽媽一直不說話，心事很重的樣子。轉過彎，走到協和醫院門口，爸爸叫到一輛三輪車，四個人一起坐上去。

車子在王府井大街轉而向南。爸爸問媽媽：「你在發抖，冷嗎？」

「不冷，太激動。早就接到伯伯的信，說他要來北京，其實心理準備也很久了。可是今天中午，在辦公室，接到電話，一聽他的聲音，就把握不住，哭起來。」

爸爸一手抱著弟弟，一手摟住媽媽肩膀，輕輕安慰她。

媽媽鎮靜了一下，又說：「一下午我都沒法工作，神情恍惚。每三分鐘看一次錶。從來沒想過，秒針一格一格跳，真是慢得要命。」

「哭也哭過了，見到伯伯，可要冷靜一點了。」

「我會，一定，很多年不見了。」

北京飯店是一座小紅樓，大石頭蓋的，很氣派，很莊重。飯店大門並不臨街，三輪車走到車道口停下來，車夫說：「您幾位得自己個兒走進去，這地方三輪兒不讓進裡頭去。」

媽媽問：「那您知道，我們走路讓進嗎？」

「不知道，我這也是頭一遭來這兒。您一看這路就明白，上這兒來的人，哪有坐三輪兒的，更沒有走路的。」

「我們下吧，走進去，有人問，可以說明。」爸爸說完，扶我們下了車，從兜裡掏錢付給車夫。然後領著我們，順小車道往裡走。三輪車夫不走，站在街邊看，引得旁邊好幾個過路人，也都扭過頭來看。他們都覺得奇怪，我們四個人怎麼坐三輪車到北京飯店來。

媽媽拉著我的手，好像腿打顫，走不穩，氣也喘不勻，不住用手抹眼睛。

門樓很高大，在黑暗中也可以看出華麗的裝飾，閃閃發亮。很厚很重的幾扇大玻璃門，大紅的門柱，中間一個是圓的，可以打轉。遠遠透過門玻璃，已經看見門裡面是一個巨大的門廳，高大寬闊，雕粱畫柱，滿廳地毯，盡是大紅光色，豪華極了。玻璃門口，站著兩個穿制服的人，一高一矮，上前把我們擋住，先上下打量爸爸和媽媽一陣，然後高個制服發問：「幹什麼？」

爸爸說：「我們找陶委員，陶述曾委員。」

兩個制服人又上下打量我們一番，矮個說：「等等，我去問一下。」

他推門走進去，高個站在我們身邊，不說話，一直盯著我們。

過了三分鐘，矮個制服從裡面匆匆推門走出來，對爸爸媽媽滿臉堆笑，彎著點腰，客氣地說：「您二位怎麼不早說，陶委員的大小姐，慢待慢待，快請進。」他一邊說著，一邊推開大玻璃門，請我們進。

我鼓起勇氣，對爸爸說：「我要走那個圓的門，行嗎？」

高個制服趕緊走過去，幫我拉住轉門，對我們說：「當然可以，當然可以，小弟弟要不要也試試？」

爸爸笑了，拉著弟弟走過來，說：「弟弟也要走。」

我站一格，爸爸扶住弟弟站另一格，繞了半圈，走出圓門，進了門廳。

「陶委員住五樓三十七號，請這邊乘電梯，您慢走。」矮個制服跟進來，用手指著，說了一堆以後，才又退回到大門外去了。

我很驚訝：「多高的樓啊，有五層，電梯是什麼？」

爸爸說：「你不記得了，那時太小。你在南京上海，去過的高樓大廈多得很，比這高得多了，十幾層呢。北京沒有那麼高的樓，才顯得這裡高。你小時候，電梯不知坐過多少次了，不稀奇。」

可這是我記事以來頭一次坐電梯，新鮮極了。一個小房間，門會自己開，一個穿制服的人在裡面開電梯。

我們走進去以後，爸爸對穿制服開電梯的人說：「五樓。」那人按動一個寫了五字的電鈕，不說話，也不看我們。電梯自己關了門，自己走，能覺得是升高。門上面一排小燈，印了數字，一二三四五六，小燈一亮，就是上一層樓。上到五層，電梯停了。開電梯的人說：「到了，五樓。」

我不肯走出電梯去，問：「我能再坐一次嗎？」

爸爸拉著我走出電梯，說：「當然可以，不過要先去見了公公再說。」

我們順著樓道往裡走，滿地都是厚厚的地毯，走路沒有聲音。轉過彎去，看到三十七號房間。爸爸輕輕敲敲門，馬上聽見裡面一個聲音尖叫：「來了，來了。」

媽媽低頭對我說：「那是婆婆。」她眼裡一滴淚剛好落在我臉上。

房門打開，門裡站一個高大的老頭子，滿頭花白髮，梳得很整齊，上唇留著短鬚，也已灰白，額頭寬闊，發著光，眼睛不大，但是很亮。他笑瞇瞇的，伸出手來跟爸爸握，說：「蘇儒，很久不見。」

爸爸緊握著他的手，笑著說：「很久不見，伯伯身體還好。」

「我做工程師，整天跑野外，身體自然好。」伯公說著，側著身子，從爸爸肩上，朝後看媽媽，叫：「琴薰，琴薰。」

媽媽再也等不及，一把推開爸爸，衝過去撲在伯公懷裡，放聲大哭，喊叫：「伯伯，伯伯，我好想你們呵。」

「曉得，曉得，我也很想你們。」伯公抱著媽媽，拍著媽媽的後背，不住聲地說。他小小的眼睛裡，也充滿了淚。

「琴ㄚ，琴ㄚ，快過來，快過來。」房裡面伯婆使勁喊，滿口湖北話。

「伯娘！」媽媽叫著，從伯公懷裡脫出來，跑進房間去，跪下兩腿，撲在伯婆身上，又一次放聲大哭。

伯婆很矮小，很胖，脖子下面有一個大腫瘤，戴一副大眼鏡，穿件大襟絲棉襖，坐在沙發裡，抱著媽媽，拚命地在眼鏡後面流眼淚。

爸爸把我和弟弟推進房間，伯公關好門，跟著走過來。我覺得有點奇怪，為什麼媽媽把公公叫做伯伯，把婆婆叫做伯娘。湖北人不叫爸爸媽媽嗎？可是，我不敢問。我想，我長大一點，就會曉得了。

伯公站在我們面前，看著我們，說：「這就是兩個外孫了。」

爸爸推推我說：「快叫公公婆婆呀。」

媽媽這才克制住一點自己，跪在地毯上，轉過身抱著我，指著伯公說：「叫公公，你不是想看他，想了三年了嗎？」

我揚著頭，看著公公，叫了一聲：「公公。」弟弟跟著也叫一聲。

媽媽抱著我轉個身，指著伯婆說：「這是婆婆，叫。」

我看著婆婆，又叫一聲：「婆婆。」弟弟也又跟著叫了一聲。

「長得幾高哇，都是好丫。」伯婆說著，從沙發上下來，小腳顛顛，跑去打開櫃櫥拿東西，說：「我給你們帶些湖北特產，麻糖，小丫們都愛吃。還有豆皮、餈粑、糯米。」

媽媽忙趕過去幫伯婆拿大包小包，說：「能看見伯伯、伯娘，就好了，還要帶東西。我們來看伯伯、伯娘，是兩手空空。」

「你們來看伯伯、伯娘，還要帶禮麼。」婆婆說著，大大小小拿來七八包東西，攤了一茶几。

伯公說：「好了，好了，先莫動那些東西，我們說好先去吃飯。」

婆婆忙揮手喊：「走啦，吃飯，吃飯。」她總是那麼興奮，喊喊叫叫。

爸爸媽媽連大衣都沒脫，我們一家六人，又一起走出房門。伯公仍然只穿著他的一身毛料制服，伯婆也只穿她在屋裡穿的絲棉襖，兩人都好像不怕冷。我們又坐電梯下了樓，走過門廳。剛到門口，站在門外的那兩個制服人，高個彎腰拉開玻璃門，矮個在外面朝邊上招手。

我們走出大玻璃門的時候，一輛淺藍色的俄製伏爾加牌小汽車剛好駛來，停到面前。矮個制服拉開後排車門，請公公、婆婆上車。

兩人坐進車裡，伯婆又朝外招手，叫：「琴丫抱著弟弟，跟我們擠擠。」

媽媽鑽進後排車門，抱弟弟坐在她腿上。爸爸自己拉開前排車門，抱著我坐進去。門關好，車子開起來，又穩又快。車裡很暖和，難怪伯公伯婆不用穿大衣。車子走下北京飯店門口車道，快轉上大街之前，司機問：「陶委員去哪裡？」

「六部口全聚德。」

「是，陶委員。」然後，把車一轉，飛快地開上長安街。

媽媽問：「伯伯這次開會要幾天？有沒有空到家裡坐坐，我來做頓飯。」

「政協會期是一個月，會後我準備在北京多住幾天，看看你們，也到處走走。很久沒有回來了，很想念。」

媽媽高興地說：「我們一起去香山，記得伯伯最喜歡去碧雲寺。」

爸爸在前排聽了，忍不住插了句話：「冬天去香山有什麼好看。」

伯公笑了，說：「冬天去有冬天去的味道，西山晴雪，是北京八景之一。我在北大念書的時候，冬天去過。不過那時年輕，現在老了，感覺會不同些。」

媽媽也笑起來：「你看，這是我們陶家人的遺傳，就愛遊山玩水。」

從北京飯店到六部口，只過天安門和石碑胡同兩站，小汽車開起來，一眨眼的工夫就到了。車子停到全聚德門口，大家下車，走進全聚德。店員們引著我們，從一條窄窄的長過道走進去，走了很久，才通到另一番天地。一個大廳裡，都是紅漆的柱子。圍著廳，是一個個紅漆門框，裡面是一個個小單間，門上掛布帘子。

伯公先坐下，伯婆拉媽媽坐到伯公身邊。店員端上來了茶壺茶碗，幾樣小菜，都是鴨子肉切的，兩碟生蔥絲，兩碟生薑絲，兩碟甜麵醬，一瓶白葡萄酒，幾只高腳酒杯。利利索索擺好以後，轉身撩帘出去，只片刻，又撩帘進來，手裡倒提一隻肥大的鴨子，問：「老先生過目，這隻怎麼樣？」

伯公看了一下，點點頭說：「好吧。」

「謝謝您哪。」店員轉身撩帘子，走出去。

伯婆招呼，一口湖北話，只重複一個字：「啟（吃）呀，啟呀。」又對爸爸招招手，說：「你倒酒。」

爸爸答應著，動手開瓶，給每人面前的酒杯倒酒，然後舉起酒杯說：「我借花獻佛，借伯伯的酒，謝謝伯伯娘。」

伯公舉起杯，說：「看見你們幾個，一家人團聚，實在高興。」

媽媽舉著杯，一句話說不出，四個大人都把酒杯送到唇邊，喝起來。我看見媽媽和著淚，把酒喝進去。伯婆放下酒杯，一口湖北鄉音，大喊大叫，張羅著給我們兄弟兩個揀小菜，叫我們吃。

伯公吃了幾口，問：「琴薰，你在全總工作如何？」

「我並不太想在全國總工會這樣的地方工作，不如像相萍一樣，去做中學教師，可能更輕鬆些。」

「怎麼？有壓力嗎？」

「我這樣家庭出身的人，在中央機關裡工作，當然有壓力。原來覺得我這樣的人，能在中央機關裡工作，很自豪，一心想努力工作，爭取進步。可是看到全總給我的年終鑑定，我才曉得，他們根本看不起我，我覺得很恐懼，很自卑。本來分配我去國際部編譯處，是看中了我的英文。去了以後，讓我做中文版。我想是覺得我不可靠，不許碰外文資料吧。全總機關懂外文的人不多，外事活動來了，招待外賓啦，出國訪問啦，部裡缺人缺得要命，那幾個人忙得團團轉。可是永遠沒有我的份，不許我參加。我提出來，不幹翻譯，幹點雜事，幫幫忙吧，也不許。去年五一勞動節，外賓來得多，人手不夠，國際部專門開會動員人參加。可我們處留下四個人，有我一個，根本沒有工作。後來肅反開始，我才明白，那次留的四個人，都是有政治問題或者歷史問題的。總之因為家庭出身問題，組織上根本不信任我。」

伯公嘆一口氣，搖搖頭，實在無話可說，說什麼也安慰不了媽媽。

媽媽又說：「我主持一份國際工運中文刊物，全是我一個人做，從頭到尾，裡裡外外。別人出多大的錯，也沒人說，沒人提。我這中文刊物出一點點錯，雞毛蒜皮，一定有人講話，說中文刊物水平低。說我水平低？我看，全總那些領導的水平才太低，不過靠那點革命老資格吃飯。不學習，不鑽研，不幫助人，還當領導。」

伯公說：「琴薰，你這裡講講，撒撒氣算了，這些話出去不能隨便講。」

爸爸說：「我常這樣對她講，她總不愛聽。講講工作上的問題，沒有針對性，還好。尤其對領導有意見的話，更不可以講，講了會惹出麻煩。領導一生氣，給你穿穿小鞋，你可受不了。」

伯公說：「琴薰也是沒辦法，外面委屈受得太多了。你們兩個人，要互相體諒，互相幫助，度過難關。」

伯公這些話，又催出媽媽一臉的淚水。只有在陶家親人跟前，她才覺得放鬆，才得到安慰和關懷。伯公說的話，跟外公離開上海時候，給媽媽留下的字條所說的話，幾乎一模一樣。

伯公忽然說：「情況會好起來，國家要建設，需要知識分子。」

門帘撩起，店員走進來，一手在頭頂上托著一個大盤子，上面是一隻焦黃的鴨子，一手端了一個托盤，上面放了四個大瓷盤子，最上面一個裡面擺了一堆薄麵餅，上面蓋了一塊紗籠布。他把那托盤放在我們桌上，把裝荷葉餅的盤子移開，放在一邊。然後一轉身，從我們小格子外面門邊提進一個摺疊小桌，一甩撐開，順手把那鴨盤放在小桌上。那盤裡還放了一把很薄的鋼刀。他把那鋼刀在托盤邊上磨了幾下，就飛舞起來，在那烤鴨身上片削。只見銀光閃爍，手指翻動，刀走處，一片片鴨皮削下來，都是一寸左右長短，有皮有肉，有肥有瘦，均勻有致，一排一排擺在那三個大瓷盤子上。那隻鴨子翻幾個身，只剩下一副骨頭架子了。

全聚德烤鴨，果然名不虛傳，一家人吃得樂開了花。媽媽尤其興奮，因為她坐在伯公身邊吃這一頓飯。或許，她又想起還在小學時，伯公到上海，坐了小汽車到商務書局去接外公，一起上館子吃飯。或許她又想起外公帶了全家回武漢參加北伐，在漢口吃湯包遇見伯公的歡樂。或許她想起許多許多往事，上海、重慶、香港、北平。伯公的笑臉鄉音，喚起她對外公神情的回憶，帶給她無限的慰籍，把她與過去又聯繫起來，使她再次成為一個完整的人。

烤鴨捲著荷葉餅，吃過了飯，又喝了鴨架湯，我們一家六人九點半鐘吃完飯，又坐那輛藍色伏爾加小汽車，回到北京飯店，站在門廳裡。

爸爸說：「太晚了，不上去了。孩子們明早還要上學，該回家睡覺了。」

伯婆說：「要上去，要上去，麻糖豆皮還沒有拿到，給ㄚ們吃呀！」

媽媽說：「伯伯還住幾個星期，我們再來看你們，還要一起去香山。」

伯公忽然說：「琴薰，曉得嗎？陳布雷的女兒陳璉也在政協開會。你們過去很要好，你也見過布雷先生，不知你想不想見一見她？」

媽媽聽了，先是驚，又是喜，後是憂，好半天才問：「我能見到她嗎？」

八十

牆上的大掛鐘叮叮噹噹響了十下，每一響都像砸在爸爸心上的重鎚。從一九四六年結婚開始，爸爸好幾年在報館做事，晚間上班。每夜都是媽媽獨自在家枯坐，等候爸爸，從來沒有過爸爸在家等候媽媽。可一九五六年二月十日，媽媽忽然深夜不歸，爸爸一晚上坐在窗前，望著天上的冷月發呆。

北京普通住家都沒有電話，馬家廟現在是外文出版社宿舍，原先是世界語協會機關，所以樓下走道裡有一架電話。平常媽媽如果回家晚幾分鐘，一定打電話回家說明。今晚既沒來電話，也沒回家吃晚飯，很不尋常。爸爸一回家，馬上打電話給媽媽，全總機關總機已經下班，沒人接，也轉不到媽媽的辦公室去。家裡人等到七點，只好先吃，給媽媽留出一份。

到八點鐘，媽媽還沒有回家，她一定有什麼特別的事情。爸爸囑咐麗芳阿姨把留給媽媽的飯菜溫在爐上，不要冷了。他在樓上，陪我和弟弟講一會兒故事，看一會兒書，擺一會兒積木。到九點鐘，還不見媽媽人影，爸爸著急了，讓麗芳阿姨幫我們洗臉，洗腳，刷牙，上床睡覺。他自己跑到胡同口張望，發現下起雪來了。

於是爸爸穿上大衣，戴上圍巾皮帽，拿了媽媽的厚毛頭巾，坐電車跑到石碑胡同全總大樓，去接媽媽。全總臨街大鐵柵欄門早已鎖緊，站崗士兵都已撤到樓裡。整座大樓全部黑燈，沒一個窗口有亮。操場東側國際部小樓，也漆黑一片，顯然媽媽不在辦公室裡。或許他們在路上剛剛錯過，爸爸又趕回家，媽媽仍然沒有回來。

媽媽在寒風刺骨的冰天雪地，一步一步走路。下午下班以後，她沒有像往常一樣，跟隨別人一起離開辦公室。她坐在自己的辦公桌邊，注視著桌上的一張報紙。那是昨天的《人民日報》，上面刊載一篇全國政協大會上的發言，發言人是陳璉。報紙報導說明：二月六日政協全體大會上，青年團中央的全國政協代表陳璉作了大會發言。她的發言分兩部分，講完第一部分少年兒童工作之後，她又繼續第二部分。陳璉講話結束以後，周恩來總理頭一個鼓掌。報紙全文刊出陳璉同志第二部分講話如下：

我想以自己的經驗，對於知識青年，特別是社會主義敵對陣營裡的兒女們的進步問題，說一些意見。也許在座的有的同志知道，我是陳布雷的女兒。十幾年前，我也是一個懷抱著熱情和苦悶的青年學生，為了尋求抗日救亡的途徑，我找到了共產黨。黨把我引導到革命的道路上來，使我不但看到了民族解放的前途，也看到了社會解放的前途，我的苦悶消失了。我聽黨的話，工作著，學習著，前進著，我感到無比的溫暖和幸福。十幾年來，由於黨的教育，我獲得了一定的進步，我現在是青年團中央委員會的委員，並擔任著青年團中央少年兒童部的副部長。從我自己走過的道路，我深深地感覺到：正是因為黨是以國家和人民利益為依據的，因此，它對於一切有愛國熱情的人，不管他是什麼人，都是歡迎和愛護的。可是我聽說，目前還有一些出身剝削階級和反動家庭的青年，為自己的出身感到煩惱，說什麼恨只恨閻王爺把我投錯了胎，我認為這是完全不必要的。假如說在解放以前，一個出身剝削階級和反動家庭的青年還比較不容易認清黨的話，那麼在今天，黨就像太陽一樣，普照著大地，撫育著我們每一個人。

我們沒有辦法選擇我們的出身之地，但是，我們完全能夠選擇自己要走的路，只要我們認對了方向，而且肯於努力，在我們每一個人的面前，都是有寬廣的道路和遠大的前程的。

地上雖然還沒有積雪，卻在路燈下閃著亮光，走起路來，已經很滑。媽媽走到石碑胡同車站，早過了下班時間，沒人等車，車來得也快，媽媽上了車，卻沒有回家。她查過地圖，背下路線，很快找到青年團中央的辦公大樓。這些年，媽媽總是感到孤獨，許多心裡話無處述說，甚至不能跟爸爸說。讀到報上陳璉講話，媽媽很激動。全中國恐怕只有陳璉一個人，能夠真正懂得媽媽的心情，她想去見見陳璉。

媽媽站在團中央大樓前，只要走過街去，走上台階，就可以到傳達室，問出陳璉的辦公室電話。媽媽有些猶豫，裹緊圍巾，站在風雪中，望著樓上亮燈的窗口。哪一個是陳璉的呢？她會在辦公室裡嗎？媽媽借著路燈，看看手錶，已經是夜裡十點鐘了。那麼問一下她的電話號碼就走算了，以後再約吧。

媽媽邁開步，慢慢走過馬路，走上人行道，走上台階。樓門就在眼前，再上一層，就到門口。站在門裡面的站崗兵士，已經看到媽媽，舉起手準備推門出來問話。一剎那間，媽媽猛然轉過身，急速走下台階，幾次滑腳，險些跌倒，她也不顧，好像逃命一樣，逃下台階，逃過馬路，逃到路邊的一個樹影底下，停腳喘息。

她發瘋了麼？她不能去找陳璉。陳璉是共產黨高級官員，媽媽是戰犯陶希聖的女兒。她與陳璉，再不是中大的同舍，也再不能是朋友，她們永遠隸屬兩個敵對的階級，兩人中間有一條永不可踰越的深溝大壑。就算陳璉念及舊情，接見媽媽，她又能對媽媽說些什麼，做些什麼呢？而且幾年經歷，讓媽媽不難想像，反革命陶希聖女兒的來訪，將會給陳璉帶來多少政治困擾。

雪夜冰冷，媽媽的熱淚滾燙，燃燒雙頰。她不能這樣自私，她必須遠離陳璉，永遠遠離陳璉。媽媽想著，掉轉頭，急步跑開，腳下一滑，一跤跌倒。媽媽伸手，要扶住街邊的一棵樹。她沒有抓住，卻在倒向地面的過程裡，額頭碰在樹幹上，擦破一塊皮。她倒在地上，額上的鮮血淌在潔白的雪中，殷紅的一片。

幸好身邊一個行人都沒有，媽媽用手掌緊緊壓住額頭止血，慢慢站起，穩住喘息，重新開步。十點多鐘了，茫茫雪夜，她獨自一人，額頭上流著血，讓人看見，會怎麼想呢？媽媽決定不再搭汽車電車，用兩條腿走回家去。

她一直走到十一點半，才回到家，額頭上的血早已凝固，傷口凍結得硬邦邦的。她的身體也凍僵了，只有兩條腿，因為一直不停走路，還能機械地運動。她剛一走上木板樓梯，爸爸就聽到了，發瘋一樣衝下樓，嘴裡叫：「你，你……」

爸爸話沒叫完，被眼前媽媽的樣子驚呆。媽媽頭上裹了頭巾，全是雪，凍得僵硬。額上有凍硬的血跡，額前劉海都成了冰柱。眉毛上是雪，鼻子上是雪，嘴唇上是雪。領口的圍巾蒙滿了雪，大衣上全是雪，鞋子完全就是兩個冰雪疙瘩。為了裹緊大衣，媽媽兩條胳臂交叉胸前，早已凍僵，不能動了。看見爸爸走下樓梯，她甚至不能抬起眼皮來看看，嘴角也無法抽動。

「你瘋了，大雪天不坐車。」爸爸一邊說，不顧媽媽滿身的雪，抱住媽媽，走上樓梯。當屋站著，爸爸急急忙忙幫媽媽撣去頭上、臉上、身上、腿上、腳上的雪，一邊說：「我給你倒水洗，你趕緊脫掉大衣鞋子。我去叫麗芳上來，開爐子燒水暖屋子，給你煮薑湯。」

媽媽好像要搖頭，可她渾身哪兒都動不了，只是站著。爸爸提著臉盆出了房門，一會兒，端盆冷水進來，把臉盆放在凳子上面。

麗芳阿姨跟著進屋，連叫「沈太太，沈太太……」別的話說不出來。

「快，開爐子，燒水煮薑湯。」爸爸說著，動手幫媽媽脫大衣。

屋裡暖和，媽媽身體開始緩解，兩條胳臂能動了。大衣脫掉後，爸爸拉著媽媽的兩個手泡進冷水盆裡，說：「你，怎麼搞的，有什麼事，讓我去弄嘛。」

聽爸爸這樣說，媽媽的眼睛酸酸的，可流不出淚來。

「頭上怎麼還流血，摔的，碰的，怎麼搞的？疼不疼？要不要擦紅藥水？」

媽媽搖搖頭，她的嘴唇還凍著，講不出話。

爸爸蹲下身，給媽媽脫下鞋子，丟到牆角，又脫掉襪子，說：「跟兩個冰塊一樣，怎麼暖呢？」

「先拿毛毯包包。」麗芳阿姨說，在爐子上放牛奶鍋燒開水。她本來打算等媽媽回來熱晚飯，爐子沒有封得很牢，捅了幾下，火就燃上來了。

爸爸從床上扯下毛毯，裹住媽媽兩腳，然後在冷水盆裡擰毛巾，給媽媽擦臉。

爐上的水滋滋響起來，媽媽的身體融化了，癢蘇蘇的。爸爸剛把冷水盆拿開，媽媽就一屁股坐倒在床上，仰面平躺下去。爸爸把暖水瓶裡的開水都倒進冷水盆，又端過來，對媽媽說：「沒完呢，沒完呢，你還得用溫水繼續泡。」

媽媽躺在床上搖頭，根本一動都不想再動了。

「不行，起來，洗臉。」爸爸動手拉起媽媽，說：「臉上還沒解凍，說不出話來，也喝不成薑湯。」

麗芳阿姨動手在爐子上加水燒薑湯，說：「腳也要泡溫水。」

爸爸把盆放到地板上，把媽媽的兩個腳從毛毯裡解開，放在溫水盆裡泡。然後把床上的棉被拉過來，裹在媽媽身體上。

「啊，舒服死了。」媽媽終於說出一句話，懶洋洋的，好像半睡半醒。

麗芳阿姨端個碗，走過來，說：「沈太太，喝薑湯嗎？」

爸爸說：「你放那邊，我來弄。你去睡吧，鬧得你半夜三更跑上跑下。」

麗芳阿姨說：「只要沈太太安全，大家放心就好了。」

爸爸說：「你走以前，把水壺放爐子上，還要燒點水。」

「沈太太晚飯我熱在爐子邊上。你們弄好了，沈先生不會封爐子，讓它滅掉算了，我明天早上重新生。」麗芳阿姨說著，走出屋關好門。

爸爸端過薑湯碗，遞給媽媽：「喝薑湯吧。這樣子非生大病不可。」

媽媽坐在床上，身子裹著棉被，腳泡在溫水臉盆裡，兩手端碗，一口一口喝滾燙的薑湯，額頭滲出細小的汗珠，臉頰也紅起來，發熱。

媽媽喝著，喘口氣，說：「兩個手真癢。」

爸爸還跪在地板上，在腳盆裡搓媽媽兩隻腳，說：「因為凍傷。」

媽媽又喝兩口薑湯，說：「不要泡了吧，腳也暖過來了。」

爸爸不理她，繼續搓媽媽的腳，不聲響。

過了一會兒，媽媽仍然兩手捧著碗，說：「我想給周總理寫封信。」

爸爸吃了一驚，以為聽錯了，抬起頭來，問：「什麼？給誰寫信？」

媽媽說：「我決定給周恩來總理寫封信。」

爸爸站起身來，兩手滴著水，說：「你真的瘋了嗎？」

八十一

星期六傍晚六點半，中夏時分，天空很亮，甚至還可以在大樹頂端找得到落日餘暉，把樹葉染得金黃。媽媽回家，異常興奮，招呼麗芳阿姨和我說：「快，吃飯要等爸爸，先幫我收拾一下院裡的花圃。」

我正在院子裡一個人打乒乓球，不樂意地問：「花圃有什麼好收拾的？」

「你幫我把花圃裡的髒東西、小紙片、碎石塊，都揀出來丟掉，把每種花上枯黃的葉子都扯掉。然後澆些水，我要這些花和葉，紅是紅，綠是綠，清清爽爽。」

我不情願做，故意問：「怎麼澆？用噴壺還是臉盆？」

「隨你，任務交給你了，你負責完成。」

我放下手裡的拍子和球，說：「那麼弟弟呢？他不勞動嗎？」

「我要做，我會做。」弟弟喊叫。

媽媽說：「你看，弟弟愛勞動，比你強。弟弟到屋裡去，拿個字紙簍來，站在這裡，哥哥揀出來的髒東西，都丟字紙簍裡。」

弟弟歡呼一聲，跑進屋裡去拿字紙簍。我沒話可說，只好邁進花圃去做工。

媽媽對身後的麗芳阿姨說：「麗芳，幫我，我們給絲瓜藤潑些水。葉子上都是塵土，黃黃的，太難看，要水洗洗乾淨，才看得綠。」

麗芳阿姨仰著頭，看高處，問：「那麼高，怎麼洗得著呢？」

「我從全總園林處借了一條水管，我們接好，可以噴水。」媽媽一邊說，一邊從一個大布包裡取出一卷橡膠水管。

麗芳阿姨拉著水管一頭，拖到灶間，接到自來水龍頭上。媽媽站在花圃前，舉著水管，對準絲瓜藤葉，喊：「好了，麗芳，開水吧。」

話音剛落，水管頭上噴出一道水柱，沖到絲瓜藤葉上。媽媽趕緊用手指堵住水管龍頭，水便散開噴出，好像下雨，好像噴霧。我正蹲在水簾之下，仰臉看去，隱約間，甚至覺得能看見淡淡的七色彩虹。

我低著頭，躲開水霧，邁出花圃，跳著喊：「我來澆，我來澆。」

弟弟跟在我後面學樣，喊叫：「我也要噴水，我也要噴水。」

「你可以玩一玩，我要看著，不可以亂噴，不許噴到別人家窗戶上。澆完了以後，還要收拾花圃。」媽媽約法三章。

「好吧，好吧。」我都同意，大喊大叫。媽媽把手裡的水管交給我。我站在花圃前，高高興興，舉著水管，捏著龍頭，對著絲瓜藤葉噴灑。弟弟在一邊跳，歡呼。

我們屋前的絲瓜藤，兩米多寬一片，從花圃裡爬起來，順著爸爸媽媽編的線繩網架，藤藤相繞，葉葉相接，爬到房頂，像一片綠色屏幛。水管噴出的水，灑在絲瓜肥大的葉片上，刷刷作響，此起彼落，高高低低，十分動聽。從東單搬到西四新居才三個多月，已經絲瓜爬架，開出窄長的小花，綠葉黃花，很好看。

西四頒賞胡同十三號是一個典型的北京四合院，大概過去就是朝廷的頒賞官住，所以這條胡同叫頒賞胡同。院子雖小，卻很規則，大門按八卦，開東南角。門洞上有飛簷，門邊立兩個不大的石獅子，門板刻一副對聯：忠厚傳家久，詩書繼世長。門裡進來，右側原有小屋兩間，現在一間改作廁所。正對門是個影壁，左轉進二門，方才入院。四方小院，北房三間，東西兩側廂房各兩間，房前一圈抄手遊廊，一色紅漆木柱，琉璃瓦頂。南房兩間，過去可能是書房或者客廳。西南角是一個很大的灶間，旁邊拐角進去，有一個洗澡間，一個汽車庫，現在都當作房間住人了。

小院北房一大間分配給我家住，房間寬大了一些，屋子西側一塊凹進去的空間，剛好放一張雙人床，給我和弟弟兩人睡。大屋東側一道門，連一小間裡屋，只有朝東一個小窗，每早透進一點陽光，其餘一整天陰陰暗暗，爸爸媽媽用作臥室和書房。放一張雙人席夢思床，一個五斗櫥，小妹一張小床，一張書桌，桌對面兩把木椅，就滿了。隔過院子，南邊有親媽、舅婆婆一間屋，放兩張床，一個桌子兩把椅子。小屋外面是過去的洗澡間，廢棄不用，除了堆些雜物之外，在浴缸上搭了床，麗芳阿姨暫時睡在上面。

搬來那天，爸爸說：「不知要在這裡住多久？孩子們長大，還是住不下。」

媽媽說：「這樣住很好了，比馬家廟寬多了，將來再說將來的吧。」

對於媽媽來說，房子住得大小好壞，實在沒有什麼重要。房子再大，大不過她幼時住過的大乘巷一號。房子再好，好不過她結婚時住過的上海狄思威路洋樓。大家子出身的人，做得到隨遇而安。

我們搬到這裡來，並不是爸爸媽媽挑選的，是外文出版社分配的。直到我們跟著家具一起搬過來，爸爸媽媽才頭一次看到我們將要居住的地方。我們搬來的時候，小院裡已經住了三家人。每戶門前窗下的走廊，都當作儲藏室，堆滿雜物破爛。媽媽不許我們把破爛堆在窗前廊下，她要留出那一段走廊，放兩把椅子一個茶几。她說：「冬天下雪，站在廊下觀賞，是北國生活一大樂趣。」

走廊台階下面的小院地面，本都鋪了磚。可單單我家窗前，一張書桌大小的面積，磚頭起掉了，裸露黑土。而這小片土地，卻是小院裡媽媽最歡喜的地方。她領導我和弟弟，沿著土地邊緣，用長方磚頭，斜著碼起，砌出一圈犬牙花圃邊飾。然後翻鬆土壤，播下種子。媽媽說：「我們種點月季花、向日葵，幾棵絲瓜。」

我問：「絲瓜不是做湯吃的菜嗎？也算花嗎？」

「絲瓜當然不是花，可是絲瓜有藤，可以爬高起來。我們大屋的窗朝南，雖然房前有走廊，太陽還是會照進屋去，夏天會很曬。我們在這裡種些絲瓜，爬起藤來，可以在廊子前面遮陰涼。」

爸爸正在走廊裡，站在一把椅子上，一層一層，把線繩綁在走廊的紅漆柱間，交叉成些方框框，等著絲瓜藤爬上來，聽見我們說話，接了說：「我們還可以在走廊上坐，喝茶談天。太陽也照不見，就像在帳篷裡，或者在樹林間。」

麗芳阿姨說：「我也可以坐在走廊上洗衣服。」

媽媽說：「絲瓜葉子寬大，最好遮涼。秋天瓜熟了，嫩的時候可以吃，燒湯。吃不完，讓瓜長老，可以做成絲瓜瓢，用來洗碗刷鍋。」

我問：「你怎麼知道？你種過絲瓜嗎？」

媽媽說：「你們外婆最喜歡種花草，我小時候，在上海，天井裡種許多玫瑰花，香得很。後來在北平院裡，種過絲瓜。」

我們一家人忙碌，同院的三家鄰居，大人小孩都走出來，站在廊子前面看。他們都好像不喜歡種花弄草，覺得媽媽和我們奇怪。過些時，窗前的花草都長起來了，開花爬藤，同院鄰居也習慣了，見怪不怪。

天色暗下來，媽媽站在花圃前，微笑著看，花紅葉綠，水珠淋淋，色彩鮮麗，清爽宜人。媽媽說：「好了，吃過飯，我們要收拾房子裡頭了。」

我說：「姆媽，到底是什麼事嗎？明天又不過年。」

「明天有個客人要來我家，很重要的客人。」

「明天星期天，不上學，早上再打掃嘛。」

「不行，來不及。客人上午九點就來，你們也不許睡懶覺。」

爸爸點頭表示同意，他已經知道誰要來，媽媽從辦公室給他打了電話。

晚飯吃得很快，媽媽趕著要收拾。房間有什麼好收拾，布置得好好的。外面大屋，因為主要給我和弟弟活動，除了我們一張大床，不能擺多少裝飾品，擺了東西，我們粗手粗腳，也會掃蕩一空。南側窗前放個黃色的方飯桌，是北京到處可以買到的那種簡單醜陋的樣子，一個桌面四條光腿。兩邊放兩把木椅，也是一樣單調樣式。兩個方凳塞在飯桌下面，只有吃飯時拉出來用。

東側靠牆是個破了鏡子的大衣櫃，夏天卸下席夢思床墊，立在大衣櫃背後，用衣櫃頂住，倒不下來。北側牆邊，放一個半截碗櫃，也是跟飯桌一樣的黃色，一樣的醜陋樣子，北京城裡買的。櫃上放個印花綠茶盤，裡面當中一把茶壺，扣幾個茶杯。茶盤旁邊一側立兩個暖水瓶，另一側放個留聲機。這邊牆上，掛了一幅上海姑父王蘧常的章草，法度嚴謹，古雅遒勁。

爸爸媽媽自己的裡屋，當然最好看。大床頭上，夾一個床頭燈，圓筒形狀，紫紅顏色，上海帶來，北京沒有賣這樣式的。他們每晚躺在床上，一定合用這個床頭燈，靠著床頭，各自看一會兒書之後，才睡。

床邊的五斗櫥上，鋪一條藍白兩色針織品，上面放一方鏡子，一些香水口紅等化妝品的小玻璃瓶，高低方圓，五顏六色。角上放了一個細細高高樹幹狀的橙色半透明花瓶，並不插花，只當裝飾。旁邊放無線電，常播放史特勞斯或者威爾第的樂曲。

我們家，書桌和書架是最重要的兩件家具，那是我們度過最多時光的地方，媽媽總是精心布置。書桌也是棕紅顏色，跟床頭五斗櫥是一套家具，中間有一個扁扁的大抽屜，兩側落地各有四個抽屜。桌面上放了一塊玻璃板，綠色的絨底，壓了許多我們一家人的大小照片。書桌靠窗一邊，放了一盞台燈，上面罩了一個淺綠色的紗燈罩，燈下放著爸爸下南洋時在印尼時買回來的一個烏木小雕像，一個女子拉著長裙，低頭走路，曲線柔和，造型優美。

書桌後面牆角放了一個小台子，上面放一盆時令鮮花，坐在桌邊看書寫字，可以沐浴鮮花的清香。旁邊牆上掛著爸爸媽媽結婚時豐子愷先生畫贈的那個條幅：雙松同根，百歲長青。

這小院原本蓋來住一家人，所有房間都有門相通，爸爸媽媽的小屋與鄰居朱家有一道門相通。現在住兩家，這道門當然封死。爸爸自己動手，在門框上釘幾條板，隔成書架，頂天立地，放滿了書，既擋住了那門，又作書架用，省了屋裡地方。

房子雖小，有書桌，有書架，有畫軸，有雕像，有鮮花，有音樂，生活於是就顯示出了色彩和芬香。媽媽用自己對生活的熱愛，給我們創造出一個美好的世界來。

一個晚上，我們都拿著抹布，東擦擦，西擦擦，挪挪這，搬搬那，直到十點鐘，才算完事。媽媽看著我和弟弟洗臉洗腳，上了床。她坐在床頭，對我們說：「謝謝你們兩個幫我收拾房子。」

我拉著毛巾被，蓋緊脖子，問：「明天誰來？那麼要緊。」

媽媽拍著弟弟的身子，微笑著說：「一個叫做海瀾的叔叔。」

我問：「我們見過嗎？」

媽媽說：「沒有，他是周總理特別派來的。」

第二天一早，媽媽早早把全家人都叫醒，刷了牙，洗了臉，換了乾淨衣服，吃過早飯，然後等客人。爸爸搬個躺椅，放在窗前走廊下，旁邊放個茶几，上面放杯茶，然後坐到躺椅上看報。昨天下午剛洗乾淨的絲瓜藤葉，舒展歡快，翠綠晶瑩，好像玉做的一樣。早晨的陽光，從藤葉間透灑進來，落在房間牆壁上、走廊地面上、躺椅茶几上、爸爸頭上、身上、腿上、報紙上，星星點點，錯落有致，好像一個個溫柔的光斑。忽然間小風吹過，藤葉浮動，窸窣作響，地上光點搖曳，情趣萬種。

我坐在大屋窗邊方桌上，做學校的家庭作業，聽見窗外走廊裡，爸爸一會兒喝一口茶，嘴裡得意地咂巴著，抖得報紙嘩嘩亂響，還輕輕哼小曲，一會兒蘇州評彈小調，一會兒又是洋歌劇，好像享樂到家了。

弟弟坐在方桌對面，拿根蠟筆，在一張紙上亂畫，嘴裡念念有詞：「這是汽車，這是腳踏車，這是媽媽領弟弟走路……」我看過去，什麼都不是，只是些圈圈線線。

麗芳阿姨抱著妹妹，在親媽屋裡玩，舅婆婆照例上街去買小菜。

媽媽仍然在屋裡轉來轉去，手裡拿塊抹布，這裡看看，那裡擦擦，扶扶這，弄弄那，不時看看錶，又隔著窗望望大門口。

我看媽媽心神不寧的樣子，忍不住問：「周總理認識你嗎？派人來看你。」

媽媽說：「不認識，不過你可以問爸爸，爸爸以前見過周總理很多次。」

我頭伸出窗，問爸爸：「爸爸，姆媽說，你見過周總理，真的嗎？」

爸爸忙放下報，左右看看，壓低聲音，說：「大喊大叫什麼。我見過，很多年前了。你做功課，怎麼不專心，問這問那。好好做功課，有什麼話做完功課再說。」

我不知道，為什麼問爸爸這麼一個問題，會惹爸爸不高興。周總理是我們國家的領袖，爸爸見過周總理，不是很光榮的事情嗎？今天還不是周總理自己來，只是派個人來，媽媽已經激動得不得了。明天如果周總理自己來看爸爸，我們家會怎樣呢？

媽媽對我說：「今天說的話，關於周總理，他派人來我家，爸爸以前見過周總理，到學校去，都不許亂講。周總理不喜歡很多人曉得他做什麼事情。」

「那老師問，也不許講嗎？」

「不許講，校長問也不許講。」

「爸爸見過周總理，為什麼周總理不派人看爸爸，派人來看你？」

媽媽想了想，說：「姆媽前些時給周總理寫了封信，周總理看了，所以派人來跟我談工作。實際上，當然是來看我和爸爸兩個。」

「你不認識周總理，為什麼給他寫信？爸爸認識，該爸爸寫。」

「寧寧，你怎麼那麼多問題，不做功課了嗎？」

「問問怎麼了？我還幫你清理花圃呢。」

「回答你最後一個問題，不許再問，周總理跟姆媽的父親很熟。」

我看著媽媽嚴肅的臉，點點頭。媽媽的父親，不就是外公嗎？那個住北京飯店開會的公公，當然周總理認識他，他們一起開一個月的會。

這時，聽見院裡有問話聲：「請問，沈蘇儒、陶琴薰同志住這裡嗎？」

爸爸在走廊上聽到，一骨碌跳起來，報紙丟掉，連聲喊：「是，是。海瀾同志嗎？請進，請進。」

來人笑呵呵地走進院子裡來，說：「呵，老沈同志。」

爸爸急步走過院子，兩隻手伸得老長，一面笑著，迎上去握手。媽媽在屋裡聽見，馬上拍拍身上的衣服，丟掉抹布，趕出房門，走下走廊，小跑過去，握住海瀾叔叔的手。我站在窗裡望，弟弟看我不出屋，也不出去，站在窗前，看外面。

媽媽在前面引路，輕聲說：「我家在這邊，您慢走。」

海瀾叔叔邊走邊看四周，問：「那是你們種的花嗎？」

媽媽說：「是的，我喜歡種些花草，增加點生活樂趣。」

爸爸說：「我們窗朝南，夏天曬，種絲瓜，藤葉爬起來，可以遮陰涼。」

海瀾叔叔走上台階，看看絲瓜藤葉影下的躺椅、茶几、茶杯，和報紙。

爸爸彎腰收拾地上的報紙，笑著說：「我剛才專門坐在這裡等你。」

海瀾叔叔點頭說：「你們生活確實很有情趣啊，啊哈，不錯，不錯。」

媽媽引海瀾叔叔進了屋。他個子不高，穿一身藍色中山裝，上下四個大口袋很顯眼。看起來，他年紀比爸爸老一些，面皮白白，文質彬彬，像個學校的老師，不像給周總理工作的幹部。

媽媽對我們兩個下令：「叫人，海瀾叔叔。」
我忙叫：「海瀾叔叔好。」弟弟也跟著叫：「海瀾叔叔好。」
海瀾叔叔笑著問：「好，好，乖，乖，兩個兒子嗎？」
媽媽回答：「還有個女兒，三歲，怕吵我們說話，在對面屋裡，保母管著。您走的時候，再帶過來看您。」
海瀾叔叔看見方桌上我的課本，問：「做功課嗎？上幾年級了？」
我回答：「二年級。」
爸爸解釋：「他本來可以上三年級，九歲了。可是該他上小學那年，政府發文件：嚴格規定七歲上小學，九月一日以後生日的孩子，不准入學。他生日差了二十天，只好晚一年。」
海瀾叔叔轉過頭，望著媽媽說：「那麼他是在南京生的，陶先生見過。」
媽媽回答：「是，南京生，所以名字叫寧。生他以後一年多，我差不多天天抱他去田吉營，每次去，父親一定要抱著他玩。」
爸爸手指著裡外兩間，對海瀾叔叔說：「我們基本就是這兩間屋子。院子對面一間小屋，是我的母親和舅母住。」
「我去燒開水沖茶。」媽媽說完，跑出屋到院子對面的灶間去。
海瀾在屋裡踱了幾步，看看牆上姑父王遽常的字，點頭稱好。
爸爸說：「我的表姊夫，是上海復旦大學的教授，中國有名的國學家和書法家。抗戰時期無錫國學專科學校搬到上海，他做教務主任。」

「知道，知道。」海瀾說著，走進裡屋，看到豐子愷的字畫，又一笑。

爸爸說：「那是我和琴薰在上海結婚的時候，豐老先生送的。我們與豐老先生的兩個公子同班同學，那時豐老先生也住在重慶。」

媽媽走進屋來，手裡端一個綠色搪瓷大茶盤，上面放一個大茶壺、三個茶杯。她把茶盤放到方桌上，問道：「我們哪裡坐？」

海瀾從裡屋轉到外屋，站在外屋當中，隔著窗，望著外面走廊下絲瓜藤葉散射進窗的陽光，口中喃喃有詞，說：「小院芬菲入畫圖，窗明几淨碧紗櫥，閒來還讀聖賢書。蘇儒同志，琴薰同志，好好生活，好好生活。」

爸爸眼睛睜得老大，讚賞地說：「海瀾同志會填詞，是個詞人。」

海瀾搖著手，笑說：「哪裡，哪裡。不過工作之餘，看幾本閒書，東背兩句，西背兩句而已，不像你們科班出身。」

媽媽說：「我們不過學了點英文，中文底子恐怕遠不如海瀾同志。」

海瀾叔叔說：「蘇儒同志的中文底子很強，那是人人知道的。」

爸爸顯得很侷促，說：「海瀾同志過獎了。」

媽媽說：「茶要涼了，我們到裡屋坐下說話吧。」

爸爸趕緊抬手，請海瀾進裡屋：「對，裡屋安靜些。」

三個人進了屋，爸爸請海瀾叔叔坐在書桌正面，他自己坐在對面。媽媽在桌上放下茶盤，又轉身走到外屋，從方桌下面拿出一個方凳，對我和弟弟說：「你們到外面去玩，不要進屋來鬧，我們和海瀾叔叔有要緊的事情要講。」

我站起來，收拾好桌上的作業，跑出門去，弟弟跟著我到院子對面親媽屋裡。媽媽提著方凳，走去關好外屋大門，然後走進裡屋，放在書桌側面，轉身關住裡屋房門，才在方凳上坐下。爸爸早給三個茶杯倒好了茶。

媽媽一坐下，眼淚便湧出來，說：「首先請海瀾同志給總理帶句話，我非常感謝總理的關懷。」

海瀾說：「這話我一定傳達到，總理與陶先生是很熟悉的。」

爸爸把茶杯遞過去，說：「海瀾同志，請用茶。」

媽媽乘機拿手絹擦掉眼淚，擤了擤鼻子，穩定下來。

海瀾端起茶杯，拿嘴吹吹茶水面，說：「謝謝，茉莉花，很香。」

媽媽說：「我聽父親說，北伐戰爭以前，父親就已經認識總理。那時在上海，父親常跟惲代英幾個在一起。」

海瀾放下茶杯，說：「陶先生的學問好，通史，通法，又通政治和經濟，難得的人才，全才。文章寫得好，也確實。作蔣介石的文膽，不是件容易的事。」

「伴君如伴虎，父親很多年一直膽戰心驚，如履薄冰，他也是身不由己。照他的本意，他更願意做學問。因為要參加抗戰，他才上了廬山，一去就脫不開身。可是他一直以幕僚自居，不肯深入權力鬥爭。」

「你寫給總理的信，總理親自看過，而且認為，你對陶先生的看法，基本上是客觀的，正確的，所以派我來聯繫。總理囑咐，不要有顧慮，放手把工作做好。」

媽媽聽了，又忍不住拿手絹捂眼睛，難以成言，過了一會兒，才說：「父親一直說自己是書生論政，論政猶是書生。他曉得自己做不成一個政客，做政客，要心狠手毒，父親做不到。」

「這是陶先生對蔣介石的認識？」

「父親對蔣介石，其實一直存有戒心，曉得蔣介石並不完全信任他。可是因為汪精衛那一段事情，他又很感激蔣介石不殺之恩，覺得不能有負於蔣介石。父親總說身不由己，不跟著國民黨，別無出路。他曉得，共產黨也絕不肯饒他。」

「那是陶先生過慮，只要陶先生愛國，願意參加祖國社會主義建設，我們黨非常歡迎。所以總理認為，我們爭取陶先生的工作可以做。我的任務是，設法跟陶先生建立起通信聯繫。你們看看，有沒有什麼辦法可以跟他們通起信來？」

「我想過了，我們可以通過香港，轉信到台灣去。」

「香港方面有可靠的人可以負責轉信嗎？你們信得過的？」

「我的大弟弟陶泰來，可能還在香港。他在中華印刷廠做經理。五〇年還寫信來，寄給我一張他結婚的照片。」

「他現在不在香港，早已經搬到台灣去了。」

媽媽有點吃驚，看了爸爸一眼，說：「從五〇年開始，我們便跟泰來斷了通信，這些情況都不知道。」

海瀾說：「那麼我們通過香港轉信，還有沒有別的可靠關係？」

媽媽低下頭，想了一會兒，說：「可靠的關係還有一個余啟恩，他跟我家很熟。我們四八年底到香港，在他家住過幾個月。我們把信寄到香港，請余啟恩轉寄到台灣。回信也是一樣走法。」

「從香港寄信到台灣，也會受到國民黨情治機關的檢查。台灣當局緝查匪諜很嚴厲。為安全起見，香港寄去台灣的信，最好不直接寄給陶先生，免得惹麻煩。」

「讓我想想，有什麼人可以在台灣代收。」媽媽沉思了一會兒，說：「有了，請表弟代收。阮繼光表弟一直給父親做文書，是國民黨普通職員。他隻身一人去了台灣，太太留在湖北。我的信從香港轉到台灣，寄給他，我想不會引起懷疑。」

「好，我們可以這樣試一試，行不通再想別的辦法。」

「我可沒有所有這些人的通信地址。」

「這事由我安排，你先起草一封信稿。到該發信的時候，地址一定找得到。不過你突然寫信去，陶先生會相信那是你寫去的嗎？」

「我們家所有人寫字，都是同樣一體，一模一樣，天涯海角，都認得出來。我也會提一些只有我們之間知道的事情，他就會了解。」

「好，那就這樣辦。你的信稿完成，交我們看過之後寄出去。要我們代寄呢？還是你們自己去寄？」

「您審閱之後，還是我自己寄出去，何必還麻煩您。」

「也好。」海瀾說，「北京城裡，只有前門郵局可以投郵寄往海外的信件。你們去那裡寄這些信，我事先跟他們打招呼。」

「那麼回信呢？我是說，父親或者母親如果回信？」

「如果真有回信，就太好了，說明我們工作有成果，不過不要寄太高的期望。我會去郵政總局海關備個案，海外有你們的信來，交由我們轉來給你們，你自己抄一份留底，正本要還給我們存檔。我們這是工作，不是私人通信。」

媽媽點頭，說：「這樣很好，我馬上開始構思寫信。」

海瀾站起身，說：「有任何問題，隨時跟我聯繫。」

爸爸說：「再喝口茶吧，冷了，換點新的。」

媽媽忙站起，說：「對，再坐一坐，我去沖新茶。」

「不用了，我走了。記住，我們這件工作，採取單線聯繫的方式，你們只與我一個人聯繫，受我一人領導，不可以讓第二個人知道。你們找我，還是寫信到總理辦公室，我來這裡找你們。這是很機密的工作，讓別人看，這叫通敵。」海瀾說完，笑一笑。

媽媽好像有些猶豫，張張嘴又閉住，被海瀾看到，便問：「還有什麼問題嗎？」

「海瀾同志，我想，給父親的信裡，最好只談家務親情，不談政治，不談國是。反正我也還沒有懂很多革命道理，講也講不清楚……」媽媽猶猶豫豫地說。

「完全對，雖然我們目的是做統戰工作，可是不能滿篇政治。」

「我今天起草，海瀾同志下星期哪天來取？或者我送中南海去？」

八十二

星期天下午，我們在院子裡擺了桌子，一家八口人圍坐桌邊吃螃蟹。鄰居看見，都紛紛帶著孩子，出門去了。

夏末秋初，陽光明媚。窗下花圃裡，月季花開得很盛，綠葉扶持之上，大紅的花瓣團團相簇。向日葵長高了，一共三株，每株都孤零零站著，圓圓的花盤上，黃色花瓣有些枯萎，瓜子還沒有熟。絲瓜藤葉還是那樣茂盛，綠得發黑，黃花謝盡，結出細細的絲瓜，一身清刺。

桌邊放煤球爐，爐上坐大鋼精鍋，鍋裡煮螃蟹。麗芳阿姨和舅婆婆坐在爐邊，不嫌熱，一邊自己吃，一邊輪流照看螃蟹鍋，也時不時從鍋裡撈出螃蟹，放到桌上大盤子裡。

爸爸對螃蟹並沒有多少興趣，站在一邊，擺弄他的照相機。為了照相，爸爸專門把一條白被單拿出來，綁在走廊的兩個柱子上，說是加一點背景光，可以減低人臉的反差，光亮可以柔和一些。

外文出版社《人民中國》編輯部，動員大家學習攝影，每個人可以從機關借照相機回家練習，膠卷隨便拿了用，照完了，機關免費沖洗。爸爸在《新聞報》做記者的時候，學過攝影，他從機關借了一台萊卡一二〇照相機，回家拍我們吃螃蟹。

一頓螃蟹吃了幾個鐘頭，晚飯也不用吃了，我們換好衣服，走到北海公園去。天還沒黑，背後西墜的落日，把最後一抹金黃色，塗在前面樹梢頂上。熱了一天，現在秋風習習，頗為涼爽舒適。

從我們家到北海，很近。出頒賞胡同東口，上西安門大街，一直往東走，經過西什庫，府右街，北大醫院，挨著北京圖書館東邊，斜對中南海北門，就是北海西門。要走北海正門，還得再往東，過北海大橋，繞過團城才到。北海大橋是邊界線，橋北邊的湖是北海公園，橋南邊的湖是中南海。中南海裡長滿樹，從北海大橋上望進去，看不見一個房頂。

我們每次去北海，不過北海大橋，先從北海西門進公園去。很多人不知道，其實北海西岸，也有一個租船碼頭，小點，人少，還快。我們常是在西岸租了船，划過湖去，到瓊島碼頭還船，上岸去玩。這樣走路近得多，也划了船，照樣到瓊島。

進西門的時候，看見大門上貼了告示：今天晚上有水上音樂會，八點鐘開始。媽媽高興地說：「真巧，給我們開慶祝會。」

我不明白媽媽說的話，問：「我們要慶祝什麼？」

媽媽說：「姆媽昨天剛發走一封非常重要的信，所以特別高興。」

「哦。」我應了一聲，發封信有什麼了不起，又要吃螃蟹，又要逛北海，還要聽水上音樂會。

爸爸說：「那也是很機密的工作，你們都記牢，外面不可以亂說的。」

我們租了小木船，在北海的湖面上漂蕩。媽媽伸手指指，說：「你們看，那裡水面搭了台子。」

爸爸說：「我們今天不去瓊島，就在水裡蕩蕩，聽聽水上音樂會。」

船兒輕輕，水兒輕輕，風兒輕輕。落日已盡，天色黑藍，尚有光亮，把瓊島上的白塔倩影，倒映水面，迷迷濛濛。湖岸上紅牆黃瓦，垂柳依依。忽然間，瓊島湖岸，彩燈放光，五顏六色，成串成行，成點成圈，倒映水中，漂蕩恍惚，一時難辨何處是岸，何處是水，何處是天，天水相連，身在其中，悠悠如仙，騰雲而去。

湖心水面，白塔倒影之上，立一個台子，裝飾花燈彩旗，一個小小的管弦樂隊，用遊艇送到，坐上台，開始吹拉彈奏，隨便演幾個中國曲子，像〈春節序曲〉、〈步步高〉之類，擴音器很響亮，沒人唱歌。台邊聚集一些小船，蕩蕩漾漾，享受夏秋夜的涼爽和美麗。

媽媽說：「我在北京上中學的時候，常常到北海來玩。那時北京大學在沙灘，外公也常來。我們從西直門來，從北海後門進，那裡沒什麼好玩，只有五龍亭，可是很安靜，湖水很清，柳樹很大。」

我說：「北海後門有少年科技館，我們自然老師說過，要保送我去那裡參加氣象科技小組。」

爸爸說：「學氣象也很好，只要是科技，就好。好好學，以後做個科學家。」

我說：「我划得快，你們要到後門那邊去轉轉嗎？」

爸爸說：「不要了，音樂會好像已經正式開始了。」

我們沒有湊到船群裡去，遠遠停著船，看水面的燈影，聽水上的音樂。一段維瓦第《四季套曲》，悠揚迴環。一段布拉姆斯《匈牙利舞曲》聯奏，歡樂輕快。一段柴可夫斯基《如歌行板》，如泣如訴。幾首著名的小夜曲，如月如夢，都是我們家裡人熟悉和喜愛的。

爸爸忽然問媽媽：「記得我們在南京玄武湖，也聽過一次水上音樂會？」

媽媽答：「對，那時寧寧一歲，船又搖搖晃晃，聽音樂正好睡覺。」

我插嘴問：「爸爸那時在上海做新聞記者，是《申報》嗎？」

爸爸說：「你怎麼曉得當年上海有一家《申報》呢？」

「老師講上海紗廠工人鬧革命的事，提到上海有《申報》。」

「過去，中國有三個最大的報紙，都是在上海辦的。一個是《申報》，一個是《大公報》，還有一個是《新聞報》。《新聞報》以經濟商業新聞為主，發行量最大，比《申報》和《大公報》都更大，爸爸在《新聞報》作記者。抗戰初期，上海市區淪陷，《新聞報》報館所在的三馬路，在公共租界裡，所以可以繼續出版。《新聞報》最早是一家私營報紙，老闆是中國人。為抵抗日本人，把報紙出讓給了美國巨商福克森，成了美國人的報紙。這樣《新聞報》在日本占領的上海掙扎了幾年。太平洋戰爭爆發，日本對美國宣戰，占領上海公共租界。《新聞報》是美國人的，日軍馬上沒收，成了日本產業，仍然出報。抗戰勝利以後，國民黨政府回到上海，沒收日偽敵產，把《新聞報》收歸國有，繼續出版。共產黨進上海，把《新聞報》當國民黨報紙，徹底關掉了。」

我聽得津津有味，讚嘆說：「真有意思，像小說一樣，怎麼沒有人把這些故事寫小說呢？」

爸爸沒說話。

媽媽答說：「因為《新聞報》是國民黨的報紙，必須徹底消滅，最好沒人知道上海有過這個報紙。」

我說：「那能辦到嗎？起碼爸爸忘不了那張報紙，現在我也知道了。」

爸爸說：「當然忘不了，爸爸是在《新聞報》學習做新聞工作，成為記者的。爸爸從上中學開始，一心一意作夢，要做新聞記者，到了《新聞報》才滿足心願。我怎麼能忘記那一段生活呢？你就是那段時間裡出生的。爸爸那兩年是《新聞報》南京分社的記者，住在南京，所以你生在南京。」

媽媽得意地說：「爸爸那時工作很努力，才做兩年，已經有些成功了。」

爸爸嘆口氣，說：「唉，說起來傷心，都是趙老總栽培。上海一別，到現在好幾年了，不知趙老總現在怎樣。」

媽媽聽了，關心地說：「不妨寫個信去問候一下，也沒什麼要緊。」

爸爸說：「寫到哪裡去？復旦大學新聞系？不知他還在不在那裡。政治運動一浪高過一浪，社會關係成了一張羅網，人人避之若浼。我很想念他，可也不敢再多添社會關係。趙老總大概現在日子不好過，否則憑他那樣的社會地位，早是全國政協委員了。這種處境，他大概也不會願意多我們這樣一個社會關係。」

我問：「爸爸，趙老總是誰？我們能去看他嗎？」

爸爸嘆口氣，說：「那是趙敏恆先生，以後有機會，一定去看他。」

「他在北京，還是在上海？」

「不曉得，大概在上海，也可能早被抓起來關監獄了。」

「為什麼要抓他？」

「因為他是一個正直的新聞記者。」

「爸爸以後也能成為趙先生那樣的大記者嗎？」

「以前夢想過，現在曉得做不到的。時勢不同，人離不開機會。我生不逢時，只能庸碌一輩子。」

「那麼，你們看著吧，我長大了，要做趙先生那樣的人。」

媽媽說：「對，寧寧長大，像趙先生一樣正直，努力。」

爸爸說：「寧寧，記住我一句話，再不要走爸爸媽媽走的這條路，不要再吃文字飯，長大不要學文科。爸爸一生做文字工作，深知其中辛酸苦辣。現在更是終日提心吊膽，隨時準備坐監獄。我這輩子沒法子改變命運了，不希望你們再受一次苦難。你們長大，只有兩條出路，一條是藝術，一條是技術，遠遠離開政治，離開文字。」

水面上飄蕩起孟德爾頌的小提琴協奏曲，輕柔搖曳，如歌如述。小提琴的顫抖揉弦，換把位帶出來的委婉滑音，把天地蒼穹，過往今來，人類情感的纏綿痛楚，失落的夢想，遠方的憂思，無盡的懷念，慘淡的絕望，都一齊浸入人的肺腑，扯動人的靈魂。

那天夜裡，我們剛睡下，聽到院裡一陣猛烈的敲門聲。院子大門是舊式的，門板很厚，沒有鎖，每天晚上十時在門裡面上門槓。有人晚歸，自己家人要留心，聽到敲門聲，趕去啟門槓，免得吵鄰人。今天是誰家，驚得滿院人都爬起來。

大門繼續乒乒乒乒響，爸爸媽媽都披了衣服，走出裡屋，隔著窗子朝外看。春寒料峭，沒有人願意半夜三更跑出院子去。最後還是住東屋的老太太，跑去開了門。

黑暗之中，三個人急步走進來，大聲問：「沈蘇儒家在哪兒？」竟然是找我們的，爸爸媽媽吃了一驚。

老太太指給他們看，那三人拔腳直衝我家屋門而來。

爸爸忙在屋門裡拉亮電燈，開了門，問：「怎麼回事？」

「沈蘇儒，跟我們走，總編有請。」

媽媽趕到門外，叫：「等等，等等，你們做什麼？深更半夜，為什麼？」

那人回答：「我們不知道，你願意，去問總編室好了。」

他們說著，推開媽媽，拉著爸爸，朝大門口走。

爸爸回頭對媽媽連聲說：「不要緊，明天給編輯部打個電話問清楚。」

滿院子的人這時都不怕冷了，大大小小，披了棉襖，站在走廊前觀看，沒人說一句話。媽媽摟著我們三個，蹲在走廊台階上，流眼淚。院子對面屋裡，電燈才亮，親媽和舅婆婆剛起來，也趴在窗上張望。麗芳阿姨披著棉襖，跑過來，抱妹妹。

爸爸被人帶走了，午夜十二點鐘。剩下的半夜，我家沒一個人能睡好覺。我踡在被子裡，半睡半醒，做了許多噩夢，在懸崖邊上站著，要掉下萬丈深淵裡去。第二天一整天我們都不講話，也不在院子裡玩。院裡鄰居，大人小孩，沒有一個跟我們講話，見了都躲開，好像我們有傳染病。

妹妹著了涼，發高燒，咳嗽，一天哭哭啼啼。下午麗芳阿姨抱著妹妹，讓我陪著，跑去府右街北大醫院，給妹妹看病，說是重感冒，怕轉成肺炎，打了一針。

沒人吃得下飯。親媽擠著老眼，不停地哭。麗芳阿姨一整天坐在我們床上，抱著妹妹，讓她睡覺。

下午放學，我和弟弟坐在窗前方桌上做功課，忽然聽見舅婆婆大叫：「寶官回來啦！」

我抬頭一看，大叫一聲：「爸爸！」跳起來，跑出屋，朝爸爸衝過去。

爸爸走進院來，衣服不整，頭髮蓬亂，鬍子參差，眼睛通紅，面色蒼白。鄰居們都趕緊出門，站在廊下張望。

弟弟隨著我，也衝過去。麗芳阿姨抱著妹妹，跟在後面跑。爸爸讓我和弟弟撲進他懷裡，兩手拍拍我們的背，沒有說話，然後拉著我們，走進親媽的房間，一頭栽在親媽床上，軟癱一團。

親媽坐在床邊連聲叫：「寶官，寶官，醒醒，醒醒。」

舅婆婆忙不迭拿臉盆倒開水，嘴裡說：「驚嚇了，身體也太虛了。」

親媽忙轉身朝窗外叫：「麗芳啊，燒桂圓湯，桂圓湯。」

舅婆婆說：「麗芳抱著妹妹，沒有手，我去燒。」

麗芳阿姨說：「我來服侍沈先生洗臉好了。」

舅婆婆跑到灶間，開爐子燒水，一邊連忙剝桂圓。

忙了一個鐘頭，爸爸洗過臉，洗過頭，刮了鬍子，換了乾淨衣服，眼睛裡滿還是血絲的，臉色泛出些紅色，坐在床頭上，包著棉被，慢慢吃桂圓湯。

親媽坐在床邊。舅婆婆站在門口。麗芳阿姨抱著妹妹，坐在窗前桌邊的椅上。我和弟弟坐在屋子當中小凳上。六雙眼睛都盯著爸爸。

親媽問：「啥事體？」

「沒啥事體，都弄清爽了。」

「半夜三更，嚇死人哉。」

爸爸喝完桂圓湯，問：「妹妹是不是不舒服？你一直抱在手裡。」

「那一夜呀，小囡傷風，醫院裡廂打過針，剛剛好些。」

爸爸忙伸過手去，把妹妹從麗芳阿姨手裡接過去抱著。

過片刻，媽媽下班回來了。麗芳阿姨在灶間做飯，看見媽媽走進院子，忙跑出來，叫：「沈太太，沈先生回來了。」

爸爸聽見麗芳阿姨的叫聲，趕緊抱著妹妹，跑過院子，進了北面大屋。

媽媽一邊脫外衣，往大衣櫃裡掛，一邊問：「什麼事嘛？」

爸爸坐到方桌邊，說：「上期刊物，有篇稿子我是責任編輯，所附地圖上中印邊界一段標誌不明。印度有人藉機，說中國有侵略圖謀。尼赫魯總理向周總理通報，總理就連夜召見我們總編和編輯部主任，當然社裡也就連夜找我去了解情況。」

媽媽在臉盆裡洗著臉說：「那也不是那麼個找法，現在都解決了嗎？」

「解決了。」爸爸說，「地圖是地圖組的人約科學院地圖所的人畫的，沒有我的責任。從總編開始，大家都作檢討。周總理對尼赫魯說：我們沿用解放前的舊地圖，解釋過去，還算好，沒惹出外交亂子來。」

媽媽擦乾臉，問：「什麼處分都沒有？會這麼寬鬆嗎？」

「沒有，我也嚇得要命，可是並沒有給任何人任何處分。」

「但願別再有這種事，妹妹好些嗎？」

麗芳阿姨端飯菜走來，說：「差不多了，今天胃口蠻好，吃了不少麵。」

爸爸說：「我這樣抱了一會兒了，也沒有覺得她有燒。」

媽媽從爸爸手裡把妹妹抱過來，把臉貼在妹妹臉上挨挨，說：「醫生說怕是肺炎，打了一針。妹妹真可憐，是不是？」

妹妹本來安安靜靜的，聽了這句話，反倒咧開嘴，做出又要哭的樣子。

媽媽忙從口袋裡取出一根棒棒糖，塞在妹妹手裡，說：「不哭，不哭，姆媽曉得妹妹乖，帶了糖給妹妹吃。」

妹妹笑起來，舉著棒棒糖，聒拉聒拉講話。

媽媽看我和弟弟一眼，說：「自己到我口袋裡來拿，一人一根。」

八十三

那天天氣很好，萬里晴空，沒有一絲雲，春風蕩漾，花紅樹綠。北京城的四五月，很少這樣乾淨的日子，乍暖還寒，頗有涼意，卻讓人心情歡欣舒暢，爸爸媽媽帶我們去吃西餐。

媽媽裡面穿一身普通的深灰列寧裝，不過她自己稍稍改了一改，腰間收了幾針，可以顯出女人的腰身來。一條藍長褲，一雙淺灰的皮鞋。外面套一件上海帶來的深藍夾外套，墊肩筆挺，後面開衩，有一條縮腰，釘兩個大鈕扣。媽媽新燙了頭髮，輕輕在臉上撲了些粉，淡淡地在唇上塗了點口紅，看不出化了妝，但是很漂亮。

爸爸沒有穿大衣，白襯衫外面套了一件細線毛衣，外面套件淺灰色的圓下襬西裝，襯衫衣領翻在西裝領外，顯得很精神。一條藏青長褲，腳上是一雙黑皮鞋。他戴著八角形金絲眼鏡，頭髮已經開始脫落，前額顯得很高，頭髮梳得很整齊。

我穿一件夾克衫，下襬和袖口都有鬆緊，胸前不是鈕扣，而是拉鏈。弟弟穿一件白襯衫，一條工裝背帶褲。臨走時，媽媽又給他套一件毛背心。妹妹穿一件駝色毛衣，一條小花背帶褲，一雙小黑皮鞋，短短的頭髮，梳了兩個細細的小辮。

一家人出門，坐十五路公共汽車，到蘇聯展覽館去。那建築一九五一年開工，由蘇俄人在北京設計建造，一九五四年完工開放。當然一體俄式，全部白色，中心建築是塔型，上面立個高高的尖頂，兩翼環成一個半圓，立一排圓柱。中間是廣場，一個圓形大噴水池，四外噴水。這種建築，在一千多年只有灰牆四合院的北京，很特別，吸引很多人去看、照相。蘇聯展覽館的西邊，有一條寬寬的走道，走進去十幾米，右手上一個高台階，進一個玻璃門，是莫斯科餐廳，當時北京城裡唯一吃西餐的地方。

廳裡許多圓桌，好像地毯上長出的蘑菇，桌面上鋪白色桌布，擺些銀色刀叉餐具。服務員是中國女青年，穿淺藍色俄式衣裙，胸前圍個繡花邊的圍裙，頭上戴花邊白帽，在桌間走來走去。

餐廳裡已經有不少人，有些跟我們一樣，家人聚餐，有些好像是朋友聚會。看得出來，所有人衣服都穿得很好，有的西裝革履，列寧裝也都是嗶嘰呢子做的。個個文質彬彬，說話不大喊大叫。雖然人多，廳裡還是顯得很安靜，能聽到播放的俄羅斯音樂輕柔的旋律與和聲。

我們進去，門邊很多桌人抬頭來看看，朝爸爸媽媽微微點點頭。領座的服務員，帶我們從桌子間走過，兩邊的客人也都轉過頭，朝爸爸媽媽微微笑笑。爸爸媽媽照樣對他們點點頭，笑笑走過，並不說話。

坐下以後，服務員給我們每人面前放下一個菜單，就走開了。每人面前放三副刀叉，大瓷盤一邊是銀調羹，另一邊是叉，大小不等，分開排列。一個高腳酒杯裡，插一個白布摺的花。

妹妹一坐下，就伸手去扯那酒杯裡的布花。媽媽趕緊幫忙她，不要碰倒了酒杯，一邊對我們說：「那是餐巾，我們坐下以後，就該把餐巾先拿下來，鋪在腿上。妹妹太小，當圍嘴用，掛在胸口上吧。」

爸爸幫弟弟鋪好餐巾，弟弟拿起刀叉玩，媽媽看見了，說：「放下，不用的時候，刀叉不可以拿在手裡玩。放直，放平，對了。」

我自己照著爸爸的樣子，鋪好餐巾，問：「我們要用這麼多刀叉嗎？」

媽媽用手指著弟弟面前的刀叉，說：「你看，這邊放三把叉，那邊一把刀，兩把調羹，對不對？三把叉子，一把吃沙拉用，一把吃主菜用，一把吃甜點用。刀呢？當然是吃主菜的肉用。一把調羹喝湯用，一把調羹喝咖啡用。吃西餐，每次吃完一道菜，叉子留在盤裡就端走了。」

穿連衣裙制服的服務員走來，面帶微笑，輕聲問：「您幾位可以點菜了嗎？」

爸爸朝她微微笑笑，也很輕聲問：「再給我們幾分鐘，行不行？」

服務員仍然帶著微笑，說：「好的。」輕輕走開了。

爸爸說：「這裡服務員受過訓練，比別處的和氣得多，趕緊看菜單吧。」

媽媽打開摺疊的菜單，看了看，說：「上海霞飛路都是吃法國菜，沒吃過俄國飯，我沒主意。反正西餐都一樣，一道湯，一道沙拉，一道主菜，一道甜點。麵包、黃油、果醬都有的。你點吧，我隨便。」

爸爸舉著菜單看了一陣，轉過頭去，找到剛才那個服務員，對她招招手，沒有喊叫。那服務員輕輕走過來，爸爸問：「我們是頭一次來吃俄國餐廳，你們餐廳的招牌菜有些什麼，能不能介紹一下？」

服務員說：「我們是俄式大菜，有紅菜湯、奶油湯、馬鈴薯湯，還有魚湯。」

媽媽問：「有羅宋湯嗎？就是馬鈴薯番茄牛肉湯，有的話我點一個。」

爸爸說：「那麼我們另外幾種湯，除了魚湯，每種來一份，都嘗一嘗。」

「一個牛肉湯，一個奶油湯，一個紅菜湯，一個馬鈴薯湯，四個湯。」

媽媽問：「主菜呢？你們有什麼特別的？」

「主菜最有名的有俄式牛排、烤牛肉、熏魚、火腿、臘腸、炸雞幾種。還有冷切肉配泡菜，用蘑菇或者鱘魚做的熱小吃。」

爸爸說：「那麼主菜就要一份牛排、一份熏魚、一份炸雞、一份蘑菇熱小吃。你看，太多了吧？」

服務員笑了說：「您有這麼兩個大小伙子，還怕吃不完？」

媽媽也笑了，問：「他們正長，真是大肚皮。沙拉跟著主菜上，是嗎？」

「對，你要馬鈴薯沙拉、瓜果沙拉，還是青菜沙拉？」

媽媽說：「兩份馬鈴薯沙拉、一份瓜果沙拉、一份青菜沙拉。有魚子醬嗎？聽說俄國魚子醬很好。」

「有，您要一點？還有俄國泡菜，您也來一點，好嗎？」

媽媽說：「都來一點，嘗一嘗也好。甜點等吃完的時候再點。」

「是，謝謝。」服務員說完，走開了。

媽媽笑著對我們說：「西方人吃飯，是誰點什麼誰吃什麼，各吃各的，互相不能碰一碰。我們中國人，講究大夥在一個盤子裡揀菜吃。等會兒菜上來了，我們大家還是分著吃，各種都嘗一點。」

沒一會兒，服務員一手端個大托盤走過來，另一手提個摺疊架，到我們桌邊，支開架子，把托盤放在架子上。托盤裡有一塊木板，上面放一個又粗又長的方麵包，旁邊一把帶齒長刀。服務員先把那麵包放在我們桌子中間，又放下黃油盤、果醬盤、糖罐、胡椒罐、鹽罐、一小罐牛奶。然後給我們每人面前放一盤湯，在妹妹面前放一個空盤子。

媽媽對服務員笑了笑，說：「真謝謝你，想得周到。」

「請用吧，湯喝完了，就上沙拉。」服務員說完，收起架子走了。

我看著面前的大湯盤，奇怪地問：「不吃飯，先喝湯嗎？」

媽媽給妹妹盤裡舀湯，笑著說：「洋人是這樣，拿右邊頭一把調羹。」

我按媽媽指示，從右手邊拿起一把調羹，說：「洋人大概都很笨。」

爸爸看著我，說：「不可以這樣說話。不能因為你不熟悉，或者跟你想法不一樣，就說人家笨，就罵人家。天下很大，什麼樣的人都有，什麼樣的事情都有，你不會都曉得，不能說只有你對，人家都錯。」

我看著爸爸，想不通為什麼他突然發那麼大一通議論來教訓我。

弟弟拿著調羹在盤子裡攪動著，問：「湯在盤子裡怎麼喝？」

媽媽說：「弟弟，手放輕，不要敲得盤子叮噹響。西餐湯盤深，可以一調羹一調羹舀起來。喝的時候，調羹送進嘴裡去，一口吃下，不要出聲。不可以把調羹放在唇邊，往嘴裡吸，唏哩呼嚕響。在家也不許你們那樣喝湯，吃西餐尤其不許。等一會兒吃主菜，骨頭魚刺，都拿刀切下來，留在盤子裡，不許吐在桌布上，更不許吐在地上。吃飯要有教養，有禮貌。」

忽然聽見一陣喧譁，抬頭看過去。餐廳門口走進來兩個人，都穿著深色列寧服，布鞋，走路甩著胳臂像走正步，講話很大聲。餐廳裡面所有的眼睛都盯著他們，有的驚訝，有的不滿，有的恐懼，有的氣憤。這兩個人感覺到了，便閉住嘴巴，在許多目光注視下，跟著服務員走過一些桌子。兩邊客人都挪挪椅子，轉過頭去，好像盡量躲遠一些。最後這兩個人坐到一張圓桌邊，周圍幾桌人都車轉身，不看他們，也都不講話，好像很不舒服。最靠近的一桌人家，大人小孩默默站起來，輕輕朝大門走過去。整個餐廳像冰凍住了一樣，空氣不再流動，寂靜得可怕。

那兩個幹部猛地站起來，眼裡冒著火，甩著胳臂，大步從許多桌邊走過，走出餐廳去了。餐廳裡空氣好像又流動起來，所有客人都舒一口氣，筋骨都鬆弛下來，嗡嗡的談話聲又開始。剛才已經走開去的那一家人，又都轉過身，回到自己的桌邊坐下。旁邊幾桌客人都對他們點頭微笑。

我問：「爸爸，大家為什麼不喜歡剛才進來的那兩個人？」

爸爸好像不懂我問的話，說：「不喜歡誰？沒有啊。」

我說：「我們進來的時候，別人對我們點頭微笑，那兩個人進來……」

爸爸說：「你小孩子，不要去管那麼多閒事，吃飯，麵包好吃嗎？」

媽媽說：「帶你們來吃西餐，讓你們曉得，就連吃飯，世界上也有許多不同的吃法。你們喝過湯，曉得並不是只有咱們的榨菜肉絲湯才好吃，等會兒你們多吃幾種，更會曉得外國也有很多好吃的東西。」

爸爸說：「中國有個古老的故事，叫做井底之蛙。你們都知道，差不多所有的中國人都聽說過，可是很多中國人並不懂得其中意義。你們長大了，千萬不要做井底的那隻青蛙。」

媽媽說：「吃西餐，只是換換口味。天天吃還是不行，對不對？」

我們都點頭，可誰也不知道天天吃會怎麼樣。吃過幾道菜，媽媽點了一塊奶油蛋糕，我們三個兄妹分著吃。爸爸和媽媽每人要了一杯咖啡，坐著慢慢地喝，笑瞇瞇的，看我們一丁點一丁點地品蛋糕。

忽然，爸爸站起身招招手，然後快步朝餐廳門口走過去。我們看過去，看到門口站著兩個人，都穿著列寧服，正往裡張望。

爸爸陪他們走到我們桌邊，從身後空桌邊拉過兩把椅子，請他們坐下，小聲向媽媽介紹說：「都是《人民中國》編輯部同事。這位老劉同志是我們支部副書記，北平地下黨的老幹部。老胡同志是記者組組長，過去是新四軍紅小鬼。這是我愛人，三個孩子，叫叔叔。」

我們三個依次叫過。爸爸問：「你們二位怎麼今天有空來此地吃飯？」

老胡說：「這話該我們問你。我們住榆樹館宿舍，很近，常來，沒見過你們。」

爸爸笑了笑，說：「自然啦，這是我們第一次來。」

老劉說：「這餐廳剛營業的時候，中央規定各機關單位組織人來吃，黨員帶頭，支持發展中蘇關係。我們來過幾次，覺得還好，所以有時閒了也來。今天天氣好，我們散步，隨便走進來。」

服務員走過來，問：「兩位要點菜嗎？」

老劉說：「我們等會兒坐旁邊那張桌子吧，給來兩份中飯就好了。」

服務員點著頭走開了。爸爸問：「還可以這樣點菜嗎？」

老劉說：「對，他們有份飯，比較便宜。中飯是一盤湯、一盤沙拉、一盤肉。沒有甜點，那沒關係，反正我們也不吃。」

老胡說：「每份湯菜都不同，由他們配。對我們來說都一樣，無所謂。」

爸爸說：「這樣的份飯點法，我還真不曉得，下次來倒可以試試。」

老劉臉上還是帶著溫和的笑容，說：「蘇儒同志，總想找你談一談，一直沒機會。現在我們黨開展整風，怎麼一直不見你發表意見呢？」

爸爸收起笑臉，說：「我參加工作不久，還在學習，提不出意見來。」

老劉搖頭說：「怎麼會？你是咱們編輯部文化水平最高的知識分子，不光我們編輯部，社裡也有很多知識分子都看著你，你應該帶頭幫助黨整風。這次整風，是毛主席親自發動的，主要是請黨外知識分子對我們黨提意見，幫助我們黨提高水平，更好地建設國家。」

爸爸顯得有些不安，動著身子，說：「我覺得，知識分子思想覺悟還跟不上。從五〇年開始，批判《武訓傳》，批判俞平伯，批判胡適，批判胡風，一直沒停過，可見知識分子改造自己思想還是更重要。」

老胡說：「你不要有顧慮，去年周總理在中央會議上專門講知識分子問題，認為經過了幾次運動，我國知識分子絕大多數已經可以算是工人階級的成員了。中央隨後制定一系列知識分子政策，你也了解。」

老劉說：「編輯部組織學習《人民日報》社論〈為什麼要整風〉，你參加了，那是根據毛主席最近在中央一次會議上的講話寫的，要在全黨全國深入反對官僚主義、宗派主義、主觀主義。」

爸爸說：「黨要整風，提高水平，我當然很佩服。黨要黨外人士協助整風，很大度，也很令人讚賞。編輯部裡的幾位領導動員了好幾次，我很感動。讓我想想，真有什麼意見呢，我一定提出來。」

老胡說：「蘇儒同志，你要是真心真意擁護黨，靠攏黨，就開誠布公對黨提意見。不提意見，就是還不信任我們黨，不愛護我們黨。」

聽這樣說，爸爸臉色變了，一會兒發青一會兒發紅，結結巴巴說：「是，是，兩位話說到這樣，我不能不識抬舉。我想想，一定提點意見。」

服務員送來湯，擺到旁邊桌上。爸爸說：「二位趕緊吃飯，不要冷了。」

老劉站起身以前，又囑咐一句：「老沈同志，我等著看你的大字報了。」

「是，是。你們慢吃，我們先走一步。」爸爸誠惶誠恐回答，站起身來。

媽媽趕緊幫我們都擦乾淨手，拿掉餐巾，對老劉老胡說過再見，匆匆忙忙離開桌子，走出餐廳。爸爸在門口櫃台付了帳，趕出來追我們。

下了門外台階，媽媽說：「聽說這後面還有個小湖，走過去看看。」

我們跟著朝後面走。媽媽問：「你真的要寫大字報了嗎？」

「那我還能怎麼辦？你聽他們說，不提意見就是不擁護黨。」

「真難，你說讓我們怎麼辦？不提意見是不擁護黨，提了意見是反革命。反正我們永遠不是自己人，怎麼著都不好。」

「我觀察過，只是我們編輯部這幾個領導積極，社裡領導，特別幾個從延安來的老幹部，好像都不積極，作動員都無精打采。」

「我們全總，到現在連學習都沒有學習過，主席副主席都沒有講過話，國際部到現在一張大字報都沒有，好像整風不是全總的事。」

「那恐怕也不對，發動群眾幫助黨整風是毛主席的指示。」

說著話，走到了後面，右手邊有一座高大的建築，台階繞著圈走上去，那是展覽館劇場。媽媽仔細看了半天，嘟囔一句：「不知哪天可以進去看看。」

「因為近，外文出版社開全社大會，就來這裡。」

左手有個小湖，湖邊有些樹，有些花。媽媽說：「那些是薔薇，花比月季單薄一些，粉色的，白色的，也像玫瑰一樣有刺。北京天涼，季節都後移，本來四月開的花，現在五月初了才開盛起來。」

正說話間，本來好好的豔陽天，突然間黑雲密布，一眨眼工夫，天昏地暗，暴雨飄潑，砸在人頭上。爸爸媽媽連忙拉著我們跑開，躲到旁邊屋簷下。那些美麗的薔薇，剛剛盛開，便讓一場大暴雨砸得七零八落，隨水流去。媽媽看了，心裡很難過。

爸爸沒有心情賞花，一直在想老劉的話，以後幾天都沒有睡好覺，最後決定響應毛主席號召，參加運動，幫助黨整風。他花了兩晚時間，起草文章，斟酌字句，可謂嘔心瀝血。直到五月七日終於把意見抄在一張稿紙上，題目是請把知識分子當作自己人看，貼到編輯部外的走廊上。爸爸膽子小，凡事不敢招搖，沒寫大字報。

一星期過去，編輯部裡什麼事都沒發生，好像沒人看到爸爸的小字報，從無人提起。北京的報紙天天登消息，黨中央毛主席召開各種座談會，請求黨外人士向黨提意見，轟轟烈烈。

爸爸放下心來，對媽媽說：「大概這次共產黨是真心實意整風。」

「全總還是一點沒動，國際部沒有一張大字報貼出來。」

「你們國際部的人五一勞動節都出去接待外賓，還沒回來。沒有人，當然搞不起運動。」

「那年肅反也是五一節前後開始，雷厲風行，所有辦公室馬上揪出反革命來。再說國際部接待外賓，其他部呢？又沒人外出，也一樣不動。兩個主席，一個都不出面動員。全總領導，水平太低，根本不像個中央機關，就憑這一條，也該整風。」

「你怎麼樣？也想說話？要提意見？」

「現在情況看，提意見很正當，大家都提，對不對？我憋了好幾年了，現在有點憋不住了。

在全總，我就像祥林嫂，捐了門檻還不能做人。領導看見我就不高興，這也不許摸，那也不許碰，對我極不信任。我提出過想調動工作，又挨批評，說我個人名利思想嚴重。我永遠只能無聲無息地忍受下去，只許燒火，不許端魚。」

「要麼，跟我一樣，寫張小字報，試試看。」

「我得提，全總領導水平太差，能力太低，看不起知識分子，把我們當作落後分子，天天開會諷刺，會後又不理不睬。」

「這樣的意見，都太具體，直接針對領導，公開提出來，恐怕不大好。還要好好想想，怎麼個提法。」

那天晚上，爸爸媽媽幾乎一夜沒睡，對面對坐在裡屋書桌邊，起草媽媽要提什麼意見。結果改來改去，什麼意見都沒提出，只是呼籲國際部領導發動群眾，響應黨的號召，開展整風運動。第二天早上，媽媽到辦公室，抄成大字報，貼到牆上。這是中華全國總工會國際部第一張整風大字報，所以很引人注目。

兩三天後，全總和國際部機關裡，大字報像雨後春筍，鋪天蓋地而來，黨內黨外，所有人紛紛寫大字報，給黨提意見，幫助黨整風。媽媽很興奮，在自己的小本子上起草了一系列大字報稿，準備每星期抄出一篇去。

沒想才過幾天，爸爸晚上回家，很緊張地對媽媽說：「不好了，這幾天編輯部全體黨員連著開會聽報告，一點業務都不做。有幾個黨員幹部，下班以後，悄悄從牆上把自己的大字報扯下去，被我看到兩次，好像情況有點不妙。」

「報上這幾天還在刊登批評共產黨的文章，有些言詞很激烈。」

「不知怎麼回事？我們現在最好沉住點氣，別動彈，不要再寫大字報了，看看風頭再說。但願沒有大風雨才好。」

第二天下午，還沒下班，爸爸給媽媽打個電話，要她請個病假，馬上離開，到西四等他。媽媽去了，看見爸爸騎車過來，忙迎上去問：「怎麼了？」

「我們找個地方坐坐。」爸爸把腳踏車鎖在門邊，把媽媽拖進街邊年糕張，走到最裡面一張小桌子坐下。然後回到前面櫃台，買了兩盤切糕，端著回來坐下。

爸爸很緊張，說：「記得上次在莫斯科餐廳吃飯，見到那個支部副書記老劉嗎？他今天下午悄悄問我，除了那張小字報，我還寫過什麼？我說再沒有了。他又問我，開會的時候，有沒有發言，提過什麼意見？我說，什麼意見都沒提過。他說，那就好了，千萬別再提任何意見了。我問為什麼？你猜他說什麼？」

媽媽看爸爸的樣子，自己也緊張起來，手裡筷子叉的年糕掉落到桌子上。

「他說，毛主席五月十五日寫了篇文章，發給黨內幹部閱讀，提出黨外知識分子裡有百分之一到百分之十是右派分子，蓄意借整風進行反黨活動。黨內也有一部分黨員，參與反黨活動。」

「可十五號以後半個多月，報上還在發表這樣言論。」

「那叫引蛇出洞，毛主席親自指示，一段時期內放反黨言論出籠，以便將來一網打盡。」

媽媽倒抽一口氣，渾身發抖，難以想像政府竟用這樣的陰謀對待人民。

「你除了那張大字報以外，再沒有什麼別的言行了吧？那就好。從現在起，什麼話都別說，別寫大字報。你曉得的，他們一說要整知識分子，動作快得很，手段也特別狠。遭了暗算，家破人亡。」

「我們國際部編譯處，剛好十個人，所以至少要打一個右派，那只有是我。」媽媽說著，臉色暗淡。沒有別的可說，媽媽自知，反正逃不掉這個劫數了。就算她沒有寫過大字報，也一定要被打成右派。

「毛主席說百分之一，到下面還不知道會變成百分之幾呢，做領導的會比，哪個機關右派抓得多，說明哪個機關更革命。你先別動聲色，過一陣再說，說不定人家把你的大字報忘了呢？」

「國際部第一張，人人看到，誰會忘記，逃不脫了。」

「這都是命。」爸爸嘆口氣說，「不是老劉老胡動員，我不會寫那張小字報，也不會對你亂說，搞得你心慌，急得要寫大字報。唉，我們要是能再多忍兩個月，等到水落石出，也許能躲過這場大難。」

「我命不好，總不能多忍兩個月。那年我們三月從香港回上海，五月共軍入滬，六月封《新聞報》。現在四月動員提意見，五月批判提意見的人，六月把提意見的人打成反革命右派。」

爸爸不說話，用筷子戳盤子裡的年糕，搗成泥巴，一口吃不下。

八十四

媽媽三十六歲生日，下了一天雨。舅婆婆煮了一鍋湯麵，爸爸開了一瓶酒。吃麵的時候，媽媽沒說多少話，也沒笑臉，重複幾次：「老了，以後不要過生日了。」

夜裡，媽媽睡不著覺，輕輕爬起來，沒有開燈，兩手托著腮，木然坐在裡屋窗邊的書桌旁，沒有表情，沒有知覺，望著窗外小天井裡的雨，看著雨珠拍打在窗玻璃上。天上沒有一點亮光，悶悶的雷聲不時滾過，偶爾一兩個閃電，照亮窗、窗上橫流的雨絲，在窗裡媽媽臉上，勾畫條紋，一閃一閃。玻璃窗上的雨水橫流，也映在媽媽臉上，迷迷濛濛，清冷淒苦。

今天全總黨委發布通告：國際部編譯處陶琴薰，定為右派分子。

天空陰沉沉的，像一張無邊無盡的羅網，罩在她頭頂，難以逃脫。雷電轟響，驚得媽媽頭昏眼花，恐怖淹沒她的心靈。大雨滂沱，好像她獨坐孤燈傾瀉而下的淚。

媽媽是全總國際部第一個貼出大字報呼籲開展整風的知識分子，也是國際部第一個被劃為右派分子的不幸者。整風運動全總領導一直拖拖拉拉，可轉為反右運動，領導馬上雷厲風行，並把劃定右派分子的定額升到百分之二十。全總主席賴若愚親自明確指示：就憑她是國民黨大戰犯陶希聖的女兒這一條，就夠劃為右派。那天機關大會上，媽媽沒有哭泣。她明白，哭也沒有用。

夜深人靜，爸爸也沒有睡，坐在桌邊，不言不語，看著媽媽。媽媽把一只小皮箱打開，放在大床上，從五斗櫥裡一件一件拿出衣服來。機關已經通知她等候處理，她曉得不過是一兩天了，她會突然在機關裡被逮捕，大繩一綁，送到某個深山老林的勞改農場，遠離人間，叫天不應，叫地不靈，在那裡接受懲罰，在那裡受盡污辱，在那裡生，在那裡死，永無出頭之日。她想爭取時間，盡早給自己準備一只皮箱，帶到機關，隨時被捕，可以提起來就走。

當然那些絲綢旗袍毛料衣服都不可以帶，顏色鮮豔的也不可以帶，樣式新穎剪裁精美的也不可以帶。總而言之，美好的一切都將永遠與媽媽絕緣了。兩個小時過去，小皮箱裡只放了幾件白襯衫、白汗衫、白內褲、白襪子，連箱底也沒有蓋滿。

最後媽媽坐到床邊，說：「我走了，你要帶三個孩子，他們大起來，早晚要問，怎麼跟他們說……」

「他們會明白，會記著你。」

媽媽忽然把剛收進皮箱的東西都拿出來，堆在床上，說：「反正他們逮捕我，也不會允許我帶一個皮箱。」

「坐牢的人只穿號衣，不許穿自己的衣服。」爸爸說完，嗚噎起來。

媽媽把大床上散亂的衣服一團，塞進五斗櫥，把小皮箱一蓋，提起來，塞進床底下。然後走過去，站在書桌邊，從側面摟住爸爸的肩膀，說：「你累了，睡吧，明天還要上班。」

爸爸轉過身抱住媽媽，痛哭不已。現在他們已經沒有什麼話好說，沒有什麼可埋怨、可後悔、可傷心。他們的心靈，早已被撕扯得粉碎。他們的情感，早已被斬殺得無遺。他們的尊嚴，早已被踐踏到垃圾之中。他們只願此刻把最後一滴眼淚流盡，變成兩具完全的空殼，沒有思想，沒有靈魂，沒有情感，沒有道德，那麼他們就能做共產黨的訓服工具，在中國殘存下去。可是，他們做得到嗎？

「睡吧。」媽媽說完，扶著爸爸站起，走過去躺在床上，給他蓋上毛巾被，然後自己坐在床邊，一手輕輕摸著他的臉，又說：「我走了以後，你更辛苦，獨自一個，要照顧兩個老人，要拉扯三個孩子。你要曉得自己保重身體，不要再熬夜，早點睡。」

「已經兩點了，這些天神經緊張，休息吧，你明天也要上班。」

「我現在上班沒事做，我可以坐在辦公室裡睡。你快睡，聽話，閉上眼睛。」媽媽說著，用手幫爸爸閉上眼睛。

「你明天晚上還回家來，我還有很多話要對你講。」

「我會回來，會回來。別講話了，睡吧，睡吧。」

爸爸迷迷糊糊了，嘴裡說話也不清楚了：「你要回家，回家……」

媽媽不再說話，倚靠在床頭上，把爸爸的頭摟在臂彎了，一手撫摸著爸爸的面頰，輕輕地哼著舒伯特的〈搖籃曲〉。

爸爸昏昏沉沉，眼角掛著一粒晶瑩的淚。他在機關，每天在勞累、緊張和恐懼中煎熬。因為他寫過一張小字報，也被列在右派名單上。共產黨整起人來，不問青紅皂白，刮地三尺，寸草不留。爸爸每天絞盡腦汁，找盡天下最惡毒的字眼，拚命檢討自己，以求過關。媽媽已經定作右派，隨時可能去坐監獄，爸爸自己絕不能再被劃成右派，否則這個家就完了，孩子們怎麼辦？

過了一會兒，媽媽輕輕關掉床頭燈，輕輕把爸爸的頭放到枕頭上，輕輕起身摸到書桌邊，借著窗外的一點光亮，拿張報紙，遮住台燈，然後開亮，坐下來，理理頭髮，從抽屜裡取出幾張信紙，開始寫信：

蘇，親愛的：

你收到這封信的時候，我已經踏上遠去的路了。今生不知是否還有重逢的一天，但我並不悔恨。我認識了你，愛上了你，被你所愛，我們有了家，有了孩子，這就足夠了，我覺得很幸福。我們在一起，有過歡樂的日子，也有過不幸，那有什麼呢？那是人生。你和孩子們在一起，以後還會是這樣，有歡樂，也有悲傷，可是你們還會繼續生活下去。在南京的時候，我曾經因為你晚回家幾分鐘而跟你發脾氣。在上海的時候，我曾經因為小產而痛苦得不想活下去。到了北京，我也曾經幾次無緣無故跟你爭吵。此刻想來，我才明白，多麼沒意思。現在我最大的夢想，是能夠跟你和孩子們在一起，不分離。為了這，我能夠忍受一切，願意付出一切，可以犧牲一切，可惜沒有機會了。從在沙坪壩那時候起，許多不眠之夜，我總在幻想、描繪我們一家人的生活。我們一起回陶盛樓，一起回嘉興，一起郊遊，一起打羽毛球。這幾年，有的時候我甚至也夢想過，我們一起遠走高飛，到美國去，見到父親母親和弟弟們，見到馬仰蘭和吳文金。然而夢想終於只是夢想，我終於不可能實現任何一個哪怕最微小的夢想了。我從來沒有想到過，現實竟是如此的不公平，如此的殘忍，容不下我這樣一個與世無爭的女人，容不下我們三個孩子的家庭。我走了，帶著你的愛，孩子們的思念，帶著無數的回憶，無限的遺憾，無盡的希望。你還年輕，如果這一次你不遭難，希望你再結婚，結婚一個工人家庭的女兒。可是請你答應我，你一定好好撫養我們的三個孩子。我並不希望他們時時刻刻記著我，我不是一個稱職的母親，在他們不到十歲的時候就離開了他們，我不配讓他們記住。可是我請求你，在每個孩子大學畢業那天，讓他們看著我的照片，向我報告一聲，我就心滿意足了。可以肯定，在勞改營裡，我活不久，也不會留下一個墳墓，所以將來無墳可掃。我一生雖然脾氣不好，但並沒有傷害過一個人，我相信，我死後，一定有資格進天堂。那時我將用我的靈魂來保衛你們。這樣想來，我真願意早一點死去，換取你們大家的安寧。我知道你過去沒有照看過孩子，以後要做，不大容易，所以我給你寫個單子，留在大抽屜裡，告訴你每個孩子每天需要些什麼，如果你不清楚，問問麗芳，她會告訴你。麗芳跟了我們這許多年，忠心耿耿。她年紀也大了，聽說現在有了個男朋友，你要負責給她安排好，把她體面地嫁出去。在北京，我們就是她的家，她的親人。蘇，太多話要說，太多事要安頓，一時又想不清楚，想不全。以後我只有用心靈的感應，再向你訴說了。不要怨我，不要忘記我，每天晚上對著星星說一句：你還愛著我。無論我在天涯海角，每晚都會看著星星，聽你講這句話。但願你能懂得，我有多麼愛你，就是因為愛你，我才甘願失去一切。卻萬萬沒有想到，最後也失去了你。替我拍拍寧寧的頭，替我摟摟弟弟的肩，替我親親妹妹的臉。

又及：我拿了一些我們兩人和孩子們的照片，有些是單張也沒有底版，可是我想貼在牢房的床頭，可以看見你們，你不會不同意吧？你總歸還可以每天看到孩子們，而我將只能看見這些照片了。

媽媽寫著信，雖然思想飄浮，隨想隨寫，雜亂無章，感情上卻一直很鎮靜，也沒有流淚。寫完了，不再看一遍，馬上摺起來，裝到一個信封裡，用漿糊封好，在信封上寫了自家的地址爸爸收，又貼好郵票。她準備隨身帶著，到被逮捕的那一時刻，再寄回家。

然後，她展開一張新的信紙，又開始寫另外一封信：

寧、熙、燕：

孩子們，很對不起，姆媽有事，要到一個很遠很遠的地方去，要去大概很長一段時間以後，才會再回家來。你們現在還小，等你們長大一些，爸爸會告訴你們，我去做什麼。姆媽不是因為爸爸不好才離開家，也不是因為你們不聽話才離開家。姆媽離開家，心裡很難過，很想念爸爸和你們。姆媽不在家的時候，你們要聽爸爸的話，不要惹他生氣。每天要自覺按時做功課，小學畢業以後，爭取考上好中學，以後考上好大學，將來做有出息的人。寧寧要記得每天刷牙，否則牙就壞掉了。弟弟要改改牛脾氣，不可以頂撞爸爸。妹妹上街不可以亂要買東西，兩個哥哥小時候從來不要買東西。如果有機會，姆媽會給你們寫信回來，你們如果想給姆媽寫信，寫好以後交給爸爸寄給我。姆媽最想看你們寫字有沒有進步。再見了，孩子們，祝你們天天快樂，健康長大。

媽媽寫完這封短信，也裝在一個信封裡，用漿糊封好，在封面上寫好自家地址沈寧、沈熙、沈燕收，貼好郵票。然後她拿起第三張信紙，準備給爸爸寫照看孩子每天該做的事。可是忽然間，她覺得一個字都寫不下來了。她站起身，關掉台燈，走出裡屋，到我們睡覺的床邊。今晚因為她準備收拾箱子，媽媽讓妹妹也睡在我們的床上。

已經是清晨四點半鐘，窗外顯現出一些淡淡的白亮色。

媽媽彎腰給我們每個人拉拉毛巾被蓋好，然後坐在床邊，靜靜地看著我們，一隻手摸摸這個的臉，又摸摸那個的臉。這個時候，她終於又流下辛酸的淚來，滴落在我們三個的身上。

「姆媽要走了，醒一醒，醒一醒，跟姆媽說聲再見，姆媽要走了……」媽媽喃喃說道。

可是我們都沒有醒來。

八十五

媽媽回家了，從辦公室，不是從勞改營，她總算沒有被逮捕關押。編譯處處長陸向賢，出了死力把媽媽保下來，留在機關，邊工作邊改造。她每天要比所有其他同事都早到辦公室，開門開窗，撣塵灑水，並且要跑三趟，把六個暖水瓶都拿到水房去灌滿，提回來放在每個辦公桌上。每天下班，她又是最後一個離開辦公室，把所有的字紙簍都倒淨，掃地擦桌，關門關窗。每星期六下午，她一個人要給辦公室大掃除，拖地板擦窗戶。媽媽沒有抱怨，還感到慶幸。她到底沒有離開家，到底可以跟我們在一起，這是她生命的最後一線歡樂。

辦公室裡面有媽媽一張辦公桌，編譯處不開會的時候，她在辦公室裡工作。辦公室門外的樓道裡，另外還有一張辦公桌給她用。編譯處一宣布開會，她就從自己辦公桌上抱起所有工作，低頭走出辦公室，到樓道裡的辦公桌上繼續工作。每一次，背後砰一聲重重的關門聲，都像萬噸鋼閘，砸在她心頭。這種時刻，她感到銘心刻骨的痛苦。今天，她又是懷著這樣的苦痛下班回到家。

「姆媽，姆媽，我當上中隊長了。」我等了一下午，看見媽媽走進院子，飛跑著衝出屋門，撲在媽媽懷裡，一邊伸著左胳臂，給媽媽看我佩戴的中隊長袖標。學校九月一日開學，才過一個多月，老師就指定我當上中隊長了。

中國少年先鋒隊，是中國共產黨的少年組織，九歲是入隊的最低年齡，入隊由班級老師選，幹部由老師指定。對於所有的中國小學生來說，參加少先隊是一種榮譽，當上少先隊幹部，更光榮。媽媽笑笑說：「真棒，寧寧，剛剛十歲，入隊一年，就當上中隊長了。」

我站在院子裡，迫不及待，對媽媽說：「我們班有四十個同學，只有二十個隊員，算一個中隊，分三個小隊，每個小隊有一個小隊長，中隊有五個中隊長，一個中隊主席，一個學習委員，一個壁報委員，一個體育委員，我是文藝委員。」

媽媽拉著我的手，朝屋門走，一邊說：「我知道，小隊長一道槓，中隊長兩道槓，大隊長三道槓。」

「姆媽，你一直要我做個好學生，我做到了吧。四年級我就當大隊長，上了中學，我就入團，上大學，就入黨。」

媽媽走到廊下台階邊，突然猛烈地咳嗽起來，彎著腰，捂著胸口，咳個不停，越來越劇烈，最後忽然仰起臉，咳出一口血來，鮮紅鮮紅，噴到花圃裡的向日葵花上，把黃色的花瓣染紅。媽媽用手蒙住嘴，繼續咳嗽，鮮血從手指縫中滲出來，滴落下來，染在月季花的綠葉上。

我著急大叫：「姆媽，你怎麼了，姆媽，怎麼了？」

親媽從她屋裡跑出來，舅婆婆從灶間裡跑出來，麗芳阿姨從大屋裡跑出來，一齊驚呼，都趕過來扶住媽媽，挪進大屋，躺到我們的床上。麗芳阿姨拿來一塊溼毛巾，幫助媽媽擦嘴邊的血跡。

媽媽口裡血不吐了，可是眼裡流出淚來，洶湧不停。

我不停地問：「姆媽，你疼嗎？哪兒疼？哪兒疼？」

媽媽流著淚，望著我，一個手拍拍她的胸口，媽媽的心痛。

這時爸爸回來了，見這情景，拉起媽媽，說：「我們去北大醫院。」

媽媽掙扎著說：「不要去，人家下班了。」

爸爸還是拉著媽媽朝外走，嘴裡喊叫：「快走，我們看急診。」

媽媽說：「不要緊的，支氣管擴張。我兩三歲就得了，休息休息就好。」

爸爸把媽媽拉到院裡，叫：「不行，非去不可，寧寧跟著一塊去。」

我飛跑出去，跟著爸爸媽媽，出了胡同，上電車，到了北大醫院。

醫生檢查結果，媽媽除支氣管擴張外，更嚴重的是患有神經官能症。她最近幾個月，通夜通夜睡不著覺，吃三四片安眠藥也沒用，現在神經已經接近極限，再不緊急治療，很快會發展成精神分裂症。醫生給媽媽開了藥，也開了假條，靜養一週。

媽媽終於不去上班了，我和弟弟最高興，每天放學回家可以跟媽媽在一起，做功課有不會的，可以問媽媽。我們在大屋方桌上做功課的時候，媽媽總是靜靜坐在一邊打毛線，常常停下手，很久地注視我和弟弟，那目光好像很熱，所以我能感覺到。

「姆媽，你怎麼了？」我轉過頭，看見媽媽眼裡亮閃閃的。

媽媽搖搖頭，重新去打毛線，一句話都不說。

我想逗媽媽高興些，就找話說：「姆媽，上星期四音樂曹老師選了十個同學，到少年宮去考少年宮合唱團。今天曹老師接到通知，八個考上了，有我。以後每星期有一下午練唱，要坐車去。」

「記得跟我們要車錢，去練唱可不能耽誤學校功課。」

「不會的。」我回答，「學校又要開朗誦比賽會了，我要參加，朗誦一首革命烈士的詩。姆媽，幫我選一首好不好？我有《革命烈士詩抄》。」

「朗誦革命烈士的詩當然最好，你最好請老師幫你選一首。」

「對了，姆媽，你和爸爸那時候在重慶念書，你們知道紅岩那地方嗎？我看革命回憶錄，當時周總理住在重慶的紅岩。你們知道渣滓洞嗎？中美合作所在渣滓洞，那裡的監獄關壓殘害過很多革命烈士，你們去過那地方嗎？」

「我和爸爸上學在沙坪壩，離重慶還很遠，要坐長途汽車才能到，我們不常去重慶，不知道重慶有個中美合作所，也不知道重慶有監獄，當然沒去過。我們畢業不久，抗戰勝利，我們就回上海了。內戰的時候，我們不在重慶，不知道重慶有個紅岩，周總理住在那裡。我們那時候一點都不關心政治，根本不去問什麼黨派的問題。」

「所以呀，你們是落後分子，沒有參加革命，沒有入黨。我懂，我得關心政治，積極參加革命，以後做又紅又專的工程師，當勞動模範，爭取見毛主席。」

媽媽不說話，默默站起，轉身進裡屋去。

「姆媽，你怎麼了？不舒服嗎？你臉色不好，蠟黃蠟黃的。」我問。

「沒什麼，頭有點昏，休息一下就好了。寧寧，幫我拖拖地板好不好？」

屋子收拾好了，媽媽說：「好了，寧寧，陪我出去一趟。爸爸回來的時候，我們也回來了，再吃飯。」

「我們去哪兒？」

「不遠，缸瓦市。姆媽小時候，喜歡畫畫。老師也說過，我有繪畫天才。可上到高年級，老是打仗，跑這兒跑那兒，沒安定過，學不成畫。後來年紀大了，有了家，忙裡忙外，更沒時間。現在你們都大了，我想該滿足一下我小時候的心願了。」

「姆媽，你現在想學畫畫？」

「我在電線杆上看到一張小廣告，教人畫畫，我去問問他。」

那座房子臨街，敲敲門，聽見裡面有人應聲請進。媽媽推門進去。一個長方形屋子，燈光很亮。靠街的窗下擺了幾個石膏像，也立著一些畫，有彩色的，有鉛筆畫，對面牆上掛了幾幅很大的油畫。

旁邊一個小門虛掩著，裡面有人說：「請稍等，就來。」

媽媽便領著我，站在一幅油畫前，指著對我說：「寧寧，看見這幅畫了嗎？仔細看，記得它。它叫〈蒙娜麗莎〉。一個叫做達文西的義大利人畫的。」

我盯著看那幅畫，一個女人頭，好記，就說：「我記住了，她在笑。」

「對，她在微笑。」媽媽講解，「你看，她實際上心裡很悲傷，那微笑裡潛藏著憂怨，好像在努力用微笑掩飾心情的沉重，所以她的悲哀更加深切感人。」

聽著媽媽的話，我轉臉望望她，感到媽媽此刻的面容，與蒙娜麗莎很相似，正用淡淡的微笑掩飾深切的悲哀，望著我。

一個老人走出小門來，飄著長長的白鬍子，笑瞇瞇地說：「講得很好。」

媽媽鞠了一躬，說：「先生，在電杆上看到廣告，想跟您學畫。」

那老先生看著我，問：「多大了，幾年級？自願要畫畫嗎？」

「不是他來學，先生，是我來學。」

老先生有些驚訝，哦了一聲，說：「聽你談論，懂些美術，學過嗎？」

「沒有正經學過，我只是喜歡看畫，念過些藝術史。」

「那好，請坐。先學素描，臨摹，從這些石膏畫起。」

「是，先生。您把這些作品都明擺出來，不怕出問題嗎？」

「我不怕，我只追求美，死也不能把醜說成美，把美藏起來。」

「先生真是真是……」媽媽連說幾聲，到底沒有說完。

老人捋著鬍子，問媽媽：「那麼你原來是學什麼出身的呢？」

「學外文出身，重慶中大外文系畢業。」

「沙坪壩，我有學生去那裡讀書，所以你這些日子也遭殃？」

媽媽沒回答老人的問題，反問：「老先生原來教授繪畫很多年了？」

「三十年了。」老先生說，「早年在上海美術專科學校教繪畫基礎，跟傅雷先生同過事，曉得傅雷是何人嗎？」

「曉得，從沒有見過。當時我在北平念初中，很喜歡畫畫。學校繪畫課老師是上海美專畢業，給我看過幾期《藝術旬刊》，上面有傅雷先生的文章。也許那時年紀小，覺得那是我所看到寫得最美的文章，篇篇都用筆抄錄下來保留。」

「哈，有這樣的學生，我要寫信向老傅報喜。」老先生說完，又搖搖頭，嘆口氣補充，「他剛剛被打成大右派，焚書坑儒，作孽哪。」

我們出門走了幾分鐘，媽媽忽然感嘆說：「寧寧，你記住，文學藝術是人類智彗和情感的最高結晶，誰也消滅不了的。」

我抬頭看著媽媽，沒有說話，可是這話我記住了，一輩子不會忘。

媽媽又說：「姆媽小的時候，只有一個理想，當文學家，崇拜美，傳播美，創造出美的作品。現在做不到了，只有希望你們長大，能夠繼承我的這些理想。」

「我們長大，爸爸不許我們做文字工作，只許做技術或者藝術。」

「不管你將來做什麼，就算做個工程師，藝術修養也很要緊。你看科學家裡大概誰也比不了愛因斯坦，愛因斯坦會拉小提琴。每星期跟幾個物理學家合奏弦樂重奏。科學家要有創造性思想的自由頭腦，乏味枯燥的生活只會消滅創造性。」

「我也喜歡小提琴，跟愛因斯坦一樣。曹老師說，她會幫我聯繫，到少年活動站參加他們的提琴班。」

「真的嗎？那太好了。你不光學技巧，也學藝術感覺、藝術思維。音樂、美術、文學、戲劇，藝術修養造就的是人性，你要好好培養藝術修養。」

八十六

除夕夜，陰雲密布，北風淒冷，苦雨綿綿。我們像往年一樣吃年夜飯。舅婆婆和麗芳阿姨特別用心，做得特別豐盛，而且全是爸爸喜歡的江浙菜：清燉雞，湯汁清澈，香味濃醇。元寶蛋，肉塊醬紫，圓蛋棕紅。獅子頭，光澤滑潤，鬆軟酥爛。糖醋酥魚，菜色黃褐，乾香味鮮。蝦子冬筍，紅白相間，清脆爽口。冬菇麵筋，黑黃交映，柔糯鮮嫩。油豆腐嵌肉，專為爸爸而做。

八個人圍坐在飯桌邊，很少說話，也很少吃，飯菜都冷了。爸爸舉著酒杯，故意輕鬆地說：「不要這樣愁眉苦臉的啦，本來我們這樣的知識分子，四體不勤，五穀不分，確實也需要到農村鍛鍊鍛鍊。像我，你們常說，油瓶子倒了也不扶，有什麼好？」

親媽不滿意地說：「啥人要儂去扶，儂只管讀好書，寫好文章。」

「那是過去的說法，現在大家都要勞動，知識分子也要種地。」

「那麼叫鄉下人去讀書寫文章嗎？我在嘉興教書，種田人感激得不得了。我家沒得吃，要停課種菜。種田人說：你要吃，只管講，我們送來。你不種菜，種田人可以種。你不教書，種田人教不來。會讀書識字的人，百裡挑一，怎能這般糟蹋。」

「勞動最光榮，知識分子都要改造成工農一樣的勞動者才好。」

「看書寫字不算勞動麼？寫文章動腦子，比種田還要勞累。他們不寫文章，不知辛苦，以為只有種田才算勞動。」

「其實這幾年，機關裡也經常集體下鄉勞動，麥收啦，種樹啦，水利啦。不過這次離家遠一點，時間長一點就是了。」

「不能不去嗎？你上有老下有小，家務比別人重。」

「機關裡編輯記者，從老到小，人人爭先恐後，積極報名下放勞動，我不報名，明擺著表現落後，堅持資產階級知識分子立場，對抗思想改造。」

大家都不再說話。麗芳阿姨和舅婆婆輪換著，把桌上的菜端到爐子上熱了，又端回來。

「改造思想當然應該。」媽媽嘆口氣，說，「可你們這些知識分子，年紀一大把，體力上又不行，而且你們從小沒幹過農活，手不能抬，肩不能挑，就算累死，能幹出點什麼來？結果農活沒幹多少，把學了多年的知識都丟光，回來業務生疏了，又得從頭撿起來，勞命傷財，得不償失。」

親媽還在生氣，說：「讀過書算什麼錯，有知識，算什麼罪，要改造。」

「說實在的，算對我夠寬大了，讓我檢查了幾次，就放我過關，沒把我定成右派送去勞改，夠寬大了。」

媽媽說：「他們憑什麼把你打成右派，你什麼都沒說。」

「要打右派，誰管你說沒說，說了什麼。過去我們還以為自己算是國家主人，就算黨沒把我們當自己人，至少是朋友吧。我剛到北京來那年，十月一日國慶節，機關還發一張票給我，讓我到天安門觀禮台去看遊行。前幾年印錯地圖那件事，當時只寫份檢查就算過去。要是發生在現在，一定要說我反革命，送監獄去了。有人說，現在黨和知識分子，已經變成是統治和被統治的關係……好了，不說這些了。」

親媽說：「如今天下真太沒有王法，乾隆皇帝也不能這樣對待讀書人。」

爸爸不理親媽，轉過臉對我們說：「爸爸下放江蘇高郵以後，你們在家裡，要聽姆媽的話，好好做功課。每個禮拜每人給我寫一封信，報告你們的學業，都交給姆媽，一起寄給我。」

麗芳阿姨端著元寶肉碗，聽到這話，說：「哎喲，沈先生要去蘇北麼？高郵離我家鄉不遠，窮得要命的地方，沈先生不可以去的。」

媽媽說：「不是他要不要去，是社裡派他們去的。大概專門挑最窮的地方，才能改造他們的思想吧。」

春節過後，天繼續下大雪，寒風刺骨，爸爸跟我們每個人說過再見，一個人扛著行李，離開家，走了。

他一走，親媽就病了，從早到晚咳嗽不停，躺在床上動不了。舅婆婆和麗芳阿姨要到機關找媽媽回來，親媽堅決不肯，一直熬到媽媽下班回家。

看見媽媽進家門，抖落頭巾上的雪花，麗芳阿姨報告：「沈太太，親媽病得不輕，恐怕要去醫院。」

媽媽馬上到裡屋書桌大抽屜裡取出體溫計，跑到親媽屋裡，邊甩著體溫計，邊問：「兩個鐘頭裡吃過東西，喝過開水沒有。」

舅婆婆說：「要是有胃口吃東西就好了，不肯吃不肯喝。」

媽媽趕緊幫忙親媽拉開棉襖大襟，把體溫計塞在親媽腋窩下，又把棉襖大襟掩好。然後站起身，說：「屋裡太悶，窗要開一點，透透氣。」

舅婆婆說：「開窗太冷了，外面風大，她一直咳嗽。」

「那麼開點門，外面還有間屋，風不直吹。昨天出去了嗎？」

舅婆婆過去開了房門，走回來，答：「沒有。」

「那麼是昨夜爬起來著涼了？」

「這幾夜她沒睡幾個鐘頭，一直醒著，起來都穿得牢牢的。」

「那麼是吃了什麼不對頭？」

「她近來胃口不好，啥都不要吃，只吃些泡飯。」

媽媽看看手錶，又拉開親媽棉襖大襟，取出體溫計，對著窗戶看了看，呀了一聲，說：「高燒，我去請個醫生來。」

麗芳阿姨說：「沈太太不要出去跑，我去請。」

媽媽沒理她，早冒著雪，跑出大門去了，走胡同西口出去，左轉幾步，是一個半截胡同，叫義達里，裡面有個私人開業的吳醫師。媽媽每天上班從義達里過，天天看見這個醫生的招牌，從來沒有找過。藉著路燈昏黃的光，媽媽在雪地裡找到了吳醫師的家，門口掛了牌子。媽媽敲開了門，喘著氣，對吳醫師說：「我婆婆高燒三十九度五，不吃不喝，求大夫給看看，我們住旁邊頒賞胡同。」

「都是鄰居，不必說求。」吳醫師說完，披上皮大氅，在門邊提起個藥箱，跟著媽媽就走。

兩個人都不說話，只有雪地上嘎吱嘎吱踏雪腳步聲。

到了家，吳醫師從藥箱裡取出聽診器、手電筒，檢查了一陣，搖搖頭，站起來，對媽媽說：「老太太好像是得了肺炎，不過很輕微，打一針青黴素就會好。可是打青黴素，我不做，您還得送老太太到北大醫院去才行。我開個處方，你們去了，不必再看醫生，拿處方直接去打一針就行。我以前在北大醫院工作，他們都認識。」

吳醫師說完，趴到窗前桌上，寫了個藥方，遞給媽媽。

媽媽說：「您看這天氣，病人這年紀，我一個人怎麼弄到北大醫院去呢？」

吳醫生收拾著藥箱，左右看看，問：「您愛人呢？不在家？」

媽媽站著，垂頭喪氣，說：「機關前些天才下放，到江蘇去了。」

吳醫師一邊收藥箱，一邊說：「難怪，老太太想兒子，積鬱成疾。這樣吧，你們現在穿戴收拾好。義達里我有個鄰居，是三輪車工人，我有時有急診病人，都麻煩他幫忙。他心眼很好，不會不幫忙，你們只給他些跑路錢就是了。」

「那是一定，我跟您一道去請他。」

「不必了，我去說一聲，頒賞十三號，記得，幾分鐘就到。」吳醫師急急忙忙走了。

舅婆婆和媽媽趕緊扯開棉被，扶親媽下床，整理棉襖棉褲，紮好褲帶，扣好鈕扣，蒙上毛線頭巾，穿上棉鞋。剛剛都弄好，親媽嘟囔：「我想小解。」

舅婆婆從床底下取出便盆，跟媽媽兩人，又趕緊解開棉褲帶，退下棉褲。親媽解過以後，再給她重新穿好。舅婆婆走到廁所去倒便盆，碰見板車工人，引進屋來。

媽媽扶著親媽朝屋外走，說：「不好意思，這樣天氣，麻煩您來接病人。」

「甭客氣，生病這事兒，哪兒有個準兒，說來就來。又搭上這天兒，陰了巴嘰，成天下雪。甭說歲數大了，就是年輕點的，也免不了生個病兒。」那工人也過來，扶著親媽，邊走邊說，嘮嘮叨叨。

四隻手扶著親媽躺倒在板車上，舅婆婆拿條棉被，從頭到腳把親媽包個嚴實。

冬日一月，晚上七點半，已經漆黑一片。幸好是雪天，地上積雪反射一點路燈的光，顯出路面來。街上空無一人，好像連公共汽車都不開了。滿天下，迎著紛揚飄落的雪花，只有馬路邊一輛孤獨的平板車掙扎前行，車上躺著親媽，車後跟著媽媽。

到了北大醫院門口，媽媽跑進急診室，拿出義達里醫生的處方，護士看了看，推起樓道邊的一輛小推車出門，跟板車工人一起動手，把親媽從板車上往醫院小推車上搬。媽媽問：「需要住院嗎？」

護士說：「不需要，打一針就可以回家。」

「一針就能徹底好利落了嗎？」

「輕度肺炎，青黴素要打一星期。」

「不住院，以後的針怎麼打？」

「吳大夫開了藥，今天您把一星期的針藥都帶回去，以後每天吳大夫去您家打一針，您不必再來醫院了。」

媽媽回頭看看拉車工人，說：「那樣的話，也許還得求您在這兒等一等，再幫我們把老太太拉回家去。」

「沒錯，您別操心，忙您的去。我就這兒待著，抽根兒菸。」

「謝謝您。」媽媽說完，趕緊轉身跑進醫院，去追那護士。

護士把親媽推進打針的病房，媽媽不能進。另一個護士說：「這是您的處方，去付款台交掛號費和藥費，然後去那邊藥房取藥。」

媽媽走了幾步，又折回來，問：「醫院有小賣部嗎？」

「有，在付款台那邊，九點關門，還有十分鐘，您能趕上。」

媽媽趕緊先跑小賣部，她不懂香菸好壞，只曉得爸爸總是抽恆大牌，所以買了包恆大，兩毛七分錢。然後交費取藥，一切辦妥，回到急診室，親媽針已經打完，躺在推車上，停在樓道裡。

護士把親媽推出門，又跟拉車工人一起，把親媽搬到板車上。媽媽再用棉被把親媽包嚴。雪還下著，沒完沒了。媽媽掏出香菸，說：「師傅，實在麻煩您了。這醫院，深更半夜，沒地方買東西，就一包菸，您閒了抽。」

「您看您，跟您說別客氣，別客氣，您還這麼客氣。」工人蹬伸手接過香菸，叫一聲，說：「喲，恆大。咱賣苦力的，哪抽得起這麼好的菸呢，您太客氣。這牌子只有逢年過節，才嘗一包，平時抽不起。」

「您要是喜歡，就留著抽。我們家沒人抽菸，愛人剛下放了。」

「這太貴重了，您這麼說，我就留下了，謝謝您了。」

「我們得謝謝你，您的車費，回了家一起付給您。」

「這包恆大就夠了，蹬一回車，賺好幾毛？哪有那事。」

「這是謝您費心在醫院等，您蹬來回兩趟，車費不付，下回還敢再求您嗎？」

「您看您，得，您既這麼說，我就都收下，交個朋友，我姓馬，街坊鄰居，日後要用車，就上義達里找我，沒二話。」

好不容易，把親媽搬回家，躺到床上。剛打了一針，親媽已經好得多了，躺上床睡熟過去，也不大咳。

已經九點半多了，媽媽還沒有吃晚飯，舅婆婆把飯熱在爐子上。媽媽一口都不想吃，回到我們這邊房子裡。我和弟弟坐在床上，圍著棉被看書。麗芳阿姨端來一杯開水給媽媽，然後坐下削蘋果，說：「不吃晚飯，吃個蘋果吧。都洗過了，刷了牙，妹妹已經在裡屋睡著了。」

「那麼我來檢查功課。」媽媽說完，坐到桌邊。我和弟弟的功課都放在桌上，等著媽媽檢查，每天都一樣。媽媽吃著蘋果，檢查我們的功課。然後合上本子，分別裝進書包裡，走到床邊，對我們說：「很好，都對，沒有錯的。看一會兒書就睡了，聽到沒有？晚安。」

我和弟弟一起說：「晚安，姆媽。」

媽媽在我們臉上各親一下，走進裡屋去了。

平常晚上，媽媽安頓我們洗臉洗腳，準備好睡覺以後，會和爸爸面對面坐在裡屋書桌兩邊，或者看書，或者工作。現在爸爸不在家，晚上家務做完以後，媽媽就獨自一人，坐在裡屋書桌邊畫素描。

天很黑了，院裡很靜，所有的人都睡熟了。大屋關了燈，弟弟睡著了。我躺著，側著頭，隔著房門，望著媽媽。裡屋黃黃的燈光把門口勾成一個窄窄的長方框。長方框裡，書桌上的台燈罩著一張報紙，不讓燈光照到大床上，妹妹在大床上睡著。媽媽俯身在書桌上，很專心地畫。她黑黑的頭髮，俯身的曲線，專注的側臉，握筆的手和臂，好像一張圖畫。

我想猜出媽媽此刻在想些什麼，可是除了相信她現在一定想念爸爸以外，猜不出別的來。我爬起身，走進裡屋，小聲問：「姆媽，你想什麼呢？」

媽媽一驚，放下筆，轉過頭來，看著我，也小聲說：「你怎麼還不睡？又爬起來做什麼？」

「我睡不著，在想，你在想什麼？」

「畫畫要很專心，不能想東想西。」媽媽說，她在臨摹爸爸的照片。

「你畫得真像，要把這張畫寄給爸爸嗎？」

媽媽看看我，又看看畫，高興地說：「真的，好主意，寄給爸爸，比一封信說明更多的話。」

八十七

到處飄滿大紅旗，掛滿大標語，總路線萬歲！大躍進萬歲！人民公社萬歲！口號滿天飛。

一九五八年，中國大躍進的年代。《人民日報》和《紅旗》雜誌每天喊出新的豪言壯語：

一天等於二十年

人有多大膽，地有多高產

不怕做不到，就怕想不到

小麥畝產七千三百二十斤，早稻畝產三萬六千斤，中稻畝產十三萬斤

糧食增產可以根據人民需要來決定

毛主席在莫斯科，莊嚴地向全世界宣布：中國將在十五年內在鋼鐵和其他工業品產量上，超過英國。

北京城裡到處聽人喊叫：一〇七〇萬噸鋼。那是毛主席定的指標：一九五八年，中國鋼產量必須翻一番，達到一〇七〇萬噸。中國人民別的什麼都不幹了，全部投入煉鋼。只要達到一〇七〇萬噸鋼產量，毛主席的雄心就達到了，中國就趕上英國了。

大大小小胡同裡都修起了土砌小高爐，頒賞胡同也不例外，一個小高爐日日燃燒，夜夜不斷，白晝黑暗噴冒烈燄，流竄火星。家家戶戶都把自己的鐵鍋鐵勺捐獻出來，興高采烈，歡天喜地，丟進土高爐燃燒的火燄裡。幾個居民委員會的婦女主任在爐前操作，把居民家庭的鐵鍋融化掉。全胡同人都圍著看，小孩子更少不了聚在那裡，眼看著鐵鍋鐵勺，變成一塊塊烏黑的鐵疙瘩，丟在土地上，冒青煙。

街道上的人，很多沒有見過鋼是什麼樣，問：「這就是鋼嗎？」

居民委員會主任擦著汗說：「高爐裡煉出來的，當然就是鋼。」

「那麼就可以用來造飛機輪船了？」更多人興奮地問。

居委會主任自豪地說：「自然，有這麼多鋼，中國就強大無比。」

全胡同的人歡呼起來，拿出紅布、木棍，抬著鐵疙瘩，唱著跳著，扭著秧歌，呼喊著十五年超英的口號，把自己胡同裡煉出來的鋼，交到街道派出所去報喜。一〇七〇萬噸鋼裡，也有頒賞胡同煉出來的一小塊，多光榮。

全國總工會的小高爐，修在國際部樓前面的操場上，把辦公室裡取暖的大鐵爐都砸碎了，煉鋼。全總大樓前門外邊，臨街本來有一排鐵欄杆，兩扇大鐵門，也都拆下來，丟進小高爐去融化。最後辦公室裡能砸的都砸完了，便動員幹部們從家裡拿鐵器，砸了燒火。一個鍋，一把鏟，一個破鐵爐，人人多少帶一點貢獻機關。

媽媽回家來，到灶間拎起家裡炒菜鐵鍋，決定拿去捐獻給機關煉鋼。

親媽不肯，趕來搶過鐵鍋，緊抓不撒手，說：「一家大小八口人，鍋子砸了，怎麼吃飯？」

「這是毛主席號召，機關下指示，不能不服從。」

親媽仍然不答應，說：「非拿炒菜鍋不可麼？別人拿些什麼？」

「大的小的，拿什麼的都有。」

「那麼你也拿點小東西就算了，我幫你找找。」

「不可以，別人可以不拿，我不可以不拿。別人可以拿小東西，我不可以拿小東西。我跟別人不一樣。不論黨號召做什麼，我非得比別人更積極十倍才行。組織上說每人帶一斤鐵，我就得帶十斤。別人拿一根通條就交差，我非得拿一個鐵鍋。」

「誰家的規矩，你有什麼不如別人麼？」

「我就是不如別人，差得遠。」

親媽聽到這話，不再張口，盯著媽媽，很驚慌。

「我非拿家裡的炒菜鍋去，表示說，為了響應黨的號召，我們家裡可以不吃飯，這樣才顯得進步，您就成全我這一次努力吧。」

親媽把鐵鍋遞給媽媽，不聲不響，轉過頭去，昏花老眼流下淚來。

媽媽把鐵鍋拿到大屋，用報紙包好，放在上班的背包邊上。然後坐下檢查我們的功課，檢查完了，給弟弟妹妹洗臉洗腳刷牙，準備睡覺。

親媽和舅婆婆坐在自己屋裡，發了一會兒愁，今後吃飯怎麼辦呢？北京人成年累月吃麵食，蒸點饅頭攤塊烙餅就能活了，讓江浙人這樣過日子，就活不下去。上海人哪頓沒點炒菜，就不叫飯。沒有了炒菜鍋，親媽舅婆婆實在犯愁。

麗芳阿姨到底年輕，記性好些，忽然記起我們從上海搬來北京的時候，曾經帶來一個炒菜鐵鍋，在東單馬家廟還用過幾個月，後來摔破了邊，一個把手也掉了，才買了這個新的用。那個舊的，搬家帶到西四來了，一定在破爛堆裡。

他們三人鑽進漆黑的灶間，借著一盞暗淡猩黃的小燈，爬上破爛堆，一包一袋翻，終於找到。親媽拿著破鐵鍋，走過大屋，對媽媽說：「我們找到了，你把這個破鐵鍋拿去捐獻，反正是煉鐵，一樣的，留下那支好的家裡好用。」

媽媽不答應，說：「我專門就是要捐那個好鍋，讓人家曉得，我剛從家裡爐子上拿下來捐獻的，說明我為大躍進，全家準備不吃飯。捐個破鐵鍋，人家會笑我，批判我欺騙組織。」

親媽聽不懂媽媽說些什麼，可是她沒有辦法，只好把破鍋拿回去。

第二天，媽媽把好鍋拿到機關去，一轉眼就砸碎了，丟到高爐裡化掉了。

一上午，舅婆婆坐在院裡小凳上，一手拿那個破鍋，一手拿塊磚頭，用力磨鍋上的鏽。頭上滲出汗，手磨破皮，她都不停歇。將近中午，她才滿意了，丟掉那塊已經磨得滾圓的磚頭，把鍋拿到灶間去沖洗。然後她重新坐在院裡小凳上，在鍋裡倒些去污粉，拿刷鍋的鐵絲擦子，再次摩擦，裡裡外外，都擦遍。下午我們放學回家的時候，舅婆婆才算把破鍋弄停當了，在水池裡用水洗淨。又放了半鍋冷水，放在爐子上煮，煮了許久，才端起來，倒掉開水，笑了一下說：「好了，今晚可以炒菜。」

那鍋沿上摔破，缺了一塊，也有一道裂紋，幸好沒有一裂到底，所以鍋還算沒有漏。舅婆婆在缺提手的一邊，穿根鐵絲，可以把鍋提起來，不至燙手。經過舅婆婆幾乎一整天的摩擦，破鍋裡面已經光潔，有些處甚至發亮。那晚做飯，舅婆婆特別高興，鍋鏟敲得格外響，專門多炒一個菜。不管怎麼鬧騰，我們家裡一樣還是要過日子。

那頓晚飯，媽媽吃著，覺得心裡最難過，一句話都沒說過，也沒吃幾口飯。吃過以後，麗芳阿姨把碗筷都收到灶間，在水池邊洗碗。親媽和舅婆婆早早關燈睡下了，兩個老太太昨今兩天，為了這個家的生存，都累壞了。媽媽照例坐在方桌邊，檢查我們的功課。

我湊過去，輕聲說：「姆媽，今天我看見親媽哭了好幾回。」

媽媽抬起頭，看我好一會，嘆口氣，又低下頭，繼續看功課，沒有說話。

我又說：「親媽說你不顧這個家，早晚要把我們都餓死。」

媽媽把我摟在懷裡，說：「寧寧，姆媽不會不顧這個家，不會讓你們餓死。」

我感覺到媽媽的手冰涼，瑟瑟發抖，好像兩片枯葉。

「親媽愛你們，愛這個家，姆媽明白。就是為了這個家，姆媽必須在機關裡表現積極進步，否則這個家就會破碎掉。」

我感覺到媽媽的眼淚流下來，滴落在我的頭髮上。

「姆媽心裡比誰都更難過，姆媽不得不這樣硬起心腸來做。如果做得到，姆媽寧願自己去死，只要這個家能夠過得好。可是我們在這樣的環境裡，不能好好活，也不許痛痛快快死，只能這樣過屈辱的生活。」

我好像懂得媽媽說的一些話，點點頭，沒有再問。

全總職工日夜輪班，守著高爐忙碌，體力好的男幹部，站在爐前，翻動爐裡鐵水。體力弱的大多數，媽媽在內，整天頂著大太陽，坐在操場上，人人一把鐵鋃頭，砸鐵砂。後來所有鋃頭的鐵鎚頭也丟進高爐，鐵砂只好用石頭砸。手破了，眼迷了，滿臉灰，頭發昏。

晚上媽媽回到家，滿臉漆黑，筋疲力盡，洗過臉後，飯也不吃，趴在床上，叫我給她敲背。「真可笑，我們在操場上砸石頭，就像山頂洞人打造石器那樣。」媽媽有一句沒一句，好像說夢話，「鐵爐子都敲了，看他們到冬天怎麼辦，怎麼取暖。」

我不明白地問：「姆媽，你說大煉鋼鐵不對嗎？」

媽媽猛然清醒過來，忙對我說：「當然對，怎麼會不對。總路線，大躍進，人民公社，毛主席提出來的三面紅旗，人人都要高舉，姆媽當然不落後。姆媽每天砸鐵渣煉鋼，煉了一個半月，煉出很多鋼來了。不過明天開始，姆媽不去煉鋼了。」

「怎麼了？你犯什麼錯誤了？人家不要你參加煉鋼了嗎？」

「不是，領導通知我，從明天開始，姆媽又要回辦公室去工作，編一份新的刊物。那也是黨的工作，宣傳三面紅旗總路線。領導說，現在大家都鼓足幹勁，力爭上游。編刊物也要這樣，本來確定要三個人編那個刊物，現在只派我一個人做，編稿，排版，印刷，校對，都我一個人做。你猜姆媽怎麼回答的？」

我眼睛發亮，為媽媽自豪，說：「姆媽一定高高興興接受任務。」

「真是姆媽的好孩子，一下就猜對了，姆媽就是這樣接受了。這樣可以省出兩個人來，一個去煉鋼，一個去支農。」

「多快好省地建設社會主義。」

「對，多快好省地建設祖國。寧寧，多快好省，總體上講，應該不錯。你們上學讀書做功課，好是第一，不可以貪多，也不可以貪快，更不能貪省。讀書是扎扎實實的事情，要讀一年就要讀一年，沒有捷徑可以走。」

「讀書不可以一天等於二十年，十五年超過英國嗎？」

「中國有句老話，叫做欲速則不達，什麼都不能急性子蠻幹。英國什麼樣，我不曉得，我沒去過。不過我看過很多英國書，他們發展機器工業，已經二百多年了，恐怕不那麼容易趕上。」

弟弟衝進屋，手裡舉著一封信，大喊：「爸爸來信了！爸爸來信了！」

媽媽一聽，翻身坐起，接過信來，看了一眼，說：「啊，爸爸那裡成立了人民公社，大家都到公社去吃飯，不要錢，不限量，那個老徐高興死了。」

老徐是爸爸在高郵下放住的房東。爸爸老早來信介紹說，老徐是幾代貧農。爸爸在他家連吃帶住，每月給他三十斤糧票和九塊錢。那是老徐家唯一的收入。老徐的老婆死了，他一個人帶兩個孩子，賺的工分少，工分的價值又低，連年吃上頓沒下頓，每年要向合作社借糧食。每到年底結算，分不到口糧，只有再欠帳。共產黨建國十年，說是工農政權，農民仍然一貧如洗。媽媽接了那封信，趕緊上街買了許多點心食品，打包寄給爸爸，怕他一天到晚吃不飽肚子。爸爸接到包裹，回信說：下次多寄些，寄去那一點，給老徐家三口分，不夠吃。

我和弟弟坐在媽媽身邊，聽媽媽講爸爸信裡說些什麼。

媽媽繼續看，高興得大喊：「太棒了！爸爸被調到鄉裡，辦車邏鄉農業中學，做了教員。爸爸很高興，說他一生總想做教師，現在如願。這下子，我們至少可以放心，爸爸不必到大田裡去種地，風吹日曬，也不至於得病。」

弟弟問：「爸爸只寫了這麼多嗎？」

「爸爸還寫了很多，你先洗臉洗腳刷牙，上了床，姆媽慢慢讀給你聽。寧寧，先把這封信拿給親媽看一下，再拿過來。」

沒過幾天，媽媽搬到機關去住。全總機關規定，進一步大躍進，機關軍事化。每次媽媽星期六晚上回家，我們看見她，都高興得要命。我們一起唱歌，又下跳棋，玩得很開心。

只要媽媽回家，星期六晚上什麼別的都不做，看著我洗臉、洗腳、刷牙，爬上大床。然後她給弟弟洗臉洗手。媽媽給弟弟擦凡士林油的時候，弟弟兩個大眼睛盯著媽媽看，想笑不好意思笑的樣子。

媽媽笑著說：「怎麼了？不認識了？不好意思啦？」

弟弟不說話，擰動身子，別著頭，不看媽媽。

媽媽用手在弟弟身上搓，連聲說：「看你笑不笑，看你笑不笑。」

弟弟終於笑出聲，摟住媽媽的脖子。兩人摟著，一起躺到床上。然後媽媽讀《安徒生童話》，直到弟弟睡著。

星期天媽媽最辛苦，從上午九點鐘開始，坐在院子裡，用大木盆和搓板洗衣服，一直洗到中午飯，要洗三個鐘頭。走廊邊橫七豎八拉幾條繩子，搭滿大大小小的衣服。吃中午飯的時候，媽媽說：「真累死了，以後爭取星期三晚上回來一次，洗一點衣服。」

弟弟帶頭鼓掌，我們大家都同意，媽媽樂了。

下午，媽媽帶我們到東安市場，給我買了雙襪子，我是學校足球隊後衛，整天踢球，最費襪子。媽媽也給弟弟買了雙手套，他的手每年冬天都會皴，早點準備好。晚飯時候，我們回家，媽媽忽然說：「跟你們在一起，真好，真快樂。可惜爸爸沒有這個福氣，對不對？真不知道，爸爸要到什麼時候才能回家？」

爸爸回家了，一九五九年春天一個星期六。不到吃中飯時候，爸爸忽然扛著行李，走進家門。他又黑又瘦，像根木柴，吭吭咳著，親媽看見，流了半天淚，要舅婆婆給爸爸煮桂圓湯，逼爸爸一天喝三頓。下午，爸爸到西四澡堂去洗澡理髮，舒舒服服睡了三個鐘頭。媽媽下班回來，見爸爸面色焦黃，食欲不振，不停咳嗽，嘮叨了一晚上，怨爸爸不懂得好好照顧自己，弄出病來。

為了讓爸爸補一年缺的覺，那天晚上，媽媽讓妹妹睡在外屋我們床上。所以第二天早上，爸爸還在裡屋睡。媽媽輕輕出了裡屋，對我說：「姆媽要快快跑一趟前門大柵欄，去同仁堂給爸爸買點補養的藥，你願意跟我去嗎？」

我當然樂意，急急穿好衣服，跟著媽媽出了門，往東走。

我問：「不是去前門嗎？到缸瓦市坐二十二路，一直就到。」

「到西安門坐電車，南長街換五路，一樣到。姆媽不想走西單六部口，不想經過全總機關。」

「姆媽，你不喜歡全總機關嗎？」

「姆媽一直想離開全總，到哪個學校去教教英文。」

「姆媽，英文難嗎？你能看英文小說嗎？」

「姆媽大學畢業論文是研究英國作家湯姆斯·哈代的小說《黛絲姑娘》，讀的是英文原著，論文也是英文寫的。」

我抬頭看看媽媽，很敬佩她。

「那時候，我們在大學，讀書玩樂。有空的時候，去沙坪壩的茶館，或者到嘉陵江岸去野餐，功課很多，可是很快樂。」

「你很想念大學生活嗎？」

「太想念了。姆媽一生中，很少時間無憂無慮，快快活活。可惜那時候，我身在福中不知福。現在想來，真是後悔。」

前門大柵欄是北京一景，一條小街，排滿商店，五花八門，應有盡有。瑞富祥布店在這裡，同仁堂藥店在這裡，勸業場也在這裡。大大小小，家家店門大開，窗上貼滿紅綠花紙，都是各種口號。街上不走車馬，擠滿走路的人，橫七豎八亂走。急急忙忙趕路的，邁著方步逛街的，你碰我，我撞你，很是熱鬧。

媽媽帶著我，匆匆趕到同仁堂。三開門臉，裡面前廳坐個白鬍子戴眼鏡的老先生，旁邊一個小方桌，放著紙筆，當堂把脈診病，兩毛錢一位。媽媽走過去坐下，在桌上放了兩毛錢。

老先生問：「把脈看病嗎？請伸出右手來，說不對不收錢。」

「不是我看病。我愛人下鄉，在窮地方熬了一年，吃不好睡不好，剛回來，有些虛弱。我想給他補一補，您給開點什麼吧。」

「如果沒有任何病痛，只是想大補，可以到那邊成藥櫃台，買盒十全大補丸吃吃就可以，不必開方子抓藥。」

「您給開點健脾的藥吧，他剛下放回來，身子很虛，過去有中醫說他脾弱。」

「十個男人九個脾弱，我給你開個方子，益氣補血，健脾養心。」老先生說著，提著筆，在一張草黃紙上寫下方子，遞給媽媽，說：「你到裡面去取藥吧。」

媽媽接過藥方子，又說：「您再給開點咳嗽藥吧。」

老先生說：「你去那邊買一瓶川貝枇杷膏，我開方子也不過這些。」

走出藥店，媽媽忽然說：「我知道那邊不遠有一個小店，專門賣西洋名畫，早年常去轉，這裡看過去，好像還開著，我們去看看。」

我們走過去，到一條小胡同口轉角邊，走進一個小門。小店外面貌不驚人，就像大柵欄街上所有的雜貨店一樣，前面店堂牆上掛些裝飾用的年畫，地上擺些盆景花瓶，櫃台裡是些紙筆文具。櫃台後面，坐了一個年紀很大的老太太，頭髮全白了，滿臉皺紋，可眼睛很亮，看我們走進來，點頭笑笑。

媽媽對她點點頭，領著我，繞著地上的花瓶盆景，一直往後面走，轉過屋角，裡面居然有一間屋子，就是一個西洋美術展覽館。四壁牆上，掛著許多油畫，幾個台子上立著石膏雕塑，牆角地板上堆著畫。媽媽站住腳，慢慢轉著頭看。她好像臉上泛出紅色，眼睛裡閃光。過一會兒，她看著一幅畫，對我說：「我以後會畫油畫了，也要畫這樣一朵花，多美啊。」

「你畫好了給我，我留著。」

「人世間，什麼都不會永存。人總要死，物質東西總會完。只有文化藝術，才具有永久的生命力。」

我聽著，努力記住媽媽的話。

「一個人最痛苦的時候，沒有親人可以傾訴，沒有朋友可以交談，沒有同志可以信任，那時候，只有藝術作品可以當知心。面對它們，可以舒展自己的心靈，述說悲哀。」

我望著許多雕像和油畫，媽媽的話語就像詩一樣，流進我的心田。我說：「姆媽，你講得真好，你一定能作個最好的老師。」

媽媽笑笑，領我走到一旁的書架邊，一本一本翻看。她說：「想給你買一本畫冊。你看這本《歐洲古典名作集》，印刷多好，可惜太貴，我來找一本小些的。」

說著，媽媽把那大本畫冊放回到書架。背後忽然伸過一隻瘦骨稜稜的手，抓住那本《歐洲古典名作集》，取出來，遞到我手裡。媽媽和我回頭一看，是坐在櫃台後面的那個老太太。她喜眉笑眼地看著我，說：「這本畫冊送給你了，喜歡嗎？」

我連連點頭，說：「喜歡，喜歡。」

老太太說：「這麼小年紀喜歡看這些，不容易。大多孩子，除了會背幾句政治口號，什麼都不懂。」

媽媽點點頭，說：「我們今天沒有帶夠錢，下次來時再買。」

「買什麼，我說了，送給小弟弟的。」

「那怎麼行？不行，不行。」

「這小店，快關門了。與其這些東西毀掉，寧願送給你們。」

「您這店開了幾十年，我小時候在北平住的時候常來，怎麼忽然要關了呢？」

「年紀大了，沒人願意接手。生意越來越清淡，年輕人誰知道拉斐爾是誰。我一抻腿，這店也就嚥氣了。」

媽媽看著老太太，四個眼裡都是悲哀。

老太太又說：「你以後沒事常來轉轉，說不定哪天我大拍賣。你帶個袋子來，我多送你些好東西。」

「那就謝謝您了。」

「別說謝字，只要這些東西不消失，我比什麼都高興。」

「不會，藝術誰也消滅不了。至少寧寧不會忘記，對不對？」

我緊緊地把那本畫冊抱在胸前，說：「我不會。」

「那我就放心了，下次我送你一個米開朗基羅的雕像拿回家。」

媽媽拍拍我的背：「快謝謝奶奶啦，送你一大本畫冊。」

我對老太太鞠了一躬，說聲謝謝，然後跟著媽媽走出那家小店。忽然媽媽停住腳，有些驚慌地望著前面。我看去，迎面兩個人，一男一女，都穿著灰藍幹部服，說說笑笑，走過來。到了我們面前，那女的好像有些吃驚，頭一擰，拉著男人的胳臂，轉身從我們旁邊快步走過，彷彿沒有看見我們。

媽媽站在那裡發愣，臉色一陣白，一陣紅。

我看出來，問：「那是誰？你認識嗎？男的還是女的？」

「那個女的，跟我一個辦公室。那個男的，不認識。」

「那她怎麼不理你呢？」

媽媽沒有說話，也不拉我，自顧自在前面走了。我忙趕上去，抬頭看看，媽媽眼裡充滿淚。我再不敢說話，跟著媽媽快步走。不知媽媽繞的是什麼街，都很窄小，空空蕩蕩，沒有一個人。到處是灰色的磚牆，灰色的院門，灰色的屋頂。

走了好半天，才聽見媽媽輕輕地嘆口氣，好像緩和一些，我安慰她說：「愛理不理，她不理我們，我們還不理她呢。在學校，誰不想理我，我就不去理他。」

媽媽摸摸我的頭，苦笑笑，說：「你不懂，我們這樣的人，交朋友不容易。」

我不懂，也沒問，我們這樣人，是什麼樣的人呢？

「不是我們不想交朋友，是沒有很多人願意跟我們做朋友。我們只想做正直的人，不會見人點頭哈腰寒暄奉承那一套，人家就罵我們自高自大。我們有時間，喜歡看看書，不喜歡整天串門聊天，打牌送禮，人家又會說我們臭清高。」

「我的操行評語上，每學期老師都寫我驕傲自滿，不知道怎麼了？」

「你長大了會明白，做人其實很孤獨，做個正直的人，更寂寞。」

八十八

我一路哭回家，因為我今天又空著手去學校。很多同學每天都能提一條老鼠尾巴或者一袋死蒼蠅，交給老師，得到表揚，我總是一個落後生。

大躍進第二年，家裡沒人幫我幹革命。媽媽住在機關裡，只有週末回家一天。爸爸更忙，黨員幹部整天開會學習，只有爸爸這樣的人編雜誌，每天早出晚歸。親媽根本不關心，她討厭這運動那運動，不肯幫我的忙。

胡同裡的小高爐熄了火，丟棄不理的那個土堆，千百人日日走路踩過，漸漸低矮下去。散亂地面的鐵疙瘩，蒙著塵土，阻礙車馬，被行路人踢到牆邊角落裡。但中國人不能閒著，不煉鋼了，就除四害。一夜之間，大小報紙，連篇累牘，發起一場全民除四害運動。毛主席命令中國人消滅老鼠、麻雀、蒼蠅、蚊子。

我努力過，別的同學做的，我都做了。別的同學用過的法子，我都用了，可是我在家裡就是打不到蒼蠅，所以我只能打老鼠。我把家裡四間屋子所有靠牆的家具都挪開，一寸一寸檢查牆腳，想發現一兩個老鼠洞。可事與願違，我家一個老鼠洞都沒有。我又一寸一寸檢查院裡的公用地方，三邊抄手遊廊底下，灶間牆腳，廁所地面，下水道邊。終於給我發現了幾個老鼠洞，每個前面都安置了老鼠夾。早上查看我的老鼠夾，發現有的根本動都沒動，有的明明老鼠來吃過誘餌了，彈簧夾子也打下來了，可是沒有死老鼠，想不來是怎麼回事。

星期六晚上，我決定要查看清楚，探明老鼠夾的秘密。院子裡人聲都靜下來，爸爸媽媽關了裡屋門。我就爬起來，坐到窗口，不眨眼地朝外張望。時間慢慢過去，院裡什麼都沒有發生，我的眼睛漸漸沉重起來，支持不住，要打瞌睡了。正這時，忽然聽見院裡有門開的響聲，我驚醒了，看見東屋的慧梅輕手輕腳出來，朝我家的窗口看看，然後貼著牆邊，走到廁所裡。原來是你這個賊，每天偷我打的老鼠。一時間，我怒火中燒，衝出屋子，奔進廁所，向她撲過去。

「小偷，小偷，你偷我的老鼠。」我一邊喊叫著，緊緊抱住她，兩個人在廁所地上打滾。她手裡提著那隻昏迷的老鼠，不敢放。

我們的喊聲、打鬧聲，驚動了滿院鄰人，家家戶戶的燈都開了，門都開了，人都出來，圍過來，看看發生了什麼事。西屋三個姊妹，看見我們兩人在廁所地上打滾，都捂起鼻子，喊叫：

「臭死了，臭死了。」

爸爸媽媽從家裡飛跑過來，看見我在地上滾，氣得渾身發抖。爸爸大聲喝叫：「你發瘋了，寧寧，馬上起來。」

我鬆開手，站起來，說：「她偷我打的老鼠。」

慧梅坐在地上，一手提著那隻半死老鼠，不吭聲。

旁邊舒伯伯也走來，大聲對著女兒喊：「你講，怎麼回事？」

慧梅大哭起來，把死老鼠往廁所牆角一甩，叫：「給你，給你。」

我發一聲吼，衝到牆角，死抓住那隻死老鼠，滿臉笑，這是我打到的。

媽媽罵：「站起來，怎麼坐在廁所地上，手裡抓老鼠，髒死了。」

我站起來，兩手還不肯鬆。

麗芳阿姨伸過手來，說：「我幫你提著，快去洗手。」

媽媽接著說：「用肥皂，洗三次，再拿酒精擦一遍。老鼠最髒，滿身都是病菌，用手抓，越大越不懂事。」

洗過之後，媽媽把我領進大屋，跟麗芳阿姨兩個，在大木盆裡倒開水，讓我洗頭，洗胳臂，洗腿，洗腳，換了全身衣服，給我擦身，擦酒精。

我把那隻死老鼠包在一個紙袋裡，放在我的床頭底下。那晚，我睡得很甜，作了許多夢：我站在教室前面，一手提著一根老鼠尾巴，老師笑著表揚我，全班同學向我鼓掌。

第二天，我一早爬起來，立刻到床底下去看我的死老鼠，還在。我提著紙袋，一刻不離身，刷了牙，洗了臉。然後蹲在屋外走廊上，把死老鼠平擺在石頭地上，拿出書包裡的鉛筆刀，準備割老鼠尾巴。媽媽坐在院子裡洗衣服，問：「你做什麼？」

我一手拿著刀，看著媽媽，答說：「割老鼠尾巴呀。」

媽媽停住洗衣服的手，望著我問：「為什麼要割老鼠尾巴？」

「老師說，打到老鼠，不用把整隻老鼠帶到學校，只要割下尾巴帶去就行。一個老鼠只有一條尾巴，一條尾巴就代表一個老鼠。」

「不要，寧寧，不要。」媽媽說，「不要割，把整隻老鼠帶到學校去。」

「老師不收的，老師只收老鼠尾巴。」

「那麼你帶去，讓老師割，或者讓別人割，你不要自己動手割。」

我不明白了，誰割還不一樣，問：「為什麼我不能割？」

媽媽靜了一靜，說：「老鼠是四害，偷吃我們的糧食，咬壞我們的家具，打死老鼠沒有錯。可是牠已經被打死了，不能再破壞了，何必還要拿刀子割碎牠呢？我不要你學得那樣殘忍。」

我不作聲，盯著看躺在石頭地上的死老鼠，收起手裡的刀子。

媽媽又說：「你今天切割一個老鼠，覺得不算回事，明天就會去切割別的生命，也不當回事。做人，心地萬萬不能那麼殘忍。我不願意你學得那麼缺少同情心，能拿起刀子來切割任何生命。」

我聽出媽媽聲音抖動，便默不作聲，重新把死老鼠放進紙袋裡去。我記住了媽媽的話，但當時並不完全明白她的意思。

可惜我只打到那麼一隻，以後就沒那麼走運了。也許北京城的老鼠都打光了，再也看不到老鼠，再也打不到老鼠。打不到老鼠了，就瞄準麻雀，反正中國人不能閒著。報紙上天天登社論，號召打麻雀。說中國糧食不夠吃，全是讓麻雀給吃光了。

大樓平房，街頭巷尾，到處立滿各種旗幟，迎風飄揚。沒有旗子的院落，立些竹竿，綁些布條，也是嘩啦啦作響。為的是到處旗布飛舞，阻止麻雀停留到屋頂樹上。機關單位都把高音喇叭抬出來，安裝在臨街的窗口，調到最高頻率，最大音量，一天到晚播放講話口號，各種各樣革命進行曲，吵鬧不停。沒有高音喇叭的小巷人家，拿出鑼鼓，站在當院敲打。沒有鑼鼓的，打臉盆簸箕，只要有噪音就行，為的是驚嚇麻雀，終日亂飛。中國人命苦，幹活幹怕了，想出這種屠殺方式：把麻雀累死。怎麼沒人想出加倍餵食，把麻雀撐死的呢？

各處居民委員會安排了日程，規定每家院子裡每時每刻有人敲盆打罐，發出噪音，驚擾麻雀。上午當然都是各院裡的老年婦人值班，親媽、舅婆婆，和鄰居的阿奶，三個老太太，每天上午坐在院裡打臉盆。居委會的人隨時來檢查，哪家院子沒人值班敲臉盆，會在哪家院門口貼黑紙條，定為落後院。屢教不改，就要當反革命院，報到派出所去。

為了不讓麻雀夜裡休息，院裡大人小孩開會，排了日程，小孩子晚上要睡覺，所以院裡大人輪流上房守夜。深夜裡不能敲盆打碗，拿手電筒亂晃亂照，或者拿旗亂揮亂搖。有沒有用？沒人曉得。鄰居大人們都支支吾吾不痛快，於是媽媽自告奮勇，一星期晚上守三夜。她這樣守夜，連續幾星期，直到再次吐血上醫院，必須臥床休息，才停止下來。

為配合這場消滅麻雀的大革命運動，北京市各中小學都改了課程表，下午不上課，讓學生回家值班轟趕麻雀。學校的陣地由老師們占領，當然也不能允許麻雀停留在各個學校的屋頂，或者操場上。

我們回了家，親媽、舅婆婆就可以下崗，洗衣做飯。小孩子身體輕，可以爬到房頂上去敲盆打碗，離天空更近點，能把麻雀嚇得飛更高，更累，更死得快。

我們院的房子，已經幾百年了，平時絕對不讓任何人上房頂。前些年市建工程隊檢查房屋，上房都搭梯子，不踩屋頂。可是現在，我們一群孩子，中午飯吃完，都排著隊，踏著廁所的門框，爬上房頂，誰也不敢阻擋我們聽毛主席的話。各家孩子繞到自家的房頂地段，坐到房脊上，或搖旗，或敲盆，大喊大叫，互相呼喚，歡樂說笑。弟弟不到十歲，不管怎麼哭鬧，親媽和麗芳阿姨不許他爬房，他只好站在院子裡跺腳乾著急，仰臉看我們在房頂上熱鬧。

空中偶爾飛過的麻雀，驚慌失措，飛得搖搖擺擺，顯然筋疲力盡。我趕忙站起來，拿著旗子，對準牠拚命搖，使勁呼喊。那隻麻雀突然停住搧動的翅膀，從空中落下來，摔在我家屋脊後面的房頂上。我喜出望外，爬過屋脊，去拾那隻麻雀，忘記了腳步輕重，踏碎幾片瓦，滾下屋頂。我腳打滑，眼看要跌下房去，急忙跺腳，穩住身子。這一跺，腳插到瓦下的泥草裡去。我彎過身，抓住那隻嚇昏的麻雀。

我把麻雀抱到胸前，舒了口氣，低頭一看，才曉得闖了大禍，我把房頂踩漏了一個洞。那是我家裡屋的房頂，房頂灰土還在嘩啦嘩啦一直不停落進屋去，落在爸爸媽媽的大床上。這下，我嚇矇了，坐在那裡不知該怎麼辦。

屋裡麗芳阿姨喊叫起來，衝出房子，朝房頂上喊叫。親媽舅婆婆也都趕出她們的屋子，衝過院子，跑進媽媽裡屋去查看。我聽不見她們在屋裡喊什麼，只是抱著我的麻雀，坐在房脊上，一動也不敢動。

太陽落下去了，別人家的小孩子都下了房頂，我不敢動。媽媽回家來了，站在院子裡喊我。我不動。爸爸回家來了，站在院子裡喊我，我還不動。最後爸爸只好自己爬上房頂，拉我的手。

我說：「我為了抓這個麻雀，沒小心。」

「好了，好了，只要你人沒摔下去，就夠好了。」

「你們不會罵我吧？我不是存心的。」

「當然要罵，踩漏了房頂可以當沒事一樣嗎？」

「那我不下去，你們罵夠了我再下去，我不要聽你們罵。」

「算了，漏也漏了，罵也沒用。」爸爸說，「我答應不罵你就是。」

我跟著爸爸從房頂上下來，我想好了，要是媽媽罵我，我就說，我是幹革命踩漏了房頂。毛主席說過，幹革命總得有犧牲。革命先烈可以獻出生命，我們一個房頂漏了有什麼了不起。可是媽媽一晚上憋紅著臉生氣，沒有罵我。

吃過晚飯，媽媽沒工夫理會我，急忙找麵粉，打漿糊，找大張紙，從屋頂裡面把那個洞裱糊起來，嘴裡一直叨念：「但願這幾天不要下雨，但願不要下雨。」

那麻雀醒過來了，在地上驚慌地跳來跳去。我拿根線繩，綁住牠一隻腳，拉著牠，看牠跳。牠張開翅膀要飛，我就一拉，把牠摔到地上。

媽媽糊好裡屋屋頂，走出來，問我：「你在幹什麼？」

「拴著線，不讓牠跑掉。」

「你在傷害牠。」媽媽說，聲音很嚴厲，「對你說過，不要學得殘忍。」

我停下手，看著媽媽，說：「我不會切割牠。」

「但是你故意在地上摔牠。」

「牠是四害，本來要消滅掉的。」我說，「我現在讓牠活著，就不錯。」

「你想過沒有，麻雀再小，再有害，也是一條生命。」

「反正等會兒要殺死牠，明天帶到學校去，老師會表揚。」

「為了自己得到表揚，就殺死一條生命，不是太自私了嗎？」

「消滅四害是毛主席的號召，毛主席會教我們做自私的人嗎？」

媽媽靜了很久，不說話。可這靜默，讓我很害怕。我一定說錯了什麼話，我不敢抬頭看媽媽。最後媽媽終於問：「很多同學都帶麻雀到學校嗎？」

「沒有，誰也捉不住麻雀。」

「你不帶，也不顯得落後，對不對？寧寧，聽媽媽話，把牠放了吧。你想想，鳥是最自由的生命。牠們在天空裡飛，寬闊，廣大，沒有限制。姆媽小時候常羨慕小鳥，希望自己變成一隻小鳥，到天空裡飛翔。你想想，這樣自由自在的生命，突然讓你抓住，拴著線繩，拉來扯去，牠會怎樣感覺？如果是你，讓別人緊緊地捆住，不能自由行動，你高興不高興？」

我鬆開緊抓麻雀的手，牠又開始在地上跳起來。

「自由的時候，不感覺自由的可貴。失去了自由，就體會到沒有自由的苦痛。告訴你，寧寧，姆媽現在最渴望的，就是變成一隻鳥，可以自由地飛。」

「姆媽，你說牠還會飛嗎？牠是受傷了？還是餓昏了？」

「你願意的話，我們在家裡養一養，等牠壯些，再放牠飛。」

我聽說可以在家養麻雀，就忘了學校的表揚，高興地問：「真可以嗎？」

「我來找個硬紙盒，開些洞放空氣，我們把牠養進去。」

我們兩個人把麻雀盒子藏在我的床底下，只有爸爸、媽媽和弟弟知道，其他人誰也不敢告訴，連妹妹都不敢告訴，怕她亂說出去。除四害的年月，如果讓人知道我們養活麻雀，禍就大了，是真正的反革命。

我每天給麻雀餵剩飯，養了五天，最後一天傍晚，天濛濛黑，我和弟弟把麻雀用布包好，裝在我的書包裡，背在背上，出了大門，走上街，不說話，往北海公園走。一路上，街道兩邊仍然是紅旗招展，鑼鼓震天，可我們都不再感興趣。

走上北海大橋，我們放慢腳步，摸著石橋欄杆走著，前後左右張望。沒有人在這裡走，我們停住腳步。我卸下書包，把包裹麻雀的布包打開，輕輕說：「飛吧，小麻雀，你自由了。」

弟弟跟著我重複：「飛吧，小麻雀，你自由了。」

小麻雀從我的手中，撲搧著翅膀，騰空而起。牠好像很高興，上上下下飛，在我們頭頂上繞來繞去，不捨離去。天已經很暗，過往行人誰也看不見天空中有什麼飛動。只有我們兩人，我和弟弟，偎依一起，靠在北海石橋欄杆上，仰著臉，望著黑夜，望著夜空裡自由飛舞的一隻小麻雀，只有我們能看得見。

我說：「飛走吧，小麻雀，飛走吧，飛得遠遠的，不要再回到北京來。」

弟弟忽然說：「哥哥，好像下雨了，我們快回家吧。」

我仰臉試試，果然有水點落下。我趕緊轉身，拉起弟弟往家跑，跑幾步又回頭張望一下，那隻麻雀已經不見了。跑到半路，雨下大起來。

我和弟弟渾身溼透，跑進屋，一眼看見：裡屋門開著，黃黃的台燈光裡，媽媽抱著妹妹，坐在大床一個角落，輕輕搖晃著，哄她睡覺。

我踮著腳尖走過去，看見大床上的鋪蓋都掀起來。棕繃上並排放了兩個臉盆，其中一個接著房頂漏洞流下來的雨水，叮叮咚咚的響。爸爸坐在床沿上等著，一臉盆接滿了，趕緊換另一個臉盆接，然後把接滿水的盆端出去倒到院子裡。

爸爸看見我站在門口，說：「回來了？渾身溼透了，還不去換。」

媽媽聽到，抬過臉，看著我說：「到對面去，讓阿姨給你們擦乾了換。」

爸爸端臉盆走出屋去倒水，補充：「叫阿姨煮點薑湯喝，不要傷風。」

我站著，兩個眼睛全是淚，怎麼擦都擦不完，心裡決定，從今天起，我再也不參加除四害，哪怕在學校一直做落後分子，我不在乎。

八十九

那年冬天寒冷來得特別早，我們照例十一月底在大屋裡安裝好了取暖的大鐵爐。還沒有買回來取暖用的煤，十二月初，頭場雪就下下來了。其實還不能叫做雪，只是因為寒冷而凝固了的雨，滿天落下微小顆粒的透明冰珠，積累厚了，才顯得出斑駁的白色。

我們三個兄妹都擠到親媽、舅婆婆屋裡睡覺，湊她們屋一個爐子取暖。爸爸媽媽兩個自己不開燈，靜靜地並排坐在大屋方桌邊，合披爸爸的一件皮大衣，摟在一起，默默望著窗外。

天黑了，四鄰窗口透出的微弱燈火閃爍之中，淚般的冰珠還在墜落。院裡積了一層薄薄冰雪，踩滿橫七豎八的腳印，踏化冰珠，和著泥污，變成黑色髒水。

今天下午臨下班，國際部編譯處長陸向賢找媽媽談話，把全總機關黨組的一份決定發給媽媽看。媽媽當時激動之餘，馬上抄下一份留底，原件交回黨委存檔：

陶琴薰：

二年來的表現：

（一）願意接受改造，對自己的反動言行有更深刻的認識。當時的處理是從寬的，因她對自己的言行有認識，以後對自己的認識堅持下來，行動上有贖罪表現。經常向組織匯報思想情況，開始較勉強，後來（近一年來）能比較真實地反映自己的思想，反右傾鬥爭，主動暴露和批判自己，並要求同志們的幫助。

（二）工作上，比較積極，有埋頭苦幹的表現，一人做三人的工作，能完成任務，幾年來未出偏差，也未表示埋怨。

（三）學習，積極，能暴露觀點，積極發言，能鑽研。

（四）勞動，積極完成。辦公室及周圍衛生都主動地搞。

缺點：

（一）思想，有時對自己要求不嚴格，有時和其他工作差的同志比，覺得自己比他們強，因而忽略了自己的缺點。

（二）工作上仍有患得患失，因此謹小慎微，怕出差錯，不敢很好地負責，怕影響自己摘（右派）帽子。

關於陶琴薰摘帽子的決定：

通過實際考查，對陶琴薰政治思想、工作、學習、勞動進行了研究，根據具體情況，黨組決定，摘掉陶琴薰的右派帽子。

陶琴薰兩年來能夠接受黨的教育，自覺地進行改造，在工作、勞動、思想（尤其是思想）上有顯著進步，確實接受和認識了自己的反動思想言行，對黨心服口服，並在改悔上有實際表現，基本上達到摘帽子的標準。當然還有許多缺點，今後需在黨和同志的幫助下繼續改造。

媽媽擦擦眼睛，說：「摘了帽子，我就可以再次提出調動工作。」

「還是想離開全總嗎？」

「如果幾年前調離了，到學校去教書，也許戴不上右派帽子。」

「學校老師裡也有很多劃成右派的。」

媽媽不說話。她懂得，她那樣家庭出身的人，反正不會有好出路，到哪兒都一樣。她說：

「孩子們都長大了，漸漸懂事了，不能讓他們總背著反革命母親的包袱。離開全總，知道的人少點，也許好一點。」

「如果能調，也好。」

「我前幾年提出過一次，領導說我個人主義，名利思想。到中學去教書，怎麼是名利思想？」

「不是你去不去教書，而是你自己提出要調動，那就不好。」

「這兩年戴著帽子，不敢動。現在摘了帽子，我一定要調走。」

「材料都在你檔案裡，走到哪兒，跟到哪兒。」

「我知道。摘帽右派，還是右派。到哪兒，別人都這樣看我。」

「薰，別想得太美，也別太悲觀，我們總還要生活下去。」

媽媽不說話，她懂得自己的命運，可天性使然，又時刻抱著一絲火熱光明的幻想，希望有機會過上人的生活，舒展的生活。沒有幻想的生活，能算生活嗎？

「算了，別想太多，我們就這樣勉勉強強過下去，把孩子養大。」

可是把孩子養大做什麼呢？讓孩子們繼續承受家庭的苦難，一代一代地承受下去嗎？如果人養育孩子，卻不給他們創造快樂幸福的生活環境，明明知道孩子們將面臨悲劇，卻把他們養大，推進火坑裡去，那不是一種罪惡嗎？媽媽說：「我對不起孩子們，要他們繼續背負我的罪惡，對他們不公平。」

「不會的，我相信，不會的。到他們長大，會有變化。中國不可能永遠是這樣，孩子們會有好些的日子過。」

「但願他們長大的時候，天下太平。」

「你想，過去一個冤案，沒有包青天，永世不會翻身。你這才兩年，帽子就摘了。明明是冤枉好人，不摘也不行，時世到底不同了。」

「但願他們長大以後，根本沒有戴帽子一說。」

「那不可能，毛主席說，階級鬥爭幾百年都不會停止。」

「孩子們有什麼錯？他們生在我們家，命真苦。」

「算了，不說了，睡吧，明天還要上班。」

已經凌晨，屋裡冰冷，爸爸媽媽相擁和衣躺下，等待天明。

無論怎樣悲哀，媽媽摘下右派帽子，總算一件大喜事。那年元旦，爸爸媽媽說好，要在家裡好好慶祝一下。晚上吃過晚飯，我們把方桌翻轉放到大床上，空出外屋的地方。爸爸把留聲機搬到五斗櫃上，說：「不知道中國現在許不許聽史特勞斯，在歐洲，每過元旦，維也納樂團總要演出史特勞斯圓舞曲音樂會來歡慶。不管他，我們小聲點，鄰居聽不到就好。」

「我來把窗戶遮起來，」媽媽說著，拿出毛毯，把窗戶掩蓋得密密實實。

爸爸把唱機聲音調放得很低，跑到院子裡去測聽了一下，確定門外聽不清楚，才放心回來，說：「好了，沒問題。」

在一片細密的小提琴聲中，一支法國號柔和的顫音飄揚，好像藍色的波浪緩緩湧來。這是爸爸最喜愛的〈藍色多瑙河〉，早幾年只要他高興，就會哼哼這些旋律，我們大家都背得很熟。

爸爸在白襯衫外面套上一件英國嗶嘰雙排扣西裝，顯得英俊挺拔，這套衣服在箱底壓了好多年了。他走到媽媽面前，彎下腰，伸手相邀，說：「能不能請你賞光，跟我跳這支曲子？」「你搗什麼鬼？老都老了，還要出洋相。」媽媽紅著臉，伸手讓爸爸握住，站起來。媽媽穿著綠色的旗袍，好久沒穿過了，今天特意穿上，還捲了頭髮，甚至修了眉毛，顯得年輕漂亮，精神抖擻。

他們就在屋子當中的空間旋轉起來。妹妹跳到我們的大床上，站著看。我和弟弟把椅子方凳都挪開，搬進裡屋，擴大外屋舞廳地面，讓爸爸媽媽轉身。

人心融成一片水，伴著陽光下的藍色多瑙河漂蕩。一段慢板，大小提琴交匯融合，彷彿廣闊河面，漫無邊際，靜靜流淌。一段快板，木管和聲，好像波浪翻滾，水花迸濺，輕盈跳動，五光十色。

伴著音樂，爸爸和媽媽輕輕舞著。他們動作不大，移動範圍也很小，他們只是相互擁抱著，緩慢搖動。媽媽好像很軟弱，全靠爸爸扶托著。淡淡的燈光下，媽媽好像在微笑，神情又很專注，臉色瞬息萬變，一陣泛紅一陣發黃，此刻她感覺到什麼？歡樂？興奮？或是痛苦？辛酸？短短二十分鐘，媽媽心裡或許經歷了無數的甘苦歲月，交替著難言的喜怒哀樂。漸漸的，媽媽好像支持不住了，慢慢把頭趴到爸爸的肩頭上。爸爸輕輕地摟住她，不言不語，繼續搖動。媽媽閉住眼睛，眼角滲出一滴淚，掛在臉上，在燈下忽隱忽現。

樂曲完了，爸爸媽媽停下舞步，爸爸送媽媽坐下，鞠一躬，表示感謝。媽媽舉手擦掉臉上淚痕，喘息著。

妹妹還站在床上，揮著兩手，叫：「我也要跳舞！我也要跳舞！」

爸爸跑過去，一手抱起妹妹，另一手舉著，捏住妹妹一隻手，打起轉來，說：「對，我們的小公主也要跳舞。」

這一會兒工夫，媽媽安靜下來，微笑著轉過頭，看著我和弟弟，問：「那麼誰來跟我跳呢？」

我說：「跟弟弟跳吧。我小時候，跳得多了。」

媽媽哈哈大笑，說：「蘇儒，你聽到嗎？寧寧說他小時候，跳得多了。」

我說：「在上海，你們出去跳舞，只有我記得。到北京，你們出去跳舞，我去過兩次，你們跳舞，我在人群裡跑。」

「是，那倒不錯，」媽媽拉住弟弟的手，說：「那麼只好我跟你跳了。」

弟弟有些不好意思，勉勉強強站起來。媽媽把他一拉，讓他兩腳踩在自己的腳上，然後隨著舞曲轉起來。

我靠牆坐在暗淡的燈光裡，望著他們。屋裡依舊很雜亂，大衣櫃鏡子還破著，櫃頂堆滿破爛雜物。五斗櫃還是低淺的淡黃色，大床還鋪著單薄的床單棉被，上面倒扣方桌，四腳朝天。門窗掛著嚴密的毛毯，阻隔著外面的世界。在這屋裡，爸爸抱著妹妹，媽媽拉著弟弟，在幾尺空地，旋轉舞蹈。寒冷的元旦冬夜，圓舞曲輕輕蕩漾，述說歡樂和安寧。我會永遠牢記這情景展示的人生真理，生存意志，和人性力量。

唱片放完了，他們停下來休息。

媽媽問：「寧寧要不要也跳一曲？」

「不要，我在學校跳舞跳夠了，不想再跳了。」

「哦，對了，你們學校的舞蹈表演怎麼樣了？你們訓練有三個月了吧？」

「我們已經通過西城區選拔，春天就參加全市小學生文藝會演。」

這個會演在缸瓦市的二炮司令部禮堂舉行，離我們家很近，媽媽特別請了一天假，去看我們表演。比賽結果，我們的舞劇得了全市小學生舞劇表演第三名。媽媽很驕傲，說我跳得好，會演以後，帶我到西四小吃店吃了一頓飯。

比賽以後，我們不再排練，過了一星期，教導主任把我找到教導處。辦公室裡坐了好幾個人，校長、大隊輔導員、音樂曹老師、班主任許老師。還有兩個不認識的軍人，肩章上看，一個上尉，一個中尉。他們說，學院領導觀看了全市小學生會演，對我印象很深，覺得我有舞蹈天才，今天派他們來學校，測量我的身體，了解我的情況，想讓我轉學到解放軍藝術學校去。他們要我問問家長意見，他們可以安排我們到軍藝去參觀。

晚上，爸爸媽媽下班一回到家，我就向他們報告這件事。爸爸聽完，挺高興，說：「幹藝術我不反對，只要他們看中，你就去。」

媽媽不願意，板著臉，乾乾脆脆說了三個字：「不許去。」

「為什麼？我見過小學生文藝兵，也穿軍裝，戴五線譜肩章，很神氣。我喜歡參加解放軍，我會努力進步，入團入黨，當上尉，當中校，沒準還能當將軍，去見毛主席呢。」我說了一大堆，希望能用我努力上進的決心，說服媽媽。

可媽媽無動於衷，說：「你曉得，幹藝術，特別舞蹈這一行，要幹就是一輩子的事業。這樣小年紀選定終身事業，太早了吧。過幾年，又不喜歡舞蹈了，怎麼辦？」

爸爸說：「那有什麼，再轉回普通學校念書就是。」

媽媽說：「上軍藝，主要功課是練功，文化學業成副業，能學到些什麼呢？哪天不想幹了，要轉到普通學校，哪個學校都考不上。考不上好中學，將來就考不上好大學，什麼都幹不成。」

我說：「不喜歡跳舞了，我可以去唱歌，他們說了，軍藝也有唱歌專業。曹老師今天說的，我天生嗓子條件好，過些天，學校要保送我考中央音樂學院附小。」

媽媽說：「如果考得上音院附小，倒是可以考慮。起碼音樂學院不是軍隊，軍隊政治要求高，你不夠資格。」

這話我不懂了，我為什麼會不夠資格參加人民解放軍？如果我不夠資格，他們為什麼到學校來找我。又不是我去找他們的，是他們來找我的，我為什麼不夠資格？可是不管我和爸爸怎麼勸說，誰也說服不了媽媽，她就是死活不許我轉學去軍藝。沒有辦法，第二天上學，我只好告訴許老師。

九十

以後幾個月，我們家裡人仰馬翻，亂作一團。先是麗芳阿姨結婚，新郎劉瑛叔叔是個退伍軍人，個子不高，很和氣，總是笑瞇瞇的。他在外文書店印刷廠工作，在和平門外的印刷廠宿舍裡有一間房子，所以他和麗芳阿姨的家就安在那裡。媽媽像個母親一樣，把麗芳阿姨嫁出去，給她買了婚禮新衣服，又裝了一箱新棉被新床單新枕套，一大網籃鍋碗瓢盆油鹽醬醋，一大網籃肥皂毛巾臉盆牙刷。媽媽說，安家過日子，就要這三間房裡的東西：臥室、廚房和洗手間。

過門那天，劉瑛叔叔穿了新衣，借了一輛小汽車，來接麗芳阿姨。媽媽幫忙在車上裝好所有的東西，送他們兩人回新家。弟弟吵鬧著，非要跟麗芳阿姨一起坐車走。麗芳阿姨還要帶上妹妹一起走，媽媽只好答應了。然後，媽媽領著我，坐公共汽車到和平門外劉瑛叔叔的家，跟他們一起安置新房，然後吃喜酒。

接著，沒過多久，爸爸又離開家了，外文出版社把一大批知識分子派到北京遠郊大興縣安定鄉去勞動。爸爸一手提個行李袋，一手拉著妹妹，慢慢走出大門，親了親我們每個人的臉，從弟弟手裡接過草帽，戴在頭上，又從我手裡接過網籃，再看我們一眼，轉過身，提著行李袋，走了。

平常爸爸在家，天氣好的季節，星期天，爸爸總會找一點時間，陪我們三個兄妹玩一玩，有時在院子裡用長凳和床板搭個乒乓球台，打一會兒乒乓球，或者在小院裡打一陣羽毛球。爸爸走了，我們閒著沒事，垂頭喪氣，媽媽看見，洗完一大盆衣服，招呼我們打羽毛球。

弟弟蹦蹦跳跳拿出四副羽毛球拍，問媽媽：「你會打嗎？你從來沒打過。」

「你們三個，加上爸爸，剛好四個人打雙打，我怎麼參加？再說，我星期天有那麼多事情，你們打球，我要洗衣服。」

「姆媽，你去休息吧。我們可以打單打。」

「我不累，跟你們玩一會兒也好。」

弟弟跟媽媽一邊，我和妹妹一邊，開始比賽。我們沒有網子，只在地上畫一條中線。媽媽打得還湊合，能接著球，跟弟弟兩個剛好搭檔，半斤八兩，誰也別怨誰。妹妹小，打不大好，可是我打得好，所以我們這邊也不弱，足以跟他們對抗。我們當然只打和平球，你來我往，不許抽殺。可是我調他們兩個角，讓他們左右奔跑，然後調中或者短調，也夠他們忙了。

爸爸跟我們一起玩的時候，安靜得多。媽媽雖然快四十歲了，一玩起來，還跟十幾歲少女一樣，連蹦帶跳，驚喜歡笑，大喊大叫，極富感染力。滿院鄰居在家的小孩子都跑出來，站在廊下觀看。

三局兩勝，我和妹妹贏了。媽媽累得呼呼直喘，坐在廊子台階上休息。弟弟不服氣，吵著要跟我們再打三局，決個輸贏。媽媽搖頭搖手，喘著說：「你們玩吧，姆媽實在累了，玩不動了，姆媽坐在這裡看你們玩。」

弟弟掄著拍子，喊：「不行，姆媽不能不打，三個人怎麼打雙打。」

我說：「你跟妹妹一邊，我一個人一邊，也可以打。」

媽媽忽然拿著拍子，對旁邊站著看的葛家老大，說：「葛真，你要不要打呀，這個拍子給你，你來打一會兒吧。」

葛真跟弟弟一樣年紀，高高興興跑來，接過媽媽遞去的拍子。

弟弟不滿意，說：「她不會打，我不跟她一邊。」

我說：「沒事，你跟妹妹一邊，我跟葛真一邊，行了吧。」

媽媽笑了，說：「又不是真比賽，隨便玩玩，不要那麼認真。不說了，快玩吧，等會兒天要黑了。」

弟弟沒話說了，只好同意。我們四個，重新開局。忽然弟弟一球打過來，眼看落在葛真腳下，葛真拍子一掄，居然接住，把球挑起來，飛過線。這突如其來的一拍，把弟弟驚呆了。等他醒過來，接球不及，落到地上。

葛真一跳三尺高，狂喜大喊。媽媽也驚叫，用力鼓掌。

弟弟滿臉通紅，不撿落在腳邊的球，大喊：「那球已經落了地，你們已經輸了一分。她從地上撈起來，不能算。」

葛真叫：「怎麼落地了？沒落地我才接的。落了地的球，還能接起來嗎？」

弟弟把球拍往地上一摔，喊：「就是落地了，就是落地了，耍賴，不算。」

我忙揮起拍子，大聲說：「算了，算了，別吵，我們重打。」

弟弟抬腳朝面前地上的羽毛球一跺，把球踩扁，大叫一聲：「我不玩了。」

葛真也把球拍往地上一摔，大喊：「不玩就不玩。」

我叫：「你們不玩也別踩球摔拍子，壞了怎麼辦。」

葛家屋裡傳出她媽一聲喊：「葛真，回來，誰讓你跟他們一塊玩。」

媽媽聽見這聲喊，也叫：「弟弟，你給我回家去，不許在院子裡吵鬧。」

弟弟不肯，兩手扠腰，站著不動，狠命忍住眼淚。我看見媽媽臉色陰沉極了，眼看要大發脾氣，忙跑過去，一把拉起弟弟，揪回家門。

媽媽隨後跟進屋，砰一聲猛摔一下，把門關緊，費力壓著火氣，罵弟弟：「你發什麼渾，不過一塊玩玩，也要吵架。」

弟弟終於流下淚，還犟嘴：「明明落地了，她耍賴。」

媽媽說：「就算落地了，怎麼樣？你就不能輸一分？」

弟弟喊出聲：「她為什麼可以耍賴？還不能說？」

媽媽壓低嗓子，罵：「就是不許你跟院子裡人吵架，不管什麼事，就是不許你跟人家吵，不許給我們惹禍。」

弟弟兩手抹眼淚，還叫：「為什麼？為什麼？我就不忍，就不。」

媽媽邁上一步，劈手打弟弟一記耳光，大叫：「不許你喊，給我住嘴。」

弟弟嚎啕起來，跳著腳喊：「就要喊，就要喊。」

媽媽氣極了，衝到門邊，抓起掃把，過來一手揪著弟弟一條胳臂，一手掄動掃把打他屁股，氣喘吁吁罵：「不許你喊，不許你喊！」

妹妹在一邊看見，嚇得發抖，大聲哭。這樣打法，我也過不去，插不上手擋，只好摟住妹妹，躲在一邊。

媽媽好像氣瘋了，不停地打。弟弟也氣瘋了，邊哭喊著，跳來跳去，躲避掃把。最後他忽然轉過身，狂呼亂喊，閉起眼睛，亂掄胳臂，抵擋掃把，跟媽媽對打。媽媽見了，大出意外，突然停了手。弟弟不曉得媽媽停手，仍然緊閉雙眼，掄著胳臂，朝前猛衝，一頭撞進媽媽懷裡。媽媽沒有防備，站立不穩，向後跌去，趕緊側身，倒往一邊，不想額頭碰在櫥角上，立刻皮開肉綻，血流如注。

這一下變故，把我們都驚呆了，嚇傻了。弟弟也愣在那裡，一動不動。媽媽一手捂住撞破的額角，自己站起來，揮著另一隻手，朝弟弟喊：「給我出去，大門外面，不許回來。」

弟弟一跺腳，嚎哭著，拉開房門，衝出院子。

我趕緊過去，扶住媽媽，到方桌邊坐下，說：「你別動，我去拿藥箱。」

媽媽喘著氣，說：「先倒點冷水來，洗一洗才能上藥。」

正說著，房門開了，舅婆婆端著個臉盆走進來。這邊屋裡大吵大鬧，早驚動了院子對過的親媽和舅婆婆，親媽腿腳不好，走不動。舅婆婆站在窗外，看得清清楚楚。她端洗臉水進來，什麼話也不敢說。

媽媽洗過傷口，舅婆婆又端著臉盆出去了。我拿來藥盒子，幫媽媽找到紅藥水和棉花球，給媽媽額上的傷處抹紅藥水。然後又疊好一塊紗布，剪好兩條膠布，幫著媽媽貼住，蓋好傷口。媽媽一手按著紗布，坐著嘆氣。

妹妹走過來，驚恐地望著媽媽，問：「姆媽，疼嗎？」

媽媽拿一個手拍拍胸口，說：「這裡才真的疼，很疼呀。」

我走出屋門，曉得滿院鄰居都在自家窗裡張望。我低頭走過院子，走出大門口看。弟弟一個，坐在門外的石頭獅子台邊，已經不哭，鼓著嘴生氣。我罵他：「你長大了，是不是？跟姆媽頂嘴，跟姆媽對打？」

弟弟不說話，瞪著兩眼，看著面前的地面。

「你好好想想，姆媽洗了一上午衣服，已經累死了，好心好意陪我們玩，要你來惹禍。姆媽從此再不跟我們玩了，你怎麼辦？」

弟弟還是不說話，眼睛裡顯出水光來。

「你在這兒待著，別亂動。天黑了，我來叫你回去吃飯。」

弟弟扭過身去，不理我。我也只好關上大門，回進院子，又回屋裡。

家裡靜得像死了一樣，媽媽裹著衣服，在裡屋大床上躺著，閉緊兩眼。妹妹跑到對面親媽屋裡去了。所有鄰居，大人小孩，都跑出來，在院子裡大聲說笑。我把窗戶關好，躺到床上，靠著枕頭看書。眼睛一行一行，順著字溜，什麼都沒看進去。

天濛濛暗，舅婆婆送晚飯來，說：「妹妹已經吃過了，這是儂三個的。」

我打開裡屋門，媽媽還躺著。我叫：「姆媽，頭上還疼嗎？吃晚飯了。」

媽媽動了一下，沒有起來，說：「我不餓，去叫弟弟回來，你們先吃。」

我關好屋門，走到大門口。可是弟弟不在門外邊。媽媽在家裡發脾氣，並不少見，罰弟弟到大門外，也有兩三次。每次他都老老實實在大門外等著，天黑了，我叫他回家。可是今天他不見了，我跑到胡同西口，往兩邊張望，看不見弟弟的影子。又跑到胡同東口，兩邊張望，還看不見弟弟的影子。我著急了，跑回家，衝進裡屋，對媽媽說：「姆媽，弟弟沒在大門外，他不見了。」

媽媽聽了，一下坐起，額頭的紗布滲出血跡，眼睛睜得溜圓，望著我，問：「胡同口看過了嗎？」

「兩邊都看過了，沒有。」

媽媽坐著，生氣地說：「不管他，去撒野吧。」

我沒說話，站著發愣，不知道該怎麼辦。

媽媽忽然站起來，朝門外衝，說：「我去找。」

我跟著媽媽跑出去，說：「我跟你去。」

「不用，你吃飯。」說完，她到大櫥裡拿件外衣，匆匆出門。

過了兩個鐘頭，我和妹妹洗過臉，刷過牙，要上床睡了，媽媽還沒有回來。我不敢睡，過一會兒出大門去看一回，一直不見媽媽。到十點，我更不敢睡了。院門十點上閂，我得等著給媽媽開門。十點半多，聽見有人敲大門，趕緊跑去開，是媽媽獨自一個，沒有弟弟。

進了屋，媽媽說：「沒找到，學校沒有，同學家沒有。我剛到派出所去報了案，他們答應幫忙找，不知找得到找不到。」

媽媽垂頭坐在桌邊，頭髮蓬亂，臉色疲備，額頭上的紗布還印著血跡。

「姆媽，你睡吧，明天還上班。派出所幫忙，也許找得著。」

「太晚了，你快睡去。明天要上學。」

那一晚，我睡得不好，一會兒醒一醒。每次醒來，都聽見媽媽在裡屋嘆氣。早上吃過早飯，我正給媽媽換額頭上的紗布，房門開了，麗芳阿姨走進來。

沒等麗芳阿姨開口，媽媽騰一下站起來，額頭上紗布掉落到地上也不管，緊張地問：「他到你那兒去了？」

「沈太太，你怎麼可以這樣打他呢。」

媽媽又一屁股坐到椅子上，眼裡嘩嘩湧出淚來。

我撿起落在地上的紗布，重新貼到媽媽額頭，快快拿膠布黏緊。

麗芳阿姨轉身從背後拉出弟弟，說：「早上怎麼講的？去給姆媽說對不起。」

弟弟慢慢走到媽媽跟前，輕聲說：「姆媽，對不起。」

媽媽伸手，將弟弟緊抱在懷裡，不說話，嗚嗚哭。

「他膽子也太大，一個人走路到我家，多遠哪。沒錢坐車，從來沒一個人走過。弟弟，告訴姆媽，你怎麼走的。」

弟弟哭著，說：「我跟著十四路汽車，一站一站走，到和平門，就認識了。」

媽媽聽了，摟著弟弟，哭得更傷心。從我們家到麗芳阿姨家，順十四路公共汽車，要走過西安門、府右街、中南海西門、靈境胡同、六部口、絨線胡同，才到和平門。出了和平門，還要鑽胡同走兩三站路。弟弟竟然獨自一個人用兩隻腳走到了，那年他才十一歲。

麗芳阿姨也抹抹淚，說：「曉得你們找不到他，一定急死，昨天晚上就想送回來。他死活不要，怕你還要打他，所以一早趕來。」

媽媽哭著，摟緊弟弟，說：「姆媽不打你了，再也不打你了。」

弟弟哭得上氣不接下氣，說：「姆媽，我再不惹你生氣。」

麗芳阿姨坐到桌子邊，說：「你們兩個，脾氣都要改改才好。他跟我講，把姆媽推一跤，碰破頭，心裡難過死了。從小到大，沒見他那樣哭過。」

弟弟回了家，一切都平安了，我說：「我上學去了，要遲到了。」

媽媽說：「弟弟今天不去，我寫假條，哥哥帶去。」

弟弟點點頭，他眼睛哭得又紅又腫，當然不能上學。媽媽匆匆寫張假條，交給我帶去學校，給弟弟的班主任。

麗芳阿姨問：「沈太太，你這樣子上班，別人問起，你怎麼說？」

媽媽摸摸額頭上的傷，說：「那怎麼辦？只好說自己不小心碰了。」

這麼一說，弟弟又傷心地痛哭起來，坐在桌邊，孤孤單單，很可憐。

媽媽問：「麗芳，今天上班嗎？不的話，晚上一道吃過晚飯再回去。」

「白天坐坐可以，晚飯不能吃，還要回去伺候那兩個呢。」

這場大亂過去不久，爸爸突然回家來了。他身體極瘦，臉色黑黃，筋疲力竭，神情有些恍惚。他中午到家，一進門，什麼話也沒說，臉都沒洗，東西往大屋地板上一丟，關住裡屋門，大睡一覺。晚上媽媽下班回家，要吃晚飯，他還不起。媽媽硬把他拉出來，洗了臉，坐到飯桌上。

「我不想吃，你們吃吧。」爸爸說著，揉揉眼睛，打個哈欠。剛睡過覺，半醒不醒，爸爸的臉有點浮腫，眼睛發紅，眼泡下垂，頭頂禿了許多，很有一副老態。那年他才四十二歲。

媽媽一邊添飯，一邊問：「怎麼突然回來，要回機關嗎？」

爸爸打著哈欠，無精打采地說：「社領導決定進行一次圖書檢查，把這些年所有出版的各語種刊物，按期逐頁都檢查一遍，看看有沒有政治問題，所以把我們這批人都調回來。」

「檢查刊物裡的政治問題，找你們回來幹什麼？」

爸爸看著媽媽，沒明白她這話的邏輯在哪兒？

「你們這批人政治不可靠，才送鄉下去勞動。既然政治不可靠，要你們去檢查，怎麼看得出政治上有沒有差錯？」

「那有什麼，叫幹什麼就幹什麼，他們看不懂外文。」

「看來至少在外文出版社，知識分子還不能完全清洗出去。」

「反正隨波逐流，趕我下鄉就下鄉，讓我回來就回來。」

九十一

「媽媽，公公不是我的外公嗎？」

媽媽下班回到家，剛進門，我就大聲問。

沒有聽到回答，我又問：「我的外公是個反革命，他在台灣，是嗎？」

媽媽仍然沒有回答。我哭起來。

上了初中，我一滿十五歲，就交了入團申請書，可是到期末也沒入成。我在班裡，功課不算第一，至少數二。我的作文，學校推薦到《北京晚報》去發表。我有時上課講講話，偷看點閒書，不專心聽講，因為老師講課沒意思，可從來沒誤過功課。爭取入團，要做好事，打掃教室，我一點不比入了團的那幾個同學幹得少。我實在不服氣，放暑假前一天，忍不住去找班主任李慶恭老師問明白。

李老師聽我述說了自己的想法和失望之後，看我半天，不說話，好像不相信我的話，甚至沒有說些像積極要求進步是好的，團的大門一直對你敞開之類鼓勵的話。最後，李老師終於問我：「你真不知道家裡的背景情況嗎？」

我奇怪了，問：「我家裡有什麼特別的背景情況？」

李老師板起臉，看著我，說：「你母親是個右派分子。你的外公在台灣，是蔣介石手下的大官，大反革命份子，是國民黨大戰犯。這樣的家庭背景，你從來沒有主動向組織交代過，對組織不忠誠，怎麼能入團呢。」

我聽了，目瞪口呆，爸爸媽媽從來沒對我們講過這些。

媽媽沒有回答我的問題，我知道真相了，但我不願意相信，繼續問：「姆媽，李老師說的不對，不是真的。姆媽，你說。我明天去跟李老師說，她說錯了。」

「等爸爸回家來，我們一起說，好不好？」媽媽只說了一句，便跑出大門，過一會兒，跟爸爸一起走進來。

見我坐在台階上等，爸爸說：「姆媽給公公打了電話，我們現在去看他。」

我坐著不動，說：「我要曉得，李老師講的對不對。」

媽媽不說話，她心裡像刀刺一樣的疼，她覺得對不起我們，她害了我們。

爸爸說：「對，我們就是要講清楚，所以去看公公。你們都很尊敬公公，對不對？請公公講家庭背景，最可信，對不對？」

舅婆婆走過來，問：「開飯嗎？我去端過來。」

爸爸看著我，問：「吃過飯再去，好嗎？還是現在就去？」

我說：「我不吃，不餓，我要現在就去問明白。」

媽媽輕聲對爸爸說：「還是馬上就去吧，回來再吃也可以。」

爸爸招呼我們三個，說：「換乾淨衣服，我們去看公公。」

公公這次來北京開會，爸爸媽媽沒有說起過，我們還沒有看過他。他住新蓋好的民族宮飯店，在西單口上。從西四去，不過五站路，一會兒就到，一路沒人說話。坐電梯上樓，敲開房門，公公站在屋裡等我們。婆婆沒有來，房間裡很安靜。

我們順次走進去，媽媽是最後一個，經過公公身邊，眼淚滴答。

公公輕輕撫摸媽媽的頭髮，低聲用湖北話說：「莫哭，琴薰，莫哭。」

爸爸站在房間中央，裝著笑臉，問候：「伯娘可好？」

公公揮手，讓我們坐：「她好，給你們帶了水磨年糕來。怎麼都站著，請坐，請坐。寧寧和弟弟今天是主客，坐這兩個沙發，我坐這裡，對面好講話。爸爸、姆媽和妹妹是陪客，隨便坐好了。」

我和弟弟聽了，坐到窗前燈下的一對單人沙發上，中間隔一個茶几。爸爸抱著妹妹坐在書桌前面的椅子上。媽媽獨自一人，垂著頭，坐在床沿邊。公公在屋裡踱步，很久沒說話。

房間裡靜得出奇，幾個人都憋著呼吸，不敢出聲，公公的腳步在地毯上也沒有聲音。我曉得，渾身一陣陣發冷，等著噩耗宣布。

公公終於開口：「你姆媽的父親叫做陶希聖，他是你們的親外公。我是他的哥哥，所以你們姆媽叫我伯伯。你們的親外公現在是在台灣，是國民黨的高級官員。毛主席一九四九年親自點名國民黨高級戰犯，他算其中一個。這些說法都不錯，但是他並不是一個惡人。他早年在北京大學念書的時候，參加過五四運動，後來又參加過北伐戰爭、抗日戰爭。他熱愛祖國，一生為中華民族復興而戰。」

我聽著，公公的聲音彷彿來自天外，很遠很遠，難以辨別真假。但是一個字一個字又如此確切，像鐵鎚，不停砸在我心頭。

公公告訴我們，外公是蔣介石的文膽，主持中國文化新聞宣傳幾十年。蔣介石那本有名的書《中國之命運》，是外公執筆替蔣介石寫的。外公是個文人，所謂文人從政，做蔣介石的幕僚。公公和外公是親兄弟，生在同一個家庭，都在陶盛樓長大，都在北京大學念書，都是中國有成就的人。兩個人性情品格都差不多，也很親近。公公是怎樣一個正直的人，外公也就是怎樣一個正直的人。如果我們尊敬面前的公公，把他當作一個慈祥可親的長輩，我們也應該用同樣的尊敬來對待我們的親外公。

媽媽抖著手，從衣服口袋裡拿出一個小紙包，遞給公公。公公接過來，走到我們面前，小心地打開，取出幾張照片，一一遞給我們。

那是些很舊的黑白照片，是外公、外婆和媽媽的照片。媽媽上小學的時候照的，上中學的時候照的，上大學的時候照的。有的是外公一家一起合影，有的是媽媽獨自一人。其中有一張，是太家婆抱著一個胖娃娃照的，她身後站著家婆和媽媽。公公說，那個胖娃娃就是我。

我抬起眼，看見媽媽坐在床邊，低垂頭，兩手蒙臉，無聲痛哭。我很想過去摟住她，可是我動彈不了，李老師的話，像尖刀一樣，剜在我心頭，無法拔除。何去何從？我現在面臨選擇，選擇媽媽，還是選擇黨？我們從小在學校受教育，要求我們作共產黨的忠誠後代。我們從小背誦毛主席的語錄：世界上沒有無緣無故的愛，沒有無緣無故的恨。人的一切感情都按階級劃分，絕沒有超越階級的人情和人性。毛主席斷定，不屬於同一階級，父子間不會有父愛，母女間不會有母愛。我要是熱愛毛主席，就不能愛國民黨。我要是忠於毛主席，就必須跟母親決裂。只要我現在走出這間屋子，離開媽媽，背叛這個家庭，忠於黨和毛主席，我就可能得到光明燦爛的前途。我可能入團，可能入黨，可能做官，一切都解決了，一切都有了，什麼都不用再愁，永遠沒有煩惱。

可我做不到，我站不起來，我邁不開步，我走不出這個房間，我離不開媽媽，我背叛不了這個家。我知道我應該恨外公，可我恨不起來。我知道我應該恨媽媽，可我恨不起來。看來我不能聽從毛主席的教導，站不穩革命立場，我沒有希望，不可能入團，更沒有希望入黨。我在中國的前途，永遠完結了。

但我不肯甘心，又問：「那麼，姆媽是不是右派分子？」

公公馬上毫不猶豫，很堅決地回答：「不是！」

這一點，李老師說錯了。我聽了，不知是該高興，還是該悲哀。我知道，媽媽不可能是革命的敵人，媽媽不會是凶惡的壞蛋。可恍恍然間，我又聽見公公講：媽媽從一九五七年到一九五九年曾經是右派分子，現在右派帽子摘掉了，老師不該繼續把媽媽當作右派分子來對待。原來如此，我又墜落萬丈深淵裡，仰起臉來，頭上不見藍天白雲，到處漆黑一片，只有一洞光亮，似隱似現，縹緲恍惚，高不可攀。

爸爸解釋，許多年來，為了讓我們兄妹三人能與其他少年一樣生活，他們一直拖延著，不想把這些家庭背景的事情全部告訴我們。他們曉得，一旦把一切告訴給我們，我們純真的少年生活就不復存在。五七年媽媽被劃作右派之後，曾親自跑到宏廟小學，跟學校黨支部書記說明自己的情況，家裡從沒有把這些政治變化告訴過我們。兩年以後，媽媽的右派帽子摘掉以後，媽媽又獨自跑到宏廟小學，向學校黨支部書記匯報。我考上中學，媽媽又曾親自跑到學校找黨支部書記，再次把自己的政治情況做了匯報，同時說明我們幾個孩子不了解家庭背景和媽媽的右派問題。

我恍然大悟，為什麼小學三年級，我當上中隊長，自誇長大要入團入黨，媽媽聽了會突然吐血？為什麼小學五年級，媽媽不許我轉學去解放軍藝術學院？答案原來如此。我呆呆坐著，說不出話，只覺得心口憋得喘不上氣來。

過了一會兒，公公說：「你們一定還沒有吃晚飯，一起下去，邊吃邊談。」

「我不要吃。」我扭一下身子，大聲說。

媽媽看我一眼，也沒有動彈。

公公走到我面前，提高聲調，對我說：「這叫什麼？不吃飯，生氣嗎？跟誰生氣？跟姆媽生氣嗎？我一直把你姆媽當自己女兒。不管發生什麼，她還是我的女兒。我愛她，婆婆愛她。」

媽媽聽了，痛哭失聲，從床沿上滾落下來，跪倒在公公的腳前，兩手蒙臉，淚水從指縫中瀑布般瀉下。

爸爸舉手抹自己眼淚。妹妹喊叫著，從爸爸膝上跳下，衝過去摟住媽媽嚎哭。弟弟也從沙發上起身，走過去，站在媽媽身邊，無聲流淚。

我強忍著自己心頭的顫抖，堅持坐著不動，兩手緊抓住沙發扶手。

公公又說：「你如果不要姆媽，對我講，我把她帶走，帶到我家裡去。」

妹妹聽了，高聲叫：「姆媽，你不要走，你不要走。」

弟弟也蹲下身，摟住媽媽，喊：「姆媽，不要走，我不惹你生氣。」

我終於不能再忍受，跳起來，叫著：「姆媽，姆媽……」向她撲去。

媽媽張開兩臂，把我緊緊摟在懷裡，哭著說：「寧寧，寧寧，姆媽對不起你們，姆媽對不起你們……」

我痛哭。我為苦命的媽媽痛哭，也為苦命的自己痛哭。我為從小建立的一整套人生理念剎那間徹底坍塌而痛哭，也為自己終於選擇媽媽而拋棄共產黨而痛哭。這一瞬間，我曉得，從今以後，在中國的土地上，我是一個反革命狗崽子，必須時時刻刻在社會最底層掙扎，看人臉色，聽人辱罵。我覺得難以忍受，禁不住渾身發抖。

仰起臉來，我看見，媽媽眼睛裡滿是淒楚和悔恨，她愛我們勝過愛她自己。十幾年了，媽媽的心已經被一層又一層殘酷的冰雪覆蓋，我不能在這些冰雪上面，再讓她加一層失去兒子的嚴霜。媽媽所以經受這麼許多磨難，還頑強地活下來，就是捨不得離開我們。如果我棄家出走，媽媽的生命一定就完結了。我不能那樣做，不管毛主席說得多麼斬釘截鐵，我知道，我內心裡不能恨我的媽媽。我愛她，不管她是誰，她是好人或者壞人，她是親人或者敵人，我都愛她，超越一切政治理念，超越一切階級界限，毫無任何附加條件，我只是愛媽媽，從我的心底發出，充滿我的血液。

如果地獄的火從此在我身邊燃燒，就讓它來燃燒吧，我不後悔，我願意忍受。因為就算我被燒得體無完膚，骨頭焦黃，燒成粉末，我仍然曉得，不管我將遇到怎樣苦難的未來，這個世界上，永遠有媽媽愛著我，跟我在一起，這就夠幸福了。就算我入了團，入了黨，做了官，如果沒有媽媽的愛、親人的愛，每當夜深人靜，獨臥涼席，我會多麼難過。我能想像，有權有勢的時候，人人會奉承，想方設法拍馬屁。可一旦落了難呢？那時候，整個天下只有母親才會無私地站在自己身邊。我怎麼能為了一點點分文不值的政治前途，而離開無比愛我的媽媽。

媽媽摟著我，喃喃叫：「寧寧，寧寧……」

我摟著媽媽，喃喃叫：「姆媽，姆媽……」

從那之後，我像以前一樣起床，一樣上學，一樣做功課，可我永遠變了。我再沒有找學校任何一個老師談過一次話，平時見到老師，我甚至設法躲開，不對他們看一眼。我從此沒有再提過一次要爭取入團或入黨，再沒交過一份申請書，再不對任何政治理論感興趣，再不參加學校任何政治活動。我連給教室打掃衛生都懶得再做，留給那些要爭取入團的同學做去吧。我曉得，我的生活只屬於過去，或者屬於那無法預料的遙遠未來。

過了一個多月，星期天早上，媽媽要我跟她一起到前門郵局去，她要郵寄一個包裹，而我最會釘小木箱。我把釘子釘錘裝進書包，跟媽媽出了門。在公共汽車上，我們照例站在車尾角落裡，面對玻璃窗，避開旁人。其實車裡擠得要命，人人都臉對臉，大聲講話，滿車轟轟響，誰也聽不清誰。

我問：「為什麼一定要到前門郵局去寄呢？西四郵局也可以寄包裹。」

「我是寄去國外，整個北京，只有前門郵局可以寄信到國外。」

「那麼是寄給外公和舅舅們了。」

「以前我寄東西，只能縫布袋，從來不寄容易打破的東西。現在你可以幫忙釘木箱，我寄些景泰藍瓷器給他們。外公快過生日了，寄去當作生日禮物。」

「你想他們嗎？」

「想，當然想，很想。」

「外公很凶嗎？」

「為什麼會這樣問？」

「做大官的人，都很凶。」

「不，外公一點都不凶，他講話都不會提高聲音。外婆倒是凶，罵起我們來很厲害。我是家裡的老大，又跟著外婆分擔過許多苦難。所以外公外婆都讓我幾分，我的脾氣就寵壞了。我在家裡管弟弟們管慣了，脾氣大，比外公還凶。」

我聽著，不說話。我無論如何記不得外公外婆怎麼抱我，媽媽給我看照片，講給我聽，我也記不起來他們的模樣。我問：「外公寫文章一定寫得很好。」

「那沒錯，我親耳聽外公講過一句話，說全中國只有兩個半人會寫文章，一個是陳布雷，一個是他自己。別人一概不會寫文章，加在一起只算半個。」

外公那麼狂嗎？我聽了，胸膛膨脹起來。從小到大，我心裡一直充滿驕傲。可學校裡反對個人名利思想，我只有天天裝孫子，不敢表現自己的驕傲，所以我佩服那些敢驕傲的人。外公有這種驕傲，馬上贏得我的無限崇敬。我真盼望，有一天，我也敢說出這樣一句話來。我問媽媽：「我可以給外公寫封信嗎？」

「不可以，你寫的信，寄不出國。」媽媽說完，又補充，「不過你要講的話，我可以在信裡替你講給外公聽。」

「你怎麼可以寄？給國外寫信，要有特別許可嗎？」

「對，否則前門郵局也不給我寄。郵局不寄走，誰也收不到。」

「所以你的信政府都檢查？」

「對，回信也是他們先看過才給我。」

「實際上你自己想說的話，在信裡都不能說。」

「我不能寫我們這些年受的罪，也不能說我多麼想出去看他們，可是我能告訴他們，我很愛他們，很想念他們。政府允許我給海外寫信，有他們的目的，可是我也利用這個便利，跟外公、舅舅們保持聯絡，至少他們現在曉得，我們都還活著。」

我不再說話，從來沒有如此深切地感受到，自由多麼難得可貴。

媽媽嘆口氣，說：「我知道你心裡難過，可是不管怎麼苦，還是要活下去。姆媽這樣過了很多年，還要繼續過下去。」

「我沒有不要過下去呀！再說我心裡也沒有什麼可難過的。我現在不再爭取入團，更不想入黨，倒覺得輕鬆了。」

「你早早退出少先隊，摘掉紅領巾，不再到少年宮合唱團去練唱，不去北海少年科技館活動，不參加學校任何球隊和課外活動，作文也不參加學校展覽，不投稿發表，好像就是要停止生活的樣子。我和爸爸就是怕你們這樣，所以以前不對你們講家裡的背景。你看，你現在知道了，就變得這樣消沉。」

「跟家庭背景沒關係，我只是長大了，覺得那些事情沒意思了。」

前門郵局就在老前門火車站旁邊，新火車站通車以後，前門火車站就只作全國火車售票處了，不再通車，可門前仍然每天人山人海。前門郵局不是個普通的郵局，平常市民不必到這裡來寄信，所以不管外面馬路上有多少人，門裡大廳很空，櫃台窗口有的有一兩人，大多完全空著。沒有人，所以也安靜，沒人吵鬧。

媽媽很熟悉，進了門，直接走到一個櫃台前，窗上掛個牌子：寄往香港。我站在媽媽身後，東張西望，頭一次到這個地方來，心跳得厲害，這是北京唯一通往外國的地方。我甚至希望自己變成一張紙，夾在媽媽要寄的木箱裡，寄出國去。

媽媽轉過身，把手裡的木箱遞到我手裡，說：「好了，寧寧，檢查過了，你幫我釘起來吧。你釘盒子，我填表。」

我接過木箱，蹲下身子，從書包裡取出釘子釘錘，釘木箱蓋。釘子很小，敲起來聲音很小，可在空曠的郵局大廳，帶著回聲，聽起來很響。我釘好木箱蓋，站起來交給媽媽。

媽媽接過，把木箱遞進窗口。窗口裡的人說：「好了。」

我把釘子釘錘塞進我的書包，跟著媽媽轉身，往郵局大門走。到門口，媽媽忽然站住腳，輕聲對我說：「寧寧，我對你有一個希望：好好念書，考上一個好高中，然後考上一個好大學，將來做個成功的工程師，做出成就來。那麼你可能有機會出國，可以幫我寄一封我自己的信給外公和舅舅們。」

我抬起眼睛，望著媽媽，發現媽媽臉上布滿細密的皺紋，兩個眼裡閃著淚光，殷切地看著我。我點點頭，說：「我保證，姆媽，我保證。」

媽媽不說話，手摟著我的肩膀，臉摩著我的頭髮，推門走出去。

九十二

「我今天到頤和園去看玉蘭花了。」晚飯時候，媽媽在桌上擺碗筷，喜笑顏開地對我們說，「撿回來兩片玉蘭花瓣，你們沒聞到屋裡的香味嗎？」

爸爸說：「你今天怎麼有空去頤和園？又不是星期天。」

「不是我要去，也不是我不帶你們去。是我的學生一早到學校，拉著我就走。他們請客，開汽車來接我去的。」

爸爸坐到桌邊，問：「學生請什麼客？」

「從調到外語補校，這個班跟我學了一年半，所以請我看玉蘭花。」

「你喜歡看玉蘭花，走到哪兒說到哪兒，人人曉得。」

「那又不丟人，有什麼不可以講。」

我們都坐好，開始吃飯。

爸爸又說：「所以你們今天玩了一天，沒上課。」

「還上什麼課。這班學生還沒結業，已經全部考上外語專科了，兩個上大學外語系。學生們還送給我一面錦旗，你們看。」媽媽說著，到自己皮包裡，取出一面三角小紅旗，上面繡英文黃字：TO THE BEST TEACHER，MS. TAO。

爸爸帶頭鼓起掌來，我們都跟著鼓，嘩嘩地笑。

媽媽很早就想離開全國總工會機關，去教英文，終於在一九六二年成功。她在家休息了一個月以後，接到通知，被分配到一個叫做外國語補習學校的單位，教授英文。這學校沒有自己的校園，借和平門一所中學幾間教室開課。既是補習學校，什麼樣的學生都有，上課時間，有幾天在上午，有幾天在下午，有幾天在晚上。

「看來你有教書的天才，教得好。」爸爸繼續說。

「我是用心而已。我教這個班，連教材都不齊全，要我自己找，自己編，在家裡自己做錄音，做圖片，做了許多努力，所以才能成功。」

確實的，這一年多，幾乎每天深夜，爸爸和媽媽都面對面，坐在裡屋書桌邊工作，經常到凌晨一兩點鐘。

媽媽說：「辛苦是辛苦些，可是很高興。教書這工作，能看到學生一班一班學出來，畢業升學，總會很滿足。」

「學生們大多也懂得感謝老師，所以請你去看玉蘭花。」
「這話不錯，學生們單純得多，不像機關裡的上級領導和同事。」
「那要看老師好不好。」我插嘴，「學生只感謝好老師，整天罵壞老師。」
「五三年初，爸爸剛調到北京，我還留在上海，教工會業餘學校。那些學生也曾要請客，陪我去遊一天杭州西湖，他們也送我一面錦旗。」
我說：「他們那樣喜歡你，你為什麼不在上海教下去，要跑到北京來？」
「我們沒去成西湖，第二天學校就關了，我再沒見到過那些學生。上海市委說我們學校參加三反五反運動不積極，所以要關。」
爸爸說：「我怎麼不曉得，這些你當時都沒有寫信告訴我。」
「告訴你幹什麼？你又幫不了忙，只弄得你不安心。可惜那些學生，剛開始學習文化，正在興頭上，就停了。」
爸爸忽然轉話題，說：「我用業餘時間編了一本《〈毛澤東選集〉一至四卷註釋索引》，只想自己翻譯毛選的時候便利一點，沒想到，社裡印出來，發給全社使用。副社長還以社編輯委員會名義，在全社對我公開表揚。但願從今以後，我們家的日子能慢慢好起來，大家都省點心。」
「我也這樣希望，現在我覺得心情舒暢多了。」
舅婆婆走進屋來，說：「又到月初了，要去買東西了。」
「哦，對了，還是讓寧寧去，我去拿購貨本。」媽媽說著，跑進裡屋，取出一個小本，裡面夾些紙幣，說：「這是本兒和五塊錢，曉得買些什麼嗎？」

我拿起小本翻看，說：「每月兩次，千篇一律，記不住成大傻子了。」

爸爸喝著一杯清茶，忽然說：「仔細想想，有些知識分子也是有點過分，不懂得要夾起尾巴來做人。只要我們自己曉得謹慎小心，他們還是會通情達理的。」

媽媽看爸爸一眼，不理他，繼續對我說：「聽說這個月有核桃，你去問問，買一點，爸爸喜歡吃核桃，補腦。」

我把小本子揣在口袋裡，站起身，走出屋子。我最煩爸爸這樣，聽幾句好話就感激涕零，又要說士為知己者死那套話。三句好話就算知己？白日作夢。

過幾天，到了一號，下午放學，我提個布袋，到西四副食店。兩扇四開店門裡外，都沒人。除四害沒消滅光的麻雀，這兩年繁殖起來，一群一群，在店前人行道上蹦跳，滿地找東西吃。中央不號召，就算麻雀每年消耗一半收成，也沒人理會。

店裡貨架都空著。豆製品貨架，連意外掉落的一根豆腐絲都找不到。菜架上只有幾棵大白菜，早已外面黃裡面爛，流黃湯，還擺在架上充數。佐料貨架也是空的，只有貨架前立兩個大缸有東西，發出惡臭。一缸醬油，缸口飛舞蒼蠅，缸邊爬滿蛆。一缸醋，液面上結一厚層黃白硬物。店裡售貨員比貨多，也比顧客多，實際一個顧客都沒有。售貨員們都斜依著貨架，打毛衣，閒聊天。

肉鋪案上，好像展覽，有一條豬肉皮，不比那條切肉刀長，連著一指厚的鬆散白油，看不到一絲紅色瘦肉。售貨員站在案後，兩手撕包肉的廢報紙解悶兒，撕成一條一條以後，再開始一輪，把撕碎的報紙條撕得更窄，滿手沾油，光亮烏黑。我走進旁邊又一個小門，門上什麼標記都沒有。經過一個小窄過道，又有一道小門，推開走進，裡面是一個特殊副食店。爸爸根據工資級別，算高級知識分子，機關發了個高知購貨本，所以可以進這個特殊副食店，買些外面買不到的副食。因為手續複雜，舅婆婆說不通北京話，所以每月兩次，我到這裡來買特別許可的副食品。

這裡可以算是物資豐富，貨架有一半放了東西，鍋碗瓢盆，油鹽醬醋，也算齊全。我照例買了一斤白糖，一斤大豆，半斤食油，一斤豆腐乾，一條恆大菸。每個櫃台的人都在爸爸的購貨本上蓋過章，然後稱出東西來，放進我的布袋裡。這個月果然有核桃，一個本一斤，我買了一斤。還買了一斤皮蛋，本月特供。因為買了皮蛋，舅婆婆專門煮粥做晚飯，切兩個皮蛋，擺一小盤，倒些醬油，還擺一碟剝好的核桃仁。媽媽給爸爸倒一小杯葡萄酒，放在一邊。那是過春節供應，拿特別購貨本買的，一直沒喝完。

爸爸坐下一看，眉眼就笑起來，急不可耐，舉起筷子，搛一片皮蛋，放進自己粥碗裡，夾成兩半，把一半放進嘴，瞇住眼睛品嚼，好像吃的是人參果。

媽媽說：「有個消息宣布一下，我又要調工作。」

爸爸大吃一驚，問：「怎麼又調？前些天才說外語補校教得好好的。」

「誰曉得呢。」媽媽說，「今天上午接到通知，要我到北京市教師進修學院見個人。我中午去了，是外語教研室主任郭其普。我們談了談對中學英語教學的看法，他對我說：進修學院接到北京市教育局的通知，調我到外語教研室做教研員。他和教研室同事都很歡迎我，希望我同意，馬上去上班。」

「那麼外語補校呢？」

「外語補校本來只是一個臨時應急性的單位，連地方都沒有，怎麼也辦不長。聽說當初辦起來，是因為北京市委幾個高幹子女高中畢業，沒考上大學，需要補習。現在這批子女補習完了，都考上高校了，補校也該散夥了。」

「那你還算走運，學校散夥以前，找到了個去處。」

「下午回補校跟學生講，才曉得，還是我這班學生幫的忙。他們大部分家長都是北京市委高幹，在家裡聽說外語補校今年夏天要關，覺得我很用心教他們，幫了他們大忙，所以商量幫我找個新工作。他們覺得讓我教中學生屈材了，調我去大學，他們辦不到，所以想出個辦法，調我到教師進修學院做教研員，夠身分。他們各自出馬，分兵幾路，說服父母，疏通環節，從北京市委下通知到市教育局，又下通知到北京市教師進修學院，算是給我安排了這份工作。」

「朝內有人好做官。」

「教師進修學院是北京市教育局直接管的單位，學員都是北京各中學的英文教師。」

「來，慶祝，慶祝，也該給你倒杯酒喝。」爸爸說著，給媽媽倒酒。

「在進修學院，可以得到更多資料和教學實例，把我這兩年編的教材補充一下，系統一下，也許可以出版幾本中學英語教材，或者英語教學方法的書，提高北京市中學英文教學水平，幹出點名堂來。」

「山窮水盡疑無路，柳暗花明又一村。」

「苦幹幾年，也許還可以到大學去教書，圓我做教授的夢。」

「剛好了一點，又開始做美夢。」

「有夢想生活才幸福。」媽媽笑著說，「希望苦盡甜來，我們開始好日子。」

九十三

我考上北京男八中高中，那是北京市最好的高中之一，在按院胡同，跟學院胡同隔一條街。學院胡同是媽媽早年在北京念小學時住過的地方，騎車經過學院胡同的時候，我不免想，媽媽讓我上八中，是不是想讓我每天經過學院胡同，永遠記住這地方，記住她的家庭歷史？

晚上媽媽回到家，一邊擺桌子吃飯，一邊問我：「學校怎麼樣？」

「我們八中操場裡有個游泳池，全北京只有兩所中學有游泳池。」

「所以你們都驕傲得不得了。」

「男八學生當然驕傲，走到哪兒說是男八學生，人都另眼相看。」

「才上一天學，就有這樣的感覺了嗎？那也得名副其實才行。」

「男八的高中生更驕傲，連本校初中生也看不起。初中學生，不許進高中樓，那是男八的傳統。」

「這可了不得，你們高中樓裡藏龍臥虎呀？」

「這話不假，有個高三同學，叫做陳小魯，個子瘦高，圓圓腦袋，尖下巴長些短鬍鬚，褲角捲起一點，像個老漁民。你們曉得他是誰？他是陳毅元帥的公子。」

爸爸說：「他還是中國副總理兼外交部長，在世界上也很有名氣。」

我說：「我們班隔壁高一四，有個小個子學生，平平常常。你們曉得他家住哪兒？住中南海，每天騎車走中南海北門回家，他是李富春的公子。」

爸爸說：「副總理，中國經濟計畫的最高主管。」

「你們八中怎麼盡是這樣大官的孩子呢？」

「還有個王小明，個子極高極瘦，知道他爸爸是誰？四機部長王錚中將。紅軍在井崗山打游擊的時候，連電台也沒有，根本沒有通訊聯絡這一說。長征時候，沒聯絡不行了，眼看要完蛋。這個王錚，那時候在國民黨部隊裡管電台通訊聯絡，帶了部下，投奔紅軍，算是給共產黨創立起無線電通訊，這才完成了長征。」

爸爸說：「難怪他做四機部長，四機部管電子通訊工業。」

「還有個鍾里滿，你們曉得是誰的兒子？鍾惦棐。」

爸爸知道，說：「原中宣部副部長，電影局局長，寫了篇〈電影的鑼鼓〉，打成大右派，名氣很大很大。」

「我們班三十幾個學生，有十個將軍的公子。今天上課，都穿著草綠軍裝，只是沒配戴肩章領章。互相一說，都是從木樨地幾個兵種總部大院騎車上學，總後大院的，炮兵大院的，裝甲兵大院的，海軍大院的，空軍大院的，通信兵大院的。」

「他們都還好嗎？我曉得，很多高幹子弟很驕傲。」

「這才一天，誰都還不認識誰。我們班有個同學，叫楊樹東，早上來上學，坐的大吉姆車，開到校門口，司機下車給他搬行李，穿的軍裝，戴著領章，上士。」

「我們中大那時候，那麼多高幹子弟，也沒有坐小汽車上學。現在孩子上中學，就坐小汽車嗎？」

「你在上海上中學，還不也是每天小車接小車送。」

「那是日本特務機關要監視我們，所以才派車，我們不坐都不行。我在北平、香港、昆明、重慶念書，每天都是自己走路坐公車，從來沒坐過小汽車。」

爸爸說：「你以後跟這些同學交往講話要小心，他們是共產黨幹部第二代，一定很革命。」

「不用擔心，他們不會來跟我講話。上課下課，他們自己在一堆兒說話。我又不去巴結他們，他們怎樣，與我無關。」

「從小老師給你的操行評語，總說你驕傲自滿，看不起別人。你要注意群眾關係，別對那些高幹子弟愛理不理。工農兵幹部，對我們知識分子很敏感。他們可以對我們擺架子，不理我們。可如果我們不主動找他們問候問候，他們又當我們驕傲，看不起他們，罵我們臭清高。」

「高幹子弟怎麼了？又不是三頭六臂，比我們更聰明？如果國民黨沒打敗，我也是高幹子弟，又怎麼？一朝天子一朝臣，用不著犯狂，說不定三十年河東，三十年又河西。」

媽媽很緊張，說：「寧寧，這話說不得，認為你要翻天，會當反革命的。」

「別害怕，姆媽，不會的，我怎麼會到學校說這些話。」

「總而言之，你不要管別人怎樣，只管自己讀好書，考上清華北大就成了。」

「學校今天宣布，明天開始練隊，所有高中生都參加。每年國慶遊行，男八中是體育大軍游泳隊。」

媽媽喜笑顏開，說：「你看，上八中可以參加國慶遊行，多光榮。」

「三十一中高中是體育大軍啞鈴隊，初中生參加不了，所以我沒去過。」

「游泳隊只有男生嗎？」

「一個方陣，一半男生，一半女生。師大女附中出女生。」

「師大女附中可是北京最好的女中，不比八中學差。你們一塊練習，可有得看了，比比哪個學校更棒。」

「現在又不一起練，先分開練兩星期，才合練呢。」

媽媽問：「朱光老師的大女兒朱小柔不是在師大女附中嗎？」

朱光老師是北京新影樂團首席，我和弟弟的小提琴老師。他的大女兒跟我同歲，讀師大女附中。小女兒朱小苗跟弟弟同歲，在《花兒朵朵》裡演報幕員。她們媽媽莽一萍，是北京電影製片廠名演員，演過許多電影，剛拍完《崑崙山上一棵草》。

「你提這幹麼？我跟她們又不熟，沒說過話。」

「隨便說說，也許你們練隊會遇見。」

「五百人，都排在隊裡，誰會遇見誰。」

說說好像一件簡單事，練起來可真夠受。從九月開學，到十月一日國慶節，一共就一個月練隊時間，還要正常上課，所以練隊是大強度。我們每天下午一放學，馬上集中到學校大操場上，按個子高低排隊。我身高一米八○，排在頭一列第七名。

除了學校體育老師，北京市還派來訓練員，訓練我們怎樣排隊，怎樣擺臂，怎樣抬腳，怎樣邁步。一天下來，兩條胳臂疼得抬不起，回家做功課，寫字都困難。

媽媽晚上幫我用熱水敷腫了的胳臂，問：「這樣子要練一個月？」

「這算什麼？甩甩胳臂還算輕鬆的，練起走步，更苦了。剛開始，大家拔慢步。走一步，抬一條腿站著，教練們拿尺子量抬腳高度和角度。」

「你腿也疼得要命了？」

「腿都腫了，大腿根最疼，抬一抬都疼，也要敷一敷。」

「你從小有頭昏病，四年級全校集合聽講話，你就昏倒。」

「反正抓緊時間，一說休息，馬上坐地上養神。國慶遊行，頭等政治任務。」

媽媽摸摸我的腿，沒說話，然後要我脫了鞋襪，泡熱水腳。

「碰上師大女附中也在天安門練隊，所以算是第一次合練。」

「看見朱小柔了嗎？」

「姆媽，你怎麼這麼麻煩，老提她幹麼。女生在前頭，我們在後頭，只看見一大堆黑頭髮後腦勺，看不見臉。」

「反正你們這年齡的男生，總覺得自己了不起，看不起女孩子。將來有一天，你們得追著人家的屁股跑，求人家跟你們要好。告訴你，人家女附中的教學水平比你們高，起碼英語課比你們八中教得好。」

「體育教研室通知我，國慶過後，要我參加學校田徑隊，加緊訓練，準備明年春天參加北京市中學生運動會。」

「從小你是踢足球、打籃球、練體操，沒練過田徑，怎麼突然要練田徑？」
「我們上體育課，學跨欄跑，沒幾個學會的，只會跳，不會跨。我跨得最好，跑得最快，老師讓我做示範，還要參加田徑隊。」
「你掌握著點時間，這些課外活動多了，影響將來上大學。」
「如果我在北京市中學生運動會上得了名次，清華北大都會搶著要我。他們參加全國大學生運動會，要我去給他們爭名次。」
「現在是高中，功課多了。」
「那點功課沒什麼，一看都會，用不著上那麼多課。」
「你又來了，驕傲自滿，不知天高地厚。」媽媽戳著我的頭說，滿臉是笑。
一星期六天，整整四星期，我們每天操練，看看已經達到完美標準。我也累壞了，好比死而復生，再覺不出累來。
九月二十七日，正是我的生日那天，老師通知我：「今天開始，你不再參加練隊，國慶遊行你不可以參加。」
從那之後，我再也沒有看過一次國慶遊行，因為那個國不是我的。

九十四

媽媽早上專門拿髮捲燙了頭，她的頭髮還是油黑油黑的，一根白頭髮都沒有，稍稍一燙，蓬鬆跳蕩，很好看。她穿了一件小蘭花的短袖襯衫，手上拿了件長袖制服備用，天涼時披一披。襯衫紮在海藍色的長裙裡，顯得媽媽很年輕。

妹妹拍著手笑，說：「我們去找爸爸，所以姆媽今天特別漂亮。」

媽媽假裝生氣，說：「瞎說八道，老夫老妻了，還找什麼？」

國務院批准外文出版社升格為國務院外文出版局，局領導在香山公園安排了一次療養，讓一批骨幹住在香山飯店，休息一個月。爸爸也算其中一個，我們一個多星期沒有見了。

爸爸站在香山飯店門口等我們，他為了迎接媽媽，今天也特意打扮了，穿著一件白襯衫，套了一件毛背心，香山氣溫比城裡低好幾度，手裡還拿了件制服。爸爸頭髮雖然禿了不少，可梳得很整齊。金絲眼鏡擦得很亮，顯得眼睛又大又清楚。

幾個外文局一起療養的幹部，也都伴著家屬，走出門來，準備上山。其中一個見到媽媽，就問：「老沈吹牛說他會自己做早飯，可是真的？」

爸爸得意洋洋說：「他告訴他們，沒什麼稀奇，我自己做吐司。」

「老沈愛人會自做吐司，是千真萬確。西洋書裡一天到晚寫吐司，總也不曉得是什麼東西。還是那次到老沈家，老沈愛人做出吐司來，這才曉得是什麼。」

「我家本來有個吐司烤箱，後來壞了，也烤不出來了。」

「老沈家哪裡有吐司烤箱，他愛人拿個細鐵絲編成的夾子，麵包切片，夾在夾子裡，放在火爐上烤，火不大，兩邊翻著烘烤，不焦不黑，發黃發褐，又香又脆。」

爸爸說：「這樣烤出來跟吐司烤箱烤差不多，再抹點黃油，味道很好。」

「所以老沈吹牛的早點，不過是麵包夾黃油？」

爸爸說：「哪裡有黃油，只有果醬。準確一點說，是兩片麵包乾抹果醬。」

大家這樣說笑著，分散開，一家一組，走出香山飯店門廳大門，羅俊局長突然招招手，喊叫：「等一等，等一等。」

我們大家都站住腳，回過頭，看著羅局長。他說：「你們這時候上山去，中午能趕回來吃午飯嗎？十二點半鐘開飯，開到一點半，誤了餓肚子。」

有人搖頭，有人點頭。有人提起手裡提包搖搖說：「我們準備了午餐。」

羅局長說：「那好，你們走吧。誰沒準備，到餐廳去，每人領一份午餐。」

「哇」一聲喊，準備的沒準備的，所有人都往餐廳裡跑。午餐一包一包裝好，裡面是一個圓果子麵包，一小盒餅乾，一塊桃酥，一個蘋果，一瓶汽水。我們拿了五包，分別裝在我和弟弟背的書包裡。從門廳裡走出去，看見羅局長和《中國建設》雜誌社書記魯平叔叔站在門邊，對大家擺手。爸爸問：「你們二位不上山嗎？」

羅局長搖搖手，說：「我們有些事，要打幾個電話，今天不去了。不要玩太久，回來一起吃晚飯，飯後還要討論事情的啊。」

爸爸笑了，說：「怎麼會，他們也還要回家，晚了怎麼坐車。」

羅局長說：「那倒不要緊，一家人都在這裡吃晚飯，吃過晚飯再走不遲，有車。不要再囉嗦，一言為定，我叫餐廳多準備些晚飯。」

羅叔叔是中國對外文化聯絡委員會的副主任，兩年前調到外文出版社兼社長，因為有個親戚住在頒賞胡同八號國務院宿舍，經常來。每次來，總要也來我們家坐坐，喝杯茶，跟爸爸聊聊天，所以我們都很熟。我們一個院子五戶人家，都是外文出版社的幹部和家屬，羅局長這樣常來我們家，媽媽覺得不安，怕惹起鄰居不滿意。

爸爸不在意，說：「不要緊，我們在社裡也算一個辦公室工作。羅社長從調來，一直很重視我，把我從《人民中國》調到社領導的一層樓上，撥給我一個單間辦公室，要我參加一些社領導的業務會議，擔任會議記錄工作，會後由我負責把紀錄整理成文件下發或者存檔。」

「人家不過表示團結知識分子，你別得意忘形。」

「怎麼會。聽黨委開會，我就渾身冒冷汗，哪裡還敢翹尾巴？我並不參加所有的黨組會議，只列席了幾次。有兩次是關於澄清業務思想的黨組會，要我做紀錄，整理報告。有兩次是黨組討論申請把外文出版社升格為國務院外文出版事業局的事，這份給國務院的申請報告，羅社長讓我起草，所以黨組討論的時候，要我列席，只聽，不講話。所以這次來香山，也要我來參加策畫外文局的行政和業務規畫。」

「你心裡有點數，不要讓旁人生出疑心恨意來，將來找你麻煩。」

「我也明白，看得出來。一些工農出身的老黨員幹部，看見讓我列席黨組會議，已經滿臉不快。」

拿好中午飯，我們走出香山飯店。我和弟弟先跑了，我只有在這樣的時候，旁邊沒有別人，置身自然之中，才覺得輕鬆。

十月金秋，是北京最美麗的季節。天空一片碧藍，又深又遠，好像一大塊透明的寶石，純淨無瑕，沒有一絲雲彩。輕輕的風吹著，搖動滿山楓葉，嘩嘩作響，好像一片湖水拍打沙灘，中間又時而彷彿聽得到一些清脆的鈴聲。

香山上的楓樹，密密麻麻，遮天閉日。抬起臉來，張望頭頂上那些圓形的紅葉，在背後強烈陽光照耀下，好像一塊一塊半透明的翡翠，一層一層掛在枝上搖動。偶或之間，陽光從枝葉中透下，落到地面，彷彿五色斑斕的彩線，絲絲縷縷，迷濛飄忽，讓人忍不住要用手去撥弄一下這些光線，聽它們叮咚作響。腳下是厚厚的落葉，走上去發出一陣一陣沙沙聲。我幾次彎腰，雙手捧起一抱落葉，朝天撒開，看落葉飛揚，落在我的頭上、臉上、肩上、身上。這個時候，我覺得融化在落葉之中，融化在大自然之中，幸福極了。

弟弟每次來香山，都要精心挑選收集幾片最奇特的楓葉，夾在他特意帶在身邊的一本小書裡。他選的楓葉，形狀要不同，葉邊曲線要絕對完整，沒有任何殘缺。葉色要純，黃色的金黃，紅色的火紅，不夾雜色，鋪設均勻。葉脈要清晰整齊，主脈直，支脈彎，沒有折斷，不帶雜紋。這樣的楓葉，在地面的落葉中很難找得到，可是弟弟只在落葉中搜尋，不到樹枝上去摘採一片。

妹妹也可以鬆開媽媽的手，自己跑，但只能在小路上跑，不准到樹叢中去。她當然也在路邊落葉中撿到一大堆落葉，可都破破爛爛，沒價值，拿一會兒，又丟掉。

爸爸跟媽媽並肩在小路上走，背著依稀的陽光，頭髮發著亮，身影碩長，緩緩搖曳，很像法國畫家筆下的一幅油畫。爸爸走著問：「那個魯書記，你第一次見吧？他是《中國建設》雜誌社的黨總支書記兼總編。外文局升格成功以後，前幾天羅局長找我商量，把我調到《中國建設》雜誌社去，就成他的部下。這次休養以後，就去上班。因為是羅局長親自派下的，魯書記對我很熱情，任命我在總編室工作，負責對全社所有稿件進行中文審定加工。這樣，我的職務雖不算總編，卻比社裡其他編輯都高一點。」

「看來，你很滿意。不過你記住，別讓別人因此罵你。」

「我還能要求些什麼呢？局裡社裡領導對我重視，我的工作自然會順利一些。前幾年受些挫折，經些苦難，現在好像都過去了，工作順利，生活穩定，心情也算舒暢，但願能長久下去。」

媽媽不說話，默默走路。

「你也講，在進修學院，工作順心得多，郭其普很理解你。」

「是。有一次我在教研室會上說：解放以後學生的外語水平比以前差，主要原因是師資水平太差。說過以後很害怕了一陣，不是又要讓人打成反革命了嗎？」

「我們講話確實要時時處處小心。我新近聽到一個政治術語，叫做：上綱上線。所謂綱，就是毛主席反覆強調的階級鬥爭的綱。所謂線，是毛主席從建黨就開始強調和運用的兩條路線鬥爭。這很厲害，不論講什麼話，不論什麼樣的意見，不論什麼樣的情況，人家一上綱上線，就成階級鬥爭，兩條路線鬥爭，你就無話可講。再說，不論你講什麼話，只要別人要害你，怎麼都能上綱上線，欲置其罪，何患無詞。」

「我講完那句話以後，怕了幾天。後來一次會上，聽郭其普說：前幾年大學裡不教英語，只教俄文，所以一直沒有培養出英語師資。解放前留下來的英語老師不夠用。近年一些俄文老師改教英語，水平很差。所以北京市中學英語水平提不高，影響了大學英語水平。大學生看不了英文科技文獻，教授學生都苦惱。他是領導，這樣一說，跟我說的一樣，我才放了心。」

「他講得不錯，局裡新分來的外院大學畢業生，英語都不好。」

「現在教外語，不講基本功。課本裡都是政治文章，以為背幾句政治術語，就可以表達。」

「說實在話，我心裡想了很久了，想寫一本講語言講翻譯的書。現在學外語的人，做翻譯的人，英文不夠好，中文也不夠好，既看不懂英文，也看不懂中文，還做什麼翻譯。」

「你這本書應該寫出來，中國很需要這樣的書。」

「我看你近兩年又開始買原文小說，用來編教材嗎？」

「我對英國文學還是有興趣，還想做些研究，寫幾篇論文出來。」

「寫出來了，我們去北大找俞大絪教授看看，請她寫篇序。」

「那還太早，得用幾年功才行。前些年整天亂七八糟，一點心情都沒有，什麼都不想做。到了進修學院，心裡安定，又想幹點事了，不知道能不能成功。」

「現在有這個條件，社會上也比較安定，從我自己的情況看，政府對知識分子也比較重視起來。你努力做，一定會成功。」

「別的都無所謂，只希望這樣的平靜能夠多持續幾年，我們年紀都不小了，再不抓緊努力，個人事業就完了，一事無成。」

說著話，我們登上了香山峰頂鬼見愁。雖然滿山是樹，偏偏頂上一棵樹也沒有，光禿禿的。沒有樹陰，乾曬起來，太陽還是很毒。

外文局的幾組同事們，也都三三兩兩登上峰頂，擦汗說笑，後來三人一堆，四人一夥，散漫圍坐一地，開始吃午餐。爸爸拉著妹妹，跟大夥坐著，一起吃飯。我和弟弟還在跑。媽媽一個人走到鬼見愁前端那塊大岩石上，坐下來。

這是北京的一大奇觀，十月楓葉紅了，從山頂鬼見愁朝山下望，整座香山，一片火紅，順著山梁，好像翻著紅色波浪，此起彼伏，層層疊疊，深淺變化，引動人的百萬情種，神思遐想。

天空很藍，發著亮，太陽像個火球，把大地上的蒸氣都已燒乾，所以山下很清朗，彷彿可以看見山腳下廣闊田野裡的飛鳥。極遠處，有一叢煙囪，像筆管那樣立著，往藍天裡噴冒白色灰色和黑色的煙霧，直直向上，深入天際。一隻蒼鷹在山下不遠處盤旋，悠閒瀟灑，自由自在。頤和園的昆明湖好像一粒藍珍珠，甚至能看清彎彎的十七孔橋，佛香閣的金頂黃瓦更是清晰可認。再往南望，灰濛濛的，就是北京城，可是看不清。天地相連處，浮蕩一層紫氣。

我拿著果子麵包和汽水，下到鬼見愁前岩石上去找媽媽。

她面朝南坐在岩石的邊緣上，整個身體好像懸空，貼在寬廣無垠的藍天背景上，兩手抱著膝蓋，瞇著眼睛，瞭望遠方。她這樣坐著，一動不動，彷彿一座雕像，只有微風撫摸她的頭髮，輕輕飄舞，顯著生命的律動。

我移了兩步，可以看到媽媽的面容，靜靜凝視她。

媽媽瞇縫的雙眼邊布滿皺紋，那是宿愁舊恨的記錄。媽媽腰微微駝著，兩肩下墜，彷彿即使在這高山之顛，她仍然承受著難以支持的重壓。媽媽臉色很暗淡，沒有光彩閃動，完全凝固，是不是此刻她的內心也如此困頓，如此淒涼。媽媽雙眼瞇縫，似睜似閉，是因為那自然的風吹，還是因為內心的悲哀和苦痛。

我低下頭，禁不住自己也覺得淒涼。我想起媽媽過去給我講解過的許多歐洲雕像藝術，也想起媽媽過去給我講解過的許多歐洲藝術詩篇。不論是歡樂還是悲苦，心靈的真誠才顯示美。沒有經過痛苦的折磨，美就沒有分量。就像但丁、莎士比亞、貝多芬、米開朗基羅創作的無數詩篇所表達的一樣，媽媽此刻的神色身姿，顯現出人類最痛苦的靈魂，最悲哀的情感，最崇高的人性美。

我悄悄走過去，蹲在媽媽面前，輕輕問：「姆媽，你在想什麼？」

媽媽低下頭，看著我。眼睛裡平時亮晶晶的那粒瞳仁光斑，消失不見了，黑黑的眼珠，蒙著一層深刻的迷惘，一種失落的悲愁。

「姆媽，你在張望什麼？」

媽媽揚起臉，重新張望南方的天際，輕輕說：「人如果能長出一對翅膀，自由飛翔，那多好啊。」

九十五

一九六六年不是個好年頭。那年剛開始，舅婆婆突然中風，當晚就去世了。親媽與舅婆婆相依為命數十年，舅婆婆去世後兩個月，初春時分，親媽也走了。我和弟弟住進她們的房間。

家裡剛算平穩下來，媽媽又突然生了病。四月初的星期一，我和弟弟還沒有起床，爸爸忽然匆匆忙忙跑進我們屋子，對我們說：「姆媽出了問題，爬不起身來。」

我和弟弟一聽，馬上醒來，一骨碌下床，衝過院子，跑進裡屋。

媽媽躺在床上，臉色發白，滿額汗，動彈不得，連胳臂都彎不過來。

我坐到床邊，替她擦掉頭上的汗，問：「姆媽，你怎麼了？」

「渾身痛，動不了。」媽媽說著，好像要裝出個微笑，可是做不出來。

爸爸說：「馬上送姆媽去醫院。」

「我到義達里去找老馬。」

「還是叫救護車，不要又顛壞了。」

「就叫平板車好了，我沒有腦溢血，不怕顛。」媽媽雖然動不了，可腦子很清楚，說話也很清楚。

我衝出家門，一口氣奔到義達里，找到老馬家。幸好還早，老馬還沒出門。我說是媽媽病了，老馬聽了好像比以前更急，騎上三輪車，風火一般，趕到我家門口。妹妹在門口等，手抱一床棉被。老馬接過棉被，鋪在板車上。爸爸和我弟弟三個，把媽媽抬下床，抬出屋門，抬過院子，抬出院門，放在棉被上。

老馬對妹妹說：「您就坐車上，扶著你媽。」妹妹點點頭，跳上車。

「走了。」老馬喊了一聲，蹬上車就跑。爸爸、我、弟弟趕緊推出腳踏車，各騎各的，追趕那板車，一直送進北大醫院急診室。

北大醫院當即確診，媽媽患的是類風溼性關節炎急性發作。該病症狀是，患者全身所有骨節都將緩慢腫大變形，如果不能及時控制，所有骨骼都將緩慢彎曲，肌肉萎縮，最後致殘。在世界範圍內，這種病到目前為止，還算一種疑難病症。不過急性發作，比較好控制。歐美人患此種病者很多，也很平常。此病雖不可治癒，但能有效控制，患者可以生活數十年，行動如常。

按照醫療規程，醫生們馬上收留媽媽住院，同時給媽媽服用大劑量強的松，強行控制此病在體內發展。奇效，三天以後，媽媽下床，自由活動，好像常人。一星期後，媽媽可以回家休養。

醫生們囑咐，強的松是一種激素藥物，對類風溼性關節炎急性發作控制很有效。可是只能在一個短時間內，突然大劑量服用，然後馬上停服，改用其他類藥物，繼續控制。激素藥物如果長期服用，會造成人體對此藥的依賴，撤除不掉，就很危險，整個人體會遭受根本性的破壞。

根據媽媽發病情況和住院一周治療效果觀察，醫生們都很樂觀，也很有信心，告訴我們，媽媽只需再服幾星期強的松，就可以停服，改用他藥。此狀況下，比服藥更重要的，就是靜心休養。只要媽媽能夠保證安靜休養，保證營養，按時到醫院檢查，過幾個月，就可以基本復原，照常生活和上班。醫生們甚至開玩笑說，媽媽此病發作得是時候，剛趕上夏天，家裡保暖不成問題。要是冬天發作，休養起來就難很多，家裡保暖都不容易。可是媽媽到冬天已經復原了。

一星期前，我們用平板車送媽媽來醫院，媽媽連手指都動不了。一星期後，我們接她出院。媽媽跟我們一起，說說笑笑，從府右街南口北大醫院，一直走路，回到頒賞胡同。醫院開的休假證明送到北京市教師進修學院，一九六六年五月，媽媽開始全休。

說是在家靜養，媽媽一點也沒休息。一個月來，她每天早上出去買菜，回家收拾打掃屋子，然後給我們三個兄妹做中飯，洗碗刷鍋。中飯後她才躺下來休息一會兒，下午看書寫教案，又做晚飯，一天也很忙。

我們三個卻很高興，每天中午放學回家，就能見到媽媽，而且吃到媽媽做的午飯，媽媽總要變著法子，用最低等的食物，做出最可口的飯菜來。比如同是玉米麵，除了蒸窩頭之外，媽媽還做疙瘩湯，陝西山西人做的玉米麵條，北京人做的貼餅子等等，總而言之，比在學校吃憶苦飯強得多了。近兩年，學校經常會給學生吃憶苦飯，鞏固學生的革命意識。

弟弟上了初中，學校裡也經常吃憶苦飯。他們學校比我們學校強，發的都是麩子饅頭。麩子是麥皮，還算好呢，磨碎了還嚥得下去。我們學校吃的是糠皮蒸的窩頭，每人一個，巴掌那麼大，吃了一個鐘頭也吃不完，嚥不下去，每次嚥，好像要把嗓子割破一樣，疼得很。

媽媽聽我這麼說，皺起眉頭，問：「就那麼乾吃嗎？不給水？」

弟弟說：「誰給水？都坐教室裡，全吃完了才許出去喝水。」

媽媽說：「這也對，曉得過去窮人的苦日子，才曉得現在生活多麼好。」

我說：「吃點憶苦飯倒也沒什麼，一邊吃，學校廣播一邊問：同學們，想一想，憶苦飯，好吃不好吃？我想來想去，怎麼回答呢？」

弟弟說：「那有什麼可問的，憶苦飯當然不好吃。」

「說憶苦飯不好吃，你就是反革命。過去貧下中農每天吃這種飯，你說不好吃，你跟貧下中農不一條心，沒有階級感情。」

妹妹點點頭，說：「就是，應該說憶苦飯好吃。」

「貧下中農所以鬧革命，為的是從此不再吃糠嚥菜。好吃？還鬧什麼革命？你對貧下中農什麼感情？貧下中農生活不貧窮？吃好吃的？反革命。憶苦飯好吃，還叫什麼憶苦飯。憶苦嘛，苦，就是不好吃。」

妹妹不懂了，看著我，問：「不好吃不對，好吃也不對，那怎麼說？」

「學著點，你以後上了中學，也有這一套。你記住，這年頭，不管說什麼，只要是真話，就惹禍，到什麼時候都別說真話。」

媽媽說：「胡說，到什麼時候都得說真話。從小就教育你們要做正直的人，正直的人只說真話，從來不說謊話。」

「學校裡沒人說真話，老師同學，都說假話。我要是說真話，早成反革命了。問憶苦飯好吃不好吃，怎麼說真話？那就是逼人說假話。」

媽媽說：「實在不能說真話，就什麼都不說，還是不許說假話。」

「對呀，我就是要告訴妹妹，等她上中學吃憶苦飯，人家問好吃不好吃，什麼都別說，別說好吃，也別說不好吃。」

弟弟說：「大家討論的時候，總不開口，人家會批評不積極參加革命。」

「革命不積極，起碼不是反革命。我教你一招，實在非說不可，又不能不說假話，你就照著別人的假話說。老師說過的，你照著說一遍，同學說過的，你照著說一遍。要是他們說錯了，早挨批判了。他們說了，沒挨批判，你照著再說一遍，也出不了錯。最保險的，照《人民日報》說，報上說什麼，你說什麼，一句不多，一字不改，那是黨中央說的話，誰敢說黨中央會說錯話。」

媽媽嘆口氣，說：「小小年紀，學了一腦袋什麼亂七八糟。都記住，就算你們非跟著說假話不可，也不許傷害別人。說點不傷人的假話，只是自己心裡難過。如果說假話而傷害別人，就是犯罪，卑鄙無恥。你們如果說假話害人，不要怪我不留情。這不是玩笑，我們家的人，可以被別人害，卻絕不去害別人，都給我記清楚。」

我說：「這我們早都懂了，都記住了。我們這樣的，別人不害我們就算好的，還能輪得到我們害別人？」

吃過午飯，弟弟妹妹又回學校上課。

媽媽見我仍舊無精打采地坐在桌邊，便問：「怎麼還在家，下午不上學？」

「吃過憶苦飯，下午在家寫感想。整天寫這破玩藝，煩死了。」

「好好寫，我睡一會兒。」

我聽了很高興，把裡屋門關好，趕緊把丟在牆角的《人民日報》拿過來，稀里嘩啦翻一陣，把報上憶苦思甜文章的詞語抄在草稿紙上，然後前後安排一下，做出記號，把人稱改成我，略微修整，抄到作文本上就成了。然後抓緊時間做數學、物理、化學。兩個鐘頭以後，媽媽開門走出來，我功課也做完了。

見媽媽睡眼惺忪的樣子，我說：「姆媽，你還是在家休息，有事我去。」

「真奇怪，平時中午總睡不著，今天一睡兩個鐘頭。」

「都是因為我在家，以後我天天中午在家吧。」

「是呀，你在家裡，稀里嘩啦翻報紙。」

「沒錯，看《人民日報》最大的好處就是催眠。」

「一天到晚說怪話。功課做好了嗎？我想到琉璃廠走走。」

「我陪你去，你走不動的時候，我用腳踏車推你一段。」

我們給弟弟妹妹留了字條，然後出門，我推腳踏車，陪著媽媽走到西安門，等十四路汽車，媽媽要去琉璃廠榮寶齋。

媽媽說：「我們小的時候，常來這裡，外公最喜歡到這裡來。每年廠甸很熱鬧，商店攤販很多。」

「剛搬來北京那幾年，還有廠甸，很好玩，最近幾年沒有了。」

「我也奇怪，也許上級認為不好。過去廠甸賣風箏、大糖葫蘆、風車，各種小吃。那兩年春節來廠甸，賣經史子集古書的攤子就有幾十個。」

到了榮寶齋，紅柱綠牆，也是琉璃磚。我在門口鎖好腳踏車，跟媽媽走進去，裡面字畫滿牆，琳琅滿目，條幅頂天立地，橫幅大字醒目，中堂氣象萬千，斗方別具一格。我問：「姆媽，你要買什麼嗎？」

「我今天上午整理東西，翻出幾本過去留的字帖，想起來，你們三個很久沒有練毛筆字了，應該重新開始，所以想到來這裡看看，有沒有什麼新字帖，你喜歡的，買回去臨。」

「我看見你擺在桌上，趙孟頫〈讀書樂〉就很好，用不著買別的。」

「對，趙孟頫的字很好，外公很喜愛，過去他的書房，總掛一幅趙孟頫的字。既然來了，就看看吧。」

店裡沒有人過來招呼我們，幾個年輕人抬眼看看我們，又低頭接著幹他們自己的事。我跟隨媽媽，在字畫林裡一路看過去，轉了一圈，什麼也沒買，走出店門。

媽媽很高興，說：「你看，我走這麼多路，一點不累，也沒什麼難受。看來我的病確實已經完全好了。如果你這輛車是女車，我要自己騎回去。」

「別了，姆媽，你最好繼續休養，少出花招，萬一出點什麼事。」

「我中學時候，常常騎車去香山。真想不來，突然之間得這病。」

「還不是你們每天在裡屋開夜車。裡屋那麼陰冷潮溼，晚上一坐四五個鐘頭，怎麼不得病。」

「醫生這樣說，我想也是，我坐裡屋開夜車，經常覺得渾身發冷，肩膀疼痛，兩條腿都麻木，失去感覺。有的時候就用一條毛毯，把身子包起來。」

「你們幹麼要那麼拚命，害了自己。」

「有的時候，要做些工，賺些外快，大家可以吃好一點。大多數情況，確實是工作忙，非加夜班不可。白天在機關，常常一整天開會，政治學習。業務工作不能不做，只好晚上加班。」

說著話，到車站。車來了，媽媽上車，我騎車，一起回家。弟弟妹妹功課都做完了，我們一起拿出文房四寶，趴在大桌上，研墨寫字，臨趙孟頫的〈讀書樂〉：山光拂檻水繞廊，舞雩歸詠春風香，好鳥枝頭亦朋友，落花水面皆文章。

爸爸下班回家，看見我們習字，最是高興，馬上坐下來，也揮筆寫一篇：大江東去，浪淘盡，千古風流人物。然後停下筆來，說：「這枝羊毫，你們用起來太軟，控制不了，寫不好。我明天回家路上，去買幾枝七紫三羊回來，你們好用。曉得嗎？爸爸從小習字，學得很雜，算起來臨得最多的，乃是蘇東坡。」

媽媽端著晚飯進屋來，說：「又來了，因為你名字有個蘇字，學字也要學蘇東坡。快收桌子，吃飯了。」

我們趕緊七手八腳，收去文房四寶、字帖字紙，讓媽媽放下手裡晚飯。

爸爸最樂意看見我們練習毛筆字，今天見我們自己主動練習，特別高興，侃侃而談：「寫字是人的門面，你們想想，別人見不到你這個人，只看你寫的東西，怎麼認識你呢？如果你的字寫得亂七八糟，橫不平，豎不直，別人怎麼會相信你受過教育。你們兄妹出身書香世家，以後要做有文化的人，寫字特別要緊。」

弟弟問：「我們一直這樣臨帖，要臨多少年，就能寫好了？」

爸爸笑了，說：「弟弟這個問題問得很好。你們現在這樣臨帖，不過是學些基本技能，比如點橫撇捺的寫法，字的間架結構。我也沒有更高要求，你們將來只要學會這些，有些基礎，可以把字寫得方方正正，規規矩矩，就已經好了。」

媽媽說：「不要光聽講話，吃飯。」

說寫字的話題，爸爸停不下來，繼續：「現在很多人不僅寫不好字，還常常亂寫，莫名其妙。全國農業學大寨，把大寨的寨子，寫成寶蓋下面一個在字，那念什麼呢？中國字重形，見形思義，自得其妙。比如哭笑二字，寫法相近，形有稍變，就像人臉肌肉收縮，向上者，成笑，向下者，成哭。」

我插嘴說：「很對，許多簡筆字，把原本中國字的好處都破壞了。比如黨這個字，繁體字下面是個黑，黨者，黑也，所謂營私。老祖宗視黨為惡，告戒後人，君子不黨。現在把黨字改寫，去掉黑字，改個兄字。看上去，黨就不黑了，還成了大哥，時刻管制我們。文字改革委員會的人，也算會動腦筋。照我看，別的字不論，黨這個字，應該恢復老寫法，警告中國人，黨還是黑，還是營私，黨裡沒有好人。」

爸爸看看我，搖搖頭，說：「你，真是唉，怎麼會這樣恨共產黨？」

媽媽從旁打岔，說：「妹妹不許放下飯碗，再吃幾口，才許喝湯。」

我知道爸爸生氣了，改話題說：「下午，姆媽去了一趟琉璃廠榮寶齋。」

爸爸轉頭看媽媽，問：「哦？走那麼遠的路，覺得還好嗎？」

媽媽很高興，笑著說：「我就是為了測驗一下。沒有任何不好的感覺，明天去醫院檢查，我要告訴他們，看來我的病徹底治好了。」

我說：「姆媽還要騎我的車回家，我沒讓。」

「還是要休養，不能亂來。」爸爸說：「今天中午跟商務書局老陳打電話，提起你寫的書，他們對編英語教材很有興趣，寫出來給他們看看，出版希望很大。」

「這幾星期在家，時間多，弄得快些。現在五月底，我想，再有個把月可以完成，完了以後你先看一看，再送出去。」

九十六

正值六月，夏風暖，驕陽豔，廊前月季花紅，絲瓜藤綠，媽媽臨窗而坐，編寫教材，聽蟲嗚，聞花香，很有樂趣。

忽然一個小姑娘跑進院子，甩著兩條小辮子，舉著一張小紙條，大聲喊：「陶琴薰電話。」

「來啦。」媽媽走出屋門，問：「要我回電話嗎？」

大概是母親叫女兒幫忙跑路送口信，小姑娘說：「不知道，您看吧。」

「三分，對不對？」媽媽問著，接過紙條，沒有看，只顧在口袋裡掏錢。

一九六六年，北京平常老百姓家沒有電話。一個居民區，找一戶白天有人的人家，安一個公用電話，附近幾條胡同的人合用。我們這一片人家，要打電話都去旁邊的義達里，那兒有一個公用電話。

媽媽把三分錢鋼幣放到小姑娘手裡，小姑娘蹦著跳著走了。媽媽拿著那張小紙條，邊往屋裡走，邊看。原來是爸爸骨折，在阜成門外復興醫院急診。

怎麼回事？媽媽慌了，心裡算算，肯定爸爸是在上班路上出車禍，汽車撞？還是自己騎車摔了？媽媽想著，給我們留了條子，鎖住家門，趕到復興醫院。

爸爸的斷骨已經接好，打了石膏，躺在病床上等媽媽。

「怎麼搞的？」媽媽喘著氣，在床頭坐下，看著爸爸打石膏的左腿，問：「嚴重不嚴重？」

「醫生說，不嚴重，只需住三五天院，就可以回家。休養一段時間，會長好，不會變成瘸子。」

「怎麼會跌斷腿？碰了汽車？」

「沒有，碰了汽車還了得。剛出阜成門，車前有兩隻雞受驚飛過，猝不及防，摔倒了，起不來。幸虧路人相幫，就近拉來這裡。」

「總是這樣，要你騎車小心，怎麼不注意，看不見前面。」

「心裡想事。」爸爸停一停，嘆口氣，又說：「從六月一日起，《人民日報》每天都是發動文化大革命的文章，用語一篇比一篇厲害，看了膽戰心驚。」

「差不多每年一次運動，我們只要守口如瓶，不提意見，就能過關。」

「這次不一樣，來勢凶猛，不同尋常。」爸爸說完，停住話，看看周圍。那是一個多床位的病房，住了好幾個病人，可是眼下病人都出去了，病房裡除爸爸媽媽，沒有一個旁人。爸爸說：「你把帘子拉開，我們可以看見有人進門來。」

媽媽拉開床前的布帘，這樣全屋情況，一目了然。

爸爸湊在媽媽臉前，輕聲說：「過去多少次運動，都是政府抓反革命，或者整知識分子。這一次看來是中央裡面鬥爭，宮廷政變。」

「是嗎？文化大革命是毛主席發動，並沒人要推翻他。」

「並非只是賊臣弒君才算宮廷政變，歷史上皇帝覺得有大權旁落的危險，殺掉一批朝中大臣，也算宮廷政變。咸豐皇帝在熱河病死，為保護八歲幼帝載淳，降旨命肅順等八大臣護駕，誰也不能碰他們。咸豐的寵妾慈禧要獨裁，搞了十三年，硬把八大臣一個個免職殺掉，最後逼同治皇帝自盡，西太后垂簾聽政。那也是一場很殘酷的宮廷政變，史稱祺祥政變。」

「毛主席的權力受到什麼威脅了嗎？前兩年人民代表大會選劉少奇當國家主席，大家都不願意，還是毛主席講話，動員大家擁護劉少奇，這才算通過。」

爸爸忽然打斷媽媽的話，大聲說：「你跑來，孩子們回家怎麼吃午飯？」

媽媽愣了，不曉得爸爸此話何起。門口走進一個護士，在爸爸桌前放下一杯水，一個藥瓶，說：「覺得疼的時候才吃。」

爸爸答應，看著護士問：「是。中午飯吃什麼？有粥嗎？」

「大中午喝什麼粥，早上才有粥。」護士邊說著，走出門，隨手關了門。

媽媽笑了，說：「只有你特別，大病小病，就得喝粥，吃肉鬆。」

「你明天給我帶點來，好不好？住院可不好受。」

「我給你帶。」媽媽朝門口看一眼，又說，「護士走路輕，沒感覺她進來。」

「現在說話最怕被人聽見，人人都想著整人，什麼都可以拿來攻擊別人。說者無心，聽者有意，誇張歪曲，無限上綱，就完蛋。你看北京大學聶元梓大字報，批判北大黨委書記。」

「陳璉的丈夫袁永熙，清華大學黨委書記，五七年也挨批判，打成大右派。」

「打倒袁永熙，是上級打下級，這次是下級打上級。聶元梓何許人物？小小系支部書記，敢寫大字報，公開辱罵校黨委，這是造反。中國自古最怕百姓作亂，不會有好結果。」

「聶元梓大字報能登《人民日報》，不經中央批准，誰作得了主？可見不是下級反上級，還是從上頭指派下來的。」

「我就是鬧不清到底怎麼回事？心裡擔憂，騎車子也在想，所以跌斷了腿。」

「你們機關裡面有什麼動靜嗎？我們學院還什麼動靜都沒有。」

「現在看來主要還是在北京幾所大學裡鬧，鬧到社會上來，就大亂了。」

「如果這次運動真是對著黨內領導來的，但願碰不到我們。」

「你想得美，中國政治運動，不管目標是什麼，總少不了順便整知識分子。黨內鬥爭，太複雜，一句話不對，烏紗帽丟了，人不大敢動。可是整知識分子，誰也不能說整錯了，怎麼整都錯不了。」

「那我們怎麼辦？又要做一次右派嗎？」

「誰知道，反正總不能說我們是走資本主義道路的當權派吧？」

「我是已經在家休養的病人。你現在也跌斷了腿，傷筋動骨一百天，在家休息兩三個月，不必上班，或許可以躲過這次風頭。以前幾次運動，都是三四個月熱鬧勁，就轉向了，我們可以等等看。」

「也不盡然，你的右派帽子就沒有躲掉。」爸爸忽然提高聲音，說：「你快回家去吧，孩子們要放學了。」

同病房的病友們走進來，各自倒在床上。上午十一點，醫生查房時間。

媽媽站起身，說：「那好，我明天再來看你，還有什麼需要？」

「什麼都不要，只別忘了帶肉鬆皮蛋。」

「那要我買得到才行。」媽媽說完，對病房裡的人點點頭，默默走了。

於是忽然之間，我們家裡有了兩個休養的病人，每天悶在家裡，聽收音機，看報紙，每天下午聽我和弟弟講各自中學的文革發展情況。

我和弟弟的中學，幹部子弟都組織了紅衛兵，奪了學校的大權，從早到晚四處鬧革命。校長老師都打倒了，學校再不上課，我們家庭出身不好，很怕被紅衛兵們鬥爭，所以盡量少去學校。

可是越想躲，越躲不開。沒過幾天，我們家院門外牆上，貼出一排大字報來，公布偉大領袖、偉大導師、偉大統帥、偉大舵手毛主席親自確定的國民黨大戰犯陶希聖的女兒陶琴薰，就住在這個院子裡。打倒國民黨反動派！我們一定要解放台灣！

大難臨頭了。

九十七

頒賞胡同立刻成了我們一家人的地獄，每隔幾天，我家院牆外面便會多幾條標語：打倒國民黨蔣介石！打倒大戰犯陶希聖！打倒右派分子陶琴薰！我們一定要解放台灣！等等。舊的殘破，新的補上，從不間斷。

我無事不出門，非出門不可，盡量溜邊走。可這條頒賞胡同，最難躲開人。整條胡同南半邊，都是九三學社機關的灰色高牆，連房簷都沒有。北半邊住人家，從我們家到西口，不過五六個門洞，沒有很多牆邊門廊能讓我藏身。

媽媽本來應該繼續在家養病，不必上班。可是她怕機關革命派說她逃避革命，所以每天去機關，每天在滿胡同人的叱罵嘲弄之中出入。每天下午，媽媽回到家，躺到床上，好像只剩下最後一口氣了。從她每天去進修學院參加文化大革命運動，身體眼見一天不如一天，衰弱下來不說，更經常渾身腫脹疼痛，也就是說類風溼重新開始滋長。

「寧寧，替我到北大醫院去取點強的松。」媽媽吩咐我。

爸爸聽見，說：「你又要吃激素嗎？」

「我疼得受不了，只有強的松止得住。而且，後天學院要去潭柘寺勞動。」

我說：「你不可以去。病已經基本好了，不繼續靜養，又要惡化。」

爸爸說：「現在顯然是已經惡化了，怎麼還能下鄉去？」

「有什麼辦法。」媽媽說，「學院造反派公布下鄉人員名單有我。」

我說：「你有醫院證明，需要在家靜養，早交給學院了。」

「學院領導批准了，可是現在學院領導都打倒了，誰管那些。」

「我再去醫院找大夫開一張，我現在就去開，送到學院去。」

「沒用。我今天找造反派申訴過，說明我的病情，也給他們看我手腿關節都變形。他們馬上召開全院大會批判我。一個叫做周吉何的造反派頭頭，站在台上宣布：下鄉勞動就是革命，有的教研員，反動家庭出身，資產階級思想十分嚴重，好逸惡勞，平時歡蹦亂跳，一到下鄉勞動，就裝病。我們是偉大統帥毛主席的紅衛兵，能不能答應她？能不能讓這樣的人漏網？」

「那渾蛋叫周吉何，對不對？我這輩子記著這狗名字。」

「造反派紅衛兵大呼口號，一片打倒之聲，有人喊叫她站出來認罪。我躲在人後面，只怕他們點出我的名來，那麼馬上就會有多少拳頭打到我身上。」

「你要是根本沒去上班，也許還沒這事，都是你自己去找事。」

爸爸說：「你以為躲得開。我腿摔斷了，打了石膏，不上班，機關大字報裡沒少點我的名。

連羅局長常來我們家都兜出來，說我是走資派的走狗。有人慣會記仇，平時不說，秋後算帳，落井下石。」

媽媽說：「造反派揮著拳頭大喊：她越是夢想逃避勞動改造，就越是非去改造不可。我們的革命先烈，為了革命勝利，犧牲了多少生命。生點小病，有什麼不得了，不能下鄉勞動？不能參加文化大革命？我們毛主席的革命戰士堅決不答應。對這樣的資產階級思想，我們就是要造反，要革命，要打倒在地，再踏上一隻腳，讓她永世不得翻身。這種樣子，你說我能怎麼辦？」

古代的人，起碼還能背起母親，躲入山林，就算君王把整座山林燒掉，也不出來。可現在中國，再也無處可躲，只有等死，苛政猛於虎。我發一陣呆，默默走出門，在黑夜裡流著無可奈何的淚，到北大醫院去給媽媽拿藥。

在潭柘寺，進修學院所有下鄉勞動的人，都分配住在村中最窮困的幾戶老鄉家裡。媽媽和其他兩個女教研員，住在一個帶了四個孩子的貧窮寡婦家。寡婦家只有一間土屋，四個大人四個小孩擠在一個炕上。那是石板壘起的炕，就算大熱天，睡上去也覺很涼。為省柴，寡婦一天只在灶上點一回火，燒一頓飯，那一點點熱氣從石板下的煙道經過一下，根本暖不了炕。每天晚上，媽媽躺在石板涼炕上，好像躺在冰水裡，渾身冷徹，無法睡覺。媽媽從那寡婦院裡抱回些乾草，鋪在自己睡的那處炕上，又把帶來的所有衣服，連幾雙襪子一起，都墊在身下，用處不大，好像拿幾張紙擋風雪，可是媽媽沒有別的辦法。

中國農民，講究晨作，農忙時節，天不亮便起身下地。這樣作息，他們的睡眠時間其實並不少，通常晚上天一黑就上炕睡覺。絕大多數農民不識字，鄉村沒有什麼娛樂，晚上無事可做，只有早早睡覺。而且晚上熬夜，老鄉捨不得燈油錢。每天一早，五點鐘不到，老鄉們一起來，馬上都吆喝著下地了。

進修學院的幹部們，也都早早起來，集中在村頭打麥場上。東邊一棵大槐樹上，掛一幅毛澤東巨大畫像。大家迎著東方還沒升起的太陽，對著那畫像，右手捧紅寶書《毛主席語錄》，向偉大領袖、偉大導師、偉大統帥、偉大舵手毛主席做早請示。

在造反派紅衛兵的帶領下，所有人都把紅寶書貼在胸口上，齊聲背誦毛澤東語錄：「領導我們事業的核心力量是中國共產黨，指導我們思想的是馬克思列寧主義。」早匯報結束，集體把手臂舉過頭頂，飛快揮動紅寶書，反覆連聲有節奏高呼：偉大領袖、偉大導師、偉大統帥、偉大舵手毛主席萬歲，萬歲，萬萬歲！

同樣的儀式，每天下地幹完活回村之後，吃過晚飯，全院幹部又集中一次，趁著黃昏微光，在村頭場上重複，叫做向毛主席晚匯報。

每天早晚兩次向毛主席表忠心，給媽媽帶來無限痛苦。早上媽媽躺過一夜冰炕，渾身本已疼得要命，站在那裡已經很艱難，在胸前捧紅寶書，使她腫脹變形的右臂疼痛劇烈。及到要急速揮動手臂，呼喊毛主席萬歲的時候，媽媽無法把手臂舉過頭頂去揮動。可別人高呼毛主席萬歲的時候，媽媽如果不隨著呼喊，便一定被當作反對毛主席，立刻打死。所以媽媽每次都死命咬緊牙關，強忍疼痛，吞嚥苦淚，跟著做。晚上媽媽經過一天勞作，也是一樣渾身疼痛難忍，仍然不能休息，必須再一次遭受向毛主席致敬的折磨。

第四天頭上，媽媽終於支撐不住。早上正當所有人在頭頂上揮動紅寶書，高呼毛主席萬歲的時刻，媽媽的手臂僵在空中，動彈不得了。她胳臂痛得鑽心，眼前冒金星，額頭滲出豆粒大的汗珠子，一動都不能動，嘴裡也發不出聲。

領導早請示的周吉何大喊：「陶琴薰，向毛主席表忠心，你膽敢不參加。」

身邊所有人都轉過頭，憤怒地盯著媽媽。

「不是，我……」媽媽一點一點放下彎曲的右臂，哆嗦嘴唇，說不出話。

有人馬上高呼起來：「打倒反革命狗崽子陶琴薰。」

有人馬上就響應：「誰對毛主席不忠，就消滅她。」

更有人不甘落後：「陶琴薰反對革命，就讓她粉身碎骨。」

群情激憤，把媽媽圍在大槐樹下，揮著紅寶書，口號聲一波比一波高。媽媽身子越來越彎，雙膝一軟，跪倒在樹上毛主席像前，緩緩向後攤倒下去。

周吉何又喊起來：「她想耍賴，不能答應她。」

人群喊叫著，有紅衛兵伸手揪住媽媽的衣領，要把媽媽拎起來。媽媽病了這許多時候，體重早不到幾十斤了，讓人一提，直立起來。於是，媽媽讓人半拎半提，上身直著，腿跪著，對毛主席畫像下跪，垂著頭，昏昏沉沉，任周圍的人們呼叫鬥爭。

媽媽閉著眼睛，淌著眼淚，心如刀絞。她耳邊都是轟鳴，一陣一陣，分辨不出人們在呼喊些什麼，只是憤怒的吼聲。她頭腦裡一片空白，什麼也想不出，什麼也感覺不到，甚至不再感覺肢體的疼痛。與靈魂的痛楚相比，驅體的苦疼實在微不足道。

不知批鬥會開了多久，最後造反派覺得累了，把媽媽一放，任媽媽攤倒在地上，一聲招呼，引革命群眾人走開，下田去了。

過了很久，媽媽終於緩過一口氣來，躺在地上，從口袋裡取出小小的藥袋，取出三粒強的松片，放在嘴裡。沒有水，可是她有滿口的淚，和著藥片，吞下肚去。然後歇息一會兒，再奮力坐起身來，擦掉臉上的灰土，張眼望去。對面槐樹的畫像上，毛主席兩個眼睛直直地盯著她，讓她渾身發毛，顫如枯葉。

太陽過去，樹蔭移開，媽媽感到身上暖和些。激素藥物也開始發生效力。媽媽支撐著站立起來，用手遮住陽光，張望一下，然後默默地向大田走去。走到半道，回頭看看，毛主席還在畫像上，兩隻眼睛像兩條皮鞭，緊緊地抽打著她的脊背。

挨了鬥，還得下田勞動。而且越是挨鬥，越要多勞動。不多勞動，還得挨更多的鬥。勞動是懲罰，也是對毛主席表示忠誠。到了田邊，媽媽脫掉鞋子和襪子，捲起褲腳，把一雙正變形的腳，踏進水田裡。水刺骨地涼，水下的田地很軟，一走一陷，很費力。媽媽忍住渾身疼痛，彎腰在水田裡拔草，一步一趔，滿頭冷汗。別人早走很遠，在前面說說笑笑。媽媽獨自一人，在水田角落裡，一步一淚。

早上大晴的天，忽然起風，吹來一層濃雲，遮去太陽，遮去藍天。越來越暗，陰陰冷冷，眼看要下雨的樣子。媽媽再也支撐不住，身體疼痛，站不住，也彎不下腰。她只好豁出去，雙膝跪進水田，任那冰冷的水浸泡雙腿，溼到腰部，半個身子在水裡爬行，雙手也泡在水中，繼續掙扎幹活。沒幾分鐘，媽媽突然全身一陣痙攣，眼前一黑，一頭栽進水田裡，臉埋在水裡，泥濘塞住鼻孔，無法呼吸。媽媽沒有力量翻過身來，等待窒息而死。

前面不遠處，進修學院的紅衛兵和一些革命群眾，繼續說笑，有人看到媽媽栽倒，忙轉過頭，不再看，沒有人敢表現對媽媽的同情。

幾個潭柘寺鄉村婆娘在田邊走過，看見媽媽躺在水地裡，趕忙呼叫著，踏進水，一起拉媽媽。媽媽大睜兩眼，看著老鄉婆娘們，說不出話，身體不能夠活動，由她們拉扯。婆娘們把媽媽拉上田埂，放在一截乾土上，揮手喊叫進修學院的人過來。

周吉何衝過來，喊：「早上挨了鬥，你不服氣，裝瘋賣傻，嚇唬誰。」

學院革命群眾都過來，站在周圍看著。媽媽望著周吉和，動彈不得。

周吉何發瘋般地喊：「你再不起來，我們可不客氣了。」

媽媽一動不動，閉住眼睛，準備忍受更多肉體的折磨。

「打。」周吉何喊了一聲，帶頭拿腳狠命朝媽媽身上踢一腳。他看沒有人跟上動手打，便狂呼：「偉大領袖毛主席最高指示：革命無罪，造反有理！打倒一切牛鬼蛇神！紅色暴力萬歲！」

一聽毛主席這三個字，學院幹部們不敢再怠慢，有的上去踢媽媽幾腳，有的在田裡挖起泥巴砸到媽媽身上。現代中國人最覺恐怖的，是被旁人看做不忠於毛主席。忠於毛主席，殺人放火都英雄。不忠於毛主席，就是反革命死罪。任何人的生命，每時每刻都在這條極狹窄的邊緣線上掙扎，一念之差，便可能從革命一側落入反革命一側，萬劫不復。中國人必須隨時隨地不間斷地向偉大領袖毛主席表示忠誠，以便保持自己的革命立場，殺父弒母，傷害無辜，在所不惜。

可是任憑造反派和革命群眾怎樣打罵，媽媽始終動不了。幾個鄉村婆娘看了不忍心，解勸說：「這人恐怕是真的動不了，還是把她弄回村，找人看看。」

看媽媽挨了打仍然躺在地上不動彈，周吉何也覺不妙，乘機收攤，說：「誰願意管誰管，老子才不在乎一個反革命狗崽子的死活。」

說完，他甩手揚長而去。旁邊造反派和革命群眾聽他這樣說，誰還敢管？都趕忙跟著跑開。一個反革命狗崽子的死活，遠不比他們自己的政治生命更寶貴。那幾個貧下中農鄉村婆娘，不大懂政治，只曉得人命要緊，急急跑回村，拉來一輛木板車，把媽媽抬上車，拉回村去。剛好有輛大卡車，往北京送貨，就把媽媽捎進城了。她臉沒洗，塗滿泥濘，衣沒換，仍然溼透。行李棉被雖蓋在身上，車子顛動厲害，一會兒就顛到旁邊去了。媽媽像一片飄零的樹葉，在車斗裡跌過來滾過去。她雙臂兩腿都動彈不了，無法停止自己的滾動，拉不住旁邊的棉被。她也沒有要拉住棉被的念頭，她完全昏迷了。

還沒有走進北京城區，雨終於下來。猛然間，大雨點子密密麻麻，砸到媽媽身上。鄉村司機從來沒有拉過人，完全不知道車斗中媽媽會怎樣，繼續一個勁猛開。

司機按照地址，把車開到頒賞胡同西口。他看那胡同太窄，開不進去大卡車，就把車停在胡同口外大街邊，跑到十三號，叫我們去抬媽媽。

爸爸到復興醫院去拆腿上的石膏，還沒回來。我們兄妹三人，聽說媽媽病重，衝出院門，跑到胡同口外，爬上大卡車，七手八腳，把媽媽抬下車。

媽媽動不了，站不起來。弟弟妹妹把媽媽放到我背上，一步一步往家走。身邊的牆上，一排排打倒陶希聖、打倒反革命狗崽子的大紅標語，雨水一沖，滴答橫流，鮮血一樣，淌滿地。

進了屋，我們把媽媽放在外屋床上，先用床單把媽媽裹緊，替媽媽擦身上的溼衣服，再把媽媽外衣和鞋襪都脫掉。我們盡量放輕手腳，但我們曉得，每動一下，媽媽都會疼痛萬分。可媽媽一動不動，毫無聲息。

外衣脫掉了，丟在地板上。我到廚房把火爐提過來，放在大屋裡，開了爐蓋爐門，捅了煤眼，讓火燒起來，替媽媽取暖。弟弟在五斗櫥裡翻出所有的浴巾，丟到床邊，再找媽媽的乾衣服。妹妹把媽媽的內衣內褲脫下來，用浴巾把媽媽身子擦乾，再給媽媽穿上乾內衣褲。

外屋的床已經溼透，媽媽換好乾衣服，不能再躺下去，我和弟弟把媽媽抬到裡屋床上。妹妹繼續用乾浴巾給媽媽擦身子，弟弟用乾浴巾給媽媽擦溼頭髮。我把火爐提進裡屋取暖，又把暖水瓶裡的開水擰熱毛巾，給媽媽擦臉。媽媽的鼻息開始沉重一點，還是昏迷著。

我說：「你們再給姆媽擦一會兒，全乾了，就給她穿外衣，包好雨衣，我去叫車送醫院。」

「你快點。」

我衝出家門，頂著雨，一口氣跑進義達里，又找到老馬家。前幾次求他，不是晚上就是早上，老馬在家。現在半下午，老馬上班去了，家鎖著門。

怎麼辦？我跑到旁邊公用電話的窗口，給北大醫院打電話，叫救護車。北大醫院的紅衛兵，一接電話，頭一句就問：「什麼出身？」

我如果說是反動派，就別想進醫院，不能猶豫，應聲答道：「職員。」

「什麼事？」

「家裡有急病人，要救護車。」

「家在哪兒？」

「西四頒賞胡同，就在丁字街上，造寸服裝店，您知道吧？」

「兩三站路，派什麼救護車。等救護車的工夫，自己來了。」

「下這麼大雨，病人怎麼走路，也沒法擠公共車……」

不等我說完，對面把電話掛了。

看公用電話那家婦人，聽我情況緊急，說：「你住頒賞胡同，對不？我家也有一輛三輪，沒人用，你如果會騎，借去用，用完了還回來就得。」

我感激得眼淚差點落下來，趕緊隨婦人出屋，轉到後面，取那輛三輪車。

婦人說：「會騎自行車，不一定能騎三輪，你得練練，才敢拉你媽。」

我騎上三輪，歪七扭八走著，說：「等我騎回家，也就練會了。」

在胡同裡撞了幾回牆，等到家，已經摸出騎三輪的門道。顧不了許多，大雨天裡，招呼弟弟妹妹往車上放棉被，又把裹了雨衣的媽媽放到棉被上，然後再拉一條棉被蓋在媽媽雨衣上，最後在棉被上面再平鋪一件雨衣。我騎上車，弟弟妹妹跟著跑，一邊扶著車上的媽媽、棉被、雨衣。

幸虧下雨，街上沒多少車，我騎著三輪，歪歪斜斜，跌跌撞撞，趕到北大醫院，一直衝進急診室大門。

九十八

媽媽的類風濕從急性轉為慢性，再沒法治了，從此殘廢，拄上一根單拐。

可文化大革命沒有因為媽媽病重而稍有停頓，紅衛兵一次又一次來抄家，每次抄家，我們只能拉著媽媽，躲在屋外，以免被紅衛兵打傷。頭幾次，家裡還有書畫擺設或旗袍禮帽之類，紅衛兵可以毀壞焚燒，顯示他們的革命精神。抄過幾次之後，家裡片紙無存，再無任何值錢雜物，紅衛兵們只好把屋裡家具亂打一頓，發發氣。

媽媽忍不住，把我們三個叫到裡屋，說：「他們這樣要打壞家具，我這點東西就藏不住了，現在拿給你們看吧。」

媽媽說著，要我翻轉裡屋書桌邊的座椅，讓我把椅墊拆開，取出一個布包。

「本想等你們長大些，再給你們看。」媽媽說著，打開布包，裡面是幾個亮光閃閃的首飾，「這是我留給你們的。」

我們從來不曉得，媽媽還留有這樣的東西，很覺驚奇。

「這是一只鑽戒，將來給妹妹結婚用的。另外這兩個戒指，一綠一紅，鑲寶石的，將來寧寧和弟弟一人一個，給自己的媳婦。其他珠寶，你們將來平分，跟愛人們商量打首飾，項鍊耳環，都是很好的真東西。還有一些紀念品，有機會再給你們講裡面的故事。」

我問：「現在給我們自己保存嗎？」

媽媽重新包好布包，說：「不，還是我收著，你們訂婚的時候再給你們。你們不曉得這些東西的價值，弄丟了不得了。」

「你能藏在哪兒？」

「裡屋牆角有個洞，我藏在那裡，但願紅衛兵不會拆房子。」

媽媽猜錯了，後來兩次抄家，真的什麼都抄不到，紅衛兵氣得把家具打得亂七八糟，還把房屋牆壁打得到處是洞。媽媽給我們看過的那包首飾，也便無影無蹤。

媽媽坐著流淚，說：「想不通，中學生小小年紀，怎麼會這樣。」

「中學生哪裡會，還不是上頭人教的。八一八紅衛兵大會，林彪號召破四舊，十九號紅衛兵上街到處打砸搶。二十二號中央廣播電台歡呼紅衛兵革命行動，二十三號《人民日報》發表社論讚揚紅衛兵，他們還不鬧得更歡。紅衛兵最高統帥毛主席，最會使各種封建手段。本來好好個中國，文文明明一個民族，就讓他們這幫惡魔破壞了。三年餓死百姓幾千萬，硬說是自然災害，中南海裡照樣個個肥頭大耳……」

媽媽顧不得再傷心她的首飾，說：「弟弟妹妹，你們收拾好了，到對面屋去看書，不要在這裡聽哥哥胡說八道。」

弟弟妹妹乖乖走了，我不服氣，還說：「平白無故，搞什麼文化大革命，禍國殃民，還強迫老百姓擁護，死不要臉。」

「寧寧，少說這種氣話，跟我到裡屋去，有話跟你說。」

我跟著媽媽走進裡屋，還是一肚子的氣。

媽媽要我把大床上的床墊子掀開，從裡面扯出一個布包，拿到書桌上，壓低聲音，說：「這一包，才是我最擔心被紅衛兵抄出來的東西。這都是我跟海外通信的底子，給國務院寫的報告草稿，還有海瀾叔叔寫來的通知、談話紀錄。被紅衛兵抄出來一公布，我們裡通外國，罪名不得了。」

「這是國務院管的。」我說，「周總理現在還沒打倒，誰敢反對他。」

「這就是我的擔心。」媽媽說，「這事如果鬧出去，給我們自己添麻煩不說，還會牽扯一大堆人，給周總理找麻煩。周總理給我們這個方便，讓我們跟海外通信，我們不能給他造成不必要的危害。」

「那就給我，馬上都燒了。」

「不能燒。」媽媽搖頭，說：「現在這日月，最怕燒東西，埋東西，扔東西，萬一讓人家看見，準認為是消贓滅跡，沒事都惹出事來。」

「哪能呢？我們在家裡燒，又不到外面去燒，誰看得見？」

「隔牆有耳，你以為旁邊人家不盯著我們嗎？一發現了，報告給外文局紅衛兵，爸爸就倒楣了。我們把這包東西送回到國務院去，只有那裡最安全。」

我愣了，問：「你說什麼？送哪兒去？中南海？」

「對，中南海，明天去。」

「中南海？想什麼呢？進得去嗎？」

「我把材料交給中南海警衛，他們轉交進去，我以前去過。」

第二天上午，我陪媽媽，拄著拐，出門了。準備上交的材料包得嚴嚴實實，裝在我的書包裡，由我背著。媽媽說：「你是中學生，不報出身，沒人能猜出你是誰的外孫。路上萬一出差錯，我去抵擋，你背著材料逃跑，千萬別讓人搶了去。」

走上西安門大街，大街上的街名牌都糊了紙，西安門改成東安門了。按毛主席的話說：東風壓倒西風。一切西字都表示資本主義，只有東字最神聖。同學裡名字改成衛東、向東的數不清。協和醫院是德國人建的，改叫反帝醫院。西安門照相館，也改叫立新照相館了。

我們走著看著，身後一陣汽車鳴叫。扭轉頭看去，一列大卡車隊正沿街駛過來，上面站滿人。每輛汽車最前頭，五花大綁，站兩三個人，都讓背後的人抓緊衣領，仰起頭來，讓街邊人看，臉上都打了紅筆叉叉。每人頭上都頂著紙糊高帽，上面的名字，都倒寫著，也打了大紅叉。大街上人都站住看熱鬧，有人漠然無睹，有人拍手說笑，有人揮臂跟著車上的人喊口號：打倒誰誰誰。

車隊轟轟轟過去，媽媽問我：「看清楚是誰了嗎？」

「沒看清，也沒聽清他們喊打倒誰，反正是亂喊。」

「好像是北京市委的領導，其中一個是教育局局長。」

「名字都倒寫，又打了叉，認不出來。管他呢，反正也都不是好人。他們得勢，盡想著整別人，現在也該輪他們倒楣挨點整了。」

「你怎麼這樣冷淡，這樣子整誰都不應該。」

「他們挨整就活該，那是他們願意。他們要參加共產黨，共產黨本質就是你整我，我整你，他們不懂？再說，當初他們整別人，劃右派，有人同情過你沒有？」

「共產黨員也不個個都凶惡。我念中學的時候，有兩個朋友，心地都很好，後來投奔了共產黨。」

「那就糟了。好人一參加共產黨，用不了幾天，也都變壞了。」

「他們三幾年去延安，老幹部了，不知命運如何？」

「如果他們是你說的好人，恐怕活不到現在。延安整風，早就整死了。沒整死也被刷出延安，派前方當炮灰，讓槍子打死了。如果他們活過延安整風，後來還升了官，那就是說他們黑了心，做了幫凶。就那，也不知他們是哪一夥的，沒準打高崗的時候整死了，沒準反胡風的時候整死了，沒準反右派的時候整死了，沒準反彭德懷的時候整死了。就算他們逃過所有這些劫難，這回也絕對逃不過去，非整死不可。」

我們到了府右街，隔街左手邊是北大醫院。我們每次去北海公園都會經過。奶奶生病來這裡治，媽媽生病也來這裡治。這醫院治好過我們每個人的感冒咳嗽，救過奶奶的性命，也曾讓媽媽重新站起來。現在這個醫院外面的牆，亂七八糟塗滿紅色大標語：偉大領袖、偉大導師、偉大統帥、偉大舵手毛主席萬歲，萬萬歲！彷彿一片淋漓鮮血，淹沒了這處救死扶傷的地方。滿樓外面到處貼一層又一層的大字報，打滿紅叉叉，好像各種各樣的傷疤。每層樓的窗玻璃都打破，好像一個個齜著犬牙的嘴巴。人道主義的醫院，變成一座虎視眈眈，準備吞食人類的地獄。

媽媽說：「你看，給我看病的幾個大夫，都在那裡掃街。」

我看過去，一群戴眼鏡文質彬彬的人，都穿著粗布衣，背上背了大牌子，上面又是倒寫姓名打了叉，揮著大掃把，在掃街。

我拉著媽媽朝右手轉過去，不再看北大醫院，說：「得了，你也不要想再去看病了。醫生都打倒了，誰還會到裡面去看病動手術？你敢讓紅衛兵開刀嗎？紅衛兵開的藥，一吃準死。紅衛兵會治什麼病，照毛主席語錄開藥，全是砒霜。」

「做醫生有什麼罪過？」

「做老師有什麼罪？做翻譯有什麼罪？做科學家、藝術家有什麼罪？我和弟弟那天去看朱光老師，也在胡同裡掃大街。小提琴拉得好，得罪誰了，當樂團首席也得挨整。本來文化革命整黨內走資派的，現在把知識分子拉出來整，太不公平。我們倒楣，只因為生在一個錯誤年代，生在一個錯誤國家。」

「這話什麼意思？說你自己嗎？你認為生在中國是一種不幸？」

「生在中國並不是不幸，可活在共產黨手下，不能算幸運。」

府右街裡滿地坐人，馬路都堵死了，不通車，人行道上更有人紮了不少帳篷。好多所學校，大學，中學，還有一些機關單位，舉著旗，喊著話，鑼鼓喧天，震得街邊樹葉子直搖動。大橫標語寫得明白：不把黨內最大走資派劉少奇鄧小平揪出中南海，誓不罷休。各校學生們自己在街邊樹上安裝廣播大喇叭，除了喊口號，念毛主席語錄，就是反來覆去播放〈東方紅〉和〈大海航行靠舵手〉。

我們躲在街邊房簷下面，一點一點溜著朝前走。馬路上的紅衛兵隊伍，一波消息傳來，人們呼啦啦站起，簇擁著，仰頭張望，狂喊：劉少奇揪出來了，揪出來了。

沒有的事，大夥重新坐下。沒一會兒，又一波消息傳來，紅衛兵們都站起，朝前擁，歡呼：

偉大統帥毛主席走出中南海，來看望我們紅衛兵了。擁了好一陣，又靜下來，什麼事都沒有。

對面街上，就是中南海西門，媽媽站住。雖然滿街是人，那西門前面方圓二十米，還是空曠。門邊站兩個持長槍的衛兵，不像新華門前的衛兵那樣泥塑般立正，這裡衛兵放鬆些，但也不隨便走動。大門裡面，另外站兩個腰裡別手槍的衛兵，走過來幾步，又走過去幾步，警惕地盯著門外人的動靜。

媽媽看我一眼，說：「我們過去吧。」

我扶著媽媽，靜靜地從坐在馬路上的紅衛兵人群中，邁過街去。果然我們腦門上沒有刻字，沒有人對我們喊：報出身，也沒有人攔截我們。他們作夢也估計不到，媽媽有怎樣的勇氣，竟敢在這個時候到這地方來露面。

我們兩人走出紅衛兵隊伍，走進那二十幾平方米的空曠地面，門口兩個衛兵緊張起來，緊盯我們。門裡那兩個遊走的衛兵便走出來，在門邊等我們。他們身後，又不知從哪裡鑽出另外兩個掛手槍的衛兵，站在那裡看。

媽媽不停步，腿不打顫，頭不搖動，徑直走過去。我看著媽媽的側臉，對她真是充滿敬佩。雖然媽媽沒有任何強權，可她是人間最英勇的人，因為她心中充滿愛情，她能夠做到無所畏懼。

我們走到中南海西門口，腰裡別手槍的衛兵迎過來。

媽媽讓我從背上卸下書包，取出那個大封袋，對那衛兵說：「同志，我有一包材料，要呈交給總理辦公室。」

衛兵問：「是什麼材料？」

媽媽把大封套遞到衛兵手裡，說：「是我這幾年與總理辦公室的一些通信、一些報告。我的工作由總理親自領導，怕擴散出去影響到總理，所以上交回來。封套上寫了幾個總理辦公室聯絡人員的名字，您轉交給他們就行了。」

衛兵接在手裡，看看封套上的人名，點頭說：「好，我會轉交進去。」

媽媽說：「我每次送材料，都得到總理辦公室的回音，非常感謝你們。」

衛兵好意地笑了一下，說：「不用謝，這是我們的工作。」

「好了，那我們就回去了。」媽媽說完，領著我轉身。

衛兵不再說話，轉身走進西門，又轉到一邊，不見了。

我們往回走的時候，街兩邊坐在地上的紅衛兵，都自動挪挪身體，給我們讓出一條路來，好像很崇敬地望著我們走過。他們剛才看見我們兩個，直接走到中南海門邊，跟衛兵說話，遞過東西去，衛兵對我們點頭微笑，把東西拿進門去，不曉得我們是幹什麼的。權力崇拜養育出一批變態人，半面是窮凶極惡，半面是奴顏婢膝。

我們往回走著，默不作聲。府右街，西什庫，西安門，好像突然之間都空無一人，悄然無聲，聽不到任何聲息，也看不到任何身影。

拐進頒賞胡同，媽媽才說：「現在我再不怕他們來抄家了。」

九十九

各大中學紅衛兵們，鬧騰了三四個月，覺得北京城裡沒多大勁了，紛紛離開首都，到外地發動革命，毛主席讚為革命大串聯。沒有紅衛兵再來抄家，我家也再沒有任何東西可抄，花無一枝，草無一棵，書無一本，紙無一張，石無一粒，字無一幅。凡跟文化相關之物，都遭革命，蕩然無存。

爸爸呆望著光禿禿的書架，說：「他們都抄走了，也好，省得我們自己去賣破爛。要我把《莎士比亞全集》送去垃圾站，可更難過了。」

媽媽說：「前一陣，學院紅衛兵發了個通告：各教研室打掃書架衛生，清除四舊。我們外語教研室裡的外國文學，當然都是資產階級糟粕。語文教研室的古典文學，歷史教研室的古書，都算封建主義餘孽，連數理化幾個教研室的教材，因為很多外國出版，也不能倖免。廢品收購站的人到學院來，開了個臨時收購站，所有教研員都抱著書排隊賣廢品。書不按本賣，論斤稱。舊報紙六毛錢一斤，舊書不如廢報紙，四毛錢一斤，精裝書更不值錢，三毛一斤。廢品站的人說，精裝書硬封面壓秤，所以得便宜點。中國書精裝的不多，可外文書，尤其世界名著，都是精裝。你就看吧，外文教研室的，數理化教研室的，都在那兒撕精裝書硬封面。《莎士比亞全集》、巴爾札克、普希金、托爾斯泰，還有世界級科學家著作的燙金封面都丟在地上，一秤一秤撕得亂七八糟的名著，塞進大麻袋，丟上大卡車。那景象真是怵目驚心，慘不忍睹。」

爸爸說：「中國人幾千年都很珍惜文化，只是這場文化大革命特別。」

我聽見了，插嘴說：「誰說的？秦始皇焚書坑儒，漢唐明清都有過大規模殺害讀書人的事情。中國政客們從來看不起知識，更看不起知識分子。」

「你這話不對，太絕對，你對中國歷史的了解還遠遠不夠。」

媽媽的一聲驚叫，打斷我和爸爸的對話。我們跑過去，看見媽媽坐地上，手裡捧一個銅墨盒，滿眼驚恐。我從媽媽手裡接過一看，也險些失聲叫出。

盒蓋上清清楚楚刻著外公的名字希聖二字。那是媽媽在香港考上西南聯大那天，外公買了，又專門刻了字，送給媽媽的。二十八年過去，媽媽自己也忘了放在哪裡，一直沒有上交，我們誰都沒有見到過。不料被紅衛兵翻出來了，他們不曉得墨盒是個什麼東西，也不認得盒上刻的字，所以丟在垃圾堆裡。

爸爸蹲著，驚慌失措，問：「怎麼辦？現在就算交出去，怕也太晚了。」

媽媽話不成句，傷心地說：「我們不能留在家裡。」

爸爸說：「絕不能，我們逃得過這一次，絕逃不過下一次。」

我說：「那只有一個辦法，把它銷毀掉，人不知鬼不覺。」

爸爸說：「私自銷毀這種東西，被人發現，又加一條死罪。」

弟弟說：「銅的東西，怎樣銷毀？燒又燒不掉。」

媽媽手裡捧著那個墨盒，兩眼看著，一句話都不說

我喘口氣，說：「好吧，我想辦法丟掉。」

爸爸說：「隨便讓誰看見，都不得了，你要小心。」

我當然知道。有一次我在街上，有人好像要丟一件什麼東西，被人看見，一吼之下，滿街人都衝上去，亂拳把那人活活打死。打死以後再查看，那人要丟的，不過是一個漏底的白茶杯，上

面連個字都沒有。可是人已打死，路過之人個個手上都沾了鮮血，可誰也不曉得究竟是誰打死了那人，一條性命白白丟掉。

那晚，我捧著墨盒，幾乎一夜沒睡。這是媽媽保存了四分之一世紀之久的紀念品，經歷過抗日戰爭和國共戰爭的烽火而無恙，今天卻終於不得不永遠丟掉。黃色銅面，二十五年後，仍然發亮。上面刻的字，仍然飽含期望和欣喜。琴薰和希聖兩個名字，仍然充滿關愛和親情。我得知外公的存在，已經好幾年，聽媽媽講外公的故事，也有很多。可這是我第一次親眼見到外公手跡，然而剛剛看到，又必須馬上銷毀。我坐起來，睜大眼睛，看著窗外。院子對過，大屋燈亮了，過一陣，又滅了，一會兒，又亮了。爸爸媽媽一會兒爬起來一回，做什麼？也許是給妹妹講故事。我閉上眼睛，回想媽媽坐在床邊，話語輕輕，講《白雪公主》、《灰姑娘》、《賣火柴的小女孩》，還有《醜小鴨》。媽媽那個燈影裡的側面，好像就在眼前。此刻我真希望，媽媽能再坐在我身邊，給我講一個短短的童話故事，伴我安眠。明天我去丟這個墨盒，如果被人發現，我就永遠不能再回家了。

一大早，我起床，刷牙洗臉，吃早飯，一句話不說。全家人圍著我轉，也不說一句話。每個人的眼睛裡，都布滿血絲，嘴角都乾裂。我把那要命的銅墨盒揣在褲兜裡，身上不背任何包，至少不能讓院裡鄰居看出我帶了什麼東西出院門。

爸爸問：「你準備去哪兒丟這東西？」

「你們甭管了，別問，我自己去找地方，跟你們沒關係。」

他們不敢送我從院子裡走出去，只站在窗口，隔著窗看我離開家。

「放心吧。」我說完，關好屋門，在走廊上推起腳踏車，轉身下台階，知道媽媽準在窗帘後面抹眼淚。我忽然覺得心裡有很多話要對媽媽說，或許這是今生最後一次機會，再跟媽媽說話。可是我沒有停住腳步，沒有轉身，沒有再對媽媽說一句話。我相信，爸爸媽媽一定懂得此刻我的感情，已經聽見了我想要說的話。

弟弟和妹妹，早早出了院門，等在門外的石獅子邊送我。

弟弟說：「哥哥，今天你一定要回來。」

妹妹說：「大哥哥，我們都等著你，早點回來。」

我覺得眼睛溼潤潤的，對弟弟妹妹點點頭，沒說任何話，騎上車子，飛快走了，淹沒在人海裡。我騎車一直朝西北走，去西郊紫竹院。那是個公園，我去轉轉很自然。果然，那裡很少人，我把墨盒丟進湖中心，永遠不會有人能夠找得到，歷史的記憶永遠埋葬在我們自己的心底。回家路上，我回頭幾次，看有沒有人跟蹤我。確定真沒人跟蹤，才轉回頒賞胡同。一家人都盯著門口等我，見我推車進院，妹妹先跑出來，可在院裡不能說話，只隨我默默走上走廊，進屋門。

我告訴他們，一切順利，我把墨盒丟了，誰都找不到。媽媽聽完，抱住我好一陣，眼淚流我一肩膀。又過幾天，始終沒有人上門找麻煩，我們才放下心來。

可不管我們如何拚命努力，終於沒有能夠保全我們的家。文化革命不斷升級，我們家開始四分五裂，弟弟第一個離開家，媽媽非常地傷心。他和他的幾個同學一道，到內蒙古錫林郭勒盟西烏珠穆沁旗寶日格斯台牧場去落戶。那年他不到十八歲。

十一月十九日，天很晴朗，一碧萬頃，但已很冷。天安門廣場，空空曠曠，北風如刀，橫掃過來，更覺嚴寒。長安街上沒有車子行駛，廣場也沒有行人。只有我們這夥人，圍在一列十幾部白色畫藍線的大轎車旁邊，好像一堆堆螞蟻。

媽媽穿棉褲，戴毛圍巾和毛手套，拄著單拐，迎著凜冽的北風，跟我們一起站在大廣場上。這種冷天，媽媽最難過，可她早上多吃一片強的松激素，非要親自到天安門廣場來，送弟弟離家遠行。

這算是一個壯舉，一個革命行動，報社有記者來採訪，電視台有人來拍電視，大轎車上都插紅旗，幾個學校革委會張揚橫標，還有人敲鑼打鼓。可在我看來，整個場面很是淒涼，沒有歡樂，沒有熱情。不可謂不壯烈，但隱著悲傷，可以說是悲壯。

弟弟和他的戰友們，早拿出一部分安家費，給自己置辦了行頭。十六七歲的學生，穿著新買的長筒馬靴，在廣場的石板地上走動，格登格登作響。有的穿著彩色絲綢的蒙古長袍，腰裡紮寬布帶。有的頭上戴蒙古氈帽，寬邊顫顫抖抖。女孩子顯得英武，男孩子透著帥氣。北京城裡根本沒有賣這種東西的，據說是專門從關外來接這批學生的人，從內蒙古帶來賣給學生們的。

弟弟沒有這些衣物，他穿著平時天天穿的舊衣服。棉襖是媽媽親手縫的，外面罩的學生裝，是媽媽帶他去買的，右袖子上打一溜補釘，是一年多前弟弟在學校做化學試驗，袖子燒破一串小洞，媽媽狠罵了他一頓，然後連夜給他縫起來。他脖子上圍一條紫色的毛圍巾，媽媽買給他用的，買了好幾年，他從來不肯圍，今天圍上了。

即將赴內蒙的學生們走過來走過去，說說笑笑，興奮歡樂，好像他們並不是離開溫暖的家，到一個陌生寒冷的北國，而是去趕一個廟會。真是不幸，浪漫主義夢幻迷惑了這些青年，媽媽能對弟弟和眼前這些青年說什麼呢？

擴音器大喇叭震天響起，〈東方紅〉、〈社會主義好〉、〈大海航行靠舵手〉，一曲又一曲，像單調的催眠術，麻醉人的神經。學生們站好隊，面對天安門城樓上高懸的毛主席像，舉起右手宣誓。北風掠動他們的頭髮，年輕的臉紅通通，莊嚴，虔誠，天真。他們的聲音很清脆，還沒有脫盡少年的童音，在寒風中飄蕩。

媽媽聽不清他們宣誓些什麼，看著這些稚嫩而聖潔的面孔，她只覺得一陣陣揪心的疼痛，淚水從胸口一股股湧上來，到喉間，又被她嚥下去，她強作微笑。

該上車了，廣場上人群發出歡叫聲，夾雜母親們的嗚咽和青年們的呼喚。紅旗招展，歌聲震天，到處是囑託、祝福、告別。

弟弟走過來，像大人一樣跟爸爸握握手，說：「爸爸，我走了。」

「到了就來信，別讓我們惦念。」

弟弟拍拍妹妹肩膀，說：「好好念書，分數太低，我可不答應。」

然後他走過來，跟我握手。從小到大，我們一直睡同一個床，近兩年我們睡同一個屋，什麼話都談過。這個時刻，簡直好像沒有任何話還需要再說。我們對望一陣，最後弟弟說：「家裡只靠你一個人了。」

「你放心，到了生地方，保持健康最要緊。」

「那把破傘我昨天修好了，在大櫥裡，再下雨就可以用。」弟弟告訴我。

我點點頭，沒說話，嗓子裡面堵得很。

弟弟走到媽媽面前，低著頭。媽媽伸出手臂，把他緊緊地抱在胸口裡。媽媽再也做不出笑臉，兩個眼裡，淚水洶湧而出，成串順著面頰流，滴落在弟弟的頭髮上。這是她的兒子，她身上的一塊肉，她心靈的一角，就這樣，要分離了。此一去，不知今生是否還有相見的時候，怎能不教媽媽心酸。

天安門城樓上，毛主席巨大的面孔，光潔紅潤，喜氣洋洋，注視著我們。

「內蒙古很冷，記得多穿衣服，不要生病。」媽媽說。

弟弟俯在媽媽懷裡，默默點點頭，不說話。

「你從小不喜歡吃肉，到內蒙，除了肉，沒別的吃。不想吃也要吃，聽見嗎？吃不夠，營養不好，沒有抵抗力，會生病。」

弟弟仍然俯在媽媽懷裡，又默默點點頭，不說話。

「騎馬時候要小心，不要跌破眼鏡。那副備用的放好，別丟了。眼鏡一跌破，馬上想辦法修，不要等兩副都壞了，沒得戴。」

弟弟繼續俯在媽媽懷裡，再次點點頭。從小到大，弟弟從來沒有這樣溫順，這樣聽話，此刻，他安安靜靜、老老實實聽媽媽每一句話。

大轎車發動起來，車上學生歡呼，車下送行人呼叫。

弟弟把頭從媽媽懷裡取出，望著媽媽的眼睛，深深地望，好像要把此刻媽媽的容貌永久印進心裡。過幾秒鐘，他說：「前天你去西安門，我顧自己的事，沒用車推你去。」

媽媽推推弟弟，說：「不說了，去吧，大家都在等你。」

弟弟猛甩頭，轉過身，舉手在臉上抹了一下，急速跑過去，跳上車。

大轎車關好門，在送行人群呼聲中，緩緩起步。弟弟在車裡，擠過一些同學，趕到車後端，靠到車窗邊，向外張望。車窗開著，弟弟沒有揮手，沒有呼喊，兩隻手緊緊抓住車窗邊緣，好像怕跌落出來。他臉上沒有一絲表情，在離開家的瞬間，他緊緊盯著媽媽。我們這個家裡，如果他有所留戀，他只留戀一個人，那就是媽媽。

車開走了，一批北京人民的優秀兒女，被送到塞外邊疆去，天安門廣場留下一片空曠，靜寂無聲。

那些天，我們家裡總是冷冷清清，安安靜靜，很少人講話，都在想遠行的弟弟，等他來信。

一〇〇

第二個離開家的，是爸爸。那天晚上，爸爸沒有回家，我們多等一個鐘頭，到八點鐘，他還沒回來，我們熱了飯菜先吃。媽媽不說話，也不吃飯，只不停地看牆上的大掛鐘。

我推開面前的飯碗，站起來，說：「我去外文局看看，一會兒就回來。」

媽媽說：「不必了，如果有事，去也找不到他。」

這年頭什麼事都可能發生，我們這樣人家，要有事，只能是壞事，沒有好事。

媽媽站起，收拾碗筷，說：「妹妹，檢查功課。」

妹妹說：「學校不上課，根本沒功課。」

院裡忽然一陣亂，我們正納悶，屋門打開，爸爸走進來，頭髮蓬亂，臉色發白，渾身發抖，哆嗦嘴唇。進了門，他站到一邊，身後跟進來幾個人，都穿褪色黃軍裝，一個不認識。

我一看，就明白是怎麼回事了，拉著媽媽坐下，看著那幾個人，看著爸爸。

其中一個很嚴厲地說：「從今天起，沈蘇儒關牛棚，不准回家。現在你們老實交代，把沈蘇儒過去的罪證交出來。」

媽媽問：「什麼罪證？」

爸爸說：「我早交代過，交代過很多次了。從五〇年我去華東新聞學院就交代了，五五年審幹，又交代過，有結論。」

紅衛兵說：「那是向走資派交代，不算。現在是毛主席的革命路線掌權，你要老老實實向造反派紅衛兵交代，不許蒙混過關。」

媽媽說：「我們家裡實在沒有任何罪證……」

有人喊：「交出沈蘇儒跟反動派頭子蔣該死合影的照片。」

有人喊：「交出沈蘇儒剝削勞動人民的金條。」

媽媽說：「我們家裡，紅衛兵來抄過好幾次了，什麼都沒有了。」

有人忽然喊叫：「紅衛兵的偉大統帥毛主席教導我們說……」

一聽毛主席三字，媽媽馬上站起。我也只好跟著站起，扶住媽媽。

那人接著背誦：「……凡是反動的東西，你不打，他就不倒。這也和掃地一樣，掃帚不到，灰塵照例不會自己跑掉。」

又一個跟著喊：「偉大領袖毛主席教導我們說：革命不是請客吃飯，不是作文章，不是繪畫繡花，不能那樣雅致，那樣從容不迫，文質彬彬，那樣溫良恭儉讓。革命是暴動，是一個階級推翻一個階級的暴烈的行動。」

幾個紅衛兵齊聲高呼：「沈蘇儒不老實，就叫他滅亡。」

他們邊喊毛主席指示，開始暴烈行動。所有櫃門都打開，衣物都扯出來，丟在地上。所有抽屜都拉出，倒扣在地。所有床墊都掀起，拍拍打打。可我們家裡確實什麼都抄不出來了，他們只好收場，對爸爸喝叫：「收拾你的被褥，走了。」

爸爸看媽媽一眼，說：「我把被褥搬到機關去。」

「我們都是雙人的，你怎麼搬走？把妹妹這床褥子搬去用。妹妹以後跟我大床上睡。寧寧，幫忙爸爸弄呀，怎麼坐著不動？要我弄嗎？」媽媽跟爸爸正說話，突然轉身對我發脾氣，喊叫起來。

我趕緊跑過去，幫爸爸把妹妹的褥子棉被捲好。

媽媽說：「拿根行李繩綁一綁，路上鬆開，都掉地上，弄髒了。」

爸爸說：「在機關就是睡在地上，還怕髒。」

媽媽急了，說：「辦公室都是水泥地，怎麼睡？要睡出病來。」

紅衛兵們不耐煩，喊叫：「真是資產階級，水泥地怎麼不能睡？」

媽媽對我說：「去給爸爸拿條毛毯墊在褥子下面隔潮，拿個枕頭。」

我從裡屋床上抽掉爸爸媽媽用的大毛毯，抱出來，包到那個捲起的鋪蓋外面，又到大衣櫃裡找出一條行李繩要綁。

媽媽叫：「不行，毛毯包外面要弄壞。重捲，把毛毯包到行李裡面去。」紅衛兵火了，一把奪過我手裡的行李繩，把爸爸的行李一捆，抱起來往爸爸肩膀上一放，大喝一聲：「少囉嗦，走。」

爸爸被紅衛兵們推搡著，扛著自己的被褥行李，出了屋門。妹妹追出門去，喊：「枕頭，爸爸，枕頭。」

媽媽在大桌邊的椅子上坐下去，朝窗外張望。我站在一邊，覺得自己如此卑微無能。妹妹走回來，站著媽媽身邊，眼淚撲答撲答落。

爸爸很快消失在黑夜之中。媽媽忽然說：「寧寧，快趕去問一下，別的東西怎麼辦？糧票啦，香菸啦，什麼的。」

「問那幹什麼，我明天送去就是。既然他住辦公室，總找得到。」

「那麼我給爸爸找幾件換洗衣服，一塊送去。」

「您甭瞎忙，住牛棚，做牛做馬，換什麼衣服。」

媽媽不理我，站起身，走進裡屋。我跟妹妹，在外屋，一點一點收拾外文局紅衛兵翻亂的物什，誰也不說話。收拾好外屋，我們又走進裡屋，收拾書桌抽屜。媽媽坐在大床上，靜靜的，一件一件給爸爸疊衣服，過一會兒，說：「寧寧，明天一早，去糧站取點糧票，給爸爸帶去。你要去給爸爸買點香菸，曉得買什麼菸嗎？」

「恆大吧，爸爸一直抽恆大。」

「他關牛棚，還能抽恆大嗎？人家會罵他資產階級生活方式嗎？」

「我買幾包珍珠魚，把恆大煙裝在珍珠魚盒子裡送去。」

「珍珠魚是什麼菸？爸爸喜歡抽嗎？」

「爸爸沒抽過，九分錢一盒，最便宜的，蹬三輪的才抽那玩意。」

第二天，我一早到糧站取回些糧票，媽媽包在一張紙裡，又在紙上寫好了多少粗糧票，多少細糧票，夠爸爸一個月伙食。我又到西四副食店去買香菸，六包恆大，六包珍珠魚，回到家，我把珍珠魚盒子挑開，把菸全丟了，裝進恆大菸，再封好。

一切就緒，到了下午，我把糧票放進上衣口袋，把送給爸爸的換洗衣服襪子、臉巾腳巾、牙刷牙膏、擦臉油、刮鬍刀、梳子、香皂，放在一個網籃裡，把換過裝的珍珠魚香菸放在最上面，免得壓。

車子存在外文局門外，手提網籃進門上樓，一直走到四層《中國建設》編輯部，爸爸在這裡上班。推開樓道門一看，我就愣了，充滿恐懼。

滿樓道一側牆上，貼滿真人大小的照片，一張接一張，都是同一張翻版：蔣介石微笑著，跟爸爸握手。爸爸曾對我講過，他做上海《新聞報》駐南京特派記者的時候，參加過蔣介石的記者招待會，有一次他在記者會上跟蔣介石握手的照片，在《新聞報》上刊出。我從來沒有見過這張照片。卻不想，今天在外文局樓道牆上見到。

這排照片上方，橫貼斗大黑字標語：打倒蔣介石的忠實走狗沈蘇儒！打倒國民黨大戰犯陶希聖的女婿沈蘇儒！所有的沈蘇儒、蔣介石和陶希聖的名字都顛倒寫，上面畫了紅色大叉叉。我這才曉得，爸爸在社裡挨批判已經好幾個月了，大概挨鬥挨打也不少次，他回家沒提過一個字。

我找到中建社革命委員會辦公室，裡面坐三個穿舊軍裝的紅衛兵，抽菸聊天，看見我，問：「找誰？」

「我來給父親送糧票和用品，我爸是沈蘇儒。」

他們轉過頭去，不再看我一眼，一齊說：「東西放下吧。」

「我要看他一眼，給他這些東西，還有話說。」

「你用不著見他，東西都放在這兒。」

「不行！」不知我哪兒來的勇氣，敢不服從紅衛兵，說：「我要見他。」

那些人恐怕從來沒聽人對他們過個不字，聽我說了，有點吃驚，轉頭看著我。

「見不到我爸，我今天就不走了。」

他們靜了一會兒，有個人說：「誰帶他去看看。」

另一個人站起來，對我招招手，說：「跟我走。」

他帶我走到會議室旁邊正對樓梯口的一間辦公室，門大開，裡面順三面牆邊，一個挨一個，頭頂牆根，鋪了被褥，被褥下面墊些乾草隔潮。粗略數數，大概十幾二十人，中建社幾個黨政領導，加上爸爸這樣的老知識分子，一個不少，都住在這裡。我認得爸爸的被子，他睡門口左手第三個鋪位。

那人朝屋裡探一下頭，轉回來對我說：「不在，都幹活呢。你爸爸打掃東邊頭的廁所。你願意，就去找。」

我不理他，提著網袋，往樓道東頭走，那人在後面跟著。進了最東頭那間廁所，我喊一聲：「爸爸。」

沒人回答。

我回頭問那人：「他打掃哪層的廁所？」

「六層這頭的，都歸他打掃。」

我聽了心酸，說不出話，轉頭朝樓梯跑，一口氣下到底，甩掉身後的那人。一樓東頭廁所裡沒有，二樓東頭廁所裡沒有，三樓東頭廁所還沒有，四樓廁所剛才看過。我上五樓，爸爸在東頭的廁所裡。

他推一個小鉛皮水桶，提一把大拖布，正用力拖地。聽見有人進來，不敢轉臉，雙手握住拖把，呼呼喘氣，走到旁邊，貼牆站著，垂著頭，好像米開朗基羅的一尊奴隸雕像。大概天天如此，有人進來上廁所，他必須這樣靠牆站著，等人家上完出去，他再繼續打掃。

我眼淚差一點落下來，叫一聲：「爸爸，」

爸爸聽見我叫，抬起頭，眼裡光點一閃馬上消失，說：「你來做什麼？」

我忍住喉頭跳動，吞嚥湧冒上來的水，說：「姆媽讓我給你送些東西。」

「我這裡很好，什麼都不需要。」

那人剛剛追到這裡，氣喘吁吁，滿臉通紅，大聲叫：「沈蘇儒，你老老實實的，不許偷懶。」

爸爸彎下腰，低著頭，小聲說：「我沒有，我努力勞動改造……」

我覺得胸膛裡冒出熱血，壓迫得心臟發疼，真想回身照那傢伙揍一拳。

那人又對爸爸喝叫：「你家裡給你送東西來，你要不要？」

爸爸身上打抖，說：「我，我不要，不要……」

「就說你們這些反動文人不通人性，家裡人好心好意送來了，你不要？」那人一邊說，一邊從我手裡搶過網籃，伸手在裡面翻騰，看看不過是些毛巾洗漱用品之類，順手往爸爸面前的溼地板上一丟，說：「一堆破爛，留下吧。」

爸爸從溼地上提起網籃來，說：「是，是！」

「你可以回去一趟，把送來的東西放你鋪位上去。」那人說。

「我這廁所還沒打掃完。」

「我說了讓你回去，你就回去，這麼囉嗦。」

「是，是。」爸爸說著，提著那網籃，彎著腰，低著頭，從我面前走出廁所。

我在後面跟著，找不出話說，只有默默地陪著爸爸走。爸爸下一層樓，走到牛棚住地，在自己鋪位上，拿起枕頭，把我送來的網籃放下，再把枕頭壓在上面，以免別人拉亂弄丟。然後他走到門口，對我和那人說：「我該回去掃廁所了。」

我說：「爸爸，姆媽還讓我帶來了糧票，你要嗎？」

那人說：「當然要，沒糧票，誰給他吃飯。」

爸爸轉身對著我，卻並不看我，低聲說：「那你留下吧。」

我從上衣口袋裡取出媽媽包好的紙包，遞過去。那人一把奪過，看看上面媽媽寫的字，又打開包，翻轉著看看，然後遞給爸爸，說：「收著，到月初要交。」

「是，是。」爸爸接過紙包，按原來的摺印包好，放進衣服口袋，垂手站著，等待革委會的人吩咐。

我想多待一會兒，又不忍心看爸爸的神情，便說：「爸爸，那我就走了。有什麼需要，通知我送來。」

爸爸點點頭，說：「走吧，走吧，我什麼都不需要。」

我站著沒動，也不知說什麼好。旁邊那人也站著，監視著。

過一分鐘，爸爸說：「跟姆媽講，我這裡一切都好，不用操心，她身體不好……」

我喉結一跳一跳，說：「姆媽那邊有我，你放心，你保持好身體。」

爸爸說：「我勞動，體力勞動，對身體好好……」

那人生氣了，大聲訓斥：「沈蘇儒，到現在你還不老實，抗拒思想改造。你以為讓你勞動是鍛鍊身體嗎？勞動是改造，改造思想，老實交代你的問題，向毛主席的革命路線低頭認罪。」

爸爸腰彎得更低，哆哆嗦嗦回答：「是，是，我改造，我認罪。」

那傢伙是個什麼東西，竟敢如此野蠻地訓斥我爸爸。我猛轉過身去，兩眼冒火，兩手捏緊拳頭，準備照準他鼻眼打過去。爸爸突然邁步，插在我和那渾蛋中間，走出屋子去。這一下，讓我忍住拳頭，沒有揮出去。抬臉看，毛主席兩眼盯著我。

我走出外文局大樓，騎上車子，不敢回家。淚水順臉，不停地流，在冬日寒風中凍結，刺我的皮膚。我從西郊百萬莊出來，漫無目的，繞到眼淚乾了，才回家。

一進門，媽媽對我說：「寧寧，剛才中建革委會派了一個叫汪強的人，通知我們馬上從這裡搬出去。」

我一聽，火冒三丈：「這幫王八蛋，這是要逼我們流離失所，是嗎？我不搬，跟他們拚了，反正是個死。」

「也沒有，他們答應給我們換房子住，搬個家就是。」

「為什麼？爸爸住牛棚，我們就沒有資格住在這裡了？」

「他們抄家的時候，造反派一個頭頭看中這個房子。」

「簡直是打家劫舍，什麼他媽革命派，全是土匪。」

「算了，罵人有什麼用。人家說給我們換房子，還算仁慈。那個汪強，明天再來，帶你去看幾處房子，你決定搬去哪裡。」

第二天來，汪強騎摩托車帶我去看房子。先看西單大木倉胡同的房子，一個幾進的大雜院，都是平房，住許多人家。讓我們住的，只一間屋。又看東郊一個新蓋宿舍樓，像一個火柴盒，坐落在一片荒地當中，單薄簡陋，一颳風就倒，讓我們跟另一家合住一個兩室小單元。最後到東單反帝路北街，就是我們剛來北京住過的馬家廟，可以分給我們住的，是兩間小閣樓。

沒商量，我必須當下作出決定，在這三處地方選一處，過三天就搬家。我騎在摩托車上，頂著寒風，想了又想，決定還是搬回馬家廟的小閣樓上。我選擇住房地點，除了媽媽的身體，別無所慮。大木倉平房，磚地，恐怕太陰冷潮溼，對媽媽不好。而且一間大屋子，媽媽、妹妹和我三人，怎麼住法？東郊單元，恐怕根本不保暖不禦寒，媽媽沒法住。附近什麼商店都沒有，買個針頭線腦得坐公共汽車，媽媽受不了。而且也只有一間屋子。馬家廟房子老舊，但是木結構，住閣樓，雖然上下不方便，可是一定不潮，對媽媽身體沒有影響。房間雖小，可是給我們兩間，我可以跟媽媽妹妹分開住。我選了馬家廟。

更重要的，我希望我們家能夠盡可能與世隔絕。中國人說，遠親不如近鄰。鄰居者，非親非故，沒有責任義務，不必虛情假意，好惡直截了當。所以其實是鄰居們，讓一家人可以生活得幸福，或者悲慘。像我們家，在這世道，住哪兒都得受鄰人欺負。鄰居少點，離遠點，可能少受點欺負。大木倉雜院，誰知道是些什麼人家，聯合起來欺負媽媽，怎麼受得了。東郊單元，跟別人家合住，連關起門躲避都做不到。

馬家廟院裡，連我家一共五戶，其中三家都是爸爸相識多年的老同事。張凡、朱世傑、張載三家對我們很同情。只有一戶姓王的退伍軍人幹部，恐怕跟我們不一路。還有一家姓符的，夫婦兩個都是東安市場售貨員，不是外文局職工，不知怎麼住進來。不過這兩家都住樓下，跟我們井水不犯河水。小閣樓上一共四間小屋，我們住兩間，另兩間算是樓下兩家的臥室，晚上睡覺才上來。所以平時白天，小閣樓上，只我們一家人活動，還算能夠躲開人世。

這樣，過三天，我們就搬回馬家廟。搬來以後才發現，這院裡沒有廁所。記得我們早年在這裡住的時候，樓裡有個抽水馬桶廁所，院子裡另有一個旱廁。可現在兩個廁所都不准用了。據說是北京市委忽然一天下個命令，政府統一管理居民糞便，不准家家戶戶自用廁所。馬家廟胡同口修了一個公用廁所，整條胡同住戶合用。我萬萬沒有想到，忽略了北京政府這項糞便政策。所以媽媽只好每天在小閣樓家裡，用馬桶大小便，然後我們提到胡同口的公廁裡去倒。雖然不方便，到底算安靜，只要不下樓出門，可以一天到晚不見旁人嘴臉。

可我還是想得太簡單了，搬來沒三天，我從外面回家，就聽見樓裡有人狂呼亂叫，那對東安市場符家售貨員站在樓道裡，跺著雙腳，揮著拳頭，呼喊口號：反動派不投降，就讓他滅亡！打倒國民黨蔣介石！我們一定要解放台灣！

我三腳兩步跑上閣樓，衝進家門。媽媽抱著妹妹，蜷縮在一個屋角，默默流淚發抖。妹妹頭蒙在媽媽懷裡，雙肩抽得很凶，卻聽不到哭聲。

妹妹揚起頭，滿臉淚，抽動著對我說：「都是我不好，我不該跟他們爭。」

我問：「爭什麼？跟他們這種畜生，有什麼可爭的。」

媽媽說：「唉，小孩子的事，大人要加進來吵。」

我不聲響了。妹妹從小不是個到處惹是非的人，從她懂事，就曉得家裡出身不好，不能跟別人平起平坐，沒有人應有的自由和尊嚴，所以更加溫順，別人說什麼，她都不會還嘴。一定是樓下符家那個渾兒子欺負人，妹妹忍無可忍，爭了幾句。

晚上，我躲在院子裡，等到符家那男孩子走出來，我拉住他，一手捂住他嘴，拖到院子外面陰影裡，惡狠狠說：「聽著，小王八蛋。你再敢到你渾蛋老子那兒多嘴，告訴你，我把你宰了。信不信？看看，你現在敢出聲，我就一刀宰了你。」

我說著，從衣服底下取出一把蒙古短刀，尖尖的，在暗影中仍可見到些閃亮。那是弟弟到蒙古以後寄給我的一件禮物。

他嚇得渾身發抖，兩手亂晃，沒敢出聲。

我繼續嚇唬他：「你他媽以為我不敢宰了你嗎？你爸爸不是喊叫要打倒我們嗎？反正我們活不好，宰了你，還是一樣活不好。我倒楣，非拉你們一家墊背，誰他媽也別活。你再敢欺負我妹妹，再敢回家挑撥是非，你娘老子再敢罵我媽，我告訴你，哪天晚上你們睡覺，我把你們一家人都宰了。」

那孩子睜大眼睛，看著我，眼裡都是驚恐。不管社會能夠怎樣肆無忌憚地迫害我們家的人，此時此刻，明擺著，我十九歲，一米八個子，發大火，當然把這個二年級小學生嚇壞了。

我鬆開手，對他說：「從今以後，在這院子裡，別再讓我聽見你們罵人。不管因為什麼，不管我在不在家，只要你狗娘老子開口罵我們，我知道了，就找你算帳。聽清楚沒有？滾你媽的蛋。」

那孩子連連點頭，看著我手裡的蒙古刀，慌忙拔腳就跑。我癱坐在地上喘氣。我並不敢真動刀子，但願這恐嚇能起作用。

一〇

第三個輪到我離開家了。一九六八年，劉少奇被消滅了，紅衛兵沒了用，毛主席下令城市青年上山下鄉插隊落戶。各學校一批批動員學生，到邊遠鄉村接受貧下中農再教育。北京火車站每天鑼鼓夾著嚎哭，鮮花伴著淚水。東北北大荒農場，內蒙草原，山西雁北山區，吉林長白山腳，我都沒去，決計拖一天算一天。可每個學校都有學生下鄉插隊人數指標，我這樣家庭出身的學生，絕對不許可留在北京城裡。我已經拖過好幾批了，學校再不許我繼續拖下去。

我哀求學校，母親病殘，生活不便，我得照顧，不能離開北京。

學校說：「你這樣家庭出身，除了上山下鄉，老老實實接受改造，沒有別的出路。留在北京，你永遠也找不到工作，不可能有任何單位接受你這樣出身的人，你自己都顧不了，怎麼還能照顧家。」

見我仍然不答應，學校最後說：「我們已經好話說盡，你再不服從，就表示你不願意聽毛主席的話，我們可就不客氣了。」

他們能怎麼著？我不信他們能到家裡來，一繩子把我綁到秦城監獄。

他們不會，他們有更絕的招兒：「如果你這次不下鄉，我們就給外文局革委會發個函，報告你父親教子無方，對抗毛主席革命路線。那麼外文局革委會給你爸爸加什麼罪，怎樣處罰，只有聽天由命了。」

這些話，真有無比的威懾力，我受不了。他們哪怕說要槍斃我，我都不在乎。可我相信，如果我不下鄉，他們一定會去找外文局，加倍折磨爸爸。我不再說二話，當時報名，到陝北插隊。

回家報告媽媽，她反而高興，說：「我們家這樣子，你留在家裡不會有前途，自己出去闖闖，也許還有條生路，我給你收拾行裝。」

哪有行裝可收拾，家裡沒錢，我把冰鞋賣了舊貨，才買點牙膏牙刷之類用具。媽媽對我說：「到外文局去一趟，借些錢吧。你要下鄉插隊，響應毛主席號召，參加革命，他們不敢不支持。」

我去了，外文局革委會也真從爸爸停發的工資裡借給我六十元。我拿了錢，提出要與爸爸告個別，革委會也同意了。

在一間長方形的空辦公室，我見到爸爸。屋裡只有一張長桌，圍一圈椅子。我和爸爸各坐長桌兩頭。一個革委會看守員，一張毛主席畫像，一左一右，監視我們。我與爸爸相對，良久無言。我不知此一去，是否還有機會回北京，更不知是否還能再見到父親，心裡萬分難過。爸爸不看我，低著頭。

最後，我對爸爸說：「我過幾天就走了，去陝北農村插隊落戶。」

過好一陣，爸爸說：「去吧，別想家，努力改造，好好接受再教育。」

我看了一眼毛澤東畫像，說：「你也好好接受改造……」

爸爸低著頭，點了點，不等我再說什麼，自己站起來，轉身走出門去。我看見，爸爸在哭，肩頭背影一聳一聳，他不願讓我看見。

我一個衣箱沒有裝滿，怕路上壓壞，放兩個枕頭墊住，走上獨立生活之路。一九六九年二月一日，我跟三萬中學生一起，離開北京。

火車站上人山人海，有人笑，有人哭，有人敲鑼打鼓，有人送禮送花。爸爸關在牛棚裡，就是送我上山下鄉也不行。弟弟遠在內蒙，不知是否收到我的信。媽媽不顧天寒，拄了拐，讓妹妹攙扶，到火車站送我。我們站在站台上，面面相對，周圍都是人，可是十分孤單。

我在八中本沒有朋友，同班同學大多去了東北、內蒙、山西等地。我不去那些地方，也是怕跟熟悉的同學在一起，永遠擺脫不了家庭出身的黑影。去陝北，我心裡悄悄懷著一種僥倖，人生地疏，或許可憑自己努力，爭取一點做人的權利。沒有什麼話可說，我們都靜靜站著。車站廣播響起，招呼插隊學生們上車。我對媽媽說：「我要上車了，你們回去吧。」

妹妹說：「大哥哥，一到了就來信。你常寫信回來，別讓姆媽惦記。」

媽媽伸手替我拉拉衣領，說：「看著點天氣，知道冷暖，別生病。」

我說：「姆媽，我不是小孩兒了，二十一歲了。」

媽媽苦笑一下，說：「二十一歲又怎樣，還是我的兒子。」

我喉頭一緊，沒有說話，低頭注視媽媽的臉，清清楚楚看到她額頭兩頰每一條皺紋，她眼中唇邊深深的愁容。那面龐，那神情，那淒楚，那痛苦，比達文西或米開朗基羅所創造的一切雕刻或者繪畫，都更千百倍的真實、深刻。

過一會兒，媽媽輕輕推推我，說：「別管我們，上車吧，火車不等人。」

「我一上車，你們就走，不要等開車，也許我的座位看不見你們。」

「別擔心，早說好了的，你進了車門，我們就走。」

「姆媽，我保證不哭，你也不要哭。」

「從小到大，家人離別，太多次了。我不會再哭，放心走吧。」

我轉過身，大踏步走到車門口，一腳跨進去，再不回頭。走過一節車廂，我站到一扇沒有開的車門邊，隱著身子，默默注視仍在站台上望著列車的媽媽和妹妹。她們遠遠離開站台邊的人群，孑然站在一片空地上，沒有一個人跟她們講話打招呼，那樣的孤獨，那樣的淒涼。

站台上的人群忽然都往後退去，汽笛長鳴一聲，每個車門口的列車員吼叫起來，關起車門。

我不動，盯著媽媽。她們兩人，慢慢轉過身。媽媽右臂拄著拐，妹妹扶著她的左臂，在空曠的站台上，一瘸一瘸往外走。到鐵欄杆邊的剎那，媽媽又回頭來張望了片刻，然後掉轉回頭，朝外走了。

望著媽媽瘦弱搖晃的背影，我再也忍不住心酸，火車一震，啟動起來的瞬間，淚水猛烈湧出，像長江絕口，奔騰傾瀉，很久止不住。這是我有生以來，第一次離開家，離開媽媽，而且或許今生再不能相見。離別真是淒苦，何況媽媽如此病重。

一〇二

秋收之後，農村冬閒，無事可做，插隊學生都可以回家。我也迫不及待，回到北京。我能多照顧媽媽一天，就要爭取多照顧媽媽一天。

第二天，媽媽讓我到外文局去，說局裡通知，機關第一批去河南汲縣五七幹校的人，十二月一號出發，還有五天準備時間，可以把爸爸接回家。

我到外文局，牛棚裡已經空了，鋪在地上的被褥鋪蓋都沒有了，只剩一層厚厚的黃草，壓得平平的，沒有彈性。人都走光，行李也不見，只剩爸爸一人，靠牆坐在捲起了的鋪蓋上面，兩個手捧著頭。

我走進去，叫：「爸爸。」

他一驚，抬起頭看見我，臉上漠然無表情，可心裡很激動。

「我昨天回到北京，剛好碰上你回家。」

「他們都走了，都有人接。我不能給姆媽打電話，她又不能來，乾著急。我正想辦法，怎麼把這一堆扛去坐公共汽車。」爸爸邊說，站起身。他瘦極了，顯得個子更高。頭髮更稀少，蓬亂溼黏。臉色焦黃，好像生了病，滿臉皺紋。他沒有戴他的金絲眼鏡，瞇著眼睛，好像疲倦得不得了，偶爾睜開，眼球突出，布滿血絲。

我不忍看，把他的鋪蓋捲扛上肩，提起網籃，說：「走吧。」

爸爸一手提書包，一手提布袋，跟著我走到門口，轉身看一眼。忽然又回去，從他的地鋪頭頂牆上，摘下一張紙，是他自己手畫的日曆。他看著日曆，說：「整整二十個月。」

爸爸一步一步走下樓梯，默不作聲。這條樓梯，二十個月來，爸爸提著水捅拖把每天上下多少次，每一層都滴滿爸爸的汗和淚。我不敢出聲，跟在爸爸身後。

爸爸一回到家就睡覺，中午睡到晚上，晚上又睡到早上。以後幾天，爸爸不出門，每天在家裡，這裡摸摸，那裡轉轉，嘴裡自言自語。他說，二十個月沒回家，哪兒也不如在家。媽媽每天還要上班，參加政治學習，寫思想檢查，讀《人民日報》，晚上回家做飯，給爸爸改善伙食，補充營養。妹妹每天上學，背毛主席語錄，寫批判文章，晚上回家，給爸爸煎藥。我每天騎車，出外給爸爸買東西，辦去幹校的手續。給爸爸裝箱打包，準備行裝。媽媽一直很少說話，也並不流淚。

十一月三十日，我從豬市大街菜場借輛平板三輪，把爸爸的箱子和鋪蓋送到廣安門車站，託運到汲縣。爸爸騎腳踏車跟著，忙了半天，辦妥回家路上，爸爸問：「你會不會做浙江嘉興的油豆腐嵌肉？」

我會。爸爸就讓我燜一鍋米飯，做了一個油豆腐嵌肉。晚飯前，妹妹回家，動手做番茄雞蛋湯，然後炒白菜。媽媽下班回到家，洗臉換衣服。爸爸和我動手，擺桌子碗筷，端上飯菜。都坐好以後，爸爸說：「今天我出的主意，要吃嘉興菜，算我請客，可惜沒有酒。」

我說：「只要一家人團圓，沒有酒也一樣醉。」

媽媽把油豆腐搛到爸爸碗裡，說：「那你多吃一點，到幹校吃不到。」

「咦，今天是我請客，大家吃，怎麼我一人吃。」

「到幹校，會有機會休假回家嗎？」

「那些革命派，是輪流去，三幾個月，或者半年就回來了，自然用不著什麼假期。我們是去勞改，你想想，會放我們假嗎？」

我說：「爸爸，不怕，你不休假回來，我去看幹校你。」

「你怎麼去？坐火車很貴。沒有介紹信，車票也買不到。」

「我扒車去，不用買票，也不用介紹信，想去哪兒就去哪兒。我現在是插隊學生，走過江湖，見過世面，再沒什麼可怕的了。城裡人犯事，往鄉下送，就嚇死了。現在我就在鄉下，還能怎麼樣？從農村開除？還去哪兒？送回城裡？更好。你知道人家叫我們什麼？插爺。插隊學生，算爺字輩的，誰敢惹。」

一頓晚飯說著話過去，油豆腐嵌肉沒吃完，爸爸也不能帶。

第二天上午，下起小雪，我和妹妹陪爸爸到廣安門火車站。車站很小，不是客站，只有外文局下幹校的人。有幾個同辦公室來往多年的熟人，此刻好像都不認識，沒人看我們一眼。牛棚裡的難友不敢打招呼，革命派要劃清界線，不受我們牽連。

爸爸早早坐進車廂，藏在窗後，縮著身體，盡量不讓人看到他，默默望著我們兩個。過了一陣，火車開動，爸爸在窗後淒然微笑，對我們招招手。我和妹妹倚燈杆站著，透過飄飛的雪花，張望車裡的爸爸。他這一去，不知是否還有生還之日。我們可以到河南去看他，可媽媽呢？爸爸與媽媽，不知今生何日才能再相逢。我和妹妹，頭上扣著帽子，壓住眉毛，又把口罩戴到眼皮底下，讓眼淚在口罩後面順臉流下，不敢讓人看見我們為爸爸的離別而心酸流淚。

回到家，媽媽站在樓梯口等，眼睛紅腫，淚痕猶在。她一見我們，就說：「今天十二月一日，你爸爸五十歲整的生日。」

這一下子，我們才明白爸爸昨晚請客吃油豆腐嵌肉的意義。我再也忍不住，當晚流著熱淚，給弟弟寫了一封長長的信，報告我們送爸爸去幹校的種種經過，要求他盡可能回來一趟，我們一起去看看爸爸。弟弟從一九六七年去了內蒙，我們已經兩年多沒有見面。過了一個半月，不見弟弟回來，連回信也沒有，我只好決定自己去了。

動身那天上午，我和媽媽正在小閣樓上整理帶給爸爸的東西，忽然聽到木樓梯通通作響，好像有個巨人走上樓來。我趕出去張望，樓梯上一個人穿著厚厚的蒙古皮袍，頭戴蒙古帽，背個大布袋，正往上走。厚重的皮靴，踏在木樓梯上，一下一下，好像鐵鎚砸木樁。我差點喘不過氣來，忙問：「是沈熙嗎？」

樓梯上的來人不說話，只是重重地哼了一聲：「嗯。」

我忙轉身朝屋裡大喊：「姆媽，弟弟回來了。」

這時弟弟走到樓上，好像看我一眼，又好像沒有，臉上五顏六色，蒙在帽子的皮毛裡面，只有眼睛顯出兩點光亮。這是他第一次回北京，第一次回到這個家。他離開北京去內蒙插隊的時候，我們還住在西四頒賞胡同。我接過他背上的大布袋，領他走進我們的房間。

媽媽站在房間門口等待，見到弟弟的身影，眼裡湧滿淚，連聲嘮叨：「弟弟，弟弟，回來了，回來了。」

弟弟站在媽媽面前，只說出一句：「姆媽。」

媽媽忽然驚恐地看著弟弟，說：「你怎麼了？」

「凍了。」弟弟又吐出兩個字，再也說不出別的話。

媽媽馬上叫起來：「快，快，寧寧，開火，燒水。」

我忙把弟弟的大布袋放到地板上，衝過去把火爐蓋打開，用通條用力的戳煤眼，讓火快點燃起。媽媽又喊叫：「快，快把大衣脫掉。」

弟弟站在屋子中央，一動不動，好像沒有聽到媽媽的話。

媽媽過去幫他，手一碰，喊起來：「啊呀，全是冰。寧寧，快來幫忙。」

我把水壺放在火爐上燒，跑過去幫弟弟脫衣服。弟弟整個身體好像一個大冰塊，我用了很大力，先給他把蒙古帽拔下來，這才看到他的臉。鼻子面頰都凍壞了，全是紫色的凍瘡疤，眼睛血紅，嘴唇乾裂，滿下巴凍硬的血跡。我給他鬆開腰間布帶，拉開蒙古袍大襟，都凍得硬邦邦的。蒙古袍脫掉，堆在地板上，仍然直立不倒。

爐子裡的火燃起來，水壺冒出熱氣，屋裡暖了一些。脫掉蒙古袍，弟弟的胳臂可以動，跟我一起脫掉裡面穿的棉襖，也是冰涼。媽媽忍著淚，瘸著腿，過來過去，從衣櫃裡拿棉毛衫，毛衣，給弟弟換。我倒些開水在臉盆裡，又下樓給水壺添冷水，放在爐上繼續燒。弟弟默默坐在蒙古袍堆上，用力拔下兩隻大皮靴，也都凍得硬邦邦。脫掉腳上凍硬的毛襪，弟弟站起來，脫下棉褲，換上棉毛褲，套上毛褲，穿上棉拖鞋。我把弟弟脫下來的所有內外衣褲，都裝進一個大旅行袋，明天去買殺蟲藥消毒。

媽媽用手試試臉盆裡的水，說：「快過來洗臉洗手啦。」

弟弟走過來，把兩手和臉浸泡在臉盆裡。泡了好一會兒，他才把臉從盆裡抬起來，覺得臉上的肌肉可以活動了，說：「可以說出話來了。」

媽媽一直站在他對面，目不轉睛看著他，問：「你怎麼搞的？」

弟弟轉過臉，還是青一塊紫一塊，說：「凍了，沒事，手腳都凍了。」

我把腳盆端來，把臉盆裡的水倒在腳盆裡，說：「坐下，泡腳。」

弟弟坐下，把兩腳放進腳盆。兩個腳都腫了，凍得紫紅，裂了大口子，流的血也都凍硬，水裡一泡，化了，滿盆血水。

媽媽看了，哭出聲來，說不成話。

弟弟說：「不要緊，姆媽，常有的事。」

聽見這話，媽媽哭得更厲害，想到弟弟在內蒙過如何苦的日子，怎不傷心。

我在臉盆裡加些熱水，讓弟弟再洗臉洗手。

這樣洗一陣子，媽媽穩定下來，問弟弟：「你怎麼會凍成這樣？」

弟弟腳還泡在盆裡，接過我遞過去的茶杯，轉頭啪一聲，在地板上吐了口痰，說：「上星期收到哥哥的信。」

媽媽剛坐到桌邊椅上，又站起來，大聲喊：「你做什麼？弟弟？」

弟弟不明白，扭頭看著媽媽，問：「我怎麼了？喝茶呀，哥哥剛沖的。」

媽媽手指著地板，說：「你怎麼在地板上吐痰？哥哥昨天才拖過。」

弟弟低頭看看剛吐的痰，不好意思地說：「鄉下慣了，洗完腳我擦。」

我拿過拖把，邊擦地，邊問：「你收到我的信了嗎？」

「上禮拜收到。」

「上禮拜才收到？這信走了一個半月？」

「你再晚發一兩天，我就要到明年開春才能收到。冬天壩上雪一封山，內地交通一停，要過四月才恢復。我們那裡叫壩，是大興安嶺餘脈。你的信，是內地過壩的最後一趟郵差。看了你的信，我很難過，決定馬上回家，連夜收拾行裝，第二天天剛亮，借了匹馬上路。天很冷，風很硬，臉已經有點凍了。騎兩個鐘頭到總場，趕上總場去旗裡的大車。路不是很遠，可冬天雪大不好走，走了三天，大風大雪，手腳都凍了。到旗裡，總算趕上今年最後一班過壩進內地的長途汽車，又走了兩整天。車上很冷，窗都關不嚴。過壩的時候，幾次停下，好像要封死在壩上。千難萬苦過壩到了林東，又坐一整天長途車到赤峰。那兒有火車了，又走了一天一夜，才到北京。」

媽媽說：「坐了一天一夜火車，還沒暖過來？還凍成這樣？」

「你沒坐過小地方的慢車，站站停，慢得要命。車廂也很簡陋，沒有暖氣。坐車的都是短途，上來下去，開門關門，保不住暖。從赤峰先到承德，在站上要等四五個小時，才換來北京的車。出了北京站，我記不清哪邊是哪邊了，你們搬家我又不在。旁邊過來一個三輪，我問：東單怎麼走？他看我那模樣，說：上車吧。我才不花錢坐三輪，他不告訴我。我也不敢坐公共汽車，不知道哪路到哪兒。沒法子，只有走路。順著街走，過兩站一看，上長安街了，這下我有了方向，一路走到東單，看著路牌子，又認出協和醫院，才走回家來。」

媽媽聽得眼淚落下來，說：「真難死了。回來了就好，好好睡覺。」

弟弟對我說：「我們明天去看看爸爸嗎？凍傷一時半會兒好不了。」

一〇三

弟弟休養了一個多月，凍傷才好利落。我們兩人到河南汲縣外文局幹校，跟爸爸一起住了十天。回到北京當天晚上，媽媽要我們報告。妹妹邊做晚飯邊聽。

弟弟說：「外文局幹校在一大片田地中間，一個磚牆方院，前不著村，後不著店，說好聽了，像個歐洲中世紀的城堡，說不好聽，就是一座監獄。」

我說：「幹校本來就是一種監獄，專關正直的知識分子，所以只能選在那種地方，四周沒人煙，與世隔絕，要跑都跑不出去。」

媽媽問：「爸爸幹活重嗎？」

「什麼都幹過：餵豬、運水、劈柴、守夜、育苗，這些活，都還算輕。拉煤、起圈，就重些，比較吃力。下大田翻地，當然更重，而且時間長。」

「幹這些活，爸爸身體受得了嗎？」

「受得了受不了都得受，受不了怎麼辦。勞動改造，還能討價還價？我看，從牛棚到幹校，爸爸這樣幹幾年體力活，也許對他身體有好處，算是鍛鍊身體。他說，他現在躺下就睡，從來不再失眠，天冷天熱，也不咳嗽了。」

「爸爸他們怎麼睡覺？還睡地鋪嗎？」

「不是，算是睡床了。一間大屋子，繞牆搭一圈通鋪，人一個挨一個，晚上跟老鄉睡炕一樣，頭朝外。脫下的衣服或者墊在枕頭下面，或者堆在被子上面。他們有間客房，機關裡有人去幹校，宣布個事，調動個人什麼的。我們和爸爸在那兒住了十天，還能說點悄悄話。」

「爸爸前幾天開始，不下大田幹活，每天在伙房燒火。倒也不錯，整天坐著，暖暖和和的，挺舒服。」

「夏天就熱死了。」媽媽問，「怎麼回事？」

「這事說來挺可笑。」我說，「外文局幹校裡，有爸爸這樣一批牛棚犯人，常駐勞改，也有一批輪訓的革命派。那些人三五個月一輪，到幹校去鍍金，算是響應毛主席號召。他們把這幾個月，當作業務學習時間。外文局吃外文飯，年輕的革命派翻譯編輯，過去看爸爸他們編雜誌，心裡不服氣。那時候爸爸一天到晚改他們的稿子，也許常讓他們重寫，不定怎麼遭他們忌恨。現在把爸爸這些人打倒了，輪革命家們編雜誌了。怎麼著？才知道自己那點英文太糟，還得學。在機關每天業務逼著，沒工夫補習英文。到幹校，有點閒空，趕緊惡補。要學英文，就得讓爸爸做老師了。」

「爸爸怎麼教？」

「有美國之音現成教材，《英語九百句》。北京城裡干擾，聽不成美國之音廣播。河南鄉下，大荒野地，沒有干擾，美國之音比中央台還清楚。他們聽美國之音，學《英語九百句》。」

「那套教材我在教師進修學院看過，最初級課本。外文局翻譯編輯從那開始？真太糟了。有廣播教，還要爸爸做什麼？」

「要是那些革命派翻譯編輯們跟你們一樣水平，也用不著學了。他們就是連那也聽不懂，所以急著要學。手邊沒有書，又聽不懂，沒法辦，只好要爸爸每天晚上跟他們一塊聽，用筆記錄下來。然後教他們念，解答問題，講授語法。為了保證爸爸半夜有精力聽美國之音，革命派們不讓爸爸下大田幹活，留在伙房裡燒火，白天可以養精蓄銳。這才開始了，說是以後一批人補習一陣，回機關轉告下批人，一樣做法，一批一批輪，把幹校當英語補習班。」

媽媽說：「只要不幹農活，身體健康就好，爸爸一直喜歡當老師。」

「那算什麼老師，人家讓他教，又不把他當老師，還是當罪犯，整個兒壓榨。要打倒知識分子，又離不開。中國知識分子骨頭太軟，讓人打著罵著，只知忍受。要是知識分子萬眾一心，都不給他們幹活，你看著，這個政權馬上倒台。」

「你並不完全了解中國知識分子。」媽媽說，「我們這樣忍辱負重，有我們的道理，不過你現在還不懂。」

到了四月份，弟弟回內蒙，我回陝北，家裡都交給妹妹了。

妹妹在北京三十九中學一直表現好，甚至加入了紅衛兵。我們這樣出身的人，能被紅衛兵接受，很不容易。她告訴我們，老師說過，畢業生招工，學校要保送她進北京的工廠，讓她留在城裡照顧媽媽。妹妹學校的軍代表還說，如果北京城裡沒有單位接受沈燕，三十九中一個畢業生都不分配。

五月，三十九中學來了許多招工單位的人，學校向招工單位保送頭一批優秀畢業生，妹妹果然在內。連續三天，學校保送的畢業學生坐在一間大教室裡。招工單位代表，在隔壁一間教室，查看每個保送畢業生的檔案資料。選中了，就拿了名單，到大教室裡叫名字。叫到的學生，站起來跟著招工人員走，就算那單位的人。好像奴隸市場作業，阿拉伯故事裡有很多這樣買賣奴隸的場面。

妹妹一點也不在乎去哪個單位，她只盼望有個單位接受她，允許她留在北京城裡工作，什麼樣的單位都行，哪怕是清潔隊，讓她每天掃大街，掏茅廁，她都願意。那樣她至少可以每天照顧媽媽，早上從樓下給媽媽提水上樓，晚上回家可以到胡同口公廁去倒馬桶。星期天可以用腳踏車推媽媽出去走走，買買東西，做做飯。如果妹妹不在北京城裡，這一切媽媽一個殘廢人來做，實在無法想像。

大教室裡，學校保送的學生一個一個被叫走了，人越來越少。第三天過去，時近傍晚，大教室裡只剩妹妹一個，仍然坐在角落裡。隔壁教室的門咣噹一聲關了，樓道裡人群說說笑笑走來。

他們經過大教室門口，一個人往裡探探頭，看見妹妹，揮一下手，喊道：「走吧，回家吧，招工的人都走了，完事了。」這就是那個對妹妹下過保證的老師，頭也不回，跟著招工的人，一起走開。

全北京城，那麼多單位，來了那麼多招工的人，整整三天時間，從早到晚，來來去去，沒一個人看妹妹一眼，沒一個人問她一句話，沒一個人願意要她去做苦工。因為妹妹的檔案裡，有一份外公是國民黨大戰犯陶希聖的資料，一份媽媽是摘帽的右派的資料，一份爸爸在幹校接受勞動改造的資料。

沒有辦法，妹妹只好走出那間大教室，走出校園。周圍，同學們照樣玩樂，老師們照樣走過，沒有人跟她打招呼，沒有人跟她說話。遠遠看見那個曾對她信誓旦旦的學校軍代表，妹妹朝他走過去，想問他一句話，他看到了，轉身走掉。

妹妹走出學校，到西安門菜場一個公用電話亭，給媽媽打電話。媽媽在北郊昌平縣沙河的北京市勞動大學參加政治學習，分分秒秒等著妹妹的分配消息。

電話通了，聽到媽媽的聲音，妹妹只說一句話：「姆媽，沒人要我。」終於忍不住，對著電話話筒，痛哭失聲。

媽媽急忙在電話裡喊叫：「妹妹，妹妹，你聽見我講話嗎？你馬上坐車回家去等我，聽見嗎？回家去等我。我現在馬上回家，我到家，我們再說，好嗎？」

妹妹同意了，放下電話，默默坐車回家，去等媽媽。

已經過了五點，媽媽顧不得吃晚飯，穿件外衣，提了包，拄了拐，趕出門。從沙河勞動大學走出來，順一條土路，一步一步挪，差不多半個鐘頭，才走得到公路邊的車站。四十五路遠郊公共汽車，四十分鐘一趟。媽媽拄著拐，迎著風，站著等。車來了，擠上去，總算有好心人，見媽媽拄拐杖，讓了座位，媽媽這才稍稍歇息一下。從沙河到德勝門總站，車子要走一個多鐘頭。媽媽想像著妹妹的淚臉，心急如火。

下了四十五路車，媽媽拄著拐，簡直像飛跑，趕到二十七路公共汽車站。看到站上人山人海，媽媽自知一定無法擠上車，便轉身趕到十四路汽車站。那裡是十四路車總站，有兩輛空車停在一邊，等鐘點發車。媽媽過去，央求售票員讓她先上。售票員看是個滿頭白髮老太太，拄個拐，便同意了。媽媽上了車，坐在門邊座位上。

到府右街，已經快九點鐘，媽媽下車，走到十一路無軌電車車站，等換最後一段回家的車。這次她沒辦法找售票員通融，也沒辦法說服站上幾十個火氣沖天的等車人，讓她先上。她只有裹在瘋狂的人群裡，使出最後一點氣力去擠。她失敗了，一次又一次，她擠不過別人，擠不上車。

車又來了，媽媽拚出最後一次努力，擠到車門邊，剛伸手拉住門把手，一個三十歲的男人在身後一推，把媽媽推到一邊，險些跌倒，拐杖也撞倒在馬路地上。身邊的人還在前擁後擠，幾十條腿踢前踢後，幾十雙腳東踩西踩。媽媽扶著車廂板，彎腰在人腳下撿自己的拐杖，立刻被擠倒在地。她剛要趁勢抓住拐杖，拐杖卻被人一踢，踢進車輪下面。媽媽半跪半爬，半個身子鑽進車下，去搶她的拐杖。

這時車子猛地開動起來，因為還有許多人拉住車門，開不起來，只是非常緩慢地移動。沒有擠上車的人紛紛後擁，於是露出趴在車身底下的媽媽。媽媽拉著拐杖，往後縮身體，可她全身骨頭僵硬，動作緩慢，躲不過那個就要輾上身體的車輪。千鈞一髮之間，很多人嘶聲驚呼：「停車，停車。」

司機急忙煞車跳下，問怎麼回事？所有人都大睜兩眼，指著馬路上車輪下面，說不出話來。司機走過來，彎下腰，看見媽媽趴在車輪與地面的夾縫中，車輪已經輾上她的衣服。

司機嚇得一頭汗，跳起腳來罵：「你不要命啦。」

媽媽趴在地上，說不出話，以為自己已經被壓死。

旁邊人議論：「一個殘廢人，怎麼也湊熱鬧，這時候來擠車。」

有人響應：「拄個拐，怎麼擠得上去。」

「你別動，我倒倒車，把你的衣服鬆開。」司機擦擦頭上的汗，對媽媽叫完，上車稍稍退退車輪，媽媽總算可以拉起自己的衣服，慢慢往起爬。幾個好心人，上前扶媽媽站起。那司機又下車，走過來看。

媽媽臉色慘白，用力喘息，東倒西歪，幾個人扶著，還站不住。

司機問：「你這是要上哪兒呀？知道不知道，這是什麼時候，車擠。」

媽媽點頭，抖著嘴唇，說：「家……家裡急……急事。」

司機揮手朝車上喊：「得，讓讓，讓讓！照顧一下殘廢，讓她上去吧！」

車上售票員把門打開，司機扶著媽媽上了車。車下的人，沒敢再過來乘機往車上擠。車上有幾個人，伸胳臂幫忙把媽媽拉上車，送進車廂，坐了個座位。他們想不來，家裡會有什麼樣的急事，能讓老太太差點把命都送了呢。

晚上十點鐘，媽媽終於走進家門。剛上樓梯，妹妹在屋裡聽到，衝下樓來，抱住媽媽，放聲痛哭。媽媽緊緊摟住妹妹，摸著她的頭髮，自己也流出淚來。

漆黑的夜，漆黑的北京。媽媽和妹妹互相摟抱著，坐在樓梯上，哭了很久，很久。

一〇四

本來政府公布過規定，家裡多個子女下鄉插隊的，可以留城一個照顧父母。可是政策都說得好聽得不得了，執行起來全不是那麼回事，落實到我們這樣人家，更差十萬八千里。一個反革命家庭，讓我們活著、有口氣，就算對得起我們，還要怎樣？妹妹走投無路，只好跟兩個哥哥一樣，下鄉插隊。

弟弟離家去內蒙的時候，我們四個人一起，到天安門廣場送行。我離家去陝北的時候，爸爸在牛棚，媽媽和妹妹兩人到火車站送行。爸爸離家去河南幹校的時候，媽媽病在家裡，我和妹妹到廣安門車站送行。現在妹妹離家，我家早已四分五裂，只剩媽媽一個，拖著病殘之身，柱著拐杖，在炎熱的天安門廣場，為妹妹送行。妹妹和她那批知識青年，列起隊，舉著右臂，面對天安門城樓宣誓。高聳入天的旗杆上，大紅國旗嘩啦嘩啦飄。金水橋邊，兩個白玉石華表，被慘烈的歷史塗抹得面目全非，灰黑雨跡橫流，彷彿無盡的淚痕。只有天安門上，毛主席仍然紅光滿面，大睜兩眼，注視面前一群十五歲的孩子。他們今天離開家，離開母親，到一個陌生的山溝去生活。

妹妹走了，從此我們家分五處，人各一方。爸爸在河南幹校，我在陝北窮鄉，弟弟在內蒙大漠，妹妹在昌平山溝。媽媽以病殘之身，孤獨一人，在北京度日。可不論我們在哪裡，我們仍然把馬家廟那個小閣樓，叫做家，因為媽媽住在那裡。

妹妹，我臨時接到通知，去外文局開個會。你回來後自己熱飯吃，我給你做了一盤南煎丸子，在碗櫥裡。你最好吃過飯先去洗個澡，那時我就回來了。我們明天去中山公園走走，希望今年氣候如常，牡丹花能夠開起來。 媽媽字 四月六日

媽媽把寫給妹妹的字條釘在門框上，鎖好門，拄著拐杖，出門去了。妹妹說好今天回家，幫媽媽換季，拆洗冬天的被褥衣物。

上午外文局忽然派專人來家，通知媽媽晚上七點鐘到北京展覽館開會。媽媽知道自己走得慢，下班時間車又擠，所以五點多鐘就出門。妹妹從鄉下進城，通常要七點左右才能到家。

通知沒有告訴開什麼會，媽媽心情很好，認為一定是好事，也許是宣布解散幹校，給爸爸平反。一年前毛主席下令由解放軍各部隊派出軍代表，進駐全國各機關企業學校單位，實行軍管，掌握所有部門一切大權。同時共產黨召開九屆一中全會，毛主席下令徹底清理階級隊伍，重建中國所有機構。

派駐外文局的軍管小組從防化兵總部來，組長名叫師誠。他們一進外文局，便按照毛主席指

示，把大批外文局領導和知識分子當作階級敵人，清除出外文局機關。爸爸是其中被清洗的一個，趕去河南幹校，勞動改造。過了將近一年，林彪政變未遂，摔死外蒙，毛主席又下令：在全國各機關單位清查林彪死黨。防化兵總部聞風而動，又派出一個新的軍管小組進駐外文局，組長叫做詹祥俠，接替師誠，大規模開展新的政治清剿運動。

在防化兵部隊，詹祥俠和師誠屬於對立兩派。詹祥俠小組一進外文局，便把師誠小組定為林彪死黨。外文局所有挨師誠整的人，都得到好處。爸爸他們這批人在河南幹校，中秋節時居然每人發了兩個月餅，還吃了一頓餃子。春節前，爸爸破天荒得到批准，發了路條，回北京一趟，還部分發還扣壓爸爸的工資。那年春節，大家很歡樂。吃年夜飯的時候，爸爸感慨地說：「我們的日子應該開始好過起來。軍管小組送來毛主席的革命路線，這是最大的幸福。我在清隊運動中被處理錯誤，受了罪，只算是個人問題。個人問題再大，也是小事，耐心等著吧。」

媽媽問：「你不能多住幾天嗎？寫個信續幾天假，到醫院檢查檢查身體。」

爸爸說：「不了，還是按時回去好。現在運動和生產都很忙。我在毛主席革命路線光輝照耀下，精神上很愉快，不感到累，對幹校的一草一木，也有了感情。」

過了幾天，爸爸回幹校。沒兩天，給家裡來過一封短信，然後就再沒有信來，想必是春耕時節，運動生產兩忙。

在這個時候，媽媽接到通知參加外文局大會，當然一定是好事。媽媽五點多鐘出家門，坐十一路無軌電車，到展覽館下車，走進去，也已六點半了。很多人從外文局走過來，匆匆往劇場趕。媽媽隨在人群裡，努力挪動拐杖。周圍人裡很少有相識面孔，都是些年輕革命派。

到展覽館劇場門口，眼前赫然掛一條巨大橫幅標語：一一〇案件結案大會。

媽媽的心墜下去，她不知道什麼是一一〇案件，更不知道這案件跟爸爸有什麼關係，開破案大會，專門通知她來，是什麼意思？她感到，一定又是一場巨大的災難。這三十年生活，除了苦難，還是苦難。本來她想早到劇場，坐前排看爸爸平反。現在她躲躲閃閃，悄悄進劇場，在最後排角落裡，找個座位坐下。

劇場裡坐滿人，足有上千，個個意氣風發，鬥志昂揚，人人手裡揮動紅寶書《毛主席語錄》，歌聲口號聲不斷，巨大聲浪此起彼伏，震盪大廳，轟轟作響。媽媽感到每個音響，每個字句，都是瞄準她而來，打在她心頭，爆炸在她神經裡。

開會了，口號聲落下去。詹祥俠和軍管小組六個人上台，都穿著黃軍裝，帽上綴著紅五星，領口兩塊紅領章。他們首先揮舞紅寶書，帶領全場呼一陣毛主席萬歲的口號，然後宣布開會，中央聯絡部副部長兼外文局局長馮旋頭一個講話，接下去是一個又一個慷慨激昂的發言。媽媽聽了，才明白所謂一一〇案件是怎麼回事？

在外文局兩年清隊運動中，因為迫害殘酷，共有十二人不堪忍受而自殺死亡，其中以跳樓者最多。詹祥俠六人軍管小組進外文局之後，要奪權，翻清隊的案，認定所有非正常死亡的十二人，都不是自殺，而是謀殺，借此把師誠領導的前軍管小組搞垮，把外文局的反對派徹底消滅。前些時，已經破了兩個謀殺案，開過破案大會，殺人犯和黑後台都當場逮捕入獄。

《中國建設》雜誌社牛棚裡也死了一個方應陽。他不堪精神折磨，一九六九年一月十日清晨跳樓自殺身亡。派駐《中國建設》的軍代表龐今典，確認方應陽的死亡是謀殺，定為一一〇案件，編出一個謀殺案情：當時由師誠支持掌權的革委會布置牛棚難友，半夜把方應陽騙出牛棚，騙到廁所中，交給革委會的人，毒打致死，然後把屍體從廁所窗口推出，摔到樓下，又以方應陽跳樓自殺作結。

於是禍從天降，在牛棚裡，爸爸睡在方應陽旁邊，他們本是中央大學外文系學兄學弟，從上海起就一直同事，感情很好。軍管小組定出案情，指定爸爸是那個騙方應陽的牛棚難友。爸爸以為送來毛主席革命路線的救星，原來不是公正廉明的青天老爺，而是心狠手毒的劊子手，野心家，不惜用別人的鮮血染紅自己的頂子。

台上，軍管小組一聲喝叫：「把案犯押上來。」

台下，人情激憤，口號連天：堅決打倒反革命！堅決鎮壓一一〇案件的殺人犯！敵人不投降，就叫他滅亡！坦白從寬，抗拒從嚴！堅決擁護六人軍管小組的英明領導！偉大的無產階級文化大革命萬歲！聽毛主席的話，按毛主席的指示行動！偉大領袖毛主席萬歲，萬歲，萬萬歲！

在一片混亂交互的口號聲中，一行人由公安局警員押著，低著頭，曲著腰，順序走上台去，面對觀眾，站在台邊。

爸爸在台前，頭髮蓬亂，面色焦黃，衣衫襤褸，神志不清，媽媽一看，頓時眼前一黑，天旋地轉，身體癱軟下去。幸虧橫在腿間的那根拐杖，卡在兩排座椅扶手間，隔住了她，沒有溜到座位底下去。

台上的人還在一個接一個發言，批鬥的人聲嘶力竭，唾沫橫飛，認罪的人痛哭流涕，語不成聲。台下人群情憤慨，狂呼亂喊。媽媽眼前恍恍惚惚，全是些白點黑點晃動，什麼也看不清，耳邊轟轟作響，盡是些尖叫狂呼震盪，什麼也聽不見。

爸爸也在台上認罪，一字三哭，淚流滿面，痛不欲生。媽媽透過自己的淚眼，隱隱看見爸爸的身影，迷迷糊糊，好像遠在天邊。媽媽彷彿能依稀聽見爸爸的聲音，飄飄渺渺，好像發自地獄。天地都在沉陷，世界不復存在。完了，一切都完了，爸爸要被逮捕，關進監獄，成了謀殺罪犯，她從此永遠也見不到爸爸。這個世界上，她已經失去親愛的父母弟兄，現在又失去患難與共的丈夫，她自己還仍然背負著無數的罪名。這個家現在徹底破壞了，她的子女們從此永遠也見不到他們的父親。她這一生的苦難，何時才有盡頭？

台上的罪犯們，一個一個被公安幹警押解著，依次下台，爸爸也在其中。台下滿場人都站起來，舉著拳頭，揮著紅寶書，拚命喊口號。

媽媽忍著淚，忍著心跳，忍著體弱，拚起最後一點氣力，站起身，轉出座位，拄著拐杖，跌跌撞撞走出劇場。她想趁大會沒散，先走掉。她怕別人看見她，她怕讓別人認出她是沈蘇儒的妻子，她無法忍受那些輕蔑或者仇恨的目光。

從劇場走出的那段通道，無限漫長，永無終止。媽媽拚命趕路，可她軟弱得好像風中一片殘葉，不知飄往何處。天已經漆黑，路燈昏暗得沒有光亮，前後左右，彷彿伸手不見五指。媽媽的心，比這黑夜還要暗淡，在無底的深淵裡漂蕩。

會散了，人群衝鋒一樣湧出，成群結隊，在媽媽身邊跑過去。憤怒，興奮，同情，戲笑，各種議論交錯，沈蘇儒的名字，不斷傳進媽媽的耳朵，砸碎她的心臟。

她站在大街上，望見車站等車的人群，轉過身，順著馬路人行道，朝東走去。她不能跟開過會的人一起等車，一起坐車。在街上走，天黑燈暗，也許沒有人認出她是誰。上了車，萬一有人認出她是沈蘇儒的老婆，車廂便會變成地獄。

媽媽不清楚此刻她怎樣思想，怎樣感覺，只是盲目地走，麻木地走，拄著拐，在黑夜裡走。她並不曉得走向何方，去做什麼，她只盼望不要遇見任何一個人，不要聽見任何人的聲音，不要看到任何人的目光。她盼望此刻天地崩裂，她可以與萬物一起同歸於盡。一個死去的人多麼幸福，沒有煩惱，沒有悲哀，沒有怨恨。活著多麼不幸，充滿苦痛，充滿屈辱，充滿淒涼。她現在活著嗎？她不知道，或許她早已死去，不過像一個死魂靈，在死一般無情的人間遊蕩。

在這個死靈魂中，只有一個概念還清醒著。不，她不相信，她絕不相信爸爸會參與慘無人道的謀殺。爸爸生性軟弱，膽小怕事，一見鮮血，就兩腿發軟。她堅決不相信，不管這個案子是否確曾有過，反正爸爸絕不會參與。爸爸為了生存，做出過許多錯誤的決定，但他絕不會為了活下去，就去參與欺騙謀害別人。可是她能對誰述說，向誰申辯。軍管小組是毛主席派來的，每句話都是聖旨，如何反得過去。

媽媽昏昏沉沉，似思似想，在街上蹣跚許久，大概走了兩站多路，才稍稍醒覺一些。她終於走不動了，她的胳臂疼，腿疼，手疼，腳疼，渾身都疼，每個手指尖都鑽心地疼。她的頭疼，眼睛疼，耳朵疼，神經疼，滿臉都疼，太陽穴通通蹦跳著疼。她掙扎著，挪往街邊一棟土紅色樓房，小小門洞裡有三四格台階。天已很晚，而且不知何時開始，淅淅瀝瀝下起小雨。街上已無人行走，樓門口也無人出入。

媽媽在台階上坐下來，斜著身子，靠在牆上，把額頭貼到磚上，冰冷冷的，好像碰上另外一個世界，很舒服。媽媽轉過頭，把半個臉整個貼到那磚牆上面。她發現自己一直在痛哭，淚水浸溼了臉、頸、衣領，和胸襟。過了片刻，臉上流淌的淚沉重起來，些微發黏。她舉起手，摸摸臉，藉昏黃的路燈，看看手掌，一片鮮紅。那是她眼裡流出的鮮血，或是她淚溼了磚牆上的紅粉，順淚流下，染紅她的雙頰。

西直門就在眼前，她在哪裡？她怎麼會在這裡？媽媽在黑暗中張望辨認，回憶剛才的一切。她決定不坐車，避開人群，順西直門外大街，朝東走，進西直門，到新街口、平安里、後海、鼓樓、東四、東單，用她殘廢的身體，穿過整個北京城，獨自一人走回家去。

或者她什麼都沒有想，只是跟隨下意識，沿著熟悉的街道前行。這條路她太熟悉，從西直門進去，就是大乘巷胡同，那裡的一號大院曾經是她的家。三進的院子，她住在後院，冬天在院子裡澆水，凍了冰，他們在院子裡滑冰。眼前的路，她曾經騎腳踏車，像燕子一樣，到紫竹院去，到頤和園去，到香山碧雲寺去。她曾在這條路上度過中學時代，安寧、幸福，無憂無慮。

此刻她獨自一人，確實獨自一人，身邊再沒有愛她的父親，沒有愛她的母親，沒有愛她的弟兄們，也沒有愛她的丈夫了。好好活著的親人們，都在海外，遠離她。跟她一起同甘共苦的人，現在鋃鐺入獄，今後難料生死。誰都不在身邊，沒有人能關心她，愛護她，保衛她。沒有人能在苦海中助她一臂，聽她述說一句心聲。整個天地之間，只有她獨自一人，在這黑暗無邊的北京城裡，躲在一個陌生的門洞，用心酸的淚水，洗刷磚牆上的紅粉。

怎樣的孤獨，怎樣的淒涼，怎樣的悲傷。媽媽從懂事時候開始，從在老家陶盛樓開始，到上海，到北平，到香港，不知經歷過多少次生生死死。她一歲沒有奶吃，只喝外婆眼淚，也活過來。兩歲得傳染病，驪珠大姨病死，她硬活過來。三歲到上海，家裡沒柴燒，她凍成冰人，還是活下來了。七八歲武漢北伐軍追捕外公，一家人東躲西藏，她也沒有死。十六歲從北平逃難南下，跑警報，日軍飛機在頭頂扔炸彈，沒炸死她。掉到火車輪下，被人救出，也沒有輾死。十八歲為救外公外婆出虎口，她留在日寇汪精衛手裡作人質，仍然沒有死，被杜月笙、萬墨林飛車救出。

一瞬之間，漫長的一生在眼前閃現過去，一幕幕，清晰鮮明，如歷其境，似經其險。她的一生中，人禍遠多於天災。天災不能害死她，人禍卻不肯讓她好好生存。北洋軍閥，北伐官兵，日本鬼子，汪偽敵特，都沒有把她殺死。可是眼下，她看來再也逃不出這一輪追殺了。再沒有外婆來保衛她，也沒有外公可以求杜月笙萬墨林救她逃出北京。她和爸爸，夫婦兩人，相依為命，好不容易掙扎了十幾年，看來已經到了頭。爸爸陷入冤獄，她也過不了眼前這道關卡，這是她的死期了。

她不怕死，媽媽並不怕死。與其這樣苟且偷生，整日看人臉色，說昧心話，孤獨寂寞，膽戰心驚，其實還不如死，一了百了，放靈魂一次自由。人活著到底為什麼？為有口飯吃？為有口氣喘？為掌強權威勢，殺人放火？為麻木不仁，做行屍走肉？沒有靈魂的生命算什麼生命？沒有自由的生活算什麼生活？沒有愛情的人算什麼人？

媽媽閉上眼睛，心裡忽然覺得異常平靜，悲傷遠去，眼淚也停止。她決定，今晚結束自己的生命。既然這個社會不容她生存，她也用不著向強權低頭，乞討施捨。她可以死，她不肯無休止地忍受強權的欺凌和迫害。死，不是逃脫，不是膽怯，不是輕率。死，是一種抗爭，一種英勇，一種勝利。古今中外，有過多少悲壯故事。人們對那些受迫害而英勇死去的人的懷念，遠遠要比對那些迫害者的記憶更深遠，更真誠，更崇高。

媽媽張開眼睛望向前去，雨下得密，門洞前面，水珠如簾。街上積水，亮亮閃閃。偶爾一輛車子駛過，濺起水花，刷刷作響。

她怎樣死法呢？默默地，自由自在地，沒有苦痛地死。她可以躺在馬路當中，車子經過時，也許會看得見，繞過去，不軋她。她可以等車子過來，再衝過去，撞到車子上。可她拄個拐，跑也跑不動，根本來不及。她可以從高樓跳下，轉眼看看，周圍沒有高樓，就算有，深更半夜，她哪裡進得去門，爬得上樓頂。她可以跳水，最近的湖，是紫竹院，那裡不通車，她無法到得了。想了很久，腦子都疼，媽媽仍然想不出最方便的法子，可以在這條街道上，迅速結束自己的生命。

最後剩下唯一的辦法，就是服毒。她可以一口氣把自己所有的安眠藥都吞下去，一睡永遠不醒。她還存有多少安眠藥呢？大概總要吃下去一百片，才能死吧。很多年了，她一直神經衰弱，睡覺離不開安眠藥，所以總存有很多安眠藥。一瓶，兩瓶，媽媽在心裡默默地數，在她床邊小櫃的抽屜裡，有多少瓶安眠藥。

她得回家去找，猛然間，家的念頭衝進腦海。窄窄的胡同，暗暗的樓梯，通通作響的地板，小小的房間，印花的桌布，塌陷的彈簧床，發臭的蜂窩煤爐，少有陽光的窗台，隨她輾轉南北的大鐵箱，還有不肯聽話偏要躺在床上看書的寧寧，脫下蒙古袍滿臉凍瘡的弟弟，坐在她懷裡學習寫字的妹妹。她的孩子們，六隻期望著她的眼睛，三張對她述說的嘴巴。她的孩子們，她的生命，她的希望，她的愛。

不，她不能這樣死去，她要活著。她曉得，這個時刻，爸爸已經下了牢獄，如果媽媽再死去，孩子們都難以再活下去。她曉得，她的孩子們愛她，把她當作戰勝艱難困苦的偉大榜樣。不論遠在天涯海角，他們相信，他們的家在北京，因為媽媽在北京。只要她活著，他們就有個家，可以讓他們在孤寂中得到愛的溫暖，家的親情。

她不能死！媽媽猛地站起身，用拐杖支撐著，舉起一隻手，狠狠敲打自己的頭，咒罵自己怎麼會突然那般怯懦自私，竟然想到要丟開自己的三個孩子，自己去尋找一個永遠的解脫。

「只要我的孩子們還活著，再苦，我也一定要活下去。」媽媽幾乎喊叫出來。她的喊聲淹沒在嘩嘩的雨夜中，又隨著雨珠，劈里啪啦敲落在馬路上。

看看手錶，已經十一點鐘，妹妹一定在家急得團團轉，等媽媽不到，哭過幾次。想到這裡，媽媽冒雨開步，到車站去等電車。染在臉上的紅粉，經雨一洗，沖刷下來，流到衣服胸前。媽媽站在雨地裡，用手擦抹染紅的衣服。看見遠來電車的車燈駛近，媽媽小聲說：「等著我，妹妹，姆媽回來了。」

一〇五

兒子真是母親身上的肉，我剛走進家門，媽媽就看出來，直截了當地問：「你在談戀愛了，她是誰？」

我知道瞞也瞞不住，而且我從來不想瞞媽媽，回答：「她叫祝青，也是北京學生。」可是我沒有告訴媽媽，那已經是過去時了。祝青的父母都是共產黨派駐香港的地下幹部，暴露之後調回北京，主持華僑事務。文化大革命被打倒，所以祝青不得不到陝北插隊。可她母親知道陶希聖是個什麼人物，得知女兒跟我往來，立刻動用關係，把祝青調回北京，設法要她離開我。就是因為跟祝青訣別，我才回了北京。

媽媽不知道內情，堅持要我把祝青帶回家，讓她看看。那天大早，媽媽親自動手收拾屋子，擦窗，拖地板，床單拉得平平整整。五斗櫥上鋪塊白色針織品，上面擺茶盤瓷杯，一個紫色六稜細頸花瓶。方飯桌上鋪淡黃桌布，上面擺我們那盆養了多年的雲竹，媽媽給竹枝葉撩了清水，瓷盆也擦得明明亮亮。

祝青來了，穿一身普通的灰藍學生裝，天藍襯衣領翻出來，壓在制服領上。頭髮梳得很整齊，兩條辮子搭在肩頭，不用橡皮筋，而用藍色頭繩。她走進門來，低著頭，叫一聲：「陶阿姨。」

媽媽馬上笑起，叫：「快來，快來，坐，坐。寧寧，沖茶。」

祝青把手裡的一個包遞給媽媽，說：「來看您，也不知該帶什麼。沈寧說，什麼都不用帶，光把去年八月的《參考消息》帶給您，您最高興。」

媽媽接過來，笑著說：「對呀，對呀。他前兩天看見我滿處找，沒找到。我留過一張，只記得是八月，可找不到了。」媽媽沒說，那張報上有外公在台灣的消息。

我在一邊沖著茶，說：「咱們老百姓看不到《參考消息》，人家高幹天天看，看得不要看了。」

媽媽把報紙放到床頭小櫃上，說：「謝謝你，謝謝你。」

祝青轉著身子看屋子，說：「陶阿姨，您家裡布置得真漂亮。」

「曉得你家從香港回來，見過世面，不能亂七八糟的待客。也是沒辦法，分配這樣的破房子，再弄也好不了。我們以前在香港和上海住過的房子，要好得多。」

我說：「你們以前在北京學院胡同和大乘巷的房子也不錯。」

媽媽笑著說：「我這裡房子雖然不好，總算是個家。以後回北京，有什麼事，媽媽不在跟前，就來找我。」

「是，陶阿姨，我有事一定來找您。您身體還好嗎？」

「總是那樣子，這麼多年了，好好壞壞，也慣了。」

「您以後有什麼困難，隨時叫我一聲，我來幫您做。」

「你們離那麼老遠，叫你來得及嗎？我一個人過日子，也沒有很多事，只是每天要上下提水，出去倒馬桶，麻煩一點。說來好笑，我年輕的時候，心性高，要出國留學，要做冰心那樣的文學家，要跟父親一樣作北京大學教授，結果一樣都沒實現。現在生活理想變得很簡單：有一間公寓，廚房有自來水。家裡洗手間，用抽水馬桶。有個壁櫃，可以把衣服都掛起來。就這三件，我的美夢。」

我說：「我們本來有個大衣櫃，從上海帶來。在西四一直用。搬來這裡，上不了樓梯，只好丟在地下室，被人偷走了。我跟她說過，公寓房我弄不來，廁所我修不了，自來水我也安不成，以後我一定給她做個大衣櫃，讓她可以掛衣服。」

媽媽說：「你喝茶呀，別乾坐著。以後這就是你的家，別客氣。你來得多了，就會了解，我們在家裡，都很隨便。一家人，不講客氣。」

「是，我不客氣。」祝青拿起茶杯來喝一口。

媽媽看著她，沒話找話：「你那時還小，記不得在香港住在哪裡了吧？」

「是，陶阿姨，記不太多。」

「我們在香港住過幾次，加起來也好多年，住過幾個不同的地方。我在香港培道女中畢業，考上西南聯大。最後一次離開香港，是一九四九年三月，還抱著他。」

「那時我剛剛在香港出生沒幾天。」

「我這個兒子，你現在也曉得了，心呢，是好的，只是脾氣壞，說話尖刻，愛得罪人。你們以後相處，多原諒他。一看就知道你是個好姑娘，能讓著他。那也不能讓他欺負，對不對？他有什麼不對，你來跟我說，我罵他，讓他給你賠不是……」

祝青忽然從椅子上站起來，低著頭，兩手擰在一起，咬著嘴唇。

媽媽忙也站起，問：「哪裡不舒服嗎？要不要躺一躺？」

「實在對不起，陶阿姨，我得走，臨時有點急事，下回再來看您。」

「再坐一坐，吃中飯，我做幾個拿手菜，你一定喜歡吃。我想好了，吃過中飯，我們一起到中山公園去走走。六月了，玫瑰一定已經盛開，陪我去看看。」

祝青頭更低了，眼圈紅紅，馬上就要哭出來。

我忙說：「姆媽，她臨時有事，以後……以後再來吧。」

媽媽很失望，說：「當然，當然，有事先辦事，以後再來，再來。」

沒出院門，祝青便忍不住，站到牆角，雙手捂臉痛哭。哭了一陣，她穩定些，抽泣著說：「你媽媽是個好人，我對不起她。」

再回到家，媽媽仍舊坐在桌邊，說：「她家裡不同意，是不是？你們吹了。」

「是，她媽媽不同意，給她辦了病退，找了工作，才告訴她，馬上回京。」

媽媽眼淚流下來，說：「又是我害了你，你真是可憐。」

「這也在意想之中，所以不想告訴你。我們好了，又分手，反正你不知道。」

「你以前還有過別的女朋友，沒有告訴過我嗎？」

「沒有，我自己夠不幸了，何必還拉個清白姑娘給我墊背。她也因為說是出身不好，在村裡受氣，我才跟她多說說話。」

「這麼好的姑娘……」

「她說了，我不在跟前，你需要幫忙，可以找她。她喜歡你，可是沒辦法。她媽跟她說，兩個裡選一個，她當然不能不要她媽。」

「要她常來看看我，跟我說說話，我也喜歡她。」

「姆媽，你別難過。這樣也好，省得拖久了，分不開。人家父母是共產黨高幹，跟咱水火不相容，我就是硬拖著她，將來能怎麼樣？你們兩邊家長不能見面，我見不了岳父岳母，甚至她也不能再見父母，那又何苦，強擰的瓜兒不甜。」

「真想不來，他們怎麼想的？做父母的，總是只為孩子們想，不能為自己的想法傷孩子們的心。」

「其實倒也好，真跟她過日子，整天聽她媽媽那套陳詞濫調，也得瘋。」

「怎麼會，沒人在家裡那樣講話，不要編排人家母親。」

「為什麼不會？既然她媽媽會拿黨性原則來規定女兒戀愛，她一定會用毛主席語錄教訓我，改造我這樣反革命後代的思想。」

媽媽嘆口氣，說：「她給你留地址了嗎？」

「她在北航印刷廠工作，可是我們最好不再通信。」

「那麼好的姑娘，相識一場，也不容易。只要她有過那份心，愛過你，對我們就有恩情。我們一輩子得感激人家，祝願她將來找個好人家，一生幸福。」

「她答應，她結婚的時候，會告訴我。」

「我能給她送件婚禮嗎？把她當個女兒。」

「算了，你少操那份心。人家躲我們還躲不開，你往跟前湊什麼。」

媽媽聽了，低下頭，不再說話。

我家的貓大黃走過來，拿頭磨媽媽的腳。「哦，你餓了，是嗎？我來給你弄吃的。」媽媽說著，站起身。

「我來給牠弄。」我說。

這大黃，在我們家已經好幾年。我們在西四頒賞胡同住的時候，牠就來了。那時很小，只有一巴掌大。文革開始，全國破四舊，我們怕紅衛兵抄家，把大黃打死，決定放生。可是不管我們丟牠多少次，丟多麼遠，每次牠都自己找回家來。最後我們只好繼續收留牠，不再趕牠走了。

搬到馬家廟，我在小閣樓上大小兩間屋門底各鋸出一個小洞，大黃可以自由出入，洞上釘布簾，屋裡也不漏風。貓食盆放在門外走廊上，還有一個水盆。家裡平常沒人，如果大黃從外面引來別的貓，很容易把牠的食都吃完，也會到我們屋裡去鬧。可是大黃很懂事，好像知道生活艱辛，節省吃食，也曉得緊閉門戶，從不帶別家的貓來我家。媽媽說，她每次回家，從沒有覺得屋裡被貓弄亂過。

大黃很聰明，每到星期六或者星期三傍晚，牠就趴伏在小閣樓樓梯頂，等待媽媽回家。媽媽兩腿輕重不同的腳步和拐杖敲擊木樓梯的響聲一起，大黃就飛快從樓梯上衝下來，纏住媽媽兩條腿打轉，身子弓起來，在媽媽腳上蹭，呼嚕呼嚕哼叫。我想，並不是大黃能算出哪天媽媽回家。牠一定每天下午都臥在樓梯上，等待媽媽。可惜只有星期三六兩晚，牠才等得到。

為了大黃，媽媽每個星期三晚上不辭勞苦，花三四個鐘頭時間坐公共車，從遠郊沙河的勞動大學趕回家一趟，給大黃弄吃的。每星期一早上，她去沙河前，給大黃弄足夠三天的吃食。星期三晚上回來，再給大黃弄三天吃食。媽媽愛大黃，因為在北京城裡，大黃是唯一的生命，懂得媽媽的愛，也敢公開地回報。

一〇六

外文局幹校從河南搬到河北省固安縣，爸爸得到許可，回家探親幾天。媽媽馬上給我和弟弟寫信，我們立刻請假回家團聚，那天成了我們家的春節。

媽媽他們三個上街買菜，我和爸爸負責在家收拾屋子。

「我現在真正體會到，」爸爸坐在大屋角落一把椅上，抽著菸，忽然說，「媽媽就是家，只要媽媽在，這個家就在。如果媽媽不在了，家就沒有了。媽媽在哪裡，家就在哪裡，媽媽就是家。」

媽媽和妹妹買了菜回家，提了大包小包，累得氣喘吁吁。

妹妹從菜籃裡往出拿菜，一邊喊：「姆媽，我洗菜去了。」

媽媽說：「講話小聲，你喊什麼，下鄉幾天，成野人了，整天大喊大叫。提壺開水下去，別用冰水，把手凍壞了。慢點兒洗，別把菜弄壞了。」

「真是，菜怎麼會弄壞呢。」妹妹嘟著嘴，嘻笑著，端了洗菜盆，裝著滿滿的菜肉等等，提了爐子上的開水壺，下樓去了。

媽媽靠倒在床上休息，對我說：「我新給爸爸做了件外衣，五斗櫥裡第二格，左手邊，對，就是那件，拿來給爸爸試試。」

爸爸站起來，把身上的罩衣脫了，從我手裡接過新罩衣，穿上。

媽媽在床邊站起來，等爸爸走過去，在罩衣上這裡拍拍，那裡拉拉，讓爸爸轉了兩圈，才滿意，邊點頭邊說：「挺合適，我只有你五年前一個罩衣紙樣，不知你這幾年有什麼變化，只好按那尺寸，稍稍放大一點，看來你沒怎麼變樣子。」

爸爸說：「你身體不好，不要再做這些活計了。」

媽媽沒說話，對於她來說，獨自一人在家的時刻，只有給爸爸和我們寫信，或者為我們做衣服，才能夠感受到我們的存在，彷彿還在她身邊。那一針一線，寄託著她對我們的思念。

弟弟忽然走進屋，說：「同學有兩張內部電影票，明天的，要我去看，叫《魂斷藍橋》。」

媽媽一聽，馬上臉色飛紅，眼睛閃亮，像中學生一樣驚叫：「《魂斷藍橋》嗎？啊呀，太好看了。剛在香港放映的那兩星期，我連著看兩次，流了不知多少眼淚。費雯麗漂亮得要命，她的腰細得呀，只有十八英寸。」媽媽永遠是天真的、浪漫的、樂天的。

飯菜都擺到桌上，爸爸走來，舉個酒瓶，說：「曉得你沒有酒，我找出來，大家喝。」

我和弟弟一看，幾乎同時叫：「威士忌！」

那酒瓶子我們太熟悉了，從我們懂事起，每年換季開箱子拿衣服收衣服，總會看到這個酒瓶。那是爸爸去南洋出差那次，在海外買回來的威士忌。每次我們看到這瓶子，都會拿出來，問爸爸什麼時候可以開瓶。爸爸總說，等你們哪個結婚吧。親媽去世以後，我們搬去她屋裡住，兩個衣箱也搬過去，這瓶酒才躲過紅衛兵的劫掠。

媽媽說：「沒有酒杯，就用小玻璃茶杯了，去拿五個來。」

妹妹趕緊站起身，從茶盤上拿過來五個玻璃茶杯，每人面前放一個。

爸爸坐下，把酒瓶放桌上，說：「沒有開瓶塞的鑽刀，怎麼開法。」

弟弟提過酒瓶，說：「這容易，交給我了。」

他從腰後取出一串鑰匙鏈，上面掛了個特別的小刀。他熟練地轉開那小刀，三弄兩弄，把瓶蓋打開，邊說：「在內蒙，到處游牧，身上什麼都得準備，走哪兒吃哪兒。喝酒太平常，是習慣，也需要，天冷暖身子。供銷社來一趟，一車酒都搶光。別的沒學會，開酒瓶子最拿手。」

媽媽舉起自己的酒杯，笑嘻嘻說：「來，乾杯，慶祝全家團圓。」

我們一起把酒杯放到唇邊，小飲一口。酒很苦，很澀，很辣，很烈，一進口先麻嘴，然後順著嗓子和食道，一直燒進胸口裡。每個人眼裡都湧出淚來，默默無聲，放下酒杯。

說說笑笑，各講各的奇怪經歷，團圓飯吃了兩個半鐘頭才完。收拾過碗筷，媽媽招呼我們開文藝晚會。她是真心誠意要我們團聚的時候，分分秒秒盡享歡樂。

爸爸說：「才下午三點鐘，離晚上還遠著呢，開什麼晚會。」

媽媽指指窗外，說：「你看看，外面一點光亮都沒有，不是晚上是什麼，我們點著燈，當然算晚會。很久沒有聽你們幾個拉琴了，今天給我拉一段聽聽。妹妹也學了手風琴，給哥哥們伴奏。蘇儒，你坐過來，我們是觀眾。」

爸爸挪過身子去，跟媽媽一起靠在大床上，望著我們三個。我們一起，用肥皂洗了手，各自取出琴來。要跟手風琴合奏，我們兩把提琴就得跟著妹妹調音。

一切就緒，拉什麼呢？我會的，弟弟不會。我和弟弟都會的，妹妹不會。我想出來了，舒伯特的〈搖籃曲〉，一定大家都會。我們三個，從小聽媽媽唱這首〈搖籃曲〉睡覺。還有〈在那遙遠的地方〉，很多年爸爸一直整天哼哼，還有媽媽常喜歡哼的〈大路歌〉、〈伏爾加船夫曲〉，爸爸喜歡的〈老人河〉、〈蘇珊娜〉、〈鬥牛士之歌〉、〈藍色多瑙河〉，還有〈最後告別〉，都是我們從小都記熟了。

琴聲並不動聽，甚至不熟練，時有斷續，可爸爸媽媽聽得用心，不打擾我們。後來媽媽開始跟著琴聲哼唱起來。爸爸用手臂把媽媽扶了坐直，摟著媽媽的肩膀，和著媽媽一起唱。媽媽用她變形彎曲了的手臂，一搖一搖，給我們大家打拍子。

我看著媽媽，眼裡忍不住冒出淚來，可我沒有停止拉琴。外面世界一片嚴寒，冰天雪地，我們家小屋，很窄，很破，瀰漫著琴聲和歌聲。我想起上海的冬天，重慶的秋夜，香港的碼頭，長江吳淞口的海岸。我想起北海水波上的粼光，中山公園的大金魚，頤和園長廊裡的彩畫，香山滿坡的紅葉。我想起跟媽媽一起度過的無數早晨和夜晚，無數歡欣與悲傷。確實，跟媽媽在一起，冬天也不那樣寒冷，雪地裡也能開出燦爛的鮮花。我們五顆在風霜中凍僵的心，在琴聲與歌聲中慢慢融解，充滿溫情。

熱鬧一陣，媽媽又提議：「今天人齊，我們來打橋牌。」

弟弟一聽，忙站起來，兩手一搓，說：「太好了，手癢好久了。」

媽媽說：「妹妹也剛學會，正好四人，不用我湊數，可以盡一回興。」

爸爸和弟弟對家，我和妹妹對家，四面坐好。我洗了牌，請爸爸切過。

媽媽端個茶盤過來，每人面前放杯茶。

叫過之後，爸爸放下他的牌，兩臂抱在胸前，看著媽媽說：「我坐著悶，有什麼小吃嗎？」

「剛吃過飯，又餓了？嘴那麼饞？給我搬個椅子，放爐子邊上，我給你們炒花生米。」

爸爸在爐前給媽媽擺好椅子，媽媽在爐邊炒花生，滿屋香。我們打著牌，說著話，家多麼美好！

一〇七

下個年初，伯公寫信來說，他在武漢打聽到，湖北中醫學院有個老教授張夢濃先生，曾經治癒過類風溼性關節炎，不妨前往一試。

天暖之後，媽媽便由妹妹陪著到了武漢。她從抗戰初期一九三八年隨外公離開湖北到重慶，三十六年之後，頭一次回到故鄉的土地。

夏天輪我回家陪媽媽，西安到鄭州，轉車南下去武漢。伯公的家我六六年大串聯時來過，無需人接，從火車站直接到了水果湖張家灣。

這裡是高幹住宅區，四周圍靜悄悄的，樹很綠，花很多，沒有人走動。我輕輕走進伯公住的小樓，裡面也安安靜靜，沒有一點聲音。白天樓門大開，毫無顧忌，我踮著腳尖，進門上樓。二樓門廳還是窗明几淨，迎面陽台玻璃門大敞，明麗的陽光一瀉而入，滿地板樹影搖曳。左手表弟的屋門緊閉，他在潛江插隊，不在家裡。伯婆臥室的門虛掩著，她在屋裡收拾衣物。伯公不在家，上班去了。

我本來不大相信張夢濃醫生確實有辦法治，可媽媽只能有病亂投醫。張先生說得清楚，如果早幾年來，他保證可以完全治癒，現在耽誤了八年，完全治好不可能，但吃他的藥，可以好六七成，只是必須停服激素，於是媽媽骨骼變形厲害起來，疼得很，不能翻身。妹妹按摩一下，好了一點。

門口走進一個女人來，低頭低聲，問：「琴薰姊中午要吃麼什？」

媽媽用湖北話答說：「隨便，別人吃麼什，我吃麼什，莫特別煮。」

伯婆走出屋子，說：「寧寧來了，正好我燒了雞湯你喝。張先生講，琴丫不許吃雞鴿禽類，又不許吃辛辣刺激東西，只好另外做。你年輕，要多吃，才有力氣。」

媽媽說：「謝謝伯娘照顧。我本來應該伺候你們二老，現在盡不了孝，反要你們為我操心，實在心裡很難過。」

「有病麼辦呢？曉得你孝順，莫想那些事，病醫好了，以後還有許多歲月。」

妹妹端著一碗中藥，走進屋來，放在媽媽床頭。

伯婆說：「你養這幾個兒女都好，勤快，曉得伺候你，大家都喜歡。」

「他們都插隊，吃過苦，會做事。寧寧來了，伯伯伯娘有什麼出力的事，只管叫他去做。」

「好了，莫多講話，藥要冷了，先吃，先吃。」

妹妹扶媽媽坐起一些，背後放枕頭墊著，然後一勺一勺餵媽媽吃藥。想必那藥很苦，媽媽吃一口皺一下眉，好像要哭出來的樣子。

我不忍看，扭過頭，對伯婆說：「婆婆，過兩天，我去潛江看看震弟。」

伯婆臉上笑開花，說：「你要去麼？那實在好，我收拾東西，你帶給震丫。」說完跑出房間，衝到表弟屋裡去收拾東西，好像我下午就走。

媽媽喝完了藥，妹妹扶她躺下來，然後出去洗藥碗。

「這藥是不是很難吃？」我坐在床邊，說完又覺得自己很傻，問句廢話。

媽媽不回答我的問題，急切地說：「我們恢復跟海外的通信了，公公現在是湖北省人大主任，他跟海外通信，從省政府直接寄，郵局不過問。」

妹妹回屋，說：「姆媽晚上睡不好，剛吃過藥，要睡一睡。」

我站起身來，說：「姆媽，你睡吧，我們在外頭坐坐，有事叫我。」

妹妹放下窗帘，給媽媽拉拉被單，走出屋子，虛掩房門，跟我走到陽台上，坐到大竹椅上，眼淚滴下來。我問：「你怎麼了？」

「姆媽不好，怎麼辦？真急死人了。」

我望著院外的樹，說不出話，我沒法安慰妹妹，我心裡同樣難過和焦急。

她哭了幾分鐘，擦掉眼淚，說：「姆媽離開湖北三十多年，頭一次回來，心裡很激動。到武漢，看見什麼都想起往事，想起外公外婆和舅舅們，心裡非常難過，她真想念他們呀！」

「我能想像。」

「姆媽來武漢，除了治病，也是為了給外公他們去信。」

「我知道，以前在西四住的時候，我陪姆媽去前門郵局發過信。」

「沒想到，公公和外公挺親，一個跟國民黨，一個隨共產黨。」

「你想想，就算我和小哥哥政治信仰不同，會成仇敵嗎？」

「姆媽告訴我，在台灣幫外公收信的人叫阮繼光，是姆媽的表弟。剛才進屋問姆媽要吃什麼的那個夏玉珍，是阮繼光的老婆。」

「真的嗎？還有這麼一回事。」

「喏，她剛又進姆媽屋裡去了，不知姆媽要什麼，我們沒聽見。」妹妹說著，站起來。我們趕緊回屋，看見夏玉珍站在床頭。

媽媽手裡抱個牛皮紙袋，翻一陣，抽出一張信紙，遞給夏玉珍，說：「這是我準備寫給繼光表弟的一段話，你看看，抄一份自己留著。」

夏玉珍手抖著，說：「我不用看，你只要告訴他，我等著他。」

「我寫了，你這樣等他，真不容易。」媽媽說完，從自己胸口衣服裡掏出幾張鈔票，遞到夏玉珍手裡，說：「這一百塊錢，本來說見到你兒子的時候，給他的見面禮。他昨天來，匆匆忙忙，沒講幾句話就走了。你替他收了，給他買些東西補養一下，他身子不夠壯。」

夏玉珍接了錢，眼淚成串落下，抓住媽媽的手亂抖，說不出話來，然後低著頭走出門。

我走過去，坐在床邊，問：「姆媽，你睡不成了。」

媽媽嘆了口氣，說：「阮繼光的母親跟你外婆是堂姊妹，同年同月同日生，從小一起長大，情同手足。阮繼光從湖北老家跑出來請外公幫忙找工作，外公看他小楷字寫得好，就留他在身邊做文書。蔣介石那本《中國之命運》，外公寫的文稿每天由阮繼光抄好，送蔣介石過目修改。四八年夏玉珍到南京跟他團聚，生了個兒子。戰事突然緊急，中央黨部撤退到廣州，阮繼光覺得兒子不到一歲，兵荒馬亂，不好帶，急急忙忙把他們母子送回武漢婆家，說是等他到廣州安頓好了，再接她們過去。不想黨部一到廣州，馬上撤退台灣，他來不及回武漢接夏玉珍。頭兩年，他們還常通信，阮繼光也一直積極設法接夏玉珍出去。後來台海徹底隔絕，他們夫婦二十多年沒有音信。還是前些年我從北京跟海外通信，接到阮繼光的信，轉給夏玉珍，他們才有一點相互的信息。」

「阮繼光也在台灣等了夏玉珍二十多年嗎？真不可相信。」

「據說，台灣一些親友曾勸阮繼光再娶。有人猜想夏玉珍已經死了，或者改嫁。阮繼光不聽，說：除非她親口告訴我，她已嫁人，否則我絕不另娶。逢年過節，表弟總會獨自一人，到淡水海邊，眺望彼岸，思念親人。夏玉珍在湖北，也等了他二十多年。我寫信去告訴表弟，夏玉珍養大了他們的孩子，等著跟他團聚。」

妹妹說：「昨天阮繼光的兒子來了一次，特別內向，一句話不說。」

「一定是受歧視太厲害了。」我說，「他們這二十年肯定受了很多罪。」

「是呀，中專畢業，不分配工作，下鄉勞動。你看他們母子，總是靜悄悄，好像恨不得鑽到地底下去。夏玉珍和阮繼光的母親，先在鄉下賣些針線雜貨。本錢花完，被惡人逼迫做黑戶，下田種地。受不了欺壓，逃到武漢做保母，又被揭發沒有武漢戶口，把她們捉起來。多虧公公婆婆在武漢，收留她們，才算生存下來。」

我心裡難過，不想再聽，天下盡是些傷心故事。

張夢濃先生說，媽媽一定要吃夠他開的一百服藥，才會見效。兩天一服，要吃二百天。媽媽從六月到武漢，開始服張先生的藥，才一個多月，實在沒有辦法，不得不恢復服用微量強的松激素，否則全身骨骼急速變形，完全臥床，無法行動，而且渾身疼痛難忍，夜不成眠。又熬了半個月，希望破滅，只好放棄張先生的中醫治療，重服激素。這兩個月多折騰，病情沒有絲毫改善，反使四肢變形惡化，激素服量不得不加大，媽媽更不好了。

百般無奈，媽媽決定九月一日回北京。媽媽就要動身離開武漢的前兩天，伯公早上去省政府上班，一個鐘頭以後，突然又趕回家，手裡舉著一封信，邊上樓梯，邊大叫：「琴薰，琴薰，冰如來信了。」

伯公從不高聲講話，這一聲喊，像旱地春雷，雲開天晴，暗夜月升，每間屋都有人應聲歡呼。媽媽顧不上疼痛，掙扎著從床上起身，妹妹搶過去扶住，不及披衣，趕到門邊。

伯公把信遞給媽媽，說：「剛剛收到，冰如妹回信。」

媽媽看著信封上寄信人姓名的一個萬字，眼淚已經落下來。以前跟海外通信的幾年，媽媽收到過舅舅們的來信，卻從未接到過外公和外婆的任何一個親筆字。

伯婆忙給陽台上竹椅鋪個棉墊，叫道：「莫在那裡站，琴丫，這邊坐。」

妹妹扶媽媽走過去，坐在椅墊上，身上披著暖暖陽光。媽媽含著淚，慢慢打開信封，取出一張薄薄的信紙。字是豎寫，繁體，寫得很大。伯公、伯婆、夏玉珍、我、妹妹，都圍在媽媽身後，站著看她。

媽媽擦去淚水，臉色緊張，盯住信紙，不出聲，上下移動目光，看了一遍，閉住眼睛，歇息一個瞬間，又睜開眼，把那信又從頭到尾看一遍，然後喘口氣，再從頭看起。看過幾遍之後，媽媽兩手握住信紙，捂在胸口上，後仰過頭去，閉住眼，淚水從眼角縫裡流出來。

妹妹趕上前，用手替媽媽擋住流淚，不使流入耳朵。夏玉珍忙遞過一塊手巾，讓妹妹替媽媽擦眼淚。伯婆說：「琴ㄚ，冰如妹怎樣講？」

媽媽聽問，忙睜開眼，抽泣著，把信紙遞過去。

琴薰：接到四月和六月兩信，知道你住在伯伯和伯娘家裡。伯伯和伯娘愛你，我們很感謝。伯娘和我是親姊妹一樣，非常要好。阮繼光是侄兒，他和七舅、八舅走得很親熱，轉信不要緊的。泰來做工廠，恆生在馬來亞做工廠，晉生教書，范生去美國。我有八個孫兒，四個孫女，你們的兒女，我一樣的愛他們。不多寫了，祝平安。母字

伯婆大聲讀著，眼淚嘩嘩，夏玉珍眼淚流出來，妹妹眼淚也流出來。外婆短短一封信，提到所有的人，給每個人傳遞信息，也表示了對每個人的情意，甚至她從未見過的弟弟和妹妹。

媽媽從伯婆手裡拿過信紙，低下頭，拿彎曲的手指點著，一個一個數信上的字，一共一百三十二個字，二十二個標點。對嗎？媽媽又點著字，重新數一遍，不錯，一百三十二個字，二十二個標點。

伯公說：「這是冰如第一次親筆寫信回來，很多年了。」

「我要再給中央寫信，要求得到許可，加強跟他們通信。」

「對，你拿這信給他們看，說明希聖他們自己願意同我們保持聯繫。現在中央由鄧小平同志代理主持國務院工作，你給鄧副總理寫信去。我見過他幾次，談過話，我也給他寫封信，你帶去北京，一起上交，他不會不看我的信。」

「我回北京以後，給海外寄信收信，還是由伯伯轉比較安全。」伯公已經朝書房走去，準備給鄧小平寫信，邊答說：「那沒有問題。」

「今天八月三十日，還有兩個月，到十月三十日，是父親生日，如果能得到批准，我給父親寄點壽禮去。」

這樣，媽媽懷著巨大的喜悅和希望回到北京。不知是因為伯公的親筆信，還是外婆的親筆回覆，或是因為媽媽無限的誠心，石頭終於開花，鄧小平把媽媽的請求批轉中央統戰部。統戰部派了人跟媽媽恢復聯繫，媽媽的海外通信雖然還經武漢中轉，總算得到北京的認可。

一〇八

然而，媽媽的身體越來越壞，經常一早晨躺在床上不能動。我因為會拉小提琴，剛剛被招收到延安縣劇團樂隊，算是國家職工了，可以請假，回北京照顧媽媽。每天早晨，我要給媽媽按摩幾次，直到半上午，她才能動彈，我端來臉盆，幫媽媽擦臉、刷牙，又幫媽媽換外衣，梳好頭髮。不論怎樣的艱難困苦，媽媽絕不肯蓬頭垢面，衣衫不整地過日子。

忽然聽到樓梯上有人走上來的聲音，好像猶猶豫豫，走一步停一停，顯然是位陌生人。我開門出去的時候，來人已經站在樓梯口。一位中年婦女，瘦瘦小小，頭上蒙一塊花頭巾，一副大眼鏡占去臉的大半。她穿的那件半長不長外衣，那雙淡黃色小巧玲瓏的皮鞋，中國不生產。長臉，嘴唇很紅，顯然塗了口紅。「對不起，打擾了，請問一下。」她說話很溫和，很有禮貌，「有一位陶琴薰女士，住在這裡嗎？」

沒等我開口，隔著屋門，媽媽大叫：「是仰蘭嗎？」

「琴薰。」門外，馬阿姨也驚叫一聲，但聲音小得多。

我說：「您是馬阿姨？您好。快請進，小屋太黑，我給您開燈。」

馬阿姨邊隨我走進門，邊問我：「你曉得我是誰嗎？」

「我曉得，姆媽常常叨念您。」

我聽見裡屋拐杖跌落地板的聲響，趕緊從馬阿姨身邊擠過。媽媽已經從床上起來，站在床邊，拐杖落在地上。她顧不得拐杖，獨立站著，迎接她的朋友。

馬阿姨在屋門口探進身，叫：「琴薰！」

媽媽張著兩手，朝向門口，叫：「仰蘭！」

她們擁抱在一起，兩個人的身體都在劇烈抖動。馬阿姨的肩頭上，媽媽乾澀的眼睛，流出不斷線的眼淚，沖刷她布滿皺紋而浮腫的臉。

「你回來了，又見面了，真想你啊！」

「又見面了，二十七年了，我也真想念你啊。」

「很少有朋友來看我，很多年了，很少有朋友來看我。」

「我答應過你，我一定回來看你，可惜來得太晚了。」

「是，你答應過我，我記得。再晚，我也等著。」

聽她們簡短的對話，我心裡難過得要命。「姆媽，坐下說話吧。」我說。

馬阿姨扶媽媽坐到床邊，說：「對，坐下說，坐下說。」

媽媽坐下，說：「寧寧，給馬阿姨掛衣服。」

馬阿姨解開頭巾，脫下外衣，遞給我，說：「這個是寧寧啊，這麼高大，想不到。我看見的時候，還在手裡抱著。」

我把馬阿姨大衣疊一疊，搭到方桌邊的椅子背上，我們沒有衣櫃可以掛衣服。我說：「是，馬阿姨，那時候我只有一歲。」

馬阿姨轉著身看屋子，說：「媽媽告訴你的？」

「姆媽告訴我的。」我說著，順手從方桌邊拖過另一把木椅，請馬阿姨坐下，說：「您坐，我去燒水沖茶。」

媽媽直到這時才擦乾眼淚，穩住呼吸，問：「怎麼找到這裡的？」

「一言難盡。」馬阿姨顧不得多說這些，問：「你身體怎麼樣？」

「類風溼，不治之症。你看，全身骨節都變形了，不成樣子。」媽媽說著，伸出雙臂雙手，給馬阿姨看，眼淚又流出來。

馬阿姨從自己口袋裡取出一塊手絹，替媽媽擦去臉上的淚，然後又擦去自己臉上的淚。

「你萬里迢迢來看我，我站不起來，不能招待你。」

「我們老同學，還講客氣嗎？當年在上海，讓我住在你家，待我那麼好，送我到碼頭上船，就夠了，我會記得一輩子。」

聽了這話，媽媽哇哇放聲痛哭，張開兩條彎曲的胳臂，搭在馬阿姨肩上，猛烈抽搐，說：

「有人記著，有人記著……」

媽媽一生，經受多少苦難，付出多少心血，蒙受多少冤屈，承擔多少離別，她都無怨言。她只希望得到別人一點理解，一點尊重，一點記憶。

兩個人安靜了一會兒，媽媽停住哭泣，擦乾眼睛。

「琴薰，你還算福氣。寧寧這麼高大，有一米八吧？」

「寧寧，把牆上那張照片取來，給馬阿姨看。」

馬阿姨接過鏡框，仔細看著，說：「呵，三個孩子，女兒長得像你。」

媽媽抹掉眼角邊的淚珠，笑著說：「對，也是個大臉盤。」

馬阿姨抬頭看著媽媽，又看看我，問：「都在身邊嗎？」

「我們這樣出身的孩子，不能留城裡，都下鄉了。我實在困難，申請把小女兒調回來。拖了一年，才算准了。幾個月前剛搬回來，分配人民汽車公司做鋼筋工。」

「十幾歲女孩子做鋼筋工嗎？」

「誰管你男孩子女孩子，有個工作，就算天大好事，哪裡還敢計較工種。她已經幹了幾個月，每月工資三十四元人民幣。」

「這麼重的工作，這麼低的工資？」

我說：「我還沒這麼多呢，文藝輔助二級，每月工資三十元。我們那裡，有人跟我一樣工資，還養活老婆孩子呢。」

門外樓道裡水開了，我走出去重新沏了兩杯茉莉花茶，端個小方凳放在馬阿姨和媽媽中間，把兩杯茶放在上面。

馬阿姨端起茶杯，說：「謝謝你，寧寧。」

「現在總算我身邊有個孩子，可以照顧一下，至少每天幫我倒倒馬桶。以前不管冰天雪地，我都得自己跑到胡同外面去。」

「住這樣房子，真夠你受，你們上海狄思威路的房子多好。」

「我倒不要多好的房子，只要有個抽水馬桶，就滿意了。我住過好房子，也沒有什麼稀罕，壞房子不是住不下去。怕的是有些人，一直住草棚子，忽然住了間好房子，就寧死也不肯再去住草棚了。」

「琴薰，你什麼時候變成哲學家了？」

「我們過去上大學的時候，其實真不懂得思想，太幼稚。」

「可是我回國來才發現，國內人對世界上的事情真是一無所知，憑自己那麼點想像猜外國的事情，實在不對頭。」

我搶著說：「還盡學外國最糟糕的東西，你看北京新蓋的房子，都是大方塊，鴿子籠似的。最可惡的，把北京古城牆都給拆了，一千多年的古蹟，到他們手裡就毀了。」

媽媽打斷我，說：「喝口茶吧，不要冷了。中美建交，美國很多華人回來。」

「還不多。」馬阿姨說，「回中國手續不容易辦，你幾個弟弟沒回來過嗎？」

「沒有，他們一定害怕，我父親在國內還是反革命戰犯。」

「我也辦了很久才成功，美國人對共產國家還是很忌諱。父親年紀實在大了，身體又壞，再難也得回來看看。」

「馬教授這些年受苦了，當年馬教授講課，教室坐不下，我爬窗口聽。」

馬阿姨嘆了口氣，搖搖頭。

媽媽突然說：「寧寧，扶我起來，給馬阿姨煎兩個雞蛋。」

馬阿姨忙擺手，說：「不要啦，琴薰，坐著說說話就很好。」

媽媽邊讓我扶著起床，邊說：「我今天實在不好，動不了，沒法陪你出去。街口上有家上海飯店，飯菜還可以。」

馬阿姨也站起來，伸手扶媽媽，連聲說：「不要，不要，琴薰。」

媽媽朝門口走，說：「你去美國那天早飯，我也是煎了兩個雞蛋。」

馬阿姨跟隨在媽媽後面，笑起來，說：「是，有一個還焦了。」

媽媽坐到火爐邊上，說：「都是你催，怕誤船，火大了，燒焦一個蛋。」

兩個人都笑起來，她們居然對當年的事情記得那麼清楚，細節都記得。

我拿著雞蛋，問媽媽：「姆媽，兩個雞蛋夠了嗎？」

媽媽看看我，又看看馬阿姨，問：「你以為馬阿姨是個大飯桶嗎？」

馬阿姨格格笑起來，兩手一拍，好像個小姑娘。

我不好意思，說：「我問兩個雞蛋可以請客嗎？」

「哦，馬阿姨不是客，是朋友。好了，蛋打進去吧。其實我過去家裡見的貴客很多，並不個個都要山珍海味。有一次在南京，陳立夫先生來我家，跟父親聊天。蔣宋孔陳，四大家族。你以為他們一定闊氣得不得了，家有萬貫，整天山珍海味吧？根本不是。陳立夫一進門就說：我今天特來吃飯的。父親說：家裡一點也沒有預備，怎麼辦？兩人就商量，吃雞蛋炒飯。母親在廚房做好，送出兩碗蛋炒飯，一碗蛋花湯，就算招待了。仰蘭，我們蛋裡不放鹽，等會兒碟子裡倒醬油，好吧？」

馬阿姨站在屋門口，看媽媽煎蛋，聽媽媽講故事，微微笑著，點點頭。

「我煎老一點，你才可以切。有人喜歡嫩的，裡面蛋黃一包汁，拿叉子切，一塌糊塗，外國人吃不成。」

馬阿姨笑了說：「我算什麼外國人？我還是用筷子呀。」

「還有一次，二舅來我家。寧寧，曉得萬耀煌是誰嗎？大名鼎鼎的國軍將領，當時是湖北省主席。他一來，父親就對他說：今天沒有預備飯，大妹去上海了，大司務也去了。二舅問：大妹不在，大司務為什麼也走了，大家不吃飯了嗎？父親說：我家大妹就是大司務。兩個人只有笑，那天真沒有飯吃，哈哈。」

「琴薰，你總改不了嘻嘻哈哈的脾氣，一見面笑話不斷。」

聽她們兩人親切的笑聲，我的心裡說不出什麼感覺。老天爺真是不公平，為什麼偏偏把本來可以很幸福美滿的人生破壞掉？

兩個蛋煎好了，金黃透亮，香氣撲鼻。媽媽在爐邊站起，親手端了盤子，走進屋，叫：「仰蘭，坐下，你的煎蛋。寧寧，拿把叉子，再拿把餐刀來。不過我們沒有餐巾，沒有賣的，拿塊毛巾用用算了。」

馬阿姨走到方桌邊坐下，問：「別麻煩了，不必正式。你不吃嗎？」
媽媽給煎蛋上倒了一點兒醬油，滴了兩滴麻油，說：「我吃我再煎，你快吃，別涼了。寧寧，你要吃什麼，自己去弄。」
我關好爐蓋，放上開水壺，說：「我什麼都不吃，聽你們聊天。」
馬阿姨真是一手拿叉，一手拿刀，把煎蛋切成小塊，叉子叉起放進嘴，細細吃完一塊，才問：「你跟父母有信來往嗎？一定很難。」
「真是很難。」媽媽嘆口氣，說，「幸虧父親名聲大，我提出做點工作，中央才批准了。藉著統戰需要，跟海外通信，至少相互知道個死活。」
「我以為你不能跟海外聯繫，想著這次能替你帶封信出去。」
「謝謝你的好意。我也想過這種辦法，蔣和早些年在石油部工作，常出國，我曾想託她帶信出去發給父母親。可是你曉得，裡通外國罪名很大，要殺頭的。託你們帶信出去，海外人不了解內情，回信說收到我的信，政府查出來，我私自給海外發信，麻煩就大了，也會連累帶信的人。我寧可不通信，也不能害朋友。」
「你確定不要我回美國跟他們聯絡一下？在重慶，你跟弟弟們很親，沙坪壩的幾個，差不多天天見面。每星期天你們一道回南岸家裡去，很多同學都很羨慕。」
「我收到過母親兩封親筆信，也收到過恆生六四年從歐洲寄來的信和照片。今年一月二十五日寫信給在美國的范生，他二月九日就收到，當天給我發來回信，還寄了照片，問我要不要醫藥，說他給我寄藥很方便。他小時候很瘦弱，想不到現在那麼壯，當了石油工程師，有兩個博士學位。」

媽媽很少這樣興高采烈講述自己家人，這樣肆無忌憚表達自己對海外親人的思念，就算有時候給我們講講家史故事，也仍然非常小心，怕我們過多受到她感情的薰陶，出去亂講惹禍。

我悄悄離開媽媽的屋子，給她們留一片屬於自己的天地。她們在媽媽屋裡坐了一下午，沒有叫過我一次。添茶水，拿小吃，都是媽媽讓馬阿姨動手。我在小屋裡，坐著發呆，羨慕母親一輩人的真誠友情，為自己這輩人的孤獨和薄情而悲哀。

天暗淡下來，我送馬阿姨回家。黃昏之中，我們走出院門。馬阿姨把手插在我臂彎裡挽著，說：「你媽媽年輕時會唱崑曲，活潑得很。我們約好，她到美國去找我的，真沒想到現在她會這樣子。」

「我知道，天災人禍。」我說，「主要是人禍，沒有人禍，天災並不可怕。」

「媽媽常跟你們說她的往事嗎？她有很多故事可講。」

「有時候講一些，我們這樣家庭的人，都怕接觸過去，太痛苦。」

「你們應該記住媽媽的一生，她是很偉大的女性。」

「我會永遠記住，不是媽媽，我們這個家早就沒有了。」

「真可惜，她當年多麼有才華，她立志要做冰心一樣的人。」

我沒說話，心想，冰心自己在國內又怎麼樣了？還不是倒楣到家。

馬阿姨見我不說話，轉過頭來，問：「媽媽抱怨過嗎？」

「沒有，她得支撐這個家，她永遠是我們家裡最樂觀的一個。」

「她是一個精神很堅強的女人，到什麼時候都是一樣。」

「馬阿姨，謝謝你今天來，姆媽可以吐吐心裡的感覺。」

「我懂。」馬阿姨說，「沒有多少人能夠理解她的歡樂，她的痛苦。」

「我上初中的時候，姆媽對我講，要好好念書，考上清華，做工程師，努力做出點成績，爭取機會出一次國，那就可以幫她給外公和舅舅們發一封信，說說她心裡的話。從此那就是我的終身使命，可惜看來永遠做不到了，我很對不起姆媽。」

馬阿姨的手臂挽緊一點，說：「寧寧，你是個好兒子，媽媽會高興。」

我們再沒說什麼話，默默走到東總布胡同馬老先生家門口，在蒼茫中告別。我說：「謝謝你，馬阿姨，二十多年了，今天大概是姆媽最快樂的一天。」

「寧寧，請你替我好好照顧媽媽。會有一天，她能夠到美國來，看到她的父親和弟弟們。」

我沉默著點點頭，跟馬阿姨道了別，獨自一人走回家去。

一〇九

跟海外通信恢復，一直還是經過武漢中轉，可忽然一天，北京統戰部專門派了個通信員，直接給媽媽送來一封信。那是台灣《聯合報》上一張簡短的訃告，報告我的外婆萬冰如於一九七五年九月二日在台北逝世。訃告是九月七日刊出，中央統戰部看到，派通信員送來，已是九月十八日。

媽媽坐在床上，捧著那張報紙，痛哭了許久。然後讓我扶著，坐到桌邊，鋪開信紙，給外公寫信。「父親大人……」幾字寫完，眼淚止不住落下，溼了信紙，糊了字跡。媽媽停下來，揉掉那張信紙，拿手巾擦了臉，又鋪平一張信紙，重新開始。又剛剛寫下「父親大人……」幾字，便又痛哭起來，溼了信紙，糊了字跡。

我說：「姆媽，這樣不行，休息一下，緩口氣，等一會再寫吧。」

媽媽哭著說：「外婆七十七歲，受了七十七年罪，就這樣去世了，我沒在她身邊伺候過一天……」

「姆媽，那不是你的錯，你別太難過。你這樣子，怎麼能寫信？」

「外婆去世，外公一定非常難受。他們兩老同生共死幾十年，相依為命，誰也離不開誰。我不能在跟前安慰一下，只能寫封信去……」說到這裡，媽媽又已泣不成聲。

我站著，不知該怎麼辦。

媽媽哭了一陣，靜一靜，說：「這信又不能直接寄出，還得送統戰部去審查，要拖好幾天，所以我越早寫出來越好。」

「你寫好了，我馬上送統戰部去，就站在那兒等，他們什麼時候批，我什麼時候直接就去發。統戰部也曉得這事情重要，所以馬上派人送來。你的信送去，他們不會拖，一定馬上批。他們一批，我就寄到武漢，過不了三天公公就寄走了。」

「太慢，這次從北京直接寄。信封上還寫武漢地址。」

「郵局的郵戳上會印北京，台北郵局也看得出來。」

媽媽嘆口氣，說：「寄封信多難哪。你們不曉得，外公真難過起來，會是什麼樣子。他平時好像總很穩重，很冷靜，什麼都不急，其實他心裡面，感情洶湧。現在他一定茶飯不思，痛不欲生。所以我得盡快把信寄到，管不了那麼多了。」

父親大人：

今天突然獲悉母親大人已於九月二日下午二時三十分病逝台北，我和蘇儒感到萬分震驚和悲痛。母親的一生，是勞累的一生，痛苦的一生。她老人家幾十年來勤儉持家，辛辛苦苦，把我們幾個姊弟撫養成人。在我童年的時後，她克服種種困難，使一家人擺脫貧病交迫的威脅。抗日戰爭時期，她攜帶一群子女，在日寇的刺刀和轟炸下逃難，幾乎跑遍了半個中國。在您遭受危難的關鍵時刻，她老人家不止一次地冒著全家人的生命危險，把您拯救出來。這些驚濤駭浪，將她這樣一個舊式賢妻良母，鍛鍊得十分剛強勇敢，但卻自然地毀壞了她的身體健康，四十歲以後就不斷地忍受多種疾病的折磨。現在她老人家永遠安息了，人間的痛苦不能再折磨她了。然而，她直到臨終，還懷念故鄉，可見二十幾年來旅居異鄉，她的心卻一直是和故鄉親人們連在一起的。我是她唯一的親生女兒，從小得到她老人家疼愛。這些年來我一直希望有朝一日，她老人家回故鄉，同家婆、伯娘、四乾、五舅、六舅在一起，度過一個愉快的晚年。但是，這個願望已經不能實現了。母親已經跟隨伯娘、四乾，與世長辭了。甚至在她病中，我都未能侍奉她老人家幾天，盡盡我的孝心。為此，我確實萬分愧恨，只有祈望她老人家在九泉之下，寬恕我的這一最大不孝。

爸爸，您現在一定非常悲痛，希望您節哀保重。女兒現在只有求老天行善，有朝一日能夠到您身邊，伺候您老人家幾天，贖贖我的不孝之罪。

不孝女　琴薰

一九七五年九月十八日

媽媽把信寫好，交給我送到統戰部去的時候，說：「我想，舅舅們都會回台北去，如果我也能去一趟，多好啊。」

「姆媽，不要夢想了，徒增煩惱。」

「如果人不會幻想，確實就少許多苦惱。」

媽媽的信得到批准，我當即趕到前門郵局，馬上寄出。爸爸接到報喪的信，馬上請假，可是拖到十月份中旬幹校領導才批准。他回到北京第二天，接到范生五舅九月三十日從美國寄來的信，代表所有舅舅，向媽媽報告外婆去世的消息。

爸爸陪著媽媽又哭一場，然後媽媽忙了兩天，給在美國的舅舅們寫回信。消息是悲哀的，可是接到舅舅的信，卻也讓媽媽感到安慰。不管天涯海角，她仍然是大姊，她仍然有幾個親弟弟，在想念著她，向她報告家事。因為這一大堆事情，爸爸這次回家，媽媽沒有顧得做好飯給他吃，忙過四天，匆匆又送爸爸走了。

從外文局幹校搬到河北固安開始，兩年來，爸爸得到允許，每月可以把四個星期日聚起，回家休息，一次四天。軍管小組編造的幾個謀殺案件，直到他們撤離外文局，始終不能結案，案犯也就不能送公安局坐牢。軍管小組走後，外文局的新當權者，不肯替軍管小組受過，又不肯向百姓認錯，所以悄悄放寬對爸爸這批人的管制，不再稱他們作案犯，改叫涉案人員。

於是家裡每個月有一次節日，就是爸爸回家。每接到爸爸的信，知道他要回家了。媽媽總是異常興奮，連續兩三天，收拾屋子，換窗帘，拖地板，擦桌子，鋪桌布，擺花瓶。晚上跟妹妹兩人商量爸爸在家那四天的食譜，開出買東西的單子，妹妹下班回家路上，跑副食店，照單子買菜買肉。

爸爸計畫到家那天，媽媽歡天喜地，一早起床，不顧身體疼痛，鼓動精神，穿上新洗的衣服，梳齊頭髮，在爐邊忙做飯，等爸爸到達。爸爸在廣安門長途汽車站下車，完全鄉下老農模樣，穿一身黑粗布棉衣棉褲，布襪布鞋，頭頂個灰布棉帽，渾身沾滿塵土，臉上布滿皺紋，顯出風吹日曬的憔悴。他一手提袋雞蛋，一手提袋大棗，坐公共汽車回到家。爸爸進家門，摘下棉帽，把手裡的布袋放到地板上。

媽媽馬上拉爸爸在方桌邊坐下，然後從床頭捧過一個包裹來，擺到桌上，對爸爸說：「你知道是誰寄來的？是范生。」

「真的嗎？你收到美國寄來的包裹了。」

「分離二十六年，第一個家裡人寄來的包裹。上星期收到，三月二十二號。他們去年十二月九日寄出，走了四個月才到。」

爸爸打開包裹，裡面有一小瓶藥，瓶上貼英文標籤，一個電熱墊，一身衣褲，還有一盒巧克力糖。

「這藥叫做Alinamin，我去問過醫生，他們沒聽說過。」

「一定是美國新藥，專治類風溼的，吃過了嗎？」

「從接到那天開始吃，一個星期了。過去每逢颳風下雨，渾身都痛，不能起床。你看今天，這麼冷，風這麼大，我還可以照樣起來，或許是這藥的效用。」

「是你今天曉得我回來，又多吃半片強的松激素的效用吧？」

「我今天沒有多吃半片激素，還是很好。看來美國確實有藥可以頂替激素。如果我能夠到美國去，一定能夠治好這病。」

「明天你又要去三〇一醫院扎針了，對不對？我找這日子回來，可以陪你一起去，新針療法有什麼好處嗎？」

「我已經兩個星期不去了，醫院說：他們研究了一下，覺得我這病，他們的新針療法治不了，我不必再去了。」

爸爸皺緊眉頭，看著媽媽，說：「這就算完了？」

「不完還怎麼樣？人家不願意繼續治了。人家不讓我去，我連大門都進不去。本來三〇一醫院試驗新療法，我找上門去求人家，願意讓他們給我扎針做試驗。我這樣出身的人，人家居然接受了，出乎意料。能到那兒去就診，算是對我關懷。」

「也沒給你什麼推薦？或者約個時候去複查？推出門了事？」

「你想什麼呢？人家幹麼來問我的情況，我算什麼人？三〇一是中國最高級別的醫院，國家領導人有了問題，才到三〇一去，人家有那閒工夫會問我什麼？」

「那麼你自己覺得怎麼樣呢？針灸有點效嗎？」

「我這病，日子久了，好一點壞一點，也不明顯。如果有效，他們也不會不繼續。我只覺得，最近關節變形比以前劇烈，右腿有些強直。幸虧收到范生的藥，吃了，今天才算好些。」

「不去也好，省了跑路。你去一次，東西橫貫整個北京城，換幾次車，奔波三四個小時，病會加重，不值。妹妹好嗎？」

「她今天下午早點下班，晚飯等她來做。」

爸爸回家第二天，媽媽繼續歡天喜地，不是要爸爸陪她到中山公園走走，就是拉爸爸到東安市場轉轉，還有一次兩個人去看了場朝鮮電影。

爸爸回家第三天頭上，媽媽心情就開始壞。妹妹洗臉梳頭，準備上班，爸爸做早飯。媽媽便大發脾氣，罵妹妹不動手。妹妹委屈，暗自流淚，爸爸安慰她：「總是這樣，每月一次，我要走了，姆媽心裡難過，發發脾氣，你們多體諒她。」

妹妹邊弄早飯，邊說：「我懂。我難受，不是為我，我是替姆媽難受。」

三個人默默吃過早飯，妹妹上班走了。爸爸收拾外屋雜物架子，然後拿出木盆，準備洗衣服。媽媽又罵：「誰要你洗衣服，回家也不歇歇，坐下來看看書。就見不得你弄家務事，笨手笨腳，你的時間和生命就這樣浪費掉嗎？」

「我也不願意，又怎麼辦。我現在只能做這些，只許做這些。」

「我不要看見你這鬼樣子。」爸爸年輕的時候，英俊瀟灑，多才多藝，媽媽願意在心裡永遠保留那個風流的容顏，不能容忍他現在這種心灰意懶的樣子。

第四天早上，媽媽絕對沉默，不發脾氣，也不說話，給爸爸弄頓早飯，相對靜坐半天，又做頓中飯，誰也吃不下，然後在樓梯上送爸爸出門，到廣安門趕兩點鐘班車回固安。整個下午，媽媽便一直躺在床上，重新安排一本相冊，夾三〇年代、四〇年代、五〇年代爸爸的照片。這本相冊，媽媽每個月重新夾一次。

一九七六年初夏，弟弟在內蒙草原度過整整九個酷暑嚴寒之後，因為眼睛有病，辦成手續，退回北京了。

那天爸爸也在家，他一個月前回家過當月四天假，得了點感冒，頭疼發燒，把復興醫院診斷證明寄回固安幹校請幾天病假。幹校沒給任何回音，既沒有批准，也沒催他回去。於是爸爸便賴在家裡，一直不回，住了兩個多月。他心裡有主意，萬一有人問起，他可以說，他一直在等幹校領導的回信，不知道該何時返幹校。

爸爸現在能幹了，有的時候中午飯由他做，雞蛋炒飯，甚至還會做炸醬麵。那天早上，他提了菜籃子，正要出門去買菜，忽然間，房子陡然搖動。媽媽驚呼一聲，急忙雙手抱住妹妹。接著整個樓房繼續劇烈的搖動，天花板上的燈像鐘擺一樣，大幅擺動，碰到屋頂，砰砰響，牆皮散落，像雪片。玻璃窗嘎啦嘎啦響，破裂開來，跌落樓外。牆上的鏡框搖擺，脫落下地，玻璃摔得粉碎。吃飯方桌，穩不住桌腳，朝屋子中央滑過來。

妹妹使勁抱住媽媽，不使跌倒。爸爸頂住滑動的方桌，不使滑過來衝到媽媽身上。弟弟不顧一切，衝進屋來，幫助妹妹抱緊媽媽。

震動稍息，弟弟頭一個靈醒，大叫：「地震，是地震。」

爸爸馬上揮著兩手，喊：「快下樓，出去，離開建築物。」

弟弟在媽媽面前一站，對妹妹說：「你扶一下，我背姆媽出去。」

來不及多說，妹妹馬上扶著媽媽，趴到弟弟背上，弟弟兩手拉住媽媽的腿，拔腳就走。樓梯很窄，很陡，弟弟一手拉緊樓梯扶手，以免跌落下樓，一手在身後拉著媽媽的腿，一階一階走下去。每下一階，背上的媽媽就顛動一次，發出痛苦呻吟。妹妹在後面兩手緊緊扶住媽媽，每聽媽媽的呻吟，就發一陣抖。爸爸剛出屋門，又趕回去，拿了媽媽的拐杖，又抱了一床棉被，再次衝出來，追趕媽媽三人。

四個人剛下一半樓梯，餘震又開始。樓梯木板嘎拉嘎拉響，扶手好像要斷掉。弟弟好像在海船甲板上步行，兩腿發軟，東倒西歪，步子踩不到地方。

媽媽喊：「把我放下，別管我了，你們快跑出去。」

妹妹喊：「不行，姆媽，不能放下你。」

媽媽喊：「我不能拖累你們大家，一塊都壓死在這裡。」

弟弟喘著粗氣，斷續說：「我們一塊出去。」

餘震比較短促，但頻率很高，一兩分鐘一次。弟弟抓緊每次餘震間歇，加快下幾步，總算趕出樓門。前院大門邊的牆頭，已經坍落一大片，露出隔壁院裡的房屋窗戶。胡同裡是一片驚叫哭喊，雜亂的腳步。弟弟放下媽媽，自己匍伏在地，猛烈喘息。妹妹扶媽媽站著，一起大喘。媽媽問：「弟弟，你累壞了吧。」

爸爸說：「我們還得走遠些，這裡離樓房太近。」

弟弟說不出話，仍然趴在地上，只對媽媽揮動一隻手，讓他們快走。

妹妹和爸爸連拉帶拽，扶媽媽到後院，在樹下鋪了棉被，攙她坐下。

院邊一堵小牆塌了，可以看得見隔壁院子，一個人坐在瓦礫堆上，雙手抱著腿，拚命哭嚎。他從樓上窗中跳出來，摔了腿。旁邊幾個人七手八腳把他抬起來，挪到一旁，這才看得到，他的腿斷了，一根半截腿骨割破皮肉，裸露出來，鮮血淋漓。

爸爸扶媽媽坐好，轉過臉，剛巧看到那人斷腿鮮血，哼了一聲，直挺挺栽倒在地，昏迷過去。妹妹扶著媽媽，騰不出手來照顧爸爸，只有著急喊叫。這時，弟弟剛好跑來，忙把爸爸翻過身，連聲喊叫：「爸爸，爸爸。」

媽媽說：「他見血就昏，去弄點冷水，額頭上拍點兒水就醒了。」

弟弟忙把爸爸搬到棉被上躺著，然後到水龍頭，兩個手接點水，走過來，潑在爸爸臉上，他才醒過來。

胡同裡有人喊：「街道通知，都到中央美術學院操場上去。」

弟弟趕緊把自行車推過來，爸爸和妹妹把媽媽扶上後座。弟弟推著車走，妹妹跟著，邊走邊扶媽媽。爸爸抱著棉被，拿著拐杖，後面跟著，奔向中央美術學院。爸爸看看天，說：「地震以後，會下大雨。要是下起來，真無處可躲，怎麼辦？」

弟弟說：「先送你們去美院，安頓好了，我再回來拿雨傘。」

媽媽聽見，說：「家裡有塊雨布，也許在你們小屋床底下。」

中央美術學院操場上，滿都是人，三一群五一夥，站著的坐著的，不停發抖。這裡那裡，呼聲加哭聲，此起彼落。有人披著棉襖，有人穿著汗衫，幾個婦女光著身子，只拿報紙裹著，藏在人後。只有小孩子們，不知憂喜，在人群裡追打跑鬧。

弟弟在人群裡轉來轉去，走到人後遠處，找到一個牆角地方，牆頭不高，旁邊有個小樹叢。還有一小截樹幹斷了，橫在地上，剛好當坐位。弟弟說：「你們在這裡等，我去拿雨傘。等會兒下雨，這樹叢和牆頭可以架一件雨衣，當帳棚。」

爸爸把手裡棉被鋪到樹幹上，妹妹扶媽媽下車子，慢慢坐到棉被上。弟弟把腳踏車轉個向。

妹妹說：「我跟你一塊去，多抱點床單棉被來。」

媽媽說：「這一條已經弄髒了，還要抱多少，都弄髒才好？」

爸爸說：「哎呀，這時候，還顧得了髒嗎？誰曉得我們要在這裡躲多久，你需要保暖。去吧，能拿多少拿多少。」

弟弟騎上車就跑，妹妹追去，往上一跳，坐上後架，一起回家。

二三十分鐘以後，弟弟推著車，車上架了一堆床單棉被棉衣，妹妹也推了她的車，帶了一捆雨衣雨傘雨布雨鞋，跌跌撞撞，往美院跑的時候，開始下雨。爸爸淋雨站著，兩手拉住棉被的一半，張在媽媽頭上擋雨。

弟弟緊跑幾步，到了跟前，把車子一丟，馬上動手在牆頭和樹叢間張雨布。爸爸丟下棉被，拉住雨布一邊。妹妹也丟下車子，趕過來拉住另一邊，蓋在媽媽頭上。弟弟順著牆跟，拾回一堆磚石，把雨布一邊壓緊在矮牆頭上，又把雨布另一邊，順牆頭左側樹叢傾斜搭下。然後把腳踏車扶起，支在牆頭右側，把雨布一角搭上去，用磚石壓緊，做成一個小小的帳棚。

妹妹從自己車上扯下帶來的一捆雨具，又拉過弟弟推來的棉被捲，兩手抱了，鑽到雨布帳棚下面，把剛淋過雨的那床溼棉被在地上鋪平，把兩件雨衣鋪在這條棉被上，上面再鋪一床沒有淋雨的乾棉被，又鋪一條乾床單，然後扶媽媽坐到上面。

雨大起來，打在頭頂的雨布上，劈劈啪啪響。弟弟淋著雨站在外面，不斷拿磚石加固雨布的三邊支持。爸爸撐開每一把雨傘，圍著小帳棚邊上，支著地，阻擋邊上掃進來的雨。

媽媽說：「妹妹，把那條小床單撕開了，讓小哥哥把雨布綁在樹叢上。」

妹妹動手把小床單撕成布條子，遞給弟弟。弟弟拿來把雨布邊綁在樹叢上，又到另一邊，把雨布邊綁在自行車架上。然後再把妹妹的腳踏車扶起來，斜壓到樹叢上的雨布上。爸爸鑽進小帳棚，把一條單人棉被打開，從頭到腳裹在媽媽身上。

突然轟隆一響，大雨瓢潑，傾洩下來，密得伸手不見人。大雨點砸在土地上，啪啪響，濺起水花。弟弟剛建築好的雨布帳棚，大雨一下，頃刻之間就倒塌了。頭頂那塊雨布整個落下，蒙蓋住爸爸媽媽妹妹三個人的頭和身體，只有綁在樹叢上的那一邊還露著空，隨著雨打一跳一跳。牆頭上的磚石紛紛落下，砸在他們的背上。腳踏車倒了，沒有砸到人。支在旁邊的幾把雨傘跟著雨打轉，滑開去。還站在雨地裡的弟弟急忙跑去，抓回那幾把雨傘，支在爸爸媽媽的頭頂上。

媽媽在雨布底下喊叫：「弟弟呀，快鑽進來躲一躲。」

「不要緊，姆媽，天不冷。我已經淋透了，別把你們都弄溼了，雨停了也沒法坐。」

暴雨下了半個鐘點，才漸漸小了，可是不停。爸爸用手支起臉前的雨布，說：「我們再來重新建設。」

「你們別瞎動，保持裡面那一塊乾燥地方，我弄外邊。」

他們正在重新努力，搭建他們的雨布帳棚，幾個人推輛小車過來，車上裝著一些雨布，野營帳棚等等用具。他們問：「你們要帳棚嗎？是我們學生到野外寫生時候用的，不能擋大雨。」

弟弟接過東西，又說：「再給塊雨布，我們這兒有個重病人，怕潮。知道不知道，這是哪兒鬧地震？這麼厲害？」

「不清楚，沒廣播，說是唐山。」推車人說著，走去給別人發帳棚。

弟弟在內蒙住過八年，整天游牧，對帳棚這類東西極熟悉，三下兩下支好，把剛拿到的雨布放進帳棚裡面。他在帳棚口上，伸手進棚，打開雨布。雨布因為一直摺著，內側沒有淋溼。他把雨布放好，乾面朝上。然後招呼爸爸媽媽妹妹，慢慢頂著頭上的雨布，拉著身下的乾棉被，一點一點挪進帳棚裡。

三個人一進帳棚，馬上一層一層鋪好棉被床單，這下子可以安穩些坐好了。弟弟還在外面忙，把家裡拿來的雨布，綁在帳棚頂上，多加一層防雨設施。然後拿兩把雨傘綁在帳棚口上，擋住斜下過來的雨，也擋地面上濺過來的水。一切終於就緒，已經日過中午。弟弟說：「我回家去給你們拿點吃的。」

媽媽說：「順便拿些乾衣服來，不知要不要在這裡過夜。」

爸爸說：「看這情況，大概免不了，還得再拿床單毛毯。」

弟弟把兩件雨衣夾在腳踏車後架上，叫：「妹妹，你跟我一塊兒去，可以多拿點東西來。」

妹妹答應一聲，鑽出帳棚，穿上雨衣，也推車走了。

他們再回來的時候，雨還下著。弟弟換了一身乾衣服，穿著雨衣。腳踏車後架上綁了一個大筐，外面裹著一件雨衣。妹妹也推著車，車後綁一個大布包，外面也裹著雨衣。

兩個人到帳棚口，迅速把雨衣包裹的筐和包放進帳棚。然後兩人脫掉身上的雨衣，搭在帳棚口上，鑽進來。妹妹把抱來的大包打開，有枕頭、毛毯、床單、乾衣服、毛巾、牙膏牙刷、棉襖、手套、毛衣，亂七八糟一大堆。弟弟也從筐裡取出他拿來的東西，一包饅頭，一些瓶瓶罐罐，油鹽醬醋，一個鍋，一個案板，幾個碗，幾雙筷，還有他從內蒙帶回來的一個煤油爐，一個煤油燈，一小罐煤油。

爸爸看了笑，說：「到底在內蒙生活過幾年，很習慣在帳棚裡過日子。」

弟弟擺弄這堆雜七雜八，說：「內蒙冬天封山以後，幾個月都待在蒙古包裡，冬眠似的。我這煤油爐煤油燈帶不帶回來，想了好幾天，本來可以就地送人。後來還是帶回來作紀念。姆媽還笑我，現在用上了吧。我帶了幾個雞蛋，可以煎蛋。」

二〇

北京城凍死了的桂樹，三十年沒開過花，一九七六年九月九日忽然盛開，滿城飄香。自此大地復甦，鮮花不斷。十月芙蓉，萬紫千紅。十一月菊花，婀娜多姿。

媽媽要爸爸陪著，每個月去一趟中山公園看花呼吸新鮮空氣。十一月天涼，媽媽不能出門，從花店買回一盆水仙，放在五斗櫃頂上可以照見陽光的地方。十二月，淡黃色的水仙花便開放起來，高高挺立在翠綠的葉片上端。到一九七七年一月，媽媽讓爸爸跑到東單花店，買回幾枝暗紅色的蠟梅，插在玻璃瓶裡，裝點冬日的小屋。到二月，媽媽盆栽的蘭花盛開了，散射幽幽的清香，顯示早春降臨。

日子終於開始恢復正常，媽媽不再拄著拐杖，踏冰踩雪到胡同外面去倒馬桶，也不必每天早上擔心起不了床怎麼辦。爸爸長期在家，弟弟妹妹也都回了北京，有穩定的工作。每天晚飯，一家四口團聚，說說笑笑。

三月二十二日，媽媽接到一張郵局通知單：

> 今有美國陶范生寄給武漢陶琴薰醫藥一瓶。經上海海關檢查，藥名無從查證，按規定，不准進口，退回美國。

爸爸媽媽早有估計，看來不是瞎猜，冬天還遠遠沒有過去。五舅寄給媽媽的藥，收不到了，統戰部也沒有幫忙。媽媽曉得，此藥退回，海外親人一定以為他們寄東西，給媽媽引起了麻煩，再不敢繼續通信，所以馬上給范生五舅寫信，說明情況：

> 范生五弟：
>
> 突然收到郵局通知，你最近寄來的藥品，因為沒有詳細藥物說明，這裡郵局海關查不到

此為何藥，所以退還給你了。不知你收到了沒有？這瓶藥輾轉萬里，進了中國，卻到不了我手裡，真是遺憾之極。你可把藥物說明找到，再次寄來。

近半年來，我的病情加重，兩膝都在僵直，走路更加困難了，幾乎成天躺在床上。病中更想念你們。從阮繼光處得知，恆生一家今春也要遷往美國，不知已遷去了沒有？現在做什麼工作？晉生在哪所大學任教？這都是我時刻懷念著的。

你們身體好嗎？工作順利嗎？孩子們讀書用功嗎？蘇哥的身體倒還好，寧寧兄妹都很孝順，照顧我十分周到，這點請你和父親放心。

信寄出不久，媽媽聽到北京盛傳的一個小道消息，說是中國各地關閉了整整十年的大學，要重新開門，考試招生。這下子，柳暗花明。媽媽興奮不已，夜不成眠。在她一生所禁受的無數折磨中，媽媽心中最大的痛苦，是眼看我們三個孩子失去接受高等教育的機會。

那年暑假我回北京，一個月裡，媽媽從早到晚興高采烈，不停對我們嘮叨考大學的事。我和弟弟對大學招生的消息毫無熱心，根本也沒意願，使媽媽很傷心。她不停努力，軟硬兼施，逼我們答應她的要求。媽媽甚至把她保留下來的一本《大學基礎英語》教材擺到桌上，要我們兩人每天跟她補習兩個鐘頭英語。

我說：「姆媽，你和爸爸因為英語，吃了一輩子苦，還沒夠？」

「我沒有要你們拿英語當職業，只是準備報考大學。這些年沒人學英語，你們多少會一點，考分上就可以優先。」

「我和弟弟，只要去考，成績準保優先，用不著這點英語補救。」
「那你們為什麼不要去考？」
「學習成績再好，也沒用，政審通不過。」
「人家說，這次大學招生，恢復高考錄取，全社會公開，不看家庭出身。」
看媽媽一臉的真誠，我心裡又是難過又是尊敬。她禁受了如此之多非人的磨難，卻仍然對生活抱這樣的熱望和信心。
「誰說了？中央辦公廳？國務院？高教部？人民代表大會？一個官方文件都沒有，不過是些小道消息，你別當真。」
「中國的事，哪件不是從小道消息開始。糧食要漲價，買鞋要鞋票，都是小道傳出來，大家去搶購。如果等著看《人民日報》再行動，糧買不到，鞋也穿不上。林彪摔死，逮捕江青四人幫，鄧小平復出，都是小道消息先傳出來，也都是真事。」
「姆媽，我們並不跟你爭論大學考試的傳聞是真是假。就算是真，今天《人民日報》發了社論，刊出中央紅頭文件，或者鄧小平署名文章，下令恢復大學招生考試制度，那又怎樣？那就是真的了嗎？就可信了嗎？」
「如果那都不信，你還信什麼？」
「中國憲法白紙黑字寫了公民言論自由，我們有言論自由嗎？所有講話、文件、報紙、廣播、電視，天天喊叫人民當家作主，人民當家作主了嗎？共產黨那套，說歸說，做歸做，絕對不可信。」

媽媽不說話了，我說的話也多少有點根據，都是慘痛經歷。

我又說：「就算中央正式發布恢復大學考試的政策，明說根據考試成績擇優錄取，不做政審，也做不到。陝北老鄉有句話：經都是好經，歪嘴和尚一念，都念歪了。中央說不要政審，到高教部，就變成先成績，後政審，到了地方，就變成成績政審並重，到大學招生辦，又變成先政審後成績。這麼多年了，掌權的人還不明白寧左勿右？自由放鬆，不過暫時權宜之策。極左路線才是永久的，絕對的。你等著看，大學招生會放棄政審這一條，我從陝北爬回北京來。」

媽媽有點喪氣，說：「要政審，就麻煩，爸爸的問題，不知還得拖多久。我的家庭出身，也改不了。」

「所以呀，乾脆別動那門心思，省得以後生氣。」我說，「大學招生有沒有考試，都不重要。我這輩子永遠不相信，共產黨會有一天不拿政治衡量人。離開政治，他們還怎麼統治？他們整天琢磨的是權力，讓他們不問政治，怎麼活法？」

媽媽嘆口氣，說：「別的我都不關心，我只希望你們兩個能夠上大學。」

「姆媽，你不要希望太多。有希望，就有失望。有失望，就痛苦。咱們這樣挺好，平平靜靜過日子，別再抱更多希望。」

媽媽聽了，眼淚撲答撲答掉下來。

我和弟弟慌了，站起來，說：「姆媽，你別哭嘛。我們只是說，大學考試不過是說說，我們沒興趣，可也沒說一定不去考啊。」

媽媽聽見這句話，馬上止住淚，抬眼說：「你們答應我，只要真有大學考試，你們就考。他們有沒有政審，你們考得上考不上，沒關係，我只要你們答應去考。」
我說：「只要他們真開考，我們真去考，絕不可能考不上。」
弟弟說：「如果他們還弄政審這一手，我們一定上不了。」
媽媽說：「如果真那樣，我也就死了心，絕不再跟你們提一個字。」
「姆媽，我們答應你就是。」我說，「只要他們真開考，我們倆就報名。」
磨了整整一夏天，終於聽到我們這句話，媽媽笑了，問我們：「你們怎麼開始複習功課？數理化，要不要我幫你們找複習材料？我寫信給許相萍，她一定有數理化教材。弟弟在北京，跟我複習英語。」
弟弟看我一眼，苦笑笑。他在北京，可真得複習功課，準備考試。
媽媽說：「那麼說說看，你們考什麼專業？」
「從來沒想過。」我說，「這不剛才答應你去考嗎？專業還得想想。」
「想想，現在就想，我們討論一下，早些準備。」
「到那時候再說吧，正式文件還沒下來，何必大老早費心琢磨那些事。不就考個大學嗎？有什麼可手忙腳亂的。」
弟弟說：「如果可以有志願，我就學經濟。」
媽媽樂了，連聲說：「很好，很好，外公對中國古代經濟最有興趣。」
我說：「學經濟幹什麼？中國人從來不講經濟理論，不如去學汽車機械。」
弟弟橫我一眼，說：「沒影的事，這不是說夢話解悶嗎，你當什麼真？」

媽媽說：「說說看，你們準備報考哪間大學？」

這還真是沒完沒了了，我和弟弟皺皺眉頭，同時說：「沒想過。」

「考北京大學，一定要報考北京大學。公公和外公都是北京大學畢業，外公還是北京大學教授，系主任。」

「說得那麼容易，又不是吃燒餅，也得考得上。」

「為什麼考不上？」媽媽說，「我能考得上，你們有什麼理由考不上。」

「我想，考上是應該沒有問題。要是從前，我們倆自然上定，可現在不一樣，成績再好，政治不合格，北京大學不收。」

弟弟看我一眼，說：「行，我申請北京大學。」

「我也申請北京大學。」

媽媽更美了，說：「如果你們兩個都考上，成了同學，又跟當年公公和外公一樣，我們家的人都是好樣的。」

「咱們這事算可以了結了吧。」我說，「我還有一星期就該回陝北了，這幾天可以不必再討論這件事了吧。」

媽媽說：「一言為定，我絕不再多嘴找討厭。」

說到做到，媽媽果然一個字都沒有再提考大學的事，可我能看出來，她常常望著我們發愣，希望我們不要忽然變卦。我拎著手提包離家回陝北，在樓梯口跟媽媽告別，對她說：「姆媽，你放心，只要他們真有考大學一說，我一定報名。」

「我相信你，一回去就開始複習功課。」

這一回，媽媽還真沒猜錯。十月初，國務院正式發出通知，宣布全國從六六年到七六年間凡上過中學的，不論畢業沒畢業，都可報名參加大學升學考試。大學招生，一律根據考試成績，擇優錄取。當月報名，十一月考試，十二月發榜，一月入學。

我收到弟弟的信，說：為了媽媽，我們必須報考大學，否則會給她致命的打擊。弟弟說，他已經報了名，並開始複習功課。他報考第一志願北京大學經濟系，第二志願南開大學經濟系，第三志願北京經濟學院。

當晚我填了報名表，給媽媽寫信：我已經報了名，第一志願北京大學，第二志願西北大學，第三志願沒填。我只需要報一個志願，第二志願都多餘。邊工作，邊複習，沒什麼時間，說實話我也沒什麼心思複習。

三個星期轉眼過去，十一月，上百萬學生，從十六歲到三十歲，同一天走進各地考場。很多大學尚未準備停當，不招生，所以當年招生人數很有限。一九七七年頭一年恢復高考，大學錄取率最多百分之一或者二。十二月發榜，我的成績：語文九十七，史地八十八，數學七十九，政治六十六，總成績三百三十，我馬上給媽媽寫信報喜。

弟弟考試總分三百五十分，他寫信通報，北京大學錄取分數線只有三百分，真按成績招生的話，我們一起考上北大絕無問題。媽媽連來三封信，安排我和弟弟如何一起上北京大學，怎樣上學，怎樣住宿，怎樣吃飯，怎樣回家。十二月內，各地大學錄取通知書一批批發出來，相識的同學，一個個收到，準備行裝。可直到年底，仍沒有我的通知，弟弟也沒有接到錄取通知。北京大學是全國一類重點大學，頭批看卷招生，絕不會拖到三類大學發過通知，還沒動靜。

弟弟寫信給我說：媽媽急得成夜成夜睡不著覺，又吐過一次血。他到北京市大學招生辦去打聽，不出我們所料，政治審查沒有取消。而對於我們來說，政審結果仍比考試成績更要緊。北京大學招生辦給外文局發政審外調函，一個多月過去，沒有回音。政審沒結果，考試成績再好，北大也不敢收。媽媽讓弟弟向北京大學招生辦要了一封政審外調函拷貝，跑到外文局，找局黨委，要求給個答覆。

局黨委讓弟弟找人事處，人事處讓找政治處，政治處讓找幹部處，幹部處讓找業務處，業務處讓找《中國建設》社，《中國建設》社讓找幹校管理處，幹校管理處讓找回人事科，人事科讓找回局黨委，局黨委又讓到政治處。弟弟反正豁出去了，人家怎麼推，他也不走，哪怕跑一百個辦公室，哪怕一個辦公室跑一百次，他也不煩，只管跑來跑去，不拿到答覆，死活不離開外文局的門，他不能不給媽媽拿回去一個肯定答覆。最後弟弟沒煩，局黨委的人煩了，開出一張證明，蓋了外文局黨委的大紅公章，交到弟弟手裡。那證明寫：

我局職工沈蘇儒，政審尚無結論，但不影響子女升學。

我給弟弟回信說：我們本來沒有考大學的想法，姆媽的熱情鼓動了我們，我們不能辜負她的養育之恩。我們努力了，在世界任何一個其他角落，我們都一定成功。可不幸，我們在中國，所以只有失敗，死了上學這條心吧。

弟弟安慰媽媽說：「不要緊，今年沒錄取，明年再考。既然恢復了高考制度，該不會明年又停止吧。」

妹妹說：「最好別中止，我明年還要考呢。」

弟弟說：「我和哥哥多一年複習，明年會考得更好，全國第一，看他北京大學還有什麼理由不收我們。」

沒有一件事能夠順心，媽媽有點萬念俱灰。不料柳暗花明又一村，鼎來舅忽然來信，說他收到一瓶從廣州寄來的藥，是要轉給媽媽的。

那是一個小木箱，外面郵包寫農機研究院地址，寄給鼎來舅，寄件人是廣州東方賓館一六三〇房間黎天睦。鼎來舅仔細想過，怎麼也想不起認識這樣一個人。聽名字，很像廣東香港那邊的人。媽媽在香港住過很久，可也記不得有個香港朋友叫這名字。

打開木盒，撥掉保護用的碎紙片，小心翼翼取出一個藥瓶，看到小瓶上貼的紙條，媽媽便叫：「是范生他們寄的。」

「寫的什麼？」

「關節炎用藥，請轉交陶琴薰女士。」

「沒有落款，你怎麼肯定是誰寫的？」

「我們陶家人寫字，一眼就認出來。」

「可能是去年范生寄的藥，海關退回去。他們再不敢走郵局給你寄藥。有便人來中國，隨身帶進來，從國內地點寄。又不敢直接寄給你，不知你是否因為上次退藥的事遇到麻煩，所以繞道寄給鼎來，請他轉。如果你沒事，就轉得到。」

媽媽打開小藥瓶蓋，從裡面取出一粒藥片，黃色，小粒。媽媽說：「這跟前年范生寄給我的藥片一模一樣，他說這藥不是藥房買的，要醫生開處方才買得到，所以一定是他去弄到的。」

「為你這個姊姊，他們也真是用了心了。」

「海關上次退藥，把他們嚇壞了。我們寫了信去，快一年了，沒人再來信，對不對？可他們還是想辦法把藥送過來了。」

弟弟說：「他們為什麼沒有一個人回來一趟看看呢？中美建交五年了，很多美國人到中國來。五舅也託到中國來的朋友，把藥帶進來。」

「他們還是怕。」媽媽說，「他們的身分，跟普通美籍華人不一樣。我當然很想念他們，可我並不期望他們很快回國來，給外公惹麻煩。我不怨他們，只要他們記得我，想著我，就夠了。只要我活著，總有一天，我們要見面，不是在中國，就是在美國，反正一定要再見面。」

爸爸捏著一粒小藥片，對媽媽說：「吃一粒這藥吧，我給你倒水。」

「前年吃這藥，挺有效，可惜沒接上，又間隔一年了，不知吃起來會怎樣。我來給范生寫個信，要謝謝他。」

「你怎麼寫呢？這藥到你手裡，沒經過海關正式渠道，你一寫回信，就等於報告給政府，你在地下通敵，罪名可大了。」

媽媽一愣，說不出話來，她沒想到這一條。

「要不，我們把這木箱藥瓶一起上交給統戰部，表示我們清白，不私自收海外寄來的東西。

坦白從寬，抗拒從嚴，也許不會把我們怎麼樣。」

媽媽說：「可是未經政府許可，藥我已經吃了一粒。」

弟弟說：「他們還會去數嗎？再說，藥瓶上沒有標籤，沒有說明內裝多少粒，多一粒少一粒沒關係。我想用不著那麼害怕，不必上交。現在政策到底跟前幾年不一樣，寬鬆許多了。」

爸爸說：「小心不出大錯。我們交上去，如果統戰部不要檢查，還給我們，最好。否則我們也沒錯，這樣萬無一失。」

弟弟不說話，他曉得爸爸天生的毛病，過分小心，凡事求全，只怕出錯。

媽媽說：「上次海關退藥，我寫了三封信去給范生，我想統戰部已經了解情況。這次信，我們只要寫清楚，請統戰部審查信稿的時候，也向他們說清楚收到藥的經過，應該不至於出多少麻煩。這木盒藥瓶都留著，他們要，再交不遲。」

爸爸說：「先交後交還不是一樣，先交上去，落個主動。」

妹妹說：「這木盒是寄給舅舅的，他收了，沒有交給公安部門，而且認為可以轉給你，我們收到有什麼錯。舅舅現在是農業部黨組成員，總不會有人去惹他吧。」

弟弟說：「農業部黨組成員，官太小。中央軍委黨組成員，才沒人敢惹。」

「妹妹這話也對。」爸爸說，「你給范生寫信吧，我來做炸醬麵。」

妹妹說：「星期天，都在家，吃什麼炸醬麵，旁邊坐著喝茶去，我來做。」

三個人都出了屋，媽媽躺在床上，用彎曲的手指捏著筆，慢慢給五舅寫信：

范生弟：

一年未見來信，不知你們全家都安好嗎？父親和諸弟的近況如何？時在念中。前幾天鼎來哥忽然收到一個從廣州寄給他的小木盒包裹，裡面裝著一瓶黃藥片，瓶上貼著一張字條，寫著：關節炎用藥，請陶鼎來先生轉交陶琴薰女士，沒有下款。木盒上的寄件人是廣州東方賓館黎天睦。鼎來哥想不起他認識這位黎先生。我和蘇儒將藥取回，仔細觀察一番，認為大概是你們給我的，因為紙條上的字跡很像你寫的，而那黃藥片是前年你寄給我吃的那種。我猜想是你託朋友帶到廣州，寄到北京來的吧。因為中國郵局把所謂無藥名的那瓶藥退回去，給你們添了許多麻煩。我和蘇儒十分感謝你們對我的關懷。藥瓶雖小，卻給了我無限的溫暖和安慰。

蘇儒和孩子們的工作都好，身體也健康，請放心，並請轉告父親和諸弟。尤其會使父親高興的是，我的第二個男孩子從小愛讀書，中學後開始對經濟學感興趣，這些年對中國歷史也進行了些研究，並立志將來要寫一部《中國經濟思想史》。奇怪的是，我和蘇儒幾十年從事外文編譯和教學工作，對經濟問題完全外行，我自己更是一竅不通，不知為何我的兒子竟然在學術方面，同父親有同樣的愛好。我記得寫《中國經濟思想史》是父親幾十年的夙願，不知這些年來他老人家動筆寫了沒有？如果他老人家在這裡，能親自指點這個外孫進行研究，那該多好啊。

此信到達你們手中，可能是聖誕前夕，祝你們聖誕和新年快樂。

統戰部批准了這封信，也沒有再問藥瓶的事，媽媽把信寄出去。眼看著過了元旦，全國所有大學都開始上課，我和弟弟仍然沒有接到大學錄取。媽媽極度悲傷，整日不思茶飯。爸爸他們束手無策，不知怎麼辦。

二二

年年難過年年過，時間永遠不停止。一九七八年農曆春節，我回了北京，全家團聚，裝扮好房間，置辦妥年貨，準備年夜飯。

媽媽決定今年除夕吃火鍋，爸爸又可以做蛋餃。中午一過，他便坐到爐邊，弓著背，慢慢動作。那一幅圖畫已經很多年沒有見到過了，好像一個久遠的溫暖回憶。最後一次過春節吃爸爸做的蛋餃，還是在西四頒賞胡同，媽媽還沒有得病，爸爸還是四十幾歲中年人。眼下再看到這幅圖景，媽媽已經病了十幾年，爸爸也近老年，我們家經過破碎，終又重圓，每個人心靈都留下無法癒合的創傷。

因為我和弟弟爭誇海口，媽媽決定，由我和弟弟包餃子，一個大方桌子都給我們用。過去舅婆婆做飯，嘉興老太太不會包餃子，都是上海菜。我和弟弟插過隊，一切自己做，當然會包餃子。不過餃子包好留大年初一吃，年夜飯還是炒菜。媽媽和妹妹在門邊臨時搭一個台子，鍋碗瓢盆，油鹽醬醋，準備肉、魚和蝦。

這一頓年夜飯，擺滿一桌，熱氣騰騰，香味撲鼻。五副碗筷調羹，都是媽媽新買的，白瓷藍花。每人面前放個酒杯，倒半杯葡萄酒，鮮紅透亮。桌子中央一個大火鍋，鍋下兩個碟子，拼裝下鍋的金黃蛋餃，雪白粉絲，翠綠青菜，蟬翼肉片，酥軟豆腐。旁邊幾個炒菜，媽媽和妹妹照著菜譜，精心做成。炸香脆肉，色澤金黃。錢江肉絲，黃綠相間。糖醋黃魚，醬紅鮮亮。龍井蝦仁，清淡雅麗。黃燜雞塊，汁濃色黃。蘑菇豆腐，褐白間襯。桌角放著醬油香醋，麻油白糖。

我們換下做飯弄髒的衣服，洗了臉手，乾乾淨淨入座。爸爸上座，靠牆朝南。媽媽坐在爸爸右手側面，爐子旁邊，指揮全桌活動。我和弟弟擠坐在爸爸左側，可以不站起來幫忙。妹妹坐爸爸對面，活動自由，負責端湯送水，添飯倒酒。

爸爸先舉起酒杯，說：「來，我們慶祝一下。」

我們都舉起杯，跟爸爸先碰，又互相碰，叮叮噹噹，嘻嘻哈哈。

妹妹碰完杯，才想起來問：「我們慶祝什麼呢？」

是呀，慶祝什麼呢？爸爸的冤案還不知何年何月會平反，媽媽的病也不曉得什麼時候能有所改善，我和弟弟仍不知究竟哪天才會接到大學擴大招生的錄取通知，而媽媽與外公、舅舅們重逢的願望，更是遙遠得恍如天邊，我們現在慶祝什麼呢？

爸爸說：「二伯伯的一個孫女是北京腫瘤醫院的放射科大夫，熱心幫忙介紹，媽媽現在可以去北京醫院看病了。那裡醫療條件、醫術水平，都是全國第一，姆媽的身體應該會有好起來的一天，該不該慶祝？」

大家齊聲說：「該。」碰了一杯，喝一口。

媽媽說：「兩個哥哥高考成績好，雖然頭一榜沒有錄取，好事多磨，現在擴大招生，一定會錄取，該不該慶祝？」

我和弟弟沒接口。爸爸和妹妹大喊：「該。」又碰一杯，喝一口。

媽媽又說：「這個春節是我們家少有的，無憂無慮的春節，更該慶祝。」今天的飯菜都絕對好吃，糖醋黃魚，絕對好吃，濃汁肥魚，味美肉鮮。龍井蝦仁，名不虛傳，蝦仁玉白，茶葉碧綠，色味獨具。炸香脆肉，外脆裡軟，蘸甜麵醬花椒鹽，好吃。錢江肉絲，蔥香濃郁，鮮嫩爽口。黃燜雞塊，雞肉酥嫩，黃花菜香。蘑菇豆腐，蘑菇鮮脆，豆腐嫩滑。

媽媽說：「說實在的，爸爸的冤案平反不平反，我的病治得好治不好，都無所謂，我們還能活多少年呢？不平反，又怎樣？我生病，又怎樣？過去那些年我們照樣過下來了。只是你們，還有很多年，還要爭前途，一定要上大學。」

爸爸喝了口酒，一個勁點頭，道：「說的是，說的是。」

「你們也算爭氣，亂了十年，還沒有荒廢學業，一考就中。不管北大錄取不錄取，你們成績比北大學生高得多，就值得驕傲。我急是急，心裡覺得安慰，你們都沒有辜負我們這些年一片苦心。」

我聽著，不知怎的，心裡覺得很難過。媽媽說苦心，那可真是苦心。

媽媽接著說：「只要你們三個進了大學，我們老頭老太太兩個，也就算完成歷史使命，再無任何牽掛，可以安度晚年。」

爸爸說：「對，我們出去旅遊一番，再去重慶沙坪壩，再去南京田吉營，再去上海狄思威路。」

媽媽說：「還要去冠生園，吃一客蛋糕，告訴年輕人，當年的冠生園是什麼樣子的。」

我們三個聽不懂媽媽這話什麼意思，爸爸卻哈哈大笑起來，笑個不停。

「我還有一件終身使命還沒有完成。」我說。

弟弟聽懂了，說：「這個使命，現在應該不是發一封信，而是去見一回外公和舅舅們。現在出國比以前寬鬆得多，北京已經有不少大學生出國留學。海外有親屬的人，也有申請自費出國定居的。」

我說：「不知怎麼個辦法，得去打聽一下，真那樣，我就馬上申請。」

妹妹說：「當然姆媽第一個出去，你們還得念完書，我陪姆媽去。我是女兒，比你更能照顧姆媽。」

媽媽說：「如果我能出國，當然把你們所有人都帶去。去香港住，那兒離外公最近，來往也最方便。他老人家年紀大了，不能勞累他長途飛行去美國。」

我說：「我可以去香港看你們，我反正要去美國。」

弟弟說：「不管在哪兒，只要姆媽跟外公、舅舅重逢就好。」

媽媽說：「我前幾天，連著幾晚上作夢，夢見外公外婆。我夢見，阮繼光表弟收到我寄去的包裹，送給外公外婆。外公外婆打開一看，裡面都是北京和武漢的特產食品，沒有文字信件。我覺得只要東西寄到，外公外婆會明白，不必寫字，怕寫了文字，反而讓台灣當局找麻煩，或許寄不到。我的夢裡，外公外婆當然明白是誰寄的包裹，翻過來掉過去看每件東西。最後在包裹外面的布上，看到我寫的台灣地址。那是陶家人的字跡，外公外婆看了，相對而泣。幾個親筆，勝過千言萬語，情意深長。外公外婆便在那包裹簽收單上，親筆寫了希聖、冰如四個字，讓繼光弟寄回來，一切盡在不言之中。」

我說：「真是一個美麗的夢，我將來要把這個夢寫在小說裡。」

媽媽說：「我已經構思很久，準備寫些東西。將來去見外公的時候，也可以告訴他，我沒有白白浪費幾十年生命。」

爸爸半天沒有講話，忽然插嘴說：「你養育了三個有出息的子女，支持我們全家度過二十幾年黑暗歲月，不寫作，也沒有浪費生命。」

弟弟問：「姆媽，你想過沒有，你去見外公和舅舅，那場面會怎麼樣？」

爸爸打斷弟弟，說：「好了吧，吃也吃夠了，講話也講夠了，可以收攤了吧。火鍋滅了，湯涼了，不能吃了。我買了幾個鞭炮，我們去放放。」

弟弟說：「我們可以到小屋，在窗外放就行，不必下樓，外面太冷。」

妹妹說：「先去放炮，我回來收拾飯桌，你們都甭管。」

我們扶了媽媽，走到小屋，坐在床上。我和弟弟開了窗，探出身子，在窗外的房頂上放花炮。聽劈劈啪啪爆響，看夜色裡五彩光亮，新春到了。

大年初一本來是親友拜年的日子，可媽媽病體在身，颳風天冷不能出門，我們都待在家裡。再說我們一家五口分離很多年，能有日子團聚，誰都想盡情享受家的溫馨，不願意出門。何況是這樣精心布置，充滿花香色彩，瀰漫音樂笑語的家。我們說話、拉琴、唱歌、打橋牌、煮餃子、做小吃、看照片、念舊信，其樂無窮。

痛苦的時候，度日如年，歡樂的時候，光陰似箭。春節眨眼就過去，我得回陝北。儘管依依不捨，非得按時返回。過去十年，每次回京時歸心如焚，離京時別情悽慘。這次不同，好像沒有那麼痛苦。媽媽真心笑著，送我到樓梯口。爸爸也笑著，送我到院門口。妹妹一早跟我說了再見，照常上班。弟弟送我到火車站，一路說笑。我們想，家裡一切都安頓好了，相比於過去十餘年，現在簡直好似天堂。

不久，我和弟弟接到錄取通知，我進西北大學，弟弟上北京經濟學院。

二三

入校不到兩個月，接到弟弟發來一封電報：母病危住院。媽媽病殘十幾年，家裡從來沒有打來過病危的電報。我立刻請了假，當晚搭車，趕回北京。從西安到北京，火車要二十小時，我是心急如焚，只怕到遲了，見不到媽媽。下了火車，我沒回家，直接趕到北京醫院，可我還是遲了。媽媽熬不到等我，已經被推進手術室急救。

走廊盡頭，手術室門外，我的家人都在。爸爸站在窗前，背著光，他更消瘦，腿站不直，背有些駝。妹妹站在爸爸身邊，攙扶著他，眼睛紅腫，面色蒼白。弟弟坐在長椅上，一手拿著自己的眼鏡，一手拿著媽媽那條駝色毛圍巾。麗芳阿姨也在，站在牆角，一手抹著眼睛，還在不停地流淚。她的兒子毛毛，陪她站著，看見我過去，叫：「大哥。」

我答應一聲，走到他們面前，把提包丟到地上，叫：「爸爸……」

爸爸轉過身，看著我，說：「你回來了，姆媽一直叨念你……」

我看著爸爸疲憊的臉，眼泡鬆弛下墜，顯出老態，嘴唇乾裂，布滿白皮，想是他連日未眠。

我問：「怎麼回事？要動手術？」

爸爸搖搖頭，沒說話，又轉身望著窗外。

妹妹說：「去問小哥哥吧。」她不願惹爸爸再多傷心。

我走過去，坐在弟弟身邊，小聲問：「怎麼回事？」

弟弟戴上眼鏡，說：「從上個月開始，姆媽常覺得肚子疼，大便有時有些黑色的東西，誰都沒太注意。她疼的時候，我給她按摩些時候，緩解一下。五天以前，爸爸早上發現媽媽大便裡有血，我們才慌了，趕緊把媽媽送到到這兒。醫院一查，確定是消化道潰瘍，大出血，馬上住院。下午姆媽忽然大口大口吐血，需要緊急搶救。當夜開始輸血輸液，準備做手術，切除胃裡的潰瘍。姆媽一直要等你回來，怕手術不好，就見不到你了，所以我發電報叫你回來。昨天早上三點多鐘，姆媽突然休克，急救以後才醒來，以後便血不止。醫生說不能再等，馬上開刀，外科周光裕主任親自做，也許……不知道……」

沒人再說話，都靜靜坐著。

一個白衣護士從手術室門裡走出來，手裡端個金屬盤。她看了我們一眼，什麼也不說，朝旁邊走。

我愣了一愣，想走過去問她一問。

弟弟把我拉住，說：「別去，問也沒用，手術不做完，她什麼都不會講。該跟我們講什麼，醫生來講，輪不上她。我們問過幾次了，甭費那事。」

我看著護士轉過樓道，說：「我想問問，能不能進去看姆媽一眼。現在姆媽也許還能聽見我說句話，萬一手術……她……」

「她們不會讓你進去。」

我只好跟著弟弟，走到長椅邊，重新坐下，低頭發愣。

沒幾分鐘，那護士從樓道轉回來，手裡還是拿著一個托盤。我憋不住，快步走到手術室門口。她走過來，見我擋路，好像嚇了一跳，說：「你要幹麼？」

「我是陶琴薰的大兒子，剛從外地趕到。您讓我進去，就一分鐘，讓我看我媽一眼，就一眼，叫她一聲，我就出來。」

護士說：「手術正在進行中，怎麼能讓家屬進去，您安心在這兒等吧。」

我垂下淚來，說：「我趕了一天一夜火車，沒有趕到。現在我叫她一聲，她也許還能聽見。萬一……那時候我叫她，她也聽不見了。」

護士看我一個高大男人，竟然站著落淚，大概動了惻隱之心，便說：「您現在進去叫她，她才真聽不見，都麻醉了。周主任手術，全國數一數二，不必擔心，不會出問題。您別急，一會兒完成以後，推進病房，您就見著了。」

她說得聲音很低，也沒有具體說明媽媽的手術到底是否成功，但對我們來說，這幾句話，好像天外福音。窗邊爸爸和妹妹，牆角麗芳阿姨和毛毛，椅上弟弟，一齊衝過來。護士一看，忙推開我，鑽進手術室去，在身後把玻璃門緊緊關住。我們所有人，眼睛都睜得滾圓，相互望著，許久說不出話來。

爸爸對我說：「你去洗把臉，梳梳頭髮。你這個樣子，等一會兒媽媽看見，心裡會難過。」

我聽了，用手抓抓頭髮，才悟到坐了一天一夜火車，又髒又亂，難怪護士見我，跟見了鬼一樣。我連忙跑到廁所洗臉梳頭，可也不敢多耽誤，怕錯過媽媽推出手術室的時刻。

等了不知多久，手術室玻璃門終於打開，幾個護士圍著一輛推車走出來，旁邊是各種輸液瓶氧氣瓶等等。我們衝過去，被兩個護士擋住，沒能靠到車邊，只能隔一步遠，望著媽媽的臉，跟著走。

她們身後，一個中等個男醫生，穿著淡藍色的手術室套衫，一邊從頭上摘下布帽走出來。爸爸和弟弟妹妹都停住腳步，回轉身到那醫生跟前，急切地問：「周主任，周大夫，怎麼樣？」

我回頭看了一眼周大夫，腳步不停，跟著媽媽的推車走。對我來說，現在最重要的，是跟媽媽在一起。

一個護士輕聲問我：「您是沈寧哪？」

我說：「是，我是家裡老大，剛從西安趕到。」

「麻醉以前，病人一直叨念你名字，怕再見不到你了。」

我聽了，眼淚撲答撲答落下，擠進護士行列，到車邊，抓住媽媽一隻手，彎著腰，邊走邊對媽媽耳邊，輕聲呼喚：「姆媽，姆媽，我是寧寧，我回來了，在你身邊呢。你聽到嗎？姆媽，手術做完，我們見面了。你聽見我說話嗎？跟我說句話，姆媽，跟我說句話……」

「病人還在麻醉中，聽不到您說話。別吵她，她現在很衰弱，讓她休息。」

我隱隱感覺，媽媽一根手指顫抖了一下。也許是我自己的幻覺，但我相信，我願意千百次相信，媽媽的手確實動了一下，她聽到了我的聲音，她對我反應。我忍不住，眼淚像狂濤一樣，傾洩而下，落在媽媽蓋住被單的胸口上。

到了病房，護士們讓我等在門外。她們幾人，小心翼翼，把媽媽搬到病床上，裝好吊瓶和幾台測試儀器，才離開。一個護士在門口對我說：「大概再過一個小時，病人才會醒。醒過來，請馬上叫我們，按床頭那個鈕，就行了。」

爸爸他們走進病房，告訴我：「周大夫說，手術還算成功。因為長期服用強的松激素，姆媽身上所有組織都脆化，胃部潰瘍面積很大。切除以後，胃只有幾個手指般大小。希望那些脆化的胃組織能夠禁得起縫合，那麼以後不再服用強的松激素，便有好轉希望。可是姆媽離開激素，類風溼又會加劇。這是一個矛盾，不好處理。周大夫說，他約內科錢主任，明天查房的時候，再會診一下，看能不能找到辦法。」

已經晚上七點半了，我說：「你們在病房裡看了幾天，很累了。姆媽還要一個鐘頭才會醒過來，你們回去吃頓飯，我在這兒看著。」

媽媽一動不動躺著，兩頰浮腫，雙眼緊閉，鼻孔插著兩根皮管，嘴微微張開，好像呼吸艱難。身上蓋著雪白的床單，一條胳臂露在外面，壓在胸口上，那隻手消瘦極了，變了形，手指都彎曲著，每個骨節都臃腫粗大，手背上插了皮管，膠布貼住。病房裡燈沒有開，暗暗的，只有門口透射進一些微光，斜斜投放在病床上，勾勒出媽媽覆蓋著被單的身體，好像一座玉石雕像，淒清蒼白。心電圖儀器有節奏地發出滴滴的輕微響聲，讓人感覺到她生命仍然存在。

我把媽媽的頭在枕上挪動一下，讓她呼吸順暢一點，然後跪在床邊，頭頂覆蓋媽媽的被單，握住媽媽一隻手，輕聲禱告：

「我從不信仰任何宗教，可我今天願意向任何天神賠個不是。如果天上真的有神，不管是誰，上帝也好，耶穌也好，如來也好，真主也好，玉皇大帝也好，觀音菩薩也好，只要你們真有慈悲之心，肯救助世間好人，那麼請賜我母親起死回生，讓她好起來。如果我的母親能再活二十年，十年，我願意從今往後，敬拜天下所有神靈，日日上香。如果上蒼有眼，請讓我的母親醒過來，睜開眼，看我一下……」

我實在不知道，我是願意媽媽早點醒過來呢？還是盡量晚點醒？麻醉解除，姆媽會感到更多手術後的劇烈疼痛吧。我在病床邊跪著，繼續喃喃自語：「姆媽，你如果醒過來，請你饒恕我。我不是一個好兒子，沒有能夠盡兒子的孝道，在你需要的時候保護你。從小到大，總是你在保護我們，餵養我們，為我們犧牲。可是你得病了以後，我們沒有能夠很好地看護你。如果你沒有帶病到潭柘寺水田勞動，你就不會病成現在這個樣子……」

媽媽似乎微微動了一動，我抬起頭看，她仍然靜靜躺著，緊閉雙眼。

我又低下頭，接著說：「姆媽，如果我不離開家，每天幫你提水倒尿，不讓你重病之中，獨自一人生活，你的病情也不至於惡化得那樣快。你去赤城溫泉療養，病情好轉，多好呵。可家裡沒有錢，你不願在溫泉療養下去。我那時二十多歲，卻沒想到去赤城做短工，扛大件，修馬路，幹什麼都行，賺錢讓你繼續療養。我竟然聽了你的話，接你回北京。這個錯誤，現在後悔極了，經常通夜睡不著。姆媽，真對不起。現在一切都太晚了，悔恨，慚愧，自責，一切都晚了。姆媽，我真希望人能有第二次生命，我們來世再轉回同一個家，我一定用盡全力保護你，時刻在你身邊，服侍你，誰也不要想把我們拆散。姆媽，你好起來。這次我留在家裡陪你，彌補過去的錯誤，讓你過幾天舒心的日子，我不回去上學了……」

媽媽突然動了一下，千真萬確，媽媽的胳臂動了一下。我抬起頭，擦掉眼裡的淚，望過去。媽媽仍閉著眼睛，卻在輕微搖頭。我直起身，湊近媽媽的臉，把耳朵貼在她唇邊，聽見她極輕微地在叫：「寧寧，寧寧……」

我忙也輕聲叫：「姆媽，我在這裡，在你身邊，姆媽，我回來了，我陪著你，再也不離開你。姆媽，你聽到了嗎？姆媽，聽到嗎……」

媽媽的眼睛仍然緊閉著，眼角慢慢滲出一粒淚珠，在門口透進的慘白燈光下，晶瑩透亮。媽媽醒過來了，她聽見了我的呼喚。淚水噴泉般湧出眼眶，成串滴落到媽媽臉上，我忙後退一步，輕輕伸手，替媽媽擦去她臉上她的淚和我的淚。然後，我趕緊按動床頭的那個電鈕，通知值班護士，媽媽醒來了。

馬上聽到走廊裡急促的腳步聲，瞬間護士已到門口，扭亮電燈。她走近病床，輕聲問：「病人醒了嗎？」

我繼續擦著眼淚，答說：「她動了幾下，我聽見她叫我……」

護士又按兩下床頭電鈕，然後伸手把媽媽的脈搏，門口又來了兩個護士。

「病人麻醉過去了，脈搏基本正常。」護士報告之後，對我說：「請你出去一下，病房小，轉不開身。」

三個護士，一個量脈搏，查看滴液吊瓶，一個調整心電圖儀器，一個翻開媽媽眼皮查看，又打開血壓計量血壓。

爸爸，弟弟和妹妹三個一起在廊裡走過來。他們算著鐘點，媽媽麻藥過去的時候，準時到了。

我迎過去，說：「姆媽剛醒過來，三個護士正在檢查。」

爸爸站住腳，把眼睛閉起來，好一陣不睜開，然後長長出了一口氣。

妹妹拔腿要跑，說：「我去看看。」

我說：「病房裡小，護士讓出來等。」

三個護士都從病房裡走出來，臉上帶著微笑，說：「病人一切都正常，眼睛也睜開了，你們可以進去陪陪，不過不要過多說話，不要讓病人過度興奮。」

爸爸點著頭，連連說：「曉得，曉得，謝謝，謝謝……」

我們四人，依次走進病房。媽媽微偏著頭，神色很疲憊，眼睜開一條縫，望著我們，沒有目光，一動不動。我過去，拉住媽媽露在被單外面的那隻手，說：「姆媽，我趕到了。你手術做得好，會恢復過來。」

媽媽看著我，不聲響，眼角又滲出一滴淚珠，晶晶瑩瑩。

我伸出手，用一個手指，輕輕擦掉媽媽眼角那粒眼淚，說：「姆媽，你別太激動，剛做過手術，要安靜休息。我這次請了長假，在北京守著你，等你好了，出了院，我再回去。」

媽媽的頭，好像輕輕搖一搖，眉頭微微皺一皺，沒有說話。

我問：「姆媽，你怎麼了？身上難受嗎？」

爸爸說：「姆媽不願意你長期留在北京，耽誤學校太多功課。」

我聽了，轉頭看著媽媽，說：「你不用擔心，我誤不了功課。我念的那些課，都太簡單，書我都帶回來了，老師上課，也不過照本宣科，我自己看一樣，那種課根本不用上，還不如在家聽你講故事。」

媽媽看著我，沒說話，眼睛好像睜得大了些。

爸爸搖頭，說：「你們這些學生，還有人教得了嗎？尊師重道，天經地義。不管是誰，指點一個字，就是你的老師，對他要恭敬才對。」

我說：「英文石老師頭一節課說，你們是中文系學生，中國書寫了三千年，你們將來就算天天不幹別的，光念書，念一輩子也念不完，哪裡還有空念英文書。我也不苛求你們，只要你們每天按時來上課，學點發音語法，記得住記不住無所謂，考試我讓你們都及格。你說那課我上什麼勁，還不如回家跟你們學。」

爸爸無話可說，媽媽臉上鬆弛了一些，弟弟偷偷樂著。

我又說：「我回來多待幾天沒關係，不用擔心。我回來，可以換爸爸他們多休息一下。」

媽媽轉過臉去，看著爸爸，忽然張嘴說：「回家……」

爸爸忙說：「我們才回了家，妹妹做飯，飽吃一頓，才剛來。」

弟弟說：「我來給哥哥送飯，不讓爸爸來，他非要來。」

媽媽仍看著爸爸，又說一次：「回去……」

爸爸說：「回家也是一樣，不如在這兒，反倒心安。」

媽媽好像生氣了，慢慢轉過臉，閉上眼睛。

我對爸爸說：「你就別惹姆媽生氣了，今晚我在這兒守著，你們都回家睡覺。明天白天，你們再來換班。現在姆媽手術做好了，只是恢復，也用不著四個人同時守在這裡，我們日夜換班就行。」

媽媽聽了，睜開眼，轉過臉，點點頭。

妹妹說：「行，交給我了，我負責今天晚上讓爸爸睡覺。」

弟弟說：「我明天下午才有課，上午來換你，下午去上課，爸爸吃過中飯，下午再來。」

媽媽點點頭，又轉頭看著妹妹。

妹妹說：「姆媽放心，我照常上班，下了班再來看護你。」

媽媽搖頭，看看爸爸，又看看妹妹，說：「做飯……」

妹妹忙說：「好吧，我下班先回家，給爸爸做飯，再來換他回去吃。」

一切都安排好，媽媽點點頭。

我對他們說：「那你們走吧，好好睡覺。」

爸爸領頭走出病房去了，妹妹跟在後面。

弟弟走到門口，又回過頭，對我說：「晚上要睡覺，從樓道搬幾把椅子，靠窗戶一排，就行了。椅子都一樣高，躺著還可以。你個兒高，大概要四把椅子……」

我把他一推，說：「走吧，真夠囉嗦。這麼大人，還不會搬椅子睡覺？」

他們終於走了，我回進病房，坐在媽媽床頭，幫她拉拉身上的被單，看著她的臉，說：「姆媽，你現在感覺怎麼樣？疼嗎？」

媽媽閉閉眼，輕輕搖搖頭。我問這話，實在多餘。媽媽已經病了十幾年，全身骨節日日夜夜變形，疼痛對她來說，已是分分秒秒的生命，還用問嗎？沒有一天，她身上不疼，現在也不會例外。

我想著，眼裡又湧滿淚，我真希望能夠替媽媽忍受一些身體的疼痛。

媽媽忽然睜開眼，輕聲說：「吃飯吧。」

我答應一聲，打開弟弟送來的飯盒，裡面是米飯，白菜炒肉絲，番茄炒雞蛋，妹妹做的，已經涼了。可家裡的飯菜總是可口，我也餓了，便快快吃起來。

媽媽靜靜躺著，看著我，一直到我吃完，才說：「學校……」

我知道，她心心念念就是我們上學的事，於是報告：「今年一月你來信說，確實有擴招一說，我去了趟西安，找到管文教的一個頭兒。我以前寫小說，他喜歡，指導過我。他聽我說了情況，寫了個條子，要我到省招生辦去找個人。那人拿了條子，很熱心幫我查。情況是：我的總成績特別好，北京大學招生組把我的資料抱走，準備收我。可我的政審怎麼都調不來，北大不敢收，又捨不得放手，就拖下來。第一志願學校錄取完，他們還扣著我的資料，沒還給招生辦。第二志願學校招生的時候，西北大學沒看見我的資料。等北京大學最後決定放棄，把我的資料還給招生辦的時候，第二志願學校也招過了。我沒報第三志願，招生辦不知道該怎麼辦，所以我落榜。」

媽媽閉上眼睛，喘了幾口氣，又睜開眼，還要問什麼。

我搶著說，分散媽媽的心思：「姆媽，給你講個笑話。我們班美學課，分幾派。一是主體派，主觀覺得美，才美，比如情人眼裡出西施。一是客體派，不管觀賞者主觀怎樣感受，美總存在，比如高山大河，人看不看，都那麼美。還有個同學，對美定義就是女人，大家叫他美人派。有一節課，他們爭起來，下不了課，誰也不能走。我忍不住，舉手發言。班上同學爭論美學，我從來不發表意見。現在我要發言，同學都來聽。我說，我的看法，美是一個國家。同學們都愣了，我補充，所以叫做美國，同學哄堂大笑，才算下了課。所以我們班的美學，又多了我這一派，美國派。」

媽媽聽了，笑起來，咳嗽不止。我忙抬起一點她的身體，給她撫摸後背，又給她端水杯，喝一口水，她才慢慢止住咳嗽。

我說：「姆媽，不說笑話了，招你激動不好。」

「聽說，現在去美國政策放寬……」

「我也聽說了。我們陝北插隊的一個同學史燕華，跟我一樣，剛考上西工大，一個星期前跟我說，辦妥手續，到美國念書。海外有個姑姑，幫他聯繫學校。」

媽媽說：「我一定得活下去……」

一一三

護士進來干涉，我們才停止講話。我輕手輕腳到門邊關了電燈，到門外搬了三把木椅，病房窗台下。剛要躺下，媽媽忽然說：「洗臉刷牙。」

我忙從書包裡拿出牙刷牙膏和毛巾，去廁所刷牙洗臉。再回病房，虛掩房門，回到椅邊，和衣躺下。兩天一夜，這是頭一回，吃飽喝足，刷牙洗臉，躺下睡覺，而且伴著媽媽，聽著媽媽的呼吸，我筋骨鬆軟下來，眼皮沉重，知覺開始游離。

昏昏之中，忽然聽媽媽叫：「寧寧……」

我一機靈，從椅子上跳起來，問：「什麼事，姆媽？」

媽媽說：「我腳底下有被單，拿一條蓋，別著涼。」

五月天怎麼會冷，我想著，可沒說什麼，默默地到媽媽病床腳頭，取出一塊被單蓋在身上，重新躺下。這一來，我再睡不著了，側躺著，在暗淡中，望著媽媽浮腫的臉，緊閉的眼，很久，很久。

第二天一早，我被護士們吵醒。她們進來查看藥瓶、滴液、儀器，記錄數據，給媽媽倒便盆，換內衣，換床單被單。我趕緊搬了椅子，出門放好，又去洗臉刷牙。回到病房，護士們也剛好忙完。

「姆媽，你昨晚睡得好嗎？」

「你睡得不好，一直哼哼，好像在說夢話。」

「沒那事，我從來不說夢話。」我說，「她們每天都這麼早來換床單嗎？」

「是，八點鐘醫生查房，她們要先弄乾淨。」

話音剛落，門裡走進來爸爸和弟弟。他們熟知住院時間表，依著鐘點來等醫生查房。爸爸坐到床頭問：「你覺得怎麼樣？」

媽媽說：「肚子疼好一些，關節更痛了。」

爸爸站起身，說：「我聽見了，醫生來了，跟他們講吧。」

查房的醫生來了，一堆人，有六七個，外科周主任領頭，他動作迅速，講話快捷乾脆，顯得精明強幹。他身後是內科錢主任，個子高大，戴白邊眼鏡，舉止穩健，說話深思熟慮。他們後面跟了兩三個中青年醫生，輪著翻閱媽媽床頭掛的病歷夾，還有一個值班護士長，四十幾歲，後面跟著兩個小護士。

周主任問：「怎麼樣？老陶同志，感覺怎麼樣？」

媽媽說：「還好，謝謝周主任親自動手術。」

爸爸在旁邊說：「她說，肚子痛好些了，關節痛比較厲害。」

周主任說：「那是因為停了三天強的松，類風溼又有發展。」

錢主任掀開被單，查看媽媽的身體，說：「這是問題癥結，對激素的依賴性太強。不服激素，不僅類風溼要發展，恐怕身體對手術或者藥物也不能很好地接受。可是繼續服用激素，肯定更糟。我們需要繼續觀察，有沒有辦法停服激素，用別的藥物替換。楊大夫，研究一個針灸治療方案給我看。」

周主任說：「劉大夫，輸液裡加些白蛋白、水溶蛋白，增加些營養。過十天，我親自來拆靜脈輸液管，希望月底左右可以拆線。」

錢主任說：「楊大夫，病人左腿有靜脈炎，今天開始超短波理療。」

周主任說：「三天以後，可以開始給病人進微量清流，一點一點加。楊劉兩位大夫觀察決定，跟錢主任和我討論後開始。」

爸爸問：「可以些吃什麼？開始的時候？我們好準備。」

周主任說：「極稀的粥、爛麵湯、小米湯等等。把每天吃的東西和食量都記錄下來，我來查房的時候，給我看。總的來看，手術以後，情況還算平穩，比我設想的好些，靜養一段時間再看。」

錢主任彎腰，對媽媽說：「陶琴薰同志，不要急，安心靜養，跟我們配合，爭取好轉，我們內外科一定會一同努力。」

媽媽點點頭。爸爸連聲說謝謝，陪著醫生們走出病房。

到了門外，周主任對護士長說：「先別急著把病人轉內科病房，要我簽字才可以搬，就留在這間特護病房，細心觀察。吳院長臨走以前專門安頓，要用心護理。」

護士長說：「有情況直接向周主任報告嗎？」

錢主任說：「周主任、我都可以，隨時報告，不要拖。住院部裡，楊大夫直接負責這個病人，緊急情況先跟他說，再找我們。」

周主任補充說：「還有劉大夫，找不到別人，找他請示也可以。」

一夥人說著話，到旁邊病房裡去了。爸爸和我們一起回到媽媽病房。

媽媽對弟弟說：「好了，這麼多人在這裡，你可以走了。」

弟弟說：「我要到下午一點半才有課，在這兒再待一會兒沒事兒。」

媽媽說：「一點書不用看？回家做功課。」

爸爸說：「你去吧，我和哥哥在這裡，人夠了，何必在這兒閒坐著。」

弟弟說：「那我回去做功課，下午下了課我來換爸爸。」

爸爸說：「也用不著，妹妹四點半就到了。」

弟弟走到門口，又說：「今晚我來守夜，哥哥也該睡個安穩覺。」

我說：「不用，我晚上在這兒能睡。明天上課，你得睡夠覺。」

媽媽皺起眉頭，說：「走吧，上課不要遲到，別囉嗦啦。」

弟弟只好不再說話，乖乖地走了，臨出門又回頭看媽媽一眼。

媽媽轉臉對我說：「爸爸在這兒待著，有事他可以叫護士。這兒用不著你，也給我回家看你自己的功課去。」

我說：「我坐在這兒看就行，回家也是這麼坐著，保證不過問你的事。」

正說著，麗芳阿姨走進門來，手裡提個塑料包。

爸爸站起來，迎過去，說：「麗芳，這麼早就趕來。」

麗芳阿姨把塑料包遞給爸爸，說：「這是一點骨頭，早上去買的，燒湯給沈太太喝，骨頭補血。」

媽媽在床上叫：「麗芳……」

麗芳阿姨走過去，坐在床頭，叫一聲：「沈太太，你是怎麼啦？」眼淚嘩嘩地湧出來，滿臉流，忙從口袋裡掏手絹擦，沒來得及，淚水落到媽媽胳臂上。

媽媽也哭起來，不住抽搐。麗芳阿姨一條手絹，一會兒擦自己的眼淚，一會兒替媽媽擦眼淚。

爸爸忙說：「麗芳，不要哭了。太激動，對她身體不好。」

麗芳阿姨點著頭，說：「我不哭，我不哭。」可眼淚還是一個勁淌。

過了好一陣，兩個人才穩定下來，眼睛都紅紅，仍然用手捐擦。

麗芳阿姨說：「沈太太，你身體不好，早些對我講，我去服侍你。你怎麼把自己弄得這樣，沈太太，這……這……」

爸爸看她說著，又要惹兩人哭，忙說：「剛才醫生來看過了，手術做得不錯，情況比他想的還好呢。」

麗芳阿姨點頭，對媽媽說：「你這次出院回家，有什麼要做，告訴我，我替你做，年紀大是大了，燒飯洗衣服還做得來，不要再苦了你。」

媽媽說：「只有你，麗芳，跟我們一家人。前些年，我一個人孤苦伶仃，上下樓不方便，水也提不上去，你每天中飯時間跑來幫我。」

麗芳阿姨又拿手絹擦眼睛，說：「沈太太，從上海到北京，我只有你們一家親人。我們結婚，你送的鋪蓋，現在還用著呢。沈太太，我家裡人，永遠忘不了你們的恩情，沈先生沈太太都是好人。」

「毛毛長大了，懂事，周圍沒人願意理我們，他跑來陪我說一會兒話。沒話說了，也不走，坐在我旁邊看小人書。有他陪，我好過很多，跟前總算有個人。」

「毛毛上學，今天沒來。昨天沈太太做手術，他也來等了半天。」

「等會兒讓老沈去給毛毛買支鋼筆，謝謝他。」

「不要再送了，沈先生、沈太太給毛毛的東西太多了。」

「麗芳，我還要求你一件事，你別嫌我麻煩。」

「沈太太有事儘管講，只要我能做的。」

「你來看了我，我蠻好，不需要好幾個人守著我，浪費時間。我請你陪老沈到東單去一趟。老沈給毛毛買鋼筆，你幫我買點菜。從我住院，他們不能好好吃飯。妹妹每天上班，也沒時間。你買一些，放在家裡，妹妹下班回家可以做飯。」

麗芳阿姨馬上站起，說：「我現在就去，買三天的菜，天熱，買多也放不住，以後我常買些帶來就是。」

「也不用，寧寧回來了，又不上學上班，以後讓他去買。」

「買了菜拿回家，今天中午我給沈先生做頓中飯。」

「太謝謝，很久沒有吃你做的飯，多做一點，給寧寧帶來。」

爸爸和麗芳阿姨走了。

我說：「姆媽，你睡會兒吧，說太多，累了。」

「你看你的書，做你的功課，用不著操心我，有事我叫護士。」

我只好坐到窗邊椅子上，打開學校的教科書。哪裡看得進去，還得硬著頭皮假裝看，眼角的餘光一會兒看一下媽媽。媽媽閉著眼睛，好像在休息。忽然媽媽哼了一聲，我丟開書，過去問：「姆媽，你怎麼了？」

「算了，別裝了。看不進去書，念你們英文課，我可以聽見。」

「你閉眼休息，怎麼曉得我看不進去，我又沒說話。」

「你一頁書要看多久，半天不翻頁，幹什麼呢？」

我沒有辦法，只好拿出學校英文課本，出聲念給媽媽聽。

也許我念得太糟糕，音不正腔不圓，媽媽簡直沒法子糾正，甚至不忍聽，也許我念得沒腔沒調，不像英文，倒像火車輪子那種單調的催眠噪音，也許她實在太累，反正我念過一會兒，發現媽媽真的睡著了，於是停下來。不想我剛一停，媽媽就哼一聲，好像只有我念著，她才能睡，我只好又接著念。

媽媽手術後十天，周主任親自給媽媽撤去鎖骨下面的靜脈輸液管。

中午，爸爸給媽媽買了一碗蛋湯。醫院的飯都按營養配方準備，病人當藥吃。像媽媽這樣的特護病人，可以提出些特殊要求，比如這碗蛋湯要特別稀。

我扶著媽媽半坐起身，爸爸端碗，一調羹一調羹餵，吃幾口。

爸爸說：「周大夫說，他明天要來給你撤導尿管，然後你可以開始進半流，他再來給你拆線。過不了多久，你可以出院了。」

媽媽說：「昨天夜裡，我全身都疼，鬧了一夜，寧寧根本沒睡。」

我說：「沒關係，我不睏。又不上學不上班，整天都是休息。」

爸爸說：「寧寧，你回家去睡一會兒，我在這兒看著。」

我說：「不用，我晚上回去，弟弟明天不上課，說好他今天晚上來。」

一個護士走進門來，說：「陶琴薰同志，有人來看您。」

我們一齊轉過頭，望著門口走進來的人。他穿著四個口袋的灰色幹部服，方臉大嘴，戴黑邊眼鏡，手裡拿個公文包，哈腰點頭，右手前伸，說：「陶琴薰同志，我是北京市教育局黨委辦公室主任，我姓張。」

爸爸趕緊站起，握住那人的手，說：「謝謝，謝謝，我是她愛人沈蘇儒。」

張主任走到床邊，看著媽媽。媽媽躺在床上，望著他。

「張主任，您請坐。琴薰還不大好，不能坐起來，實在抱歉。寧寧，發什麼愣，趕緊泡茶。」

張主任坐下，扶扶鼻子上的眼鏡，說：「陶琴薰同志，我奉市教育局黨委委託，專門來看望你。局黨委得知您病重的消息，非常重視，專門開會討論您的情況。」

爸爸說：「請張主任回去，代琴薰同志和我們一家，向教育局領導表示感謝，謝謝領導對我們的關懷。」

媽媽沒有說話，眼睛也移開了，她不認識這個人，也不在乎他來不來。我繞過病床，往門外走，懶得伺候當官的。

「關於陶琴薰同志的病情，我剛才跟護士談過，了解了一些，也做了筆記，回去向局黨委匯報。」老張指指腳邊的公文包，又說，「這些年，陶琴薰同志受了些委屈，局黨委應該承擔責任。不過您也了解，這十年，局黨委也打倒了，什麼都做不了，進修學院已經撤銷，想幫忙也幫不上。陶琴薰同志，希望您能振作起來，積極治療，病好以後，再回教育戰線，為黨為人民繼續做貢獻……」

我剛回進病房，聽見這陳詞濫調，忍不住了，插嘴說：「姆媽，到點了，你該小便了，我幫你。」其實媽媽插著導尿管，根本不用自己小便。

張主任聽見，馬上站起，說：「那麼我走了，不多打擾，不多打擾。」

我朝他假笑笑，說：「我媽每天吃喝拉撒睡，都定時間。」

爸爸斜我一眼，跟張主任握著手，說：「醫院裡很努力，手術是外科主任親自做的。內外科主任三天兩頭的來，都很盡心。」

張主任說：「局黨委前兩天給醫院黨委打過招呼，詢問陶琴薰同志的病情，也要求醫院黨委，盡一切可能治好陶琴薰同志的病。現在我們國家百廢待興，極需要陶琴薰同志這樣的老知識分子，希望陶琴薰同志早日康復。」

話其實也還算都是好話，可讓這些黨委幹部一說，就都變得那麼枯燥乏味，虛情假意，聽著彆扭。

爸爸跟他握著手，道謝寒暄，在走廊裡送半天，還聽見慢走慢走的話音。

我給媽媽拉拉被單，說：「煩不煩，現在上這兒充好人，早幹麼去了。」

媽媽轉過臉，閉上眼，好像毫無興趣。我也不再說話，讓媽媽休息。

過了一陣，還不見爸爸回來，我覺得奇怪，走出房門，順樓道看去，沒想到爸爸正站在護士值班室窗口打電話。媽媽住院日子多了，跟護士們都熟了，居然電話也可以讓我們用。

媽媽在屋裡忽然叫：「寧寧，被單溼了。」媽媽身上插著導尿管，有時候不知怎麼，會漏一點，溼了床單。

我趕忙跑回去，輕輕拉開媽媽身上蓋的被單，伸手進去摸了一摸，說：「沒關係，姆媽，只有一巴掌那麼大點地方，咱們先別換床單，行嗎？拿毛巾墊墊，過一會兒就乾了。換一次床單，你身體折騰得太厲害，太疼。」

媽媽點點頭，說：「謝天謝地，明天要拆導尿管了。」

我從旁邊櫃裡取出大條的乾淨浴巾，打開，在媽媽身下鋪平，一點點挪過去，在媽媽腿下蓋住那塊溼床單，說：「你自己要小便，每次起來，都得疼。」

媽媽說：「那也起碼活得像個人，多少有點自理……」

爸爸走進來，滿臉放光，搓著兩隻手，說：「我剛才接個電話。」

「我看見你打電話，不是你打出去？是接電話？這兒護士還管接電話叫人？成傳呼了？」

「當然不是隨便的電話。」爸爸坐到媽媽床頭，說，「是中聯部辦公廳打來的，要找我們，剛好我在那裡，就讓我接了。」

媽媽看爸爸一眼，沒說話，繼續用手整理著身上的床單。

我說：「中聯部跟我們什麼關係，打電話來醫院找我們幹什麼？」

「我們外文局現在歸中聯部管，是我的上級單位。他們打電話來，問姆媽的病情，說下星期派人來看望你。」

「算了，你跟他們說，少來。坐這兒廢半天話，姆媽還得陪著費神，不如讓姆媽睡會兒覺，靜靜心，養養神。」

「你曉得這中聯部是幹什麼的？中聯部的權比北京市教育局大得多。有什麼困難，請他們幫個忙，恐怕什麼都能夠辦得成。」

「你什麼時候見這些部呀局呀的給老百姓辦過事？除了禍害百姓，他們還會幹什麼？少拿漂亮話糊弄人。」

「你這話太絕對，姆媽住院，領導不是來看望了嗎？」

「又來了，整人的時候往死整，要用人了，又施點小恩小惠收買人心，誰不懂。我要是毛澤東，我也會這一套，看望一回傷員，歌頌一百年，一本萬利。」

爸爸一聽我提到毛澤東三個字，好像彈簧一樣跳起來，三腳兩步跑過去，把門關緊，喘口氣，說：「你能不能少說這些話？惹禍。」

我正在氣頭上，不理他，接著說：「人家爬雪山，過草地，空肚子，兩腳走路，二萬五千里，他憑什麼騎馬。人可以忍住餓，馬能不吃嗎？那匹馬把多少戰士的糧食吃完了？餓死多少人？他騎在馬背上吟詩填詞，什麼東西。當皇帝的，誰不會這套。秦始皇，漢武帝，雍正乾隆，個個都知道小恩小惠，那就算大救星？我就不信，美國總統給哪家百姓打個電話，會讓全美國的人趴地上哭，也許有美國人還不願意接總統的電話呢。只有獨裁社會，皇上才能用不值錢的小恩小惠，欺世盜名。」

爸爸還站在門前，好像要在門邊多加一道身體隔音，幾次要打斷我都沒成，見我最後停了話，便說：「你看你，一點小事，你就激動，說這麼一大通。你這樣子，讓人家領導怎麼辦？人家不來看你，你要罵他們。人家來看望你，提出願意幫助你，你還要罵人家。」

「對了，就跟他們一樣。我們不擁護他們，他們要害我們，我們擁護他們，他們還要害我們，對不對？這叫以其人之道，還治其人之身，別說我不講理，反正我就是恨這幫混蛋。他們把姆媽害成這樣，把我們家害成這樣，現在假惺惺說幾句好話，安撫一下，就能抹去手上血跡了？就讓我對他們感恩戴德了？我做不到。」

「你明明知道，文革十年浩劫是林彪四人幫搞的……」

我打斷爸爸，說：「五七年把幾十萬知識分子打入地獄，那時候有林彪四人幫嗎？批《武訓傳》的時候，批俞平伯的時候，批胡適、批胡風的時候，破口大罵梁漱溟的時候，五八年大躍進，後來幾年大饑荒，那些時候有四人幫嗎？」

「也為這，為民請命的彭德懷，一生清明的周總理都……」

不說這還好，我最聽不得這話，搶著說：「他們倒楣挨整，活該！他們自找。就是他們這幫人造就了現代獨裁專制，他們願意供奉暴君，當走狗，當奴才，害人幾十年，然後害自己，天報應。沒有這批人賣命，他們能坐天下嗎？沒有這個政權，哪來反右和文革。四人幫有多大能耐？文不能治國，武不能安邦，劉少奇、鄧小平、彭真、賀龍就能讓他們整倒整死？告訴你，他們自己願意死，所以才死，他們為保衛毛澤東而死，沒準兒還覺得光榮呢。」

爸爸很不高興，厲聲說：「這話太刻薄了，不通情理，不許再說。」

我說溜了嘴，沒聽清爸爸的喝斥，滔滔不絕：「安史作亂，殺掉楊貴妃。竇娥冤深了，殺掉小縣官。包公海瑞，中國三千年來，一朝一朝的，出過多少冤案，平過多少反，殺過多少昏官，數得過來嗎？結果怎麼樣？天下太平了嗎？直到今天冤案還是照樣天天發生，製造天下無數冤案的，根本不是朝廷幾個昏官，甚至也不是那個嗜血的暴君，是專制制度。專制制度製造暴君，製造昏官，製造人間冤案。要想在中國杜絕冤案發生，殺幾個昏官沒用，老實說，殺了皇帝都沒用。只有一個辦法，推翻專制制度！什麼都推到林彪四人幫身上，捨掉幾個昏官，蒙蔽百姓，保住專制暴政，這套把戲也太廉價了。爸爸，你受的罪夠多了，別跟著自欺欺人……」

媽媽忽然開口，打斷我的話，說：「寧寧，不許那樣跟爸爸講話。」

我猛然停住話，不敢再出聲，心裡覺得無限的難過。

爸爸不說話，低頭從門邊走到媽媽病床邊坐下，他心裡一定也很難過。

媽媽看著我，嚴厲地說：「你長大了，是不是？給爸爸道對不起。」

「爸爸，對不起。」

爸爸坐著，過了一會兒，說：「我也不能阻止他們來？」

「他們願意來，來吧。不過我得知道哪天，他們來，我就不來。」

「好吧，不讓你碰見他們就是。」爸爸嘆口氣說。

「爸爸，那你在這裡看一會兒，我回去弄晚飯，再來換你。」

「去吧。」爸爸說，「昨晚妹妹做的還有剩的，碗扣著，熱一熱。」

媽媽說：「你回去炒個新鮮菜，爸爸不能天天吃剩飯。」

我答應了，打開病房門，走出病房，回家做晚飯。兩個鐘頭以後，我帶著飯盒回到醫院，又在樓梯口碰見爸爸，便問：「又有人來了？」

「是呀，正好他們剛走，你回來，沒見著，省得煩心。」

「飯我帶來了，新炒的菜，你在這兒吃，還是回家吃？要回家，馬上走，家裡還有一份，都在桌上扣著。」

「你不是帶了來嗎？就在這兒吃吧。」

見我們進門，媽媽頭一句話便是問：「新炒了什麼？」

「有什麼呀？我從東單菜場過，有白蘿蔔買了一個，炒個肉絲。」

「那很好，通氣的，老頭子快吃吧。」

我不說話，取出飯盒，打開蓋子，遞給爸爸，又遞過一雙筷子。

爸爸吃了一口飯嚼著，終於憋不住，對我說：「你知道剛才誰來了？」

「誰？我只帶了半杯湯，夠不夠都是它了，騎車不好帶。」

「沒關係，等會兒喝點茶。」爸爸說，「來的是北京市政協副秘書長張克明、政協文史資料研究會副主任孔昭愷。」

「哦，兩個政協的，知識分子？」

「那個孔昭愷，原來是《大公報》記者，我在南京就認識。」

「都是副職，掌不成實權，大概還不算惡人。」

「他們通知，姆媽被任命為北京市政協文史研究會專員。姆媽又有了單位，又算國家幹部了。政協還給姆媽安排了單人辦公室，等姆媽病好，就去上班。」

我忽然覺得難過得要命，眼淚就要噴出。

「他們很認真，還送來一張專員任命書，在那櫃子上面，你看看吧。」

我走過去，伸手拿起櫃子上那張印了一圈紅框的白紙。可我什麼都看不清楚，眼淚遮住面前一切。我趕緊放下那紙，免得一把撕碎。然後快步走出病房，跑到廁所，彎腰在水池上，一邊洗臉，一邊痛痛快快哭了幾分鐘。

媽媽看著我問：「你怎麼了？不舒服麼？昨晚沒睡好。」

「姆媽，沒事兒，心裡忽然有點難過。」

爸爸說：「今天一天，這麼多領導來看望姆媽，說明對姆媽重視起來。」

「一下子都來了，好像都怕來晚了，不好交差，你不奇怪嗎？」

媽媽不作聲。爸爸也沒說話。

我說：「他們是不是又有要利用姆媽的地方，又要你們替他們賣命了。」

媽媽仍然不作聲。爸爸看了看我，想說什麼，又沒有說。

好幾個人一起匆匆走到媽媽病房門口，外科周主任、內科錢主任、楊大夫、劉大夫、護士長，都認識。他們擁著一個人進屋來。那人中等個子，五十幾歲年紀，穿著白大衣，戴個白色醫生布帽，兩手插在口袋裡。

周主任介紹說：「這是我們吳院長，親自來看陶琴薰同志的情況。」

爸爸早已站起身來，握住吳院長的手，說：「謝謝，謝謝，謝謝醫院領導的關懷。」

吳院長往床邊走，笑著說：「早就想來看看，可是出去開了個會，拖到今天，實在抱歉。陶琴薰同志，你覺得怎麼樣？」

媽媽看著他，微微笑笑，答說：「還好。」

吳院長伸出一隻手，旁邊楊大夫把媽媽的病歷夾遞過去。吳院長一邊翻看，一邊說：「我雖然不在北京，陶琴薰同志的治療情況，周錢兩位主任每天向我通報，我們一起討論，情況還是一直掌握著。」

爸爸忙說：「謝謝吳院長關心，周大夫手術很成功，這幾天開始進半流質食物。」

吳院長回過頭，對身後的醫生們說：「手術恢復當然很重要。可是我看，目前最大的癥結，還是類風溼，是強的松。不服強的松，手術恢復問題就小一些，也不會造成機體的新破壞。可病人對強的松依賴太久，離開強的松，功能全部紊亂，類風溼控制不了，手術恢復也不會順利。要集中努力，解決這個矛盾。」

錢主任說：「我們一直在努力尋找可行的辦法，準備逐步減少強的松服量，開始隔日服，看看效果。」

不知為什麼，我突然說：「姆媽一家祖祖輩輩都長壽，我外公八十歲了，還活得健健康康。我相信，姆媽命裡也該長壽。」

這兩句話，把一屋子人都說愣了，轉過頭來，看著我。連爸爸也沒想到，一時無言以對。過了漫長的一分鐘，吳院長最先靈醒過來，笑笑說：「這樣好，這樣好，病人的天然體能，與我們醫藥配合，療效會更好、更快。」

屋子裡的人都活動起來，點著頭響應：「對，對，是，是。」

吳院長又說：「老沈同志、琴薰同志，請你們放心，我們醫院一定竭盡全力，想盡辦法，進行治療。你們有任何要求，儘管提出來，醫院一定盡可能照辦。陶琴薰同志以後一直住特護，保持二十四小時特別護理，不必搬普通病房。」

跟隨的所有醫生護士一起答應。

吳院長又對爸爸說：「中央統戰部、中聯部、外文局、北京市政協、市教育局的領導同志，幾次來電話，要求我們盡力搶救陶琴薰同志，保證恢復陶琴薰同志的健康，我們醫院的責任重大。」

爸爸感動得除了不斷重複謝謝兩個字，別的話一句也說不出。

我從醫生護士長人堆裡擠出門去，在樓道裡轉了一圈，見那群人從媽媽病房走出來，才又回去。

媽媽靜靜躺著，睜著眼，看著我，沒說話。

爸爸送了人回來，我就問：「爸爸，你給統戰部打電話了，是不是？」

「沒打電話，寫了封短信去，姆媽住院那天寫了發的。」

「你還沒讓人利用夠嗎？又去低三下四求他們。」

爸爸才走到床邊，聽我一說，不坐下，轉回身，走回去把房門關緊，才又走回床邊，說：

「這麼些年，你該曉得，不管出於什麼目的，明裡暗裡，統戰部還是盡其可能保護了我們，幫助了我們。」

「幫我們什麼了？我們最受難的時候，最需要保護的時候，他們出來替我們說過一句話嗎？送點戲票，我們就得感恩戴德。」

「你怎麼曉得他們沒有替我們說過話。別的不說，因為他們幫助，姆媽這些年才可以跟海外通信，外公舅舅們才曉得姆媽還活著。沒有統戰部幫忙，這三十年，姆媽一個字也寄不出國去。」

這是千真萬確，我沒話可說，只好低頭不作聲。

爸爸又說：「統戰部幫助我們，有他們的政治目的。可我們也利用了這條件，與海外建立了聯繫，姆媽多少得到一些安慰。姆媽當年鼓起勇氣給周總理寫信，也是這樣想的。姆媽這麼多年，忍著病痛，含辛茹苦，維持這個家，為什麼？不為別的，只為你們三個長大成人。現在你們都上了大學，姆媽現在心裡還有什麼別的牽掛？那就是跟外公、舅舅們重逢。現在該是我們一家人，幫姆媽做成這件事了吧。你們下鄉去插隊，想家想得不得了，死活要跑回家來住住。姆媽離開她的親人三十年，她怎樣想？可明擺著，這個願望，沒有統戰部幫助，絕對實現不了。只要統戰部肯幫這個忙，能推動醫院把姆媽的病治好，我就是去給他們陪一千個笑臉，說一萬句好話，就是去給他們下跪磕頭，我也要去……」

媽媽手蒙著臉，輕輕哭泣起來。

我垂著頭，聽爸爸教訓，不敢吭聲。他所想到的這些，我倒是沒有想到過。爸爸跟媽媽生活了三十六年，生死與共。他平時不多說這樣的話，可他心裡一點不糊塗，原來他並不是那種慣於獻媚取寵的小人。

爸爸緩了一口氣，接著說：「你給我聽好了，為了姆媽能好起來，就是要你們去給他們下跪磕頭，你們也都得老老實實給我去……」

一一四

這些天裡，媽媽對所有來訪的黨政領導，都毫不理會，可是今天卻很興奮，靠著兩個枕頭坐起身來，臉上還帶著笑，面對兩個來訪者。

這天上午我和爸爸來換班的時候，發現兩個訪客已經坐在媽媽病床邊，一高一矮，一胖一瘦，都是灰藍幹部制服，點頭哈腰，滿臉假笑。爸爸一見，驚叫起來：「啊呀，老薛同志、老陳同志，你們好。」

那兩人同時站起，握住爸爸的手，連連搖動，說：「老沈同志，你也不早告訴我們，局裡社裡都是才知道你愛人住院，馬上趕來。」

我走到屋角，背著身，對弟弟撇撇嘴。弟弟沒理我，望著爸爸媽媽。

爸爸寒暄：「你們來，先打個招呼嘛，我們也能準備一下。你看，領導來了，我竟然還不在，真不好意思。來了好久了？」

兩人一齊擺手，同聲說：「沒有，沒有，幾分鐘，幾分鐘。」

爸爸忙伸手讓座，說：「請坐，請坐，我來弄點茶，才買的好茶。」

弟弟指指桌邊的兩個瓷杯子，說：「已經泡好了。」

兩個人一起坐下，又同聲說：「泡好了，泡好了，很好，很好。」

爸爸轉身，對我說：「介紹一下，兩位都是辦公室主任，老薛同志是局黨委辦公室主任，老陳同志是社黨委辦公室主任。」

老陳又高又胖，禿頂溜圓，一副笑面菩薩模樣，說：「黨總支，黨總支。」

那麼旁邊那個矮矮瘦瘦，戴兩個厚眼鏡的老薛，是局黨委辦公室主任。

媽媽急不可待，說：「他們說，局裡正在準備，要開大會給你們平反。」

爸爸愣了一下，沒有說話，看著兩個主任，他不曉得這消息。

老薛說：「對，剛才對陶琴薰同志講，局黨委正在重新清理這些年的積案，老沈同志的案子也是個冤案，肯定是要平反的。」

老陳說：「不過，十年了，案子多，積重難返，局黨委日夜加班，忙得要命。老沈的案子，恐怕還要等些時間，才能全部搞清楚。」

爸爸不說話，低著頭，慢慢坐到病床頭上。

媽媽很興奮，臉泛著紅潤，說：「希望平反大會，也在展覽館劇場裡開。」

老陳點著頭，輕輕地說：「是，是，是，是……」

媽媽又說：「這一次，我要去得早，我要坐頭一排。」

老薛說：「實在很不幸，讓老沈同志受了這麼多年委屈，這都是四人幫犯下的滔天罪行。現在我們黨撥亂反正，終於可以重新高舉毛澤東思想的偉大旗幟，奮勇前進……」

我沒聽完，覺得胸口一陣噁心，忙跑出房門，衝進廁所，乾嘔一陣，然後坐在馬桶上，兩手抱著頭。我感到難過，為爸爸和媽媽。過很久一陣，回到媽媽病房。兩個訪客果然走了，弟弟也回家了，只有爸爸給媽媽餵東西吃。見我進屋，媽媽又說：「聽到嗎？他們要給爸爸平反。」

「那又怎樣？他們隨便坑害百姓，任意製造冤案，害得妻離子散，家破人亡，過後宣布平反，辦一場水陸大醮，就行了？我們就該把這些悲慘都忘掉，又該感恩戴德了？《竇娥冤》演了幾百年，還不是年年平反，年年冤案。」

爸爸說：「平反總比不平反好，不給你平反，你又能怎樣？」

「這話不錯，所以就當他們放個屁，說句夢話，別指望他們給爸爸開平反大會。那些黨棍……」

爸爸騰地一下站起來，忘記手裡端著蛋湯，一個大碗整個扣在媽媽病床的被單上。這一來，他也顧不上罵我了，急急忙忙拾碗拿調羹。

我衝過去，把那弄髒的被單拉開媽媽身體，迅速一捲，包成一團，丟到門口。幸虧我們手腳快，蛋湯只滲透一層被單，沒有弄髒媽媽身上的病人服。我從櫃裡拿出兩條大毛巾，鋪在媽媽床邊的床單上。媽媽身體不宜搬動，要避免多換床單衣服。

爸爸站在邊上，端著空碗，看我做完這一切，又說：「我還得說，寧寧，你這種思想實在太危險，將來會惹殺頭之罪。」

我不理他，抱起那堆弄髒的被單出門，丟進髒床單框車。回去的時候，看見爸爸悶頭坐著。媽媽兩眼閉著，不說話。我知道，他們兩個還在想爸爸平反的事。

「我不是不希望他們給爸爸平反，我只是懷疑他們會不會那樣做。」我說：「如今的人，沒幾個能信任。尤其當官的，好話說盡，壞事做絕。你想不到的好聽話他們都說得唾沫星子亂噴，可他們的話裡，十句有十一句是謊言，不會實踐。」

爸爸嘆口氣說：「你怎麼變得這麼消極。對人毫無信任，還能生活嗎？」

我看媽媽一眼，再不說話了。

那天晚上媽媽一晚上都不舒服，夜裡睡得很不安。她自己翻不動身，所以只是動動胳臂，動動腿，一直不停，嘴裡鼻裡也不停哼哼，嘆氣。我也幾乎完全沒休息，媽媽一動，我就起來，看她一次，卻不敢對她講話，怕反而吵醒了她。

到午夜一點鐘，媽媽突然咳嗽起來，越咳越猛。我趕忙按動床頭警鈴，值班護士奔來，開了電燈。我們才看到，媽媽的唇邊、臉上、枕前、床頭，都是鮮血。她的嘴裡，隨著咳嗽，還在冒出血來。

護士說：「你把媽媽扶起來一點，我去叫大夫。」

我輕輕把媽媽上身扶起，用被單頭替媽媽擦嘴邊的血。

幾分鐘後，值夜班的楊大夫和劉大夫都趕來，身後跟著兩個護士，推兩個不同的急救醫用推車，上面放滿醫用器材和藥袋。

楊大夫從我手裡扶過媽媽，輕輕放平到床上，對我說：「你出去等一等。」

旁邊醫生護士都圍到床邊，我也沒地方站，只好到病房門外。

周大夫在樓道裡急急跑來，兩手在臉上戴口罩，見我站在門口，點點頭，不說話，衝進病房。他親自來，我放些心。

在門外看不見醫生們怎樣搶救，但他們既然沒有把媽媽推去手術室，就說明不用動第二次手術，總覺得安心得多。側耳細聽，醫生們小聲交談：「……輸血，四百西西。」一個護士匆匆跑出屋門，跑到值班室，提了兩個血袋跑回來。病房裡又忙亂好一陣，然後一切忽然安定下來。除一個護士留在屋裡看護，其他人走出門來，紛紛摘下口罩。周主任走出病房，手裡翻動媽媽的病歷夾，問：「怎麼會突然嘔血，這兩天又什麼異樣嗎？」

楊大夫說：「經過理療，腿腫已基本消除。小便漸能自理，大便潛血也從四個加號降為三個加號。」

旁邊一個護士接話說：「病人這兩天拉稀。」

周主任繼續看著病歷，問：「飲食怎樣？」

我在門口插話說：「昨天只喝了很少的粥，胃口不好。」

劉大夫說：「昨天我檢查之後，已經輸液一千五百西西。」

周主任合起媽媽病歷夾，交給身邊護士，低頭想想，說：「這樣吧，今早開始，禁食，輸液，插胃管，抽掉胃裡留液，然後注冰水洗胃，每天三百西西，加止血藥。輸血要繼續，這種情況，每天四百西西，如果有所改善，改為每天二百西西，楊大夫負責觀察。」

劉大夫說：「看來還是激素問題，實在棘手，怎樣解決？」

周主任說：「早上我跟錢主任再會診，眼下至少盡量讓胃得到些休整。」

我看見周主任要走，便說：「謝謝周主任親自來搶救。」

周主任對我笑了笑，沒有回答，繼續走著，轉頭對楊大夫說：「病人的大便要注意。」

楊大夫答：「這方面我親自負責，一定多加注意。」

劉大夫說：「甲魚補血，如果病人可以吃進去……」

回到屋裡，燈已關掉，媽媽好像安靜熟睡。那個護士仍然站在床邊，照看著輸血輸液的吊瓶，看見我進去，對我笑笑，走出去。

我趴下身，細看看媽媽。她好像又瘦了一圈，鼻息很弱。

忽然，媽媽輕輕吐出幾個字：「我不能死，我要去展覽館……」

聽見這話，我的淚猛烈落下，忙用手接住，不使滴到媽媽臉上。她沒有睡，還想著爸爸的平反會。我忍住喉頭顫動，強作平靜，說：「醫生說，甲魚補血，我今天給你去弄甲魚……」

「你一夜沒睡，累壞了。」

「不要緊，明天晚上我就可以睡了。我看人手不夠，寫信把孫曉燕叫來，明天下午就到。不是明天，是今天。」

媽媽聽了，好像高興起來，睜開點眼睛，說：「你們要好一年多了，信寫過不少，現在總算要見面了。怎麼不早說，什麼都沒準備。」

當天早上，爸爸、弟弟和妹妹都來了，我報告昨夜媽媽嘔血和搶救經過，媽媽則告訴大家我的女友要來北京。吃過中飯，我到火車站去接孫曉燕，直接帶到醫院。爸爸、弟弟和妹妹都在，當然都不失望，孫曉燕長得漂亮，身材好，又文靜，不多說話，所以討人喜歡。

媽媽拉著孫曉燕的手，說：「真不好意思，你頭一次來我家，是在醫院裡，我病著，也沒法給你買個見面禮。本來呢，我留著一對寶石戒指，準備給你，前兩年抄家，都丟了。等你們結婚的時候，我再想辦法，給你買個戒指。」

孫曉燕低著頭，小聲說：「不用了，陶阿姨，您養身體要緊。」

護士進病房來換藥，看見孫曉燕，說：「老陶同志，你真好福氣，哪裡又來這麼一位如花似玉的姑娘親戚？」

媽媽笑了，說：「那是我老大的女朋友，漂亮吧？以前是跳芭蕾舞的。」

護士擺弄那些吊在半空中的輸液瓶子，說：「我一猜就不錯，這麼好的身材，一定是搞文藝的。」

我看出孫曉燕在這裡不舒服，忙轉話題，說：「姆媽，今晚我和曉燕在這裡守夜，讓爸爸他們多休息一夜。」

媽媽說：「那怎麼行？她剛坐一天一夜火車，需要休息，回家睡覺去。」

曉燕說：「我沒事，不累，我可以陪您。」

我說：「她可以在這兒睡，不礙事，我看著你就是。」

爸爸說：「就讓他們晚上守夜，明天白天出去轉轉，心裡也安。」

我說：「她在北京出生，五歲跟著父母發配到西北，這是頭一次回來。」

晚飯時候，爸爸他們走了，我和曉燕留下陪媽媽，在病房裡吃晚飯。

吃過以後，我想替媽媽關掉病房裡的電燈，說：「睡吧，姆媽。」

媽媽說：「不忙。曉燕，你睏了嗎？要睡了嗎？」

曉燕說：「沒睏，不要睡，您有事嗎？我幫您辦。」

媽媽說：「沒事，給我講講你的父親，好嗎？聽說是個了不起的人。」

曉燕看我一眼，輕聲說：「我不會講，讓他講吧。」

媽媽笑了，說：「你的父親，怎麼讓他講，他怎麼曉得？」

曉燕說：「爸爸去世以後，媽媽一直不大對我們講爸爸的過去。」

我說：「得，我來講吧。他父親叫孫定國，秀才出身，年輕時做鄉村教員。九一八事變，日寇入侵中國，他棄筆從戎，在山西作戰，做到國軍旅長。抗戰時期，共產黨很多人在閻錫山政府任職，他結識了一些。一九四〇年二月，他率領閻錫山新軍兩個旅近萬官兵，轉移到太岳軍區，加入八路軍。然後他加入共產黨，在陳謝兵團和劉鄧大軍做高級指揮員。建國以後，他轉做理論工作，六〇年代初被打成反黨集團，整了很多年，降到陝西，最後迫害至死。」

媽媽問：「你父親去世的時候，你多大？」

「我七歲。」曉燕說：「那天他離開家，我在門口跳橡皮筋，他抱抱我，就坐小汽車走了，再沒有回家來。」

媽媽嘆了口氣，說：「唉，都是苦命人。以後這裡就是你的家，在這裡你有父親母親弟弟妹妹，我們都會好好待你。什麼時候沈寧要是欺負你，你來告訴我，我罵他。你看他整天吊個臉，好像凶得不得了的樣子，其實不是，我知道得最清楚，用不著怕他。我告訴你，他從小愛哭……」

我皺起眉頭，說：「姆媽，你亂說些什麼呀？誰從小愛哭？」

媽媽不理我，仍然笑著，對曉燕說：「他就是從小愛哭，他是那種感情特別重，心理特別敏感的孩子，差不多每天都要找點什麼理由哭一場，發洩發洩心裡的委屈。上了小學，再這麼哭，就太丟人了。我就開始訓練他，每天早上上班以前，給他留一張紙條，上面寫：寧寧，看你是不是個好孩子，今天又哭了嗎？有時候，他憋不住，白天在家還是會哭一哭。真有哪天一次都沒哭，我晚上回家，他就高興得不得了，告訴我。慢慢的，他哭得越來越少了，才算改過來。」

我說：「行了吧，講完了吧，姆媽，講了一晚上話，該睡了吧。」

媽媽朝曉燕擠擠眼睛笑著，由我幫忙放平枕頭躺下來。我關了燈。

黑暗中，媽媽忽然說：「明天開始，我給你們講講我家的故事……」

一一五

小小病房裡，有時清晨，有時深夜，媽媽斷斷續續給我們講述她的生活經歷，外公外婆成家，驪珠之死，武漢求醫，離鄉赴滬，上海童年，北伐風暴，死裡求生，上海著書，南京大雨，北京歲月，逃難南下，高陶事件，昆明思念，重慶戀愛，上海結婚，南京歡樂，去港返滬，偷渡未走……

住院兩個多月，媽媽病情幾次反覆，起落很大。六月底，媽媽好像有所改善，大便潛血少到一個加號，甚至可以吃少量豬肝、排骨、雞蛋、西瓜、蘋果、甲魚等等。可到七月中旬，忽然又連續幾天，病情危急，大便潛血高達四個加號，吐血不止。冰水洗胃，灌白藥，日服激素四至五片，晚間仍吐血四百西西之多。

可是只要覺得稍稍好轉，哪怕只是短短幾分鐘，有時嘴角血跡還沒有完全擦淨，媽媽便叫我們坐下，講述一點點過去的歲月。這事時時刻刻在她心裡，好像是她最後一個使命，就算在她昏迷不醒的時候，也沒有游離分毫。也許媽媽意識到，她的生命就要結束，她沒有更多時間，必須盡快把自己的故事，告訴給我們。現在她已經無所顧及，無所畏懼，人至多一死，當權者還能逼迫一個已死之人再死一次嗎？她不再害怕，要把自己生命的一切，如實講述，讓後輩們記牢。

媽媽的講述，有些我們記錄在紙上，更多的記在心裡，特別是媽媽講述時的那種神情，那種語調，那種敘述，那種感嘆，無法用文字記錄，只能用心靈去體會和記憶。這些故事，有些媽媽以前講過，我們已經知道，有些我們頭一次聽到，不禁涕淚雙流。一點一滴，每一個細微末節，都深深刻在我們腦海之中，永不能忘懷。在中國近現代歷史上，媽媽只是一個極微不足道的平常百姓，可是她和她的家人，一直站在時代潮流的浪尖之上，隨社會動盪起伏顛簸，豪邁悲壯，驚心動魄。媽媽的生命，實在的記錄著中國近百年歷史的軌跡。

她的故事還沒有講完，她必須繼續活下去。媽媽在與時間搏鬥，爭奪生命的殘餘，她一次又一次戰勝。醫院連月多方搶救，吳院長、外科周主任、內科錢主任，幾乎每日探視，甚或一日多次，晝夜輸血，到七月底，媽媽的病情終於稍微平穩。

窗開著，天空很晴朗，有些淡淡的雲，飄來飄去。樹葉很綠，刷刷作響。和暖的風，徐徐吹進，搖動窗台上的一盆雲竹，如夢如煙。媽媽靜靜望著窗口，輕輕說：「外面花一定都開了，很好看。」

「姆媽，我明天給你帶幾盆花來。」
「真想去一趟頤和園，昆明湖裡荷花一定都盛開了，十七孔橋那邊有很多，西堤那邊也有，雪白的。」
我忍住眼裡的淚，咬住嘴唇，沒說話。
爸爸說：「琴薰，你會好起來，那時候我們全家一道去。去頤和園看荷花，去中山公園看美人蕉，去大覺寺看玉蘭，去香山看紅葉……」
「你們走吧，一起都走，到哪兒去看看花，散散心。為了我，你們累了十幾年，現在輕鬆一下。在西四小院裡，我們種過菊花，花籽我還留著，回家以後，我找出來，你們種在後院裡。」
「現在我們家人人都種過地，都會種，一定種得好。種很多花，每個月都有鮮花開，你可以好好看。」
「生活多美好，雖然有的時候很苦，可還是很美好。我從小愛玩愛樂，不會整天哭哭啼啼，只要有一點點空間，我就會快樂起來。要不是這個天性，這些年，也許早就不行了。」
「是，因為你的樂觀和堅強，我們全家才能倖存下來。」
「但願有一天，天下人能了解我，不再那麼恨我……」
「姆媽，你咬住牙，一定要好起來，一定把你的身世寫出書來，讓天下曉得你是個什麼樣的人，他們怎樣地迫害了你。」
「我怕寫不成了，只有你幫我寫了，一定寫出來。」
爸爸很高興終於轉了話題，可以移開媽媽的傷感，馬上抓住機會，說：「寧寧，你真要寫媽媽的故事，我們一家人的生活經歷，依我看，不要當作一種控訴，不要洩私憤，而是為我們所生活過的這個特定時空留下一段歷史紀錄，這樣的紀錄才能算是為人類文化所積累的一點財富。曹雪芹的《紅樓夢》，就是這樣一段極為生動具體的歷史紀錄。你的書當然寫不了《紅樓夢》那麼好，可是多少應該有那麼點價值。」

「你這樣說，寧寧恐怕再不敢寫文章了。」媽媽說，「我中學時候，作夢都在寫小說，只想當作家。」

爸爸說：「我也想過，我念杭州師範的時候，寫過一本小說，記得書名叫……嗯，綠野奇俠……」

媽媽猛然哈哈大笑，接著大咳，還說：「哈哈，武……武俠……」

爸爸和我趕緊跑過去，扶起媽媽，輕輕按摩她後背，給她喝水，平息她的咳嗽，又忙幫她擦嘴巴。我埋怨：「爸爸，你少逗姆媽笑……」

媽媽搖搖手，說：「沒關係，沒關係，我愛聽他講笑話。他年輕時候，最會講笑話，要不我怎麼會跟他要好。這三十年，日子太沉重，笑話也講不出來……」

一個護士走進來，手裡拿著藥瓶子，滿臉帶笑，說：「看你們一家子，說說笑笑，多熱鬧呀。」

媽媽點頭，說：「真的，其實我們一家人，只要聚在一起，總是快快樂樂，一直是這樣……」

護士換著吊瓶裡的藥，告訴媽媽：「這些日子，我們擋著來訪的人，不讓進，怕影響您休息……」

媽媽問：「有外文局的嗎？你們別擋外文局來的人。」

爸爸站起身，說：「我該走了，下午再來，要帶什麼嗎？」

「什麼都不要，你好好睡午覺，睡夠了再來。」媽媽說完，看爸爸正走出門，又把他叫回來，說：「你要不要給局裡打個電話問問，他們到底什麼時候開平反大會？定下日子沒有？我還得等多久呢？」

我說：「姆媽，你操那心幹什麼？沒事就行了，開不開平反會，沒什麼。」

媽媽有點氣，說：「我不幹，我要再去一趟展覽館……」

爸爸打斷媽媽，說：「別急，我去問就是，你好好休息。」說完走了。

護士這才又接著說：「來訪的人都留了姓名，在值班室。有個人，相貌堂堂，來了兩三趟，說是您的學生，非見您一面不可。」

媽媽說：「我的學生？那都是北京各中學的英文老師……」

護士說：「看著不像中學老師，整天西裝革履，手裡提公文包……」

正說著，一個人走進病房來，四十歲不到年紀，大熱的天還穿著整齊的三件頭深色西裝，紅領帶，提個皮公文包，好像到醫院來看病人，是件莊嚴的事情。

護士笑了，說：「說曹操，曹操到，老天不負苦心人，今天終於見到了。不過，不能聊太多，病人體質很弱，也不能太激動。」

來人對護士點點頭，彬彬有禮，說：「是，我知道，謝謝。」

護士回頭對媽媽笑一笑，走了。

媽媽看著來人不說話，認不出來是誰。

來人走到床邊，說：「陶老師，您不認識我了？王勝利，外語補校的學生，您給我起的英文名，維克特。」

媽媽低頭想了想，恍然大悟，抬起頭，臉露笑容，說：「對，對，王勝利，考上師大外語系的那個高材生。」

王勝利點頭，說：「高材生可不敢當，陶老師記性真好。」

媽媽說：「你現在這樣子，像個大幹部了，真認不出來了。」

王勝利有些不好意思，說：「我現在是律師，替外貿部工作，手上剛有個案子。美方來了人，天天會面，所以才穿這身行頭。」

媽媽叫我：「寧寧，快倒茶。王勝利，你請坐，這是我的老大。」

王勝利坐下來，對我擺手，說：「甭忙，甭忙，哪有學生來看老師，還讓老師招待喝茶的？陶老師，您這是怎麼了？忽然一下子就病成這樣？外語補校那陣，您健健康康，歡蹦亂跳的，給我們排英文戲，還教我們跳交際舞，我們那時候都覺著您比我們還年輕似的。文化革命整的，是不是？這十年真他媽可恨，害了多少好人。」

媽媽笑笑，說：「我簡直想不起來，外語補校時候，自己是什麼樣？」

王勝利從椅子下面公文包裡，拿出一個方型硬紙盒子，遞給媽媽，說：「陶老師，一件小禮物，向您表示感謝，請您一定收下。」

媽媽接在手裡，說：「你來看我，我就高興得不得了，還帶什麼東西。」

我幫媽媽打開紙盒，拿出一個小小的燒瓷玩藝，五顏六色，不知是什麼。邊緣是雕刻的山林圖形，中間一塊平面玻璃，爬幾個老鼠，都戴尖尖小紅帽。

王勝利說：「這是一個溜冰場，您在底下上弦。」

我按他的話，上了弦，放到媽媽的被單上。王勝利又從紙盒裡掏出一個小老鼠，放在那個溜冰場上。這小玩藝馬上響起叮叮咚咚的音樂，冰面上那隻小老鼠，跟著樂曲，飛快旋轉起來，好像冰上舞蹈。

「八音盒。」媽媽叫了一聲，驚喜地睜大眼睛，盯著那個旋轉的小老鼠，張著嘴巴，半天說不出話來。

我說：「這是西洋聖誕節音樂，他們過聖誕節呢，小老鼠都戴小紅帽。」

王勝利說：「這是那個從美國來的律師帶給我的，來跟我打官司，萬里迢迢，帶個八音盒給我做見面禮。我一拿到這個八音盒，就想起來，在外語補校有一節課，您講起八音盒，誰也不知道是什麼，您說故宮裡有，皇上有時候玩兒。我就真去看了一回，跟您說的一樣，叮叮咚咚的響聲，如幻如夢，聽著好像又回到童年，變得天真純潔了。記得您說，您小時候有過一個，戰亂頻頻，丟失了，痛心很久。這老美送給我，我就想，非找到您，把它送給您不可。」

媽媽抱著八音盒，滿眼淚，抖著嘴唇，重複說：「謝謝，謝謝……」

王勝利說：「從來沒想到您會生病，要不早幾年來看您，也許幫您點忙。」

媽媽依然抱著八音盒，聽著叮咚的音樂，繼續不住聲說：「謝謝……」

王勝利說：「陶老師，您別說謝，我得謝謝您。上外語補校以前，我學英文好些年了，總也不怎麼會，考大學考了兩回，也沒考上。跟您學了才一年，突然就開竅了，就會了，就考上大學了。您是個好老師，要是沒您教我，我也許這輩子都上不了大學。所以我怎麼著也得找著您，向您道個謝。」

我見媽媽已經太激動，忙轉移話題，問：「真的，你怎麼找到我們的呢？外語補校那時，我們住西四，後來教師進修學院都解散了。」

「別忘了，我是個律師，一打電話，什麼都找得到。我到市教育局辦公室一問，都問出來了。我還以為文化革命過去了，陶老師該能放開手，多教些學生了呢，誰想病得這麼重。我問過護士，她們說醫院很盡力。我跟她們說：您是好老師，如果她們能給您醫好了，我給她們磕頭。我把咱們外語補校的同學都找來，一塊兒給她們磕頭，給她們掛……掛匾……」

這西裝筆挺的外貿律師，說到這兒，忽然痛哭流涕，泣不成聲，忙從口袋裡掏出手絹，捂住雙眼。媽媽說不出話來，伸手在王勝利腿上拍了兩拍。我給王勝利倒了茶端過去，放在床頭櫃上，不知怎麼安慰他。王勝利哭了一分鐘，穩定下來，拿開手絹，不好意思地笑笑，擤兩下鼻子。

我提起新話題，轉移注意力：「律師這一行，在中國這兩年才興起來，你就幹上了，真了不起。還是搞商業法律，國際貿易？」

王勝利說：「律師工作我們國家以前其實也有，跟外國人打交道，什麼時候都離不開法律，不過過去我們不叫律師，也不公開，老百姓不知道律師是幹什麼的。現在中國開放了，外國商業進入中國市場越來越多，律師業務自然就繁忙起來。我本來也沒學過法律，只是對國際貿易有興趣，所以學英文專業。結果，就靠跟陶老師學的這點英文，又懂點國際貿易，部裡送我進修了兩年法律，現在打著鴨子上架，做律師。我們辦公室，也有從美國哈佛、耶魯、哥倫比亞畢業回來的。」

「那都是國家早些年公費派出國去的吧？」

「當然，私費出國留學的事，今年才聽說有辦成出去的。」

媽媽問：「你說現在正跟美國人打官司？」

「跟外國人打交道不容易，不知道他們想什麼？怎麼辦事？怎麼個脾氣？」

「這話對，我教英文的時候，總是強調，光學語法單詞，學得再多，也沒有多少用，那不是英文。語言是文化的一部分，學外語，不了解外國文化沒有用，人家說的做的，還是懂不了。」

「就這麼回事。」王勝利點頭說，「要不說陶老師是個好老師，可惜您不能再教學生。您什麼時候再教課，告訴我，我送兒子給您當學生。」

媽媽笑起來，問：「可不，十幾年了，都有兒子了，多大了？」

「上中學，學校沒英文，我在家教，不好好學，我也不會教，只能靠罵他。」

我說：「等我媽好了，辦個私塾，你們把孩子送來，怎麼樣？」

王勝利兩手一拍，大笑說：「那敢情好，陶老師教英文，多少錢學費都不怕，我頭一個報名。肯定，北京城裡來求學的學生少不了，外語補校這些人的孩子，一準兒都送來，沒得說……」

護士走進來，假裝板著臉，說：「這麼大喊大叫，跟你說了，病人身體虛弱，過度興奮不好……」

王勝利不等她說完，忙站起身來，對媽媽鞠個躬，說：「對不起，陶老師，實在對不起，影響您休息。我走了，過兩天再來看您。」

「沒事，多坐坐，我高興，再說說其他同學們的事。」

「今天不了，我也得走，還得去跟那個老美開會。真是，跟您聊天，多來勁，快快樂樂的，還長學問，跟老美見面，純粹扯皮。得，我走了，明兒多約幾個補校同學，一塊兒來看您……」

護士說：「得，得，別了，你一個就夠熱鬧了，多來幾個，我們這醫院不得翻天，成遊樂場了……」

這一說，滿屋人都笑起來。媽媽笑出了聲，護士自己也繃不住，笑開了。王勝利笑著，提了公文包，朝媽媽搖搖手，出門走了。

護士問媽媽：「真是您的學生？是個律師？跟美國人打官司？這麼能行？」

媽媽點頭，說：「對，他跟我念過一年半英文，然後考上師大外語系。會英文，懂外貿，現在是外貿部的國際事務律師。」

護士說：「老陶，您可真得把病治好了，您看您能教出多棒的學生來。」

媽媽嘆口氣，說：「白白荒廢了十多年，現在後悔來不及了。哦，對了，你來看，他送給我這麼個玩藝，挺好玩的。」

我從媽媽手裡接過小老鼠八音盒，擰了發條，放在媽媽床上。聖誕音樂又叮叮咚咚響起來，小老鼠又在光滑發亮的冰面上旋轉舞蹈。

護士驚訝地望著，兩手捧在胸口上，笑瞇著眼，說不出話來。

媽媽說：「好玩吧？美國人送的他的，他又送給我，多精巧。」

「能不能借我一下，拿值班室去，讓她們看看，從來沒見過。」

「拿去吧。」媽媽說，「你今天可以拿回家，給孩子玩玩，明天再拿回來。」

護士連聲說：「一定，一定。」

媽媽對我說：「你把那個硬紙盒幫忙送倒值班室去，帶回家的時候放盒裡，不怕碰，上面那個單個跳舞的小老鼠可別丟了。」

護士捧著八音盒，像寶貝一樣，笑得合不攏嘴，走出病房。我提著硬紙盒，跟著她走到值班室，放在桌子旁邊。走回媽媽病房的時候，聽見值班室裡，聖誕音樂叮叮咚咚響，一群護士驚叫歡笑，拍手不絕。

媽媽靜靜躺著，側轉身，望著窗外的天空發愣，過一會兒，說：「王勝利說，美國人不好打交道，不知道幾個舅舅在美國怎麼生活？他們在美國念書，住了許多年，不至於還不習慣美國社會和美國人吧？」

「你操那心幹什麼，隔太平洋，又幫不上忙，惹自己煩心。」

「真希望他們能回來一個，跟我講講他們的生活，好想呵！」

「姆媽，我們來聽德沃夏克的《新世界交響曲》吧。新世界，就是美國。」我說著，拿出盒式錄音機。前些天，媽媽忽然有一次問我聽過《新世界交響曲》嗎？所以我就去找朋友，借來一盤錄音帶。

美妙的雙簧管慢慢歌唱起來。接著，單簧管、長笛、巴松管，加入進來，組成一大段透明的木管三角和聲，悠悠揚揚，飄飄蕩蕩。純淨的民歌旋律，好像廣闊原野，長滿綠草，一望無際，遠處丘陵，白色磨坊旁邊，風車在旋轉。碧藍天空下，和暖的微風，輕輕掠過，吹開滿地鮮花，紅的、黃的、紫的……不知不覺中，銅管樂進入，法國號、長號，和諧柔軟。節奏改變了，同樣旋律，變得莊嚴而雄偉，而後更顯示出一種輝煌……

我的心劇烈跳動，美洲大陸，夢幻土地，安謐，和平，幸福。轉過臉看媽媽，她躺著，靜靜地聽，眼角掛滿晶瑩的淚珠。這來自美國土地的音樂，一定把她那些遠方親人們熟悉的面影，一個又一個帶到了眼前。此刻，她的心裡，正在向舅舅們述說些什麼呢？

一一六

媽媽的生日是七月六日，妹妹煮了長壽麵，我們全家聚在病房裡吃，媽媽喝了幾口湯，講她十八歲生日之後，就遇上高陶事件，幾次死裡逃生。過了一個月，八月初，爸爸帶來兩個稀客，又給媽媽重開一個生日慶祝會，媽媽著實驚喜一番。一個稀客是外語學院的教授王晉希，我們小時候到他家去看過他。另一個是吳文金教授，美國哈佛大學燕京圖書館館長，從美國回來，剛找到爸爸。兩人都是爸爸媽媽在重慶中央大學讀書時的同學和朋友。

吳叔叔到底是美國人，一進病房門，就大叫：「Hello，Margerat-！」

媽媽聽見，扭頭一看，驚喜萬分，大叫：「Eugene！」

吳叔叔趕上前，彎下腰，輕輕擁抱住媽媽。

我想上前阻止，他這一抱，媽媽一定渾身疼，可我剛挪一步，就被王叔叔拉住。他沒說話，甚至沒看我，但我感到，他比我更了解此刻吳叔叔和媽媽的心情。

吳叔叔直起身，笑著把手裡的鮮花遞給媽媽，說：「生日快樂，Margerat，不過晚了一個月，路太遠，晚了也沒辦法。」

媽媽接過鮮花，眼裡湧淚，說：「啊呀，多美的鮮花，謝謝，謝謝。寧寧，快去弄點水，借個花瓶來。」

我趕忙跑去跟護士借花瓶，裝清水，捧回媽媽病房。

吳叔叔笑哈哈說：「我們在這裡party，給你過生日。」

爸爸搬過椅子，放在病床前，請吳叔叔和王叔叔坐。

吳叔叔坐下，順手把公文包打開，取出一個紙袋，神秘地對媽媽說：「我帶來幾張照片，給你看。」

媽媽有點氣喘地說：「你的家人，美國，給我看，給我看。」

吳叔叔伸過照片，說：「那些等一會兒再看，先看這幾張。」

「啊呀，這張是朝天門碼頭。啊呀，這張是中渡口。這張一看，就是沙坪壩的小鎮。多少年不見了，你哪裡搞來的？」

「都是我離開中大那年拍了留存的。」吳叔叔說，「曉得你們都沒有了，專門帶來給你們，大家一起懷懷舊。」

爸爸把吃食都擺好了，招呼：「快點，快點，開飯，別涼了。」

我問：「要不要我去買瓶酒？」

媽媽說：「醫院病房裡怎麼可以喝酒。」

爸爸遞過茶杯，說：「喝茶，像在沙坪壩一樣。來，祝琴薰生日快樂。」

大家都舉起杯，齊聲說：「生日快樂。」

吳叔叔忽然帶頭，唱起來：「Happy birthday to you……」

爸爸和王叔叔也都跟著唱起來，媽媽眼裡流著眼淚，不停擦，看著面前的幾個人，不停笑。

她今年五十七歲。

護士們聽見這裡又唱又笑又拍手，都跑來，擠在門口，看屋裡一群老兒童歡歡樂樂。她們不懂英文，不知道在慶祝媽媽過生日。我們歌唱完了，拍一陣手，喝一口茶，動手吃飯。護士們說笑評論著，走開了。

爸爸說：「想起當年沙坪壩，同學們過生日，都在茶館唱歌喝茶。」

吳叔叔說：「三十幾年了，常想起沙坪壩的小餐館。」

媽媽接口說：「對呵，金剛飯店、六合飯店、味斟香……金剛飯店太貴，從來沒進去過。六合飯店賣的包子、麵條、片兒湯，倒常吃。」

吳叔叔說：「味斟香的粉蒸小籠、擔擔麵，也是價廉物美。」

爸爸說：「還有磁器口的香脆花生，配五香豆腐乾，吃起來有火腿味道。」

吳叔叔放下筷子，彎腰把地上的公文包提到腿上打開，一邊說：「我答應你們帶來這張照片。」

他小心翼翼從公文包裡取出一個黃牛皮紙袋打開，抽出一張一寸半大小方形的照片，遞給爸爸。

爸爸接過，遞給王叔叔，說：「我的這張還在，晉希很久沒有看到了。」

王叔叔放下筷子，接過照片，只聽他鼻息急促，忽重忽輕。

爸爸從襯衫口袋取出一個小紙袋，從紙袋裡取一張照片，說：「我翻譯《第三帝國興亡》的時候，給孩子們講你們幾個到美軍顧問團做翻譯。他們要看照片，看過之後，夾在他們自己書裡忘了，所以紅衛兵沒有抄走，保留下來。」

兩張小小的方形照片都有些發黃了，並列在媽媽面前，四個人頭伸著看，不言語。好一陣，王叔叔慢慢地說：「我那張五三年審幹就上交了。」

吳叔叔說：「這張送你。」

爸爸也取出一張方形小照片，遞給吳叔叔說：「這張是給你的。」

吳叔叔拿著照片細看，說：「呵，望龍門碼頭三百級台階。」

爸爸說：「知道你要來，打電話給應陽愛人，她不來聚會，寄來這張照片，說是應陽答應拍了給你的，寄不出去，一直留著等你。」

幾個人坐著不動，靜默好一陣。

爸爸說：「今天不提這些，光說沙坪壩、中渡口、磁器口、小龍坎……」

王叔叔說：「小龍坎長途車站。每星期在那裡擠汽車去重慶，中大的、重大的、中央工校的、國立三中的、還有南開中學的，真是一場大戰。」

媽媽說：「我住南岸馬鞍山，從儲奇門過江，到海棠溪下船。海棠溪別墅，建築別致，飛臨江上。窗外是長江水，很清很藍，不像在武漢南京土黃渾濁。淡淡霧中，對岸碼頭，一派繁忙，舟船如梭。山山水水，秀美寧和，至今記得清清楚楚。」

爸爸說：「中渡口茶館，竹椅一坐，買些花生、橘子，勝似神仙。」

吳叔叔說：「那是唯一的享受，別的什麼也沒有。」

王叔叔說：「還要什麼？夠了，要我那樣過幾十年，求之不得。」

爸爸說：「我倒是常去嘉陵江北岸散步，上了北岸沿江邊石子路朝北走一陣，找塊平坦綠草地，躺在大樹陰涼下，看藍天上白雲飄浮，四周青草瑩瑩野花錯落，聽小鳥葉間鳴叫，數步之外嘉陵江水歡快流動，賽過仙境。」

吳叔叔說：「送我們去美軍顧問團，就是在那兒開的party，對不對？」

爸爸笑著說：「那是我提議的地方，我帶全班去的，琴薰唱崑曲。」

媽媽笑著說：「蘇儒唱蘇州評彈，像個小姑娘，嗲聲嗲氣。」

王叔叔叫：「花生米、瓜子、花生糖、五香豆腐乾、炒米糖……」

吳叔叔說：「我最喜歡在望龍門碼頭爬那三百級石階，真想回沙坪壩看看。」

爸爸說：「下次我們一道回去。琴薰，我們回南岸。」

「回，回。我們回，回重慶，回沙坪壩，回松林坡，回中渡口，回磁器口，回海棠溪。」媽媽連聲說，眨巴眼睛笑，流了一臉淚。

天已很晚，窗外一片漆黑，樓道裡燈也關暗，只我們這個小小病房裡，還燈火通明，四個老同學說話、喝茶，熱火朝天，然後一起用手擊打桌面，唱一陣〈在那遙遠的地方〉，又唱一陣〈掀起你的蓋頭來〉。媽媽也好像年輕許多，忘記疼痛，像個小姑娘，陶醉在青年時代濃厚恆永的友情之中。

很晚，客人們才都走了。媽媽久久不能入睡，時不時感嘆一句：「生活多美好呵。」

一一七

夜很深了，窗外一片漆黑，剛給媽媽翻過一個身，護士們走了，房門虛掩，門縫透進一條樓道的白燈光。曉燕伏在旁邊椅上，睡著了。

我坐在角落裡，望著病床上白被單下面媽媽的軀體。她已經太瘦，躺在床上，幾乎沒有隆起的身體曲線。睡一會兒吧，姆媽，安睡兩個小時，我禱告著。

媽媽身體越來越虛弱，自己幾乎不大能動，連翻個身也一定要別人幫忙。而她渾身皮膚組織都被強的松破壞，極薄又脆，不論側臥或平躺，過兩個小時，身體著床褥的部分，皮膚就破爛，不翻身，就感染。所以每兩個鐘頭，護士就來，跟我們守值的家人一起，幫媽媽翻身，就連夜裡，也不能不翻。每次翻身，只要我們一個手指碰上媽媽身體，就會有一小塊皮膚破碎脫落，露出白色的肌肉組織，滲出鮮血斑點。媽媽每翻一次身，必定渾身是被我們手指碰破的皮膚。兩個小時過去，這些傷口剛剛封乾，我們就又要重新動手，在媽媽的舊疤上面，再添新創傷。因為媽媽每天這樣躺臥在鮮血和傷痕之中，渾身上下感染隨時發生。每天上午護士們必須給媽媽換床單，換衣褲。這一場搏鬥，我們家人無論如何沒有勇氣參加，每次都跑出病房，躲得遠遠的，緊閉雙眼。只有幾個護士能夠咬緊牙關，搬動媽媽的身體。幾乎每次換完之後，護士們走出病房，個個眼裡都滿含淚水。

媽媽從來不哼一聲，任憑我們大家用手切割她的皮膚，她只靜靜忍受。

我坐在黑暗之中，望著媽媽，心頭不住顫抖。這也許是我生命中最殘忍的一段時間，每兩個小時，我用自己的雙手，碰破媽媽身上的皮肉，親眼看著媽媽鮮血淋漓，遍體鱗傷。

「寧寧，今天幾號？」媽媽忽然問，聲音很低微，但我聽得到。

我走過去，蹲在媽媽床頭，輕聲說：「一九七八年八月十三號，姆媽。不，已經過了午夜，是八月十四日了。」

媽媽不作聲，眼睛睜著，在黑暗中發出兩粒淡淡的光亮。

「閉上眼睛，睡一會兒，姆媽，過兩個鐘頭，又要翻身。」

媽媽沒有答話，閉上眼睛，過幾分鐘，又睜開來，說：「外文局的平反大會，不知哪天開？我……等不到了……」

心酸湧上喉頭，我真想撲到媽媽懷裡痛哭一場，可我不敢碰媽媽的身體，只有兩手緊緊抓住病床邊的床單，把臉埋在床單裡。此刻，如果滿天之下，誰能實現我一次夢想，讓外文局今天在展覽館劇場開個大會，讓媽媽坐在頭排座位，給爸爸平反，哪怕現在拿去我的生命，我也情願。

可是我知道，這個天下，我的生命值不了多少，沒有人關心媽媽的願望，沒有人會給爸爸開平反大會。

媽媽忽然又說：「寧寧，唱個歌我聽吧，反正睡不著。」

我用床單擦乾淚，抬起頭，看著媽媽，說：「姆媽，我唱不出來……」

「別這樣，寧寧。唱吧，你不是說過，鄉下插隊的苦日子，你也一個人爬到山上去唱歌麼？」

我坐到媽媽病床頭的地板上，把頭靠在床邊，望著窗外的夜空，努力鎮定自己的情緒。過了一會兒，輕輕唱起來：多麼輝煌燦爛的太陽／暴風雨過去後／天空更晴朗／清新的空氣／令人精神爽朗／還有個太陽，比這更美麗／啊，我的太陽／那就是你……

唱完，我繼續坐著不動，床邊媽媽的一隻手輕輕放在我的手上，我感覺到媽媽的體溫和顫抖。曉燕醒了，在牆角坐著，望著我們。

媽媽說：「英文有句話說：就是烏雲，也有它的金邊。如果生活只有漆黑一片，我們活著幹什麼？」

我轉過頭，望著媽媽虛腫的臉，脆弱的皮膚在暗淡中透出一層光亮。我托著媽媽的手，一直坐到天明。也許因為我的歌聲，媽媽真的睡了一陣。如果我唱歌，能使媽媽安睡片刻，我願意每天夜裡這樣坐著，為媽媽歌唱。

上午，爸爸、弟弟和妹妹都來了。很奇怪，媽媽已經衰竭兩三天了，今天好像忽然精神很好，護士們給她換衣褲床單的時候，她還說了幾句話，我們躲在門外，沒有聽清。我們走進病房去，媽媽說：「我現在這樣子，外文局就算開平反大會，我也去不成了。你們都去，坐頭一排，回來講給我聽。」

弟弟說：「我拍張照片，拿回來給你看。」

媽媽轉過臉，說：「蘇儒，平反以後，振作起來，不要畏畏縮縮了。你有才華，也肯奮鬥，可惜……我們本來可以有很好生活，可以做想做的事，我們本來也會成功……」

爸爸沒說話，眼光十分悲哀，我懂得他在想什麼。

「我其實很敬佩你的母親，她和舅婆婆確實幫過我們很多忙。只是我脾氣不好，日子過得不順心，沒有辦法控制自己，對她發脾氣。每次發過，我自己心裡總很難過。我對不起她們，希望你原諒我……」

爸爸忍著心酸，說：「你怎麼了，忽然說這些。別說了，琴薰，她們都理解你的苦處，她們從來沒有怨過你。你能嫁給我，不惜自己受苦，跟著我留在國內，照顧她們，她們一直很感激。」

「我並不怕死，病了十幾年，難受的時候，常想到死。我只是放心不下，你已經快六十歲了，孤老頭子一個人，以後不好過……」

爸爸眼中的淚終於落下來，嗚嗚咽咽，說不出話。

「不過，你現在比以前好伺候多了。住牛棚，下幹校，倒是把咳嗽治好了。過去每天早上一睜眼，就要先咳咳咳好一陣，好像老得不得了，現在倒是不咳了。上次淋了一場雨，也沒有傷風感冒。」

妹妹流著眼淚，說：「姆媽，你放心，我會照顧爸爸，照顧他一輩子……」

「妹妹，你要複習功課，考上大學。爸爸可以教你語文歷史，地理自己看書，數理化去找許阿姨。你考大學，現在是頭等大事，可惜我不能再幫你了……」

爸爸擦乾眼睛，說：「琴薰，不要那樣悲觀，你會好起……」

「可惜我看不到寧寧、弟弟大學畢業。」媽媽自顧自繼續，「不知現在大學畢業，還有沒有畢業典禮，戴不戴方帽子。我本想幫你們每人縫一身長袍……參加你們的畢業典禮，高高興興。不容易，延誤了十年，到底沒有辱沒我們的家傳。」

妹妹說：「姆媽，如果他們要，我可以給他們做。」

媽媽轉臉，拉住曉燕的手，說：「謝謝你願意到我家來，我替他操心十年，總算遇上你這個好姑娘，了了我做媽的心願。我們家的情況你都看到，住那樣黑暗窄小的屋子。可我們一家人都知書達禮，心都不壞，從來不會坑害人。我本來想，等我好些，沈寧畢業，好好給你們安排個婚禮。聽說上海霞飛路上現在還有照相館，可以拍穿婚紗的結婚照，北京沒有。你們結婚，到上海去一趟，穿著婚紗照張結婚照。你人長得漂亮，身材又好，穿起婚紗來，一定好看。」

我說：「姆媽，我們現在馬上結婚，你可以看著……」

「你們到上海金門大酒店去結婚，我們在那裡辦的婚禮，一九四六年一月二十六日。成家過日子不容易，瑣碎事情多，工作有困難，在外面受了氣，難免回家來撒，就不好了。願你們兩個互相理解，相親相愛，共度難關……」

說到這裡，媽媽轉眼看看爸爸。爸爸聽了，眼裡又垂下淚來。

媽媽轉臉問弟弟：「你什麼時候找女朋友呢？真是可惜，你學經濟，學歷史，可外公不在跟前。我本想再見到他的時候，要他指導你。外公很聽我的話，我要他做什麼，他就做什麼，他會答應。可是看來，我等不到再見他了。」

「姆媽，你會的，我陪你一起去見外公。」弟弟說，聲音打顫。

媽媽又對妹妹說：「我進醫院以前，看見爸爸那件藍罩衣的袖子後面破了，沒來得及補，你有空補一下。你們做衣服，我都有尺寸號碼，在牛皮紙袋裡，五斗櫥裡第二格，領口、袖長、腰身、褲腰、褲襠、褲長，我都記了，單衣棉衣都有，你們拿了我量的尺寸去做，衣服才有樣子。妹妹，我看你的鞋底磨平了，去買雙新的……」

一大群人走進病房來，打斷媽媽的話，醫生查房了。

看看窗外，天很藍，媽媽情況好轉，我放了些心，與曉燕回家吃飯。我躺在床上，迷迷糊糊，似睡非睡，好像作夢，又神志清醒，明知是夢，又不是夢。

下午回到醫院，發現媽媽真的從今天開始，緩慢但是穩定地好起來。過五天，大便漸黃，胃管拔除，能吃流質，肚子不痛。又過五天，咳嗽停止，肺炎痊癒，喉痛消失。再過五天，媽媽身上的皮膚不再脆弱破碎，腿腫也消失。最後五天，媽媽每天減掉一片激素，身體沒有惡化，精神很好，周身無痛。一個月後，媽媽從床上下地，站起來，拄著拐杖，自己走路回家。從此以後，她不再服激素，前景樂觀。看見媽媽這樣子，我禁不住歡喜的眼淚流出來，大呼出聲。

曉燕跑進屋推我，問：「你怎麼了？快四點了，該去接班了。」

不要打斷我的幸福夢想！我不說話，眼也不睜，轉過身去，緊閉兩眼，希望重返美夢。可是夢斷了，不能續，我只好睜開眼，望著窗外的藍天。

我們到醫院的時候，媽媽在病床上靜靜躺著，面朝房門，閉著眼睛，一動不動。身上又插了幾條管子，床邊吊了瓶子，旁邊裝了心電圖。

爸爸告訴我：「剛翻過一次身，現在安穩了。姆媽上午全身疼痛很厲害，內科錢主任來檢查，按腹部，也說痛，血壓很低，說話沒有聲音，情況很不好。」

我很奇怪，問：「早上不是還好，說了一大堆話嗎？」

爸爸搖搖頭，眼裡都是悲傷，不知說什麼好。

「你們回去吃飯吧，我和曉燕看著，有事去叫你們。」

爸爸他們走了，我走進病房。下午五點多，櫃上的小座鐘，滴滴答答走，毫不猶豫，毫無憐憫。我呆坐在屋角，望著病床上的媽媽。前幾天她都不好，一直處在衰竭狀態，醫生已經幾次說不行了。可媽媽都挺過來，今天早上還……我想著，忽然心裡充滿恐懼，那不要是人常說的迴光返照吧。久病之人，衰竭之後，有時會突然顯得好起來，那是真要不行了。我不肯承認這是真的，我跳下座椅，差不多要喊叫出來。這不是真的，不是那樣，媽媽不會走。

忽然，媽媽張口叫我，聲音極低微，幾乎沒有出聲。我和曉燕都跑過去，把耳朵湊在媽媽嘴邊，聽了一會。

曉燕問我：「陶阿姨是不是要翻身？」

「你要翻身嗎？」我問。

媽媽仍然閉著眼睛，似乎點點了頭，沒有張嘴說話。

「不到時候，爸爸說了，剛翻過的，怎麼又翻？」

媽媽猛睜開眼，看看我，張嘴動幾下，發不出聲，好像很生氣。

我忙說：「姆媽，你別生氣，給你翻，我去找護士。」

媽媽急了，看著我，張嘴講話，這次出了聲音：「快，我要看天。」

沒有辦法，我和曉燕兩人，只好動手幫媽媽翻身。她的全身剛才翻身碰破的累累傷痕，還很新鮮，我們一動，又碰破許多處，血跡斑斑。我不忍看，馬上拉起被單蓋好。

媽媽側過身，臉朝窗，眼睛睜大，張望外面天空。她臉色蒼白，幾乎沒有血色，連嘴唇都沒有顏色。所有皺紋都凝固著，清晰而深刻。眼皮不動，鼻息不動，額髮不動，到處不動，整個面容和身軀，就像一尊白玉石雕像，她曾經那麼熱愛過的雕像，米開朗基羅的雕像。

夏日天長，快六點鐘，天還很亮很藍，一些雲絲，輕輕飄蕩，南行而去。

媽媽一直望著那天，那雲，那風。她在想些什麼呢？回憶童年往事？陶盛樓的歲月？上海、北京、香港和重慶的生活？或者媽媽在幻想？她真好起來，不服激素，骨頭變形停止，腿不再強直，可以像一個健康人那樣活動。我們全家擁著她，在夏日和暖的陽光裡，周遊北海、頤和園、香山。我們搬出馬家廟，搬進一個公寓單元，裡面有廚房，有廁所，有壁櫃，媽媽樂得合不攏嘴。

也許她在盼望，范生五舅來信，寄來邀請媽媽去美國治病的移民手續。媽媽到中南海，站在門口，裡面的人送出護照和簽證。我們一家五口人，買好飛機票，啟程到美國，那裡住著大舅、三舅、四舅、五舅。舅舅們給媽媽買了一座小房子，在加利福尼亞州，靠山根，不臨海，怕潮溼。沒想到，外公也住在美國，外婆居然也仍然健在。分離三十餘年後，一家人終於重逢團聚。媽媽搬進美國新居，醫好病，丟開拐杖，重新騎上腳踏車。

也許媽媽此刻什麼都沒有想，什麼都沒有回憶，什麼都沒有幻想，什麼都沒有盼望，她只是這樣靜靜地，享受生命的延續。

突然，曉燕叫起來：「你看，你看……」

我從凝神默想中驚醒，看過去，媽媽的眼皮正在極緩慢地下垂閉起。我跳起來，衝過去，壓住聲音叫：「姆媽，姆媽……」

媽媽一動不動，眼皮甚至也沒有顫動一次。

我衝出房門，大叫：「快，快，我媽不行了，快……」

護士們馬上都隨著我跑回病房，調整心電圖，還有跳動。緊接著，兩個值班醫生也來了，翻開媽媽的眼皮查看，然後吩咐：「準備搶救，叫周主任……」

周主任趕到，彎下腰，把臉趴在媽媽臉前，輕聲呼喚：「老陶同志，老陶同志，你怎麼樣？聽見嗎？我是周大夫……」

媽媽仍然緊閉著眼，忽然張開嘴，吐出兩個字：「我要……」

那之後，媽媽再沒有聲息，心電圖屏幕上曲線越來越慢，最後不再跳動。

周主任伸出雙手，在媽媽胸上用力按動幾次，拿手背測測，媽媽沒有呼吸，又按動幾次，媽媽仍然沒有呼吸，心電圖只剩一條平平的直線，閃著綠螢螢的光亮。

周主任直起身，呆呆注視著媽媽的臉，一句話也不講。旁邊幾個護士都哭出聲，默默站著，不願動手收拾儀器。值班楊大夫輕輕拉起媽媽身上的被單，蒙到媽媽的臉上。

媽媽死了，床頭櫃上放著一杯茶，一個音樂錄音帶，一個小老鼠八音盒，一張沙坪壩照片。

我跪在床邊，甚至顧不得哭泣，只是緊緊握著媽媽一隻手，扣住她的脈搏。我不能相信媽媽的心臟會停止跳動，不會，絕不會。昨天夜裡，我曾這樣握著媽媽的手，為她歌唱，歌頌永恆的太陽。此刻我反覆地祈求上蒼，為人世創造一個奇蹟，讓媽媽的脈搏突然重新跳動起來。

周醫生說：「一九七八年八月十四日十八時三十分，心力衰竭……」

他們都走了，醫生，護士。曉燕也走了，回家去叫爸爸他們。

我掀開大夫剛才蓋到媽媽臉上的被單，淚才湧出，擦去，又湧出，又擦去，透過淚霧，望著媽媽遺容。我跪在媽媽的病床前，扣著她的脈搏，等待奇蹟發生。

媽媽生命最後瞬間，說出兩個字：「我要……」

她要什麼呢？她要參加爸爸的平反大會，她要與父親兄弟重逢，她要看到我和弟弟大學畢業，她要送妹妹走進大學校門，她要過平靜的生活，她要愛別人也被別人愛，她要努力工作貢獻自己，她要得到信任和尊敬，她要講一講從汪精衛槍口下逃脫的驚險，她要隨史特勞斯舞曲跳一次舞，她要重看一遍《魂斷藍橋》，她要到頤和園去看玉蘭開花，她要給孩子們講一個安徒生童話，她要給丈夫烤一片吐司……她要做一個女兒，一個姊姊，一個妻子，一個母親，一個人。

不能說她什麼都沒有得到，但是她沒有得到她應當得到的一切。有一大半她本來可以得到的，被殘忍地剝奪了。因此她帶著許多的希望，許多的失落，許多的遺憾而逝去。所以在生命的最後時刻，她說：「我要……」

走廊裡傳來匆忙奔跑的雜亂腳步聲，爸爸他們來了……

二八

那天夜裡，我們全家，爸爸、我、弟弟、妹妹，和曉燕，都回了家。三個多月以來，這是頭一次，我們全體回家，可這個小閣樓裡，再聽不到媽媽爽朗的笑聲，再看不到媽媽忙碌的身影，這個家永遠不復存在。

爸爸坐在桌邊，拿過那本記錄媽媽住院治療經過的月曆，在八月十四日這天的格子裡，寫下：下午六時三十分，心臟停止跳動……爸爸的手發抖，幾個字寫了半天，曲曲彎彎，滴落的眼淚，糊了字跡。

妹妹走過來，端一碗粥，說：「爸爸，你吃點東西吧……」

爸爸搖搖頭，說：「你們都休息吧，都累了……」

我們不能再用自己的悲痛，增加爸爸的哀傷，都靜靜回到小屋，並排躺在地鋪上。夜很靜，萬籟無音，很黑，深不見底。誰也無法入睡，都睜著兩眼，流著淚，望著黑夜。媽媽此刻會在哪裡呢？她是不是已經升到天國，那裡沒有困擾，沒有憂愁，沒有窮困，沒有鬥爭，平平靜靜，有她始終想往卻在人間得不到的幸福生活。

第二天我們開始收拾媽媽的遺物，誰也不說話，打開櫃門，掀起箱蓋，拉出抽屜。我們想找一身稍好的衣服，給媽媽遺體穿上，找一張媽媽的單人照片和一些媽媽的遺物，布置一個靈堂。

可是媽媽幾乎沒有任何屬於她個人的東西，她一生所辛苦勞作的一切都是為我們。她甚至沒有一身新衣服，一身像樣的衣服。媽媽給我們每個人都做過衣服，單衣棉衣，不止一身，可是她從來沒有給自己做過一件。在她收集剪裁的衣服紙樣裡，沒有一張她自己的尺寸。我們只好把媽媽早已穿舊的一身乾淨灰藍衣服，送到醫院去。

抽屜裡一本小小的門診醫療手冊，媽媽手抄一百多道菜譜。還有半本五線譜，是媽媽替妹妹抄的手風琴曲。櫃中一個牛皮紙袋，裝著媽媽抄錄的毛衣針樣和花經。碗櫥裡留著幾張紙，上面媽媽寫著全家團聚時候，她要做給大家吃的飯菜單子。

照相簿翻過好幾遍，媽媽沒有獨自照的像。一張爸爸媽媽結婚照，美麗動人，不知怎麼從抄家中殘存下來。一張照片上，媽媽抱著弟弟，按人身曲線剪了。背景原是爸爸的小轎車，怕人說家裡有汽車是資產階級，把車剪掉了。還有媽媽在小屋裡踩縫紉機的，媽媽把著手在燈下教妹妹寫字的……

最後我們只好拿一張全家合影底片，到照相館，請求把媽媽個人頭部分放大，過一天拿回家，掛在牆上，蒙了黑紗。照片下面，方桌上放了媽媽養育的雲竹，花盆也用黑紗包住。我們把爸爸記事的那本月曆，爸爸寫的悼詩，媽媽的一些手跡，同我們一起的照片，媽媽的拐杖、頭巾、手套、毛圍巾，都擺在桌上，搭上黑紗。

然後我們都戴著黑紗，默默站在靈堂裡，為媽媽致哀。

爸爸望著媽媽的照片，說：「琴薰，你把你的生命都給了我和孩子們。我們從相識相愛到結合，到最後的永訣，經過了三十六年。這三十六年中，歡娛之日短，苦難之時多。我沒有給你任何你在少女時代曾夢想過的美好東西，我甚至沒有使你有機會抒發一下你在文學方面的興趣和才能。你以熱情和熱望熱愛生活，靠堅強毅力戰勝一切難以想像的物質上、精神上和身體上的困苦。在任何苦難中，你從沒有為同我結合感到後悔和苦惱。不論是年輕時的我，還是被折磨得面目黛黑、形容枯槁的我，你始終深深地愛著。如果人間有真誠的、深刻的、禁受得住任何考驗的愛，那麼你給我的就是這樣的愛……」

我們都站著，默默地聽爸爸講出他這兩天兩夜的思想。

「現在，我已經無法來回報你了。自然，你也不會期望得到什麼回報。我只能用對你的永恆的懷念，算是盡我的心。孩子們整理你的東西，我都不敢去看，我簡直沒有勇氣翻揀你的遺物。我甚至不敢回憶我們曾經在一起度過的時光，心靈上的巨大創傷在洶湧地流淌著鮮血。我不知道，要多少年，才能結上疤。也許永遠也結不上疤，永遠在流血。我遠遠沒有你那樣的堅強，離開你的支持，我實在……」

有人說，生老病死，也是無奈。媽媽有我們這樣對她的愛，對她的懷念，她可以算是幸福的。可是她本來可以再生活三十年，快樂地生活，她才剛到五十七歲。

「我們這一代人，生在二十世紀的中國，所經歷的世變之亟，曠古所未有。從軍閥混戰到北伐戰爭，從國共第一次內戰到抗日戰爭，從國共第二次內戰到抗美援朝戰爭，我們見到和禁受了說不盡的戰亂之苦。從舊政權的黑暗統治到文化大革命的空前浩劫，我們見到和禁受了說不盡的苛政猛於虎的暴虐之苦。而我們恰恰又被置於世變風暴的中心位置。我們孤弱的兩人，實在無法抵抗，也無法逃避如此強烈的世變風暴，我們只能拚命掙扎求生，竭盡全力保衛我們的三個孩子。我們希望孩子們健康地成長，幸福地生活。你為此獻出了一切……」

樓下郵差來了，喊叫陶琴薰的名字，打斷爸爸的話。我跑下去拿，是范生五舅從美國寄來的一封信：

蘇哥，姊姊：

收到蘇哥七月十四日來信，知道姊姊的病情相當嚴重，父親和兄弟們都覺得很難過，祈求姊姊早日康復。不知道蘇哥信裡面提道的激素的英文是什麼？姊姊胃切除手術以後，身體一定會很虛弱，應該多多滋補休息，希望能夠很快復元。我們很贊成醫生們逐漸減少激素用量的方法。最好能減到不用激素。我們原來以為風溼性關節炎只會腫痛及行動不便，沒想到有那麼嚴重的後果。

寧寧和熙熙都考上了大學，而且都是按照他們志願分配的，對他們研究學問上會有興趣，將來會對祖國有所貢獻，前途無量。

我們近年來沒有給伯伯、姊姊及蘇哥寫信，主要是我們千山萬水相隔，背景完全不同。自從四人幫垮台以後，這種顧慮會少些。以後，我們會繼續寫信，互相問候。

去年春天公司把我從研究部門調到加州生產單位，主持石油化學工程。我很喜歡這邊的工作。兩個小孩，大的上初中三年級，小的在小學三年級。他們也都很喜歡這個小城。中加州海邊的氣候非常好，一年四季的氣溫沒有什麼變化，終年在華氏六七十度之間。這邊氣候比較乾燥，除了一月有兩三個禮拜雨季之外，終年出門不需要帶雨具。這邊是小城，沒有像洛杉磯、舊金山那麼擁擠。姊姊能來我們這個四季如春的小城，對風溼性關節炎會有幫助。我和哥哥們商量好，已經開始辦理申請接你們到美國來的移民手續，希望不要拖很久。

伯伯前請安

代問外甥及外甥女好

信晚到了兩天，媽媽沒有看到。過一日，我們回到醫院，把五舅的信放在媽媽遺體的胸口上。我輕輕抬起媽媽的兩手，壓到五舅的信上，讓她最後一次握住她所盼望的遠方來信。

殯儀館給媽媽換了衣，整了容。媽媽安詳地熟睡著，三十幾年來，她恐怕從來沒有這樣沉靜地、無憂無慮地安睡過。她緊閉著眼睛，眼角的皺紋也都舒展開了，面色蒼白，卻沒有絲毫痛楚和掙扎，兩唇微張，好像在呼叫我們的名字。

到了西郊公墓，我們圍在媽媽身邊，最後一次默哀，向媽媽的遺體告別。靈堂上照片中的媽媽，雙鬢花白，微笑著，兩隻溫暖親切眼睛，注視著我們每一個人。

棺木蓋上，媽媽的身體就要永遠消失，突然之間，我們都放聲大哭起來。媽媽停止呼吸的那天，在醫院裡，我們沒有這樣大哭。料理她的後事，清點她的遺物，我們也沒有這樣大哭。甚至在送媽媽遺體到公墓的路上，我們也沒有這樣大哭。我們都還沒有從巨大的震驚中清醒，都還不肯相信這真是我們與媽媽的永別。只有此刻，最後剎那，我們才真切地意識到，此一別，媽媽將走向熾烈的火燄，而我們還得回到紛擾的世界。但，卻又已經沒有了媽媽的愛和支持。這個時候，我們失聲痛哭了。那是在媽媽病危和去世的日子裡，我們唯一的一次失聲大聲、沒有拘束地大哭。這是媽媽用她的生命，給予我們的一次自由，大哭的自由。

一一九

一個陰沉沉的日子，我開車到舊金山機場。今天外公到美國，弟弟從紐約飛來，妹妹從亞利桑那飛來，我們一起去迎接。一九八七年七月十日，媽媽六十六歲生日剛過四天。舊金山一年四季，總是晴晴朗朗，偏這一日陰陰沉沉，天地間灰灰濛濛，水滴落面，不知是雨，還是霧。媽媽跟我講過許多次，外公曾怎樣愛我，怎樣抱我、親我，可真的要見到他，我覺得恐懼和慌張。

舊金山機場的國際航班接機口，一年三百六十五天，天天從早到晚擠滿接機的人，黃頭髮，紅頭髮，最多的是黑頭髮，摩肩接踵，人聲如潮。國際航班出口的兩扇灰色大鐵門，有時幾分鐘一次，有時一分鐘幾次，無聲地往兩側滑動。全世界各地飛來舊金山的人，都從這大鐵門走上美國的土地。

我夾雜在巨大擁擠的人群裡，旁邊是妻和女、弟和妹，還有三舅和舅媽。不知數到大鐵門第幾百次開啟，終於一輛手推車出現，上面坐著一位老者。後面一位高大的中年男子，推車慢行。

三舅沒有講話，舅媽也沒有講話，但我一眼認定，他就是外公。雖然我是兄妹中唯一見過外公的孫兒，但我那時只有一歲，不可能記得外公的模樣。可這個瞬間，當他在鐵門邊剛一出現，我便下意識地認出，那就是他，我的外公。一個剎那，我已經把外公看清。他很瘦小，穿一身灰色的中山制服。雙手在胸前，握著一根拐杖。他的臉色安詳，皺紋不密，嘴巴緊抿，唇邊似有一絲笑意。一副無色的眼鏡下面，是兩個高高的顴骨，而眼鏡上方，則是一個碩大發亮的額頭。他的頭髮都白了，但沒有脫落，梳得整整齊齊。

外公身後推車的人，是大舅，身材高大，方方的臉上戴一副黑邊眼鏡，微微帶笑，慢慢走來。

我呆望著外公，在十米寬的空地間，向我們走過來，是的，走過來，我似乎聽得到他在水磨石地面上答答答的腳步聲。

就是這個老人，我的外公，平凡，瘦弱，我過去以為，他只是一個政治的人，社會的人，鐵石心腸的人。我想過許久，始終想不通，何以媽媽在三十年非人生活之後，仍然那般愛著她的父親。媽媽是極富情感的人，時刻懷著大愛與大恨。

此刻，當他一步一步，向我們走來的剎那，我突然看到他的另外一面，作為一個祖父、一個父親、一個丈夫、一個兒子的人，一個家庭的人，人情的人，一個完整的人，我的外公。

舊金山機場上成千上百接機的人、下機的人，並不都認識他，他也並沒有發出任何一聲呼喚。但是當他走近的時候，人們都默默讓開，注視著他走過。也許是因為他老者的年紀，也許是因為他大儒的風度，也許是因為他智者的光芒，相識與不相識的人，一眼之下，就都接受了，對他表示尊敬。

他走到面前，我們三個，還有妻和五歲女兒，默默無語，一字排開，在水磨石地上，眾目睽睽之中，朝他跪下去，恭敬地叩頭。

我們曾徹夜討論，頭一面見到外公，該怎樣表現。我們設想過許許多多情景，許許多多話語，許許多多行動，我們從來沒有想過，要向外公下跪磕頭。

外公沒有講話，坐在車上，朝前欠些身，平伸一隻手，表示接受我們的大禮，命我們起身。我跪在地上，仰起臉，望著外公，近在咫尺。我清楚地看到他臉上的每條皺紋，看到他嘴唇的微微抖動，看到他眼鏡後面的雙眼，似睢似睜，鬆弛了的眼皮下垂，眼角有兩粒亮光，是眼神，或是淚珠。

外公的目光，在我們一個臉上停留片刻，然後移轉到下一張臉。五個孫兒及重孫都看過一遍，他依然沒有停止眼光移動，從我們的肩頭，向後面望去，彷彿在繼續搜索著什麼。我的心驟然緊縮起來，渾身熱血衝騰澎湃。我知道外公在尋找誰，他在尋找他的女兒，我們的媽媽。媽媽已經去世九年了，外公不會不曉得。可他不甘心，他希望那噩耗只是傳聞，他渴望人間會有奇蹟發生，媽媽意外地站在我們的身後，朝他微笑，帶給他人間最巨大的驚喜。這樣的念頭，不是一個見過九十年大風大浪的老人還該有的，但我從外公的眼裡，清楚地看到他的神思、他的期待，和他的失望。奇蹟終於不存在，他在我們身後沒有找到媽媽，他閉上了兩眼。

一剎那間，我懂了，我什麼都懂了。我揚著頭，仰望蒼天，暗暗地說：媽媽，我們見到外公了，我們要敬他、愛他，像你一樣的深厚和永久。然後我站起來，拉著外公冰涼顫抖的手，對他說：我是寧寧，媽媽一直很想念您，她讓我向您請安。

新版後記

沈寧

這部小說《嗩吶煙塵三部曲》，最初寫作時，計畫是上部兩冊從母親出生寫到大陸淪陷，下部兩冊從母親滯留上海寫到她北京遇難。兩部文稿完成，聯經決定出版。因為內容跨越幾乎百年，字數亦近百萬，工作量大。上部兩冊編輯完成，即於二〇〇二年先行問世，繼續編輯下部，隨後出版。正這時，台灣政局變化，社會動盪，人心渙散，對海峽對岸的事情逐漸冷淡，面臨此情此景，繼續出版這本書，不再現實。儘管很多讀者查詢和等待，下部書作業還是停頓了。出於同一原因，電視台將上部書改編成電視劇的計畫也被擱置，中廣已經開始的廣播劇製作亦遭腰斬。

美國人有句話：時機就是一切（Timing is everything）。早了晚了，不合時機，一事無成。好了壞了，碰上時機，飛黃騰達。外祖父的傳記書名為《潮流與點滴》，意在從潮流看點滴，從點滴看潮流。而以我自己的經歷總結，點滴抗不得潮流，個人爭不過時代。相比於時代潮流，個人如我般渺小者，連點滴也算不上。

年輕時測字，我的名字頭重腳輕，根基不穩，儘管四季忙出頭，不過空有一顆雄心。根基就是時代潮流，就是時機。回想大半生，此言不虛，我命裡注定，事事陰錯陽差，時機不當，失之交臂，折翼而終。就《嗩吶煙塵三部曲》來說，差了三年兩載，一切付諸東流。

那一停，就是十年。

期間，我讀到一位歐洲作家的話，可以安慰自己。他說：寫完一部小說，應該放進抽屜，過二十年後再拿出來。如果那時候這本書依然能夠被人們接受，就送去出版。此至理名言，我輩當牢記。只有確實探討人生，而非演繹時事；確實揭示人性，而非圖解理念；確實描述真實，而非編造假象的文字，停放二十年甚至五十年一百年後，仍然會被人們所接受，才屬真正的文學，才有存在的價值，才具永恆的生命力。莎士比亞和托爾斯泰，樹立了偉大的榜樣。

我不敢說自己的書能夠達到如此高度，但我願意朝這個方向努力。我願意我的書，在十年二十年後仍舊能夠出版，仍舊能夠被人們所接受。因為我的書，描寫真實的人、真實的生活、真實的歷史。

書寫得好壞，要讀者評判，我自己不敢妄言。但我可以問心無愧，這本書裡的所有故事，都是我家前輩和我個人親身經歷的記錄，沒有虛構，沒有誇張，沒有虛飾。即使一些細節描寫和對話做了文學加工，姓名略為改動以尊重親友的隱私，那些人物和事件本身的存在，一定屬實。

我之所以對出版此書一直耿耿於懷，孜孜不倦，十年不輟，是因為我真誠地希望全世界的華人，不要忘記我們曾經遭遇過的災難，千年萬年也不要忘記。有美國學者總結，二十世紀是人類歷史上最為罪惡的時代。那一百年間，中國亦曾始終浸泡在苦難的深淵，戰亂，饑荒，奴役，天災人禍，妻離子散，家破人亡，中國人民經受了太多太重的苦難，而且至今尚未全部解脫。

經歷苦難縱然不幸，忘記苦難經歷則是更大的不幸。忘記經歷過的苦難，就意味著必定會重複那些苦難的經歷。中國三千年歷史，不斷重複這個悲哀的循環，一個個殘暴皇朝更換，人民大眾則繼續在苦難中掙扎。因為親自嘗透那苦難的滋味，我特別不願意看到中國人再次經歷我所曾經歷的苦難，尤其是一代又一代的年輕人。

只要心誠，石頭也會開花。十年之後，我終於等到機會，本書下部又有出版的可能。不過畢竟時代不同，書太厚重，究竟不妥，故與出版社協商，將上下兩部四冊書稿，修改縮寫成三冊，出版一套完整的新版。

付梓之際，我要特別感謝聯經出版社多年來對我和拙作的關愛，感謝劉昌平先生、劉國瑞先生、林載爵先生多年提攜後輩，感謝顏艾琳小姐在編輯初版時對我不斷的鼓勵，感謝胡金倫先生和邱靖絨小姐在編輯新版時所做的種種努力，感謝顏伯駿先生精采的封面設計。

最後，我要衷心感謝此書的每一位讀者。沒有讀者，任何書都失去存在價值。而我所期望於讀者的，是在掩卷之後，對自己說一聲：那樣的日子絕不可以再有。

寫於美國落磯山腳

▼1932年母親在北京家中

▲1931年家婆與母親在北京家中

▲1931年母親（左一）在北京學院胡同與鄰居何家小孩

▲1934年家婆與母親、泰來舅、恆生舅、晉生舅在北京

▲1935年母親留影

▼1936年家公、家婆、母親、泰來舅、恆生舅、晉生舅在北京天壇

▲1936年母親與泰來舅、恆生舅、晉生舅在北京

▲1937年家公與泰來舅、恆生舅在北京故宮太和殿外

◀1937年母親身穿當時中學生服裝，在北京西直門外三貝子花園

高宗武陶希聖攜港發表

汪兆銘賣國條件全文

集日閥多年夢想之大成！

極中外歷史賣國之罪惡！

從現在賣到將來從物資賣到思想

日支新關係調整要綱

附件一

附件二

另一賣國文件

◀1940年1月22日香港《大公報》發表日汪密約

▼1940年1月30和31日，香港《國民日報》連載母親文章

▼1944年4月12日家公抵達重慶後寫給母親的信

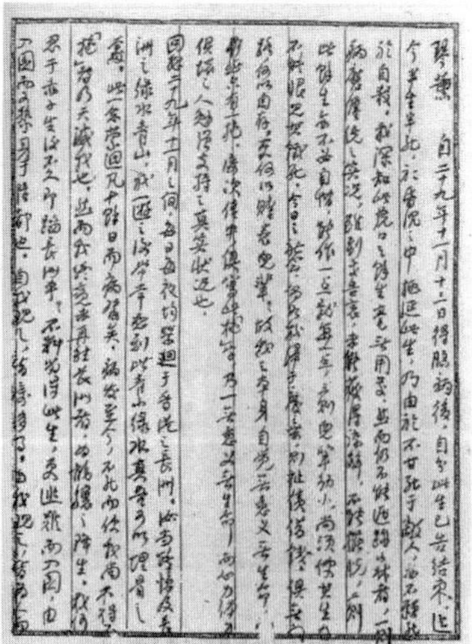

琴薰

自二十九年十一月十二日得脫禍後，自分此生已告結束

陶琴薰發表

『我家脫險的前後』

從陶希聖離港赴滬時說起

由女孩子寫出來更見真切

▲1944年母親在重慶中央大學讀書

▲1944年母親在重慶中央大學讀書

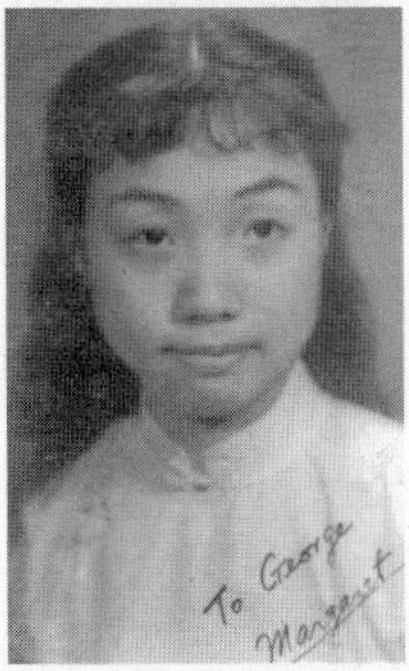

▶1946年母親小照，字為送父親

▲1945年中大外文系畢業照，父（三排左二），母（二排左二）

▶1946年狄斯威路家門口

◀父母合照

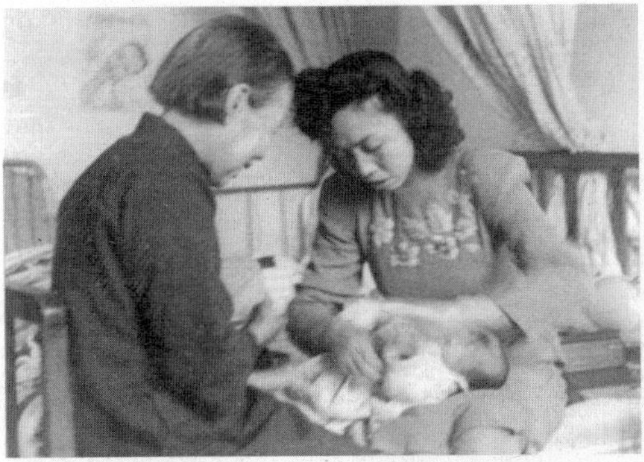

▲1947年奶奶和母親照料剛出生的作者

▲1946年1月26日母親結婚照

◀母親結婚照

▲1949年母親攜作者到香港照相寄留南京的父親

▼1948年南京母親抱著作者

▶1949年弟弟在上海出生

▲1949年陝西南路作者家在二樓

▶上海華懋飯店舊貌

▼上海愚園路1136弄內汪公館今照

◀1950年上海，父和作者（前排左二），母親（前排左五）

▶1951年母親參加街道工作，母親（立排中花旗袍者）

▶1955年全家照

◀北京馬家廟作者家院門

▼跟母親遊香山櫻桃溝

▶母親教小妹寫字

▼1954年兄妹三個

▲母親抱小妹

◀1955年兄妹三個

▼1957年全家照

◀跟伯公遊頤和園

▼跟伯公在北海九龍壁前

▲1965年父母在北海公園

◀六〇年代北京六部口全國總工會

▲1965年全家在北海公園

陶希聖之女陶琴薰逝世
北京有關單位開追悼會
她是北京市政協文史資料委員會專員
張克明主持追悼 孔昭愷致悼詞 陶的丈夫沈蘇儒及堂兄陶鼎來及其子女等出席

【中國新聞社北京八月二十一日電】中國人民政治協商會議北京市委員會文史資料委員會辦公室專員、台灣省國民黨中央評議委員陶希聖的女兒陶琴薰，因長期患病醫治無效，於一九七八年八月十四日在北京逝世，終年五十七歲。陶琴薰先生追悼會，今天下午在北京八寶山革命公墓禮堂舉行。

中共中央統戰部辦公室、中共北京市委統戰部、政協北京市委員會、政協北京市委員會文史資料委員會、北京教育學院、中華全國總工會國際部等單位及陶琴薰的親屬陶述曾、陶鼎來等送了花圈。

有關方面負責人[illegible]、[illegible]、[illegible]、薛成業、陳哲文、鄭俊、[illegible]平等參加了追悼會。

追悼會由政協北京市委員會常務委員、副秘書長張克明主持，政協北京市委員會委員、政協北京市委員會文史資料委員會副主任孔昭愷致悼詞。

悼詞說，陶琴薰先生是湖北省黃岡縣人，一九四五年在前中央大學外文系畢業，解放後曾任中華全國總工會國際部編譯處翻譯、北京教師進修學院外語教研室教學研究員，工作一貫積極熱情，勤勤懇懇。

悼詞說，解放以來，她擁護中國共產黨的領導，熱愛社會主義祖國，並為解放台灣、統一祖國努力工作。

參加追悼會的還有陶琴薰的丈夫沈蘇儒、堂兄陶鼎來及其子女等。

◀香港《大公報》母親去世訃告

▲宣武門內當年的北京教師進修學院

◀左北京頒賞衚衕，右十三號院門口

◀1970年弟弟從內蒙回京，父親已去幹校

▲1968年北海，缺弟弟

▲1971年與鼎來舅全家合影

◀北京馬家廟院內，閣樓左窗為作者家

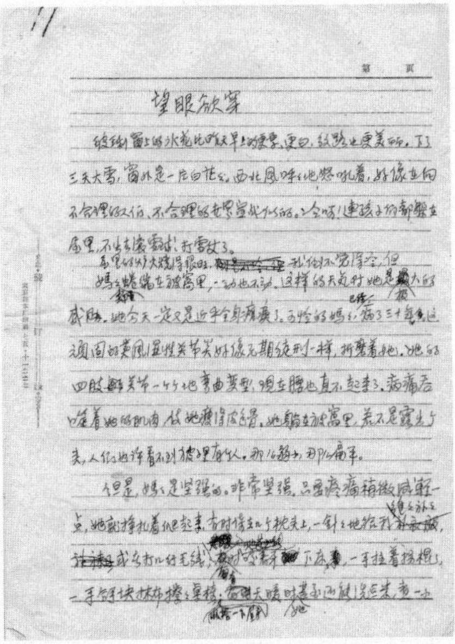

第　頁

望眼欲穿

玻璃窗上的冰花比昨天早上的更厚、更白，纹路也更美丽。下了三天大雪，窗外是一片白茫茫。西北风呼呼地怒吼着，好像在向不合理的人们、不合理的世界宣战似的。冷啊！连孩子们都躲在屋里，不出去滚雪球、打雪仗了。

屋里的炉火烧得很旺，[illegible]我们都不觉得冷，但妈妈蜷缩在被窝里，一动也不动。这样的天气对她是很大的威胁。她今天一定又是浑身疼痛了。可怜的妈妈，病了三十年，这顽固的类风湿性关节炎好像无期徒刑一样，折磨着她。她的四肢的关节一个个地弯曲变型，现在腰也直不起来了。病痛吞噬着她的肌肉，使她瘦得皮包骨。她躺在被窝里，若不是露出头来，人们也许看不到被子里有个人。那么弱小，那么扁平。

但是，妈妈是坚强的，非常坚强。只要疼痛稍微减轻一点，她就挣扎着爬起来，有时倚在几个枕头上，一针针地给我们缝缝补补，或者打几针毛线，[illegible]下床来，一手拄着拐棍，一手拿块抹布擦擦桌椅，[illegible]天晴时甚至还能[illegible]

▲母親抱病寫小說手跡

▲母親的葬禮

◀母親殘廢後遊天壇

▲1976年全家終於團聚

▼1977年最後的微笑

▲母親殘廢後做衣服

◀母親遺照

當代名家
嗩吶煙塵三部曲 之三 苦難餘生

2015年6月初版　　定價：新臺幣360元

著者　沈寧
發行人　林載爵

出版者　聯經出版事業股份有限公司
地址　台北市基隆路一段180號4樓
編輯部地址　台北市基隆路一段180號4樓
叢書編輯電話　(02)87876242轉224
台北聯經書房：台北市新生南路三段94號
電話：(02)23620308
台中分公司：台中市北區崇德路一段198號
暨門市電話：(04)22312023
台中電子信箱：e-mail：linking2@ms42.hinet.ne
郵政劃撥帳戶第0100559-3號
郵撥電話：(02)23620308
印刷者　世和印製企業有限公司
總經銷　聯合發行股份有限公司
發行所：新北市新店區寶橋路235巷6弄6號2樓
電話：(02)29178022

叢書主編　胡金倫
叢書編輯　邱靖絨
校對　吳美滿
封面設計　顏伯駿

行政院新聞局出版事業登記證局版臺業字第0130號

本書如有缺頁，破損，倒裝請寄回台北聯經書房更換。　ISBN 978-957-08-4580-8 (平裝)
聯經網址：www.linkingbooks.com.tw
電子信箱：linking@udngroup.com

國家圖書館出版品預行編目資料

嗩吶煙塵三部曲 之三 苦難餘生/沈寧著．
初版．臺北市．聯經．2015年6月（民104年）．480面．
14.8×21公分（當代名家）

ISBN 978-957-08-4580-8（平裝）

874.57 104009016